LOBAS

R. C. ROCHA

LOBAS

Preparação: Alexandre Barbosa de Souza
Revisão: Lilian Aquino e Guilherme Vilhena
Diagramação: AJ Estúdio
Capa: Diogo Hayashi

Dados Internacionais de Catalogação na Publicação (CIP)
(Câmara Brasileira do Livro, SP, Brasil)

R672 Rocha, R. C.
Lobas / R. C. Rocha. – São Paulo: Veneta, 2016.
224 p.

ISBN 978-85-63137-63-0

1. Literatura Brasileira. 2. Conto. 3. Mulheres Lobo. 4. Suspense.
5. Aventura. 7. Fantasia. 8. Terror. I. Título. II. Rocha, Rafael Campos.

CDU 821.134.3(81) **CDD B869.3**

Rua Araújo, 124, 1º andar, São Paulo, Cep: 01220-020
contato@veneta.com.br
www.veneta.com.br
5511 3211.1233

Sumário

Quando ouvi esta história, vinte anos atrás, não achei que fosse escrevê-la um dia. Na verdade, nunca pensei em escrever o que quer que fosse, quanto mais um livro, se é que isto vai virar um livro. Só que, passados vinte anos, muito do que foi dito durante aquelas quatro noites se cumpriu. Não como fato, evidentemente, mas como metáfora. Não sei se sua narradora realmente via o futuro, ou se tivera uma vida longa o bastante para enxergar a vida – a sua, a minha, a de qualquer um – como uma eterna repetição de padrões atemporais, sem que com isso pareça menos preciosa.

Afinal, qualquer pessoa que olhe os padrões de arabescos das mesquitas de Salamanca ou os bordados renascença, de Pernambuco, sabe que uma vida minimamente próxima daquelas maravilhas vale a pena ser vivida. Infinitas vezes. Foi por isso que escrevi este livro. E é para não estragar a beleza dos padrões que calo a minha voz para que surjam as outras.

Primeira noite

Roma chegou perto da fogueira, vindo da mata, silenciosamente. Tão silenciosamente que, ao tocar o ombro de Roberta, fez a amiga dar um grito terrível, fazendo todas as meninas gritarem e gargalharem. Não havia por que ter medo, é claro. A janela do quarto dos pais de Roberta, que se acendeu imediatamente ao ouvir a algazarra, provava isso. Estavam em um lugar afastado, margeando a reserva florestal, mas nunca tiveram uma ocorrência policial ou a visita de nenhum animal em todos esses anos que a família de Roberta passou as férias ali. E não tinham notícia de que nada estranho tivesse acontecido antes. Mesmo a fogueira acontecia, por segurança, em um buraco no chão, circulado por pedras. E fora acesa pelo pai de Roberta, ansioso para se exibir para as meninas.

Tinham dezesseis anos. Roberta era uma morena alegre, de cabelos encaracolados, aparelhos nos dentes e corpo de mulher. Deyse era uma gordinha bonita que gostava de meninas, o que deixava as amigas orgulhosas de si mesmas por terem diversidade sexual no grupo. Júlia era uma mestiça de índios e negros com peitos enormes e lindos, que chamavam a atenção por onde ia. Apesar dos seus atributos, ou talvez até mesmo por causa deles, era tímida e reservada com estranhos. E havia Roma.

As meninas sabiam pouco sobre ela, mas a estimavam e respeitavam. Em primeiro lugar, tinha feito o imbecil do André rastejar atrás dela feito um gambá, para depois dispensá-lo. Todas as três acham que ela tinha feito aquilo só por causa do tratamento que aquele idiota tinha dado à Miriam, uma das meninas mais tímidas da classe e que tinha saído com aquele traste algumas vezes. Só por vingança, Roma havia enfeitiçado André e o chutado. Bem no meio daquela bundinha bonitinha dele. Depois, Roma tinha o nome de uma cidade na Europa, o que era legal e sempre criava um ambiente de papo, quando algum garoto vinha perguntar sobre o nome dela. Sim, porque se Júlia era bonita, Roma era... Roma era outra coisa. Tinha os olhos amendoados e inclinados, como os dos gatos. E amarelados. Não eram verdes, amarronzados ou azuis. Eram amarelados. Depois, Roma era mais alta que qualquer menina que conheciam. Era mais alta que o pai da Roberta, o que o deixava realmente sem graça e fazia a alegria da filha e das amigas debochadas. Portanto, quando algum menino vinha conversar com Roma, não era como quando vinham conversar com os peitões da Júlia ou com a cara de rampeira da Roberta. Eles vinham como um cão era atraído pelo chamado de seu dono.

Mas o que as meninas mais gostavam em Roma eram as suas histórias. Ela sempre tinha alguma fábula fantástica e sombria para contar, vindo "da poeira dos séculos", como ela mesma gostava de dizer, com a sua voz grave e profunda. Quando Roma contava uma história, o véu do tempo se suspendia e tremeluzia ao longe. Uma vez Júlia disse a Roma que ela falava como "uma velha de cento e sessenta anos" e não como uma menina de dezesseis, por causa do vocabulário dela. Roma sorriu e disse, baixinho, que "devia ser algo em torno de cento e sessenta anos mesmo".

Agora, em volta da fogueira, na noite sem estrelas, as meninas olham para Roma. Algumas ainda riam do susto da Roberta. Roma pareceu demorar um pouco para perceber os olhares fixos em seu rosto, que estava voltado para o fogo. Levantou suavemente seus grandes cílios negros para as meninas, causando um ou outro suspiro involuntário. Poucos meninos conseguiam aquilo com um olhar.

– Vocês querem uma história, né? – sua voz misturou-se ao crepitar das chamas.

– Por favor, por favor – todas falaram, baixinho, em tom de súplica.

Roma olhou para cima e viu a lua, enorme e amarela no céu, e Deyse, depois de anos, podia jurar que vira a lua nos olhos de Roma.

– Hoje é uma boa noite para contar história de lobisomem. Olha, tá quase cheia…

– Ai, meu Deus... – Roberta era medrosa. As meninas adoravam a presença de Roberta quando Roma contava suas histórias de terror, porque a Roberta vivia a história, não apenas se assustava, ajudando as outras a vivenciarem da mesma forma a narrativa. Não que Roma precisasse de ajuda, em absoluto.

– Vou contar uma história de lobisomens para vocês – e parou, olhando para os rostos que ficaram subitamente sérios. – Aconteceu aqui pertinho, nesse mesmo Estado, apesar de ter começado longe, exatamente no meio do território nacional, entre grandes montanhas de pedra, areia e vegetação rasteira.

Cutucou o fogo com um graveto e continuou, sem olhar para nada a não ser as chamas que dançavam.

– Não é uma dessas histórias de lobisomens em que meninos bonitos se transformam em monstros mas conservam um coração humano. Não. É a história de duas mulheres. Duas mulheres que eram também duas lobas. E, como todas as lobas, não queriam usar uma coleira.

Ele era um cara grande. Ruivo, uns vinte anos, com ombros largos e braços grossos como troncos de árvore, crispado por pelos alaranjados. Tinha uma barriga saliente, mas não parecia fora de forma. Parecia um homem muito forte que havia comido um boi inteiro no almoço. Usava somente uma calça de abrigo cinza, como se tivesse sido arrancado de casa em meio a um feriado. Os pés eram enormes e também cheios de pelos alaranjados em cima.

Olhou em volta, encurvado, mãos tateando o ar, espreitando o perigo. Estava sobre um chão de areia muito fina, cercado por uma muralha circular, formada por blocos de cimento. Em um dos blocos, uma vitrine de vidro grosso revelava um grupo que olhava atentamente para a arena.

Eram conhecidas como Lobas Signatárias. Para um observador comum, não passavam de um grupo de senhoras, algumas já na extrema velhice, trajando excêntricas túnicas vermelhas. Para os lobisomens, entretanto, eram as líderes de sua raça, que haviam conduzido a espécie, de um amontoado de indivíduos solitários que se detestavam a um matriarcado de leis rígidas e sociabilidade controlada.

– Um espécime magnífico – a Matriarca, a líder, tanto do grupo, quanto de toda a Matilha, falava voltada para o vidro. Aparentava ser uma senhora já há muito acostumada à própria velhice, com cabelos cortados à altura dos ombros, totalmente brancos e desgrenhados.

– Um espécime magnífico que matou sua dona e um Reprodutor. – Desdêmona, nas sombras, olhava irritada para as costas da mulher mais velha, que por sua vez olhava para a arena. Desdêmona era uma senhora muito alta, de feições aristocráticas. Nenhum observador humano daria mais de cinquenta anos anos para ela. Um décimo da sua idade verdadeira.

– Não é a primeira vez que isso acontece.

– É a primeira vez que temos dois casos no mesmo ano. E ainda temos Lupina...

– Sim, Lupina – disse, erguendo a mão, em sinal de que ambas deveriam se calar.

Lá embaixo, o jovem pressentiu que algo se aproximava, atrás da grande porta de metal, do lado oposto da arena. Projetou sua cabeça para frente e abriu a boca, deixando escorrer um fio grosso de baba. Curvou-se ainda mais, abrindo os braços em toda a sua extensão. Seus pés aumentaram de tamanho, com unhas afiadas avançando pelos dedos e empurrando as outras para fora do corpo. Os pelos também pareciam adensar-se e engrossar. O braço sofreu um estiramento, afilando levemente na região do bíceps, mas engrossando no antebraço. As mãos cresceram e quase dobraram de tamanho, com o dedão mantendo-se no mesmo lugar, dando uma aparência de pata de orangotango. Sua coluna vertebral estalou como se fosse a madeira crepitando em uma fogueira e o homem, agora mais um animal que um homem, aumentava sensivelmente de tamanho, apesar de continuar encurvado.

Seus dentes deram lugar a presas. O nariz se esparramou pelo rosto e cresceu até se tornar um focinho. Suas orelhas esticaram até ultrapassar o topo da cabeça. O homem não estava mais lá. Em seu lugar, o lobisomem agora urrava em desafio, ainda que continuasse com as costas arqueadas, em sinal de tensão e medo.

Do outro lado da arena, uma pesada porta de metal se abriu, revelando uma escuridão impenetrável. No camarote, mesmo protegidas pelo vidro, as velhas lobas quedaram-se imóveis, como presas que não querem ser notadas pelo predador. Sabiam, por intermédio de seus sentidos ainda extraordinários – mesmo que cansados pelos séculos – que estavam todas geladas de medo e expectativa. Embaixo, o enorme lobisomem não encontrava coragem para atravessar o umbral. Concentrou seus possantes olhos, tentando decifrar a escuridão. De repente, deu um ganido, como um filhote, e recuou dando voltas em si mesmo. Buscou a parede oposta à da porta de metal para escalar, em uma tentativa desesperada. Da escuridão, algo saltou e agarrou o lobisomem pela barriga – que deixou escapar um latido desesperado – e desapareceu ainda mais rápido do que havia surgido. Atrás do vidro, a Matriarca não conseguiu conter uma pequena exclamação de horror. Imediatamente, a porta de metal começou a baixar, e da escuridão se ouviram os lamentos, ganidos e urros do outrora terrível lobisomem.

– Posso viver mais oitocentos anos que não vou me acostumar com isso – disse a Matriarca, ainda olhando para a arena, agora vazia. Suas orelhas, que haviam se elevado parcialmente, pelo susto e pela tensão, começaram a descer vagarosamente.

– Eu... eu sempre fecho os olhos. O que parece? – disse uma senhora robusta, com os cabelos castanhos começando a ficar grisalhos.

– Eu vi uma pata como a dos caranguejos – Desdêmona falava das sombras. – Mas a parte interna parecia exposta e tinha algo como um tentáculo ligando o exoesqueleto, e...

– Tinha pelos – disse uma anciã, muito velha, sentada em uma cadeira na penumbra.

– Mas como a senhora?... – Desdêmona se interrompeu, embaraçada.

– Pelos grossos como talos de bambu, vertendo veneno em um caldo grosso, que enxágua a casca grossa dela.

A anciã levantou-se lentamente e começou a caminhar, deixando o canto mais escuro da sala onde estava.

– Você não viu nada, Desdêmona. Você virou o rosto, ou fechou os olhos, como todas aqui na sala. Eu vi a coisa, quando eu ainda era um filhote. E o que vi me fez fazer o que fiz.

A velha agora estava próxima do vidro, contemplando a arena vazia com suas órbitas vazias.

– Credo, Roma! Que bicho é esse? – Roberta falou, aflita. Roma não precisou sequer responder. Apontou seus olhos amarelados para ela e deixou que as outras a repreendessem. Como castigo, recomeçou a história do outro lado do país, com outros personagens.

– Sabe – Lupina rompeu o silêncio que mantinha, contemplando o quadro atrás do gerente do banco –, tem uma velha, de onde eu venho, que arrancou os próprios olhos quando era criança. Parece que ela viu um negócio tão horrendo que enlouqueceu na hora.

O gerente parou em meio ao que fazia e olhou para sua cliente, que continuou a falar, com ar pensativo, olhando para alguma coisa às suas costas. Alguma coisa que ele não se atrevia a conferir. Um medo irracional o obrigava a jamais exibir a sua nuca desprotegida para Lupina.

– Fico imaginando se ela não viu uma abominação dessas. Vocês deveriam colocar isso aí em frente ao banco, de madrugada, para assustar ladrões de caixa eletrônico. Eu mesma fiquei apavorada.

Vencido, o homem virou-se vagarosamente, sabendo que tinha acabado de ser aprisionado em mais um dos torturantes labirintos verbais de Lupina, que quase sempre o reduziam a uma pasta amorfa e sem vontade.

– A senhora quer dizer... a pintura?

– Sim, a pintura. Pigmento, solvente e aglutinante sobre superfície. E uma dose épica de mau gosto repulsivo, no caso dessa aí.

– Aglutinante? – disse, apalermado, arrependendo-se imediatamente. Estava condenado.

– É uma definição hipermaterialista de pintura, eu sei. Mas nesse caso funciona, já que o espírito, o gosto e a inteligência passaram longe. Vocês usam o nosso dinheiro para comprar esse tipo de coisa?

– Coisa? – tinha começado a suar, e tentava a façanha de pegar na gaveta a pasta, que deveria entregar a Lupina, sem olhar. Ou melhor, olhando fixamente para os olhos de Lupina. Aprendera isso em um seriado sobre animais selvagens e achava, sabe-se lá porquê, que poderia funcionar nesse caso. Não funcionou.

– Sim, coisa. Não podemos considerar isso aí algo que tenha saído do seu estatuto de coisa para o de obra, se é que você me entende.

– Sim, entendo... – Nada mais importava, a essa altura. Sentia sua alma evaporar em meio aos solventes e aglutinantes da pintura como coisa. Mesmo assim conseguiu pegar a pasta, e agora a mostrava estupidamente para Lupina, que a ignorava solenemente. Tentou colocar a pasta na mesa, em frente à sua algoz.

– O que é isso? – disse a mulher, finalmente olhando para os papéis e colocando de leve um dedo sobre eles. O gerente teve uma alucinação sonora, em que pareceu ouvir a resma de papel e o tampo da mesa serem perfurados por aquele dedo.

– Seus solventes, quero dizer, seu saldo. Seus investimentos! O relatório dos seus investimentos!

– Para mim, parecem papéis de banco que não vou ler ou assinar. Afinal, para que eu pago você? – Quando o homem começou a mover os lábios para responder, a própria Lupina continuou: – Para que, meu caro gerente, ou qualquer outro cargo fictício que tenha, você possa fingir que acredita que eu li, ou estou interessada, nos pequenos furtos que vocês cometem contra a minha conta corrente?

Ele olhou assustado para os papéis e tentou puxá-los de volta, com um pedido de desculpas, mas eles pareciam colados à mesa. Deu mais um puxão, no exato momento em que Lupina se levantou, tirando o dedo. Caiu da cadeira levando pasta, canetas e, de passagem, esbarrando e derrubando o quadro atrás de si. Quando colocou seus olhos acima do tampo, Lupina já tinha ido embora da sala. Olhou intrigado para os papéis na sua mão; um buraco da grossura de um dedo atravessava toda a encadernação. Levantou-se, trêmulo, e reparou em um outro buraco, agora no tampo da mesa de madeira maciça. Apavorado, descobriu que ambos tinham o mesmo diâmetro, mais ou menos a grossura de um dedo de mulher.

Hermínia parecia distraída, dentro do carro, mas seus sentidos aguçados de loba sabiam que era ela, antes mesmo que a porta do banco fosse aberta. Tinha estudado Lupina por semanas, conhecia sua compleição física, tamanho e peso, mas mesmo assim teve um choque quando a viu, em carne e ossos de loba, irromper na rua como uma pequena tempestade.

– Caramba! – pensou consigo mesma. – Os humanos devem ficar doidos por ela.

Hermínia falava com conhecimento de causa, já que ela mesma era um belo exemplar. Na média de altura das lobas, quase um metro e oitenta, magra, musculosa, de rosto anguloso, cabelos loiros e olhos esverdeados, quase amarelos. Sempre chamou a atenção entre os humanos, machos e fêmeas, apesar de preferir o intercurso com as fêmeas. Achava patéticos os machos humanos.

Observou bem o seu alvo, do outro lado da rua. Lupina era ainda mais alta que ela, um metro e oitenta e cinco, pelo menos. Tinha a pele morena e o cabelo negro como petróleo, cortado bem curto, o que deixava seus olhos amarelados ainda mais ressaltados. Sua cabeça tinha os traços fortes e angulosos das lobas, só que ornados com uma enorme boca com lábios em forma de coração, carregando um meio sorriso de uma predadora sem inimigos naturais. Usava uma regata branca e justa e uma minissaia de tecido preto, mostrando pernas capazes de fazer um homem – ou uma mulher – perder o caminho de casa. Usava uma roupa de verão, mas poderia estar vestindo um saco de lixo com um chapéu de Napoleão na cabeça que causaria o mesmo efeito nas pessoas. O rapaz que estava com a mão no ombro da namorada simplesmente parou, mantendo a sua mão suspensa no ar, enquanto a namorada tropeçava na guia, com os olhos grudados nas pernas da loba.

A própria Hermínia teve um momento de estupor. Mas se recobrou assim que viu o seu estratagema surtir efeito.

Primeiro, Lupina estacou, por um instante. Farejou o ar de forma indiscreta. Depois, esticou o pescoço para frente, com ar ameaçador. Continuou farejando o ar, ignorando as pessoas em volta. Suas costas arquearam levemente e os braços ficaram ligeiramente abertos, ao lado do corpo. Os joelhos se dobraram sutilmente. Tinha sentido o cheiro de Hermínia, propositadamente espalhado por vários lugares na rua, de forma que Lupina não conseguisse seguir uma trilha, mas soubesse que tinha uma outra loba em seu território. A estratégia consistia em fragilizar a lobisomem, reduzi-la ao estado de paranoia animal sem o qual seria difícil convencer a poderosa Reprodutora a cumprir o seu dever; ou seja, reproduzir. Essa era a missão oficial de Hermínia: convencer Lupina a aceitar o intercurso com o seu Reprodutor e fazer jus a todo o cuidado e a todas as facilidades materiais que a Matilha vinha lhe dedicando nos últimos dezoito anos. Não aceitariam mais atrasos.

Foi justamente enquanto revisava a sua missão que o telefone de Hermínia tocou, revelando sua presença para os sentidos super aguçados de loba. "Merda", pensou, enquanto vasculhava a bolsa atrás do aparelho, sem tirar os olhos da loba, do outro lado da rua. Quando desligou já era tarde. Lupina olhava diretamente para o carro, sorrindo. Agora sabia de onde provinha o cheiro. Tinha uma adversária de carne e osso, parada ali, olhando assustada para ela. Se tinha carne, podia ser rasgada; se tinha ossos, podiam ser quebrados. Caminhou para o carro, ainda sorrindo. Hermínia sabia que não deveria ligar o carro e fugir. Ao invés disso, verificou calmamente o número que havia estragado a sua tocaia. Além do mais, desviar os olhos da loba mostrava uma tranquilidade quase desrespeitosa. Teria um último lance para mostrar que ainda era uma adversária valorosa. O número no seu visor era o do controle da Matilha. Fechou os olhos em profunda irritação. Havia avisado que estaria de vigília hoje, mas o erro de não deixar o telefone no silencioso fora seu mesmo.

– É uma merda quando isso acontece, não é? – Lupina já estava na janela do carro, olhando para ela.

Conseguiu não se assustar com a chegada da loba. Ou seja, nem tudo estava perdido. Convidou-a para entrar pelo outro lado com um sinal de cabeça.

– Não fique chateada. Você me pegou lá fora com todo o seu fedor espalhado pela minha área – disse Lupina, alegre, enquanto entrava no carro.

– A *sua* área foi designada pela Matilha para que você cumprisse a *sua* função – retrucou, mal-humorada, Hermínia. Não estava com saco pra fazer jogo de poder com outra loba.

– Hahaha! – Lupina riu, sinceramente. – Que cachorrinha brava que mandaram atrás de mim! Foi a Desdêmona que treinou você, não foi?

– Estou aqui em nome da Matilha para...

– A Desdêmona... Ouço as palavras dela saindo da sua boca.

Hermínia virou-se como um raio para Lupina, arreganhando as presas, e seu rosnado poderia ter sido ouvido de fora do carro, não fosse o tráfego. Lupina, como sempre, fez o mais inesperado.

– Não! Por favor, não! – jogando as costas contra a porta, com os olhos arregalados. O teatro do pânico durou dois segundos e foi interrompido por uma sonora gargalhada, da própria Lupina. Hermínia ficou sem ação, olhando para ela.

– Hahaha! É assim que eles reagem, não é louco? Tentam pedir clemência para um lobisomem. Hilário... espera! Você nunca atacou nenhum deles antes, não é mesmo? Quantos anos você tem? Dezenove? Vinte anos?

– Dezesseis. E pelo visto conheço melhor os meus deveres que você.

– Dezesseis! Pela Grande Loba! Desdêmona deve estar desesperada para mandar um filhote fazer o serviço de uma loba!

Hermínia sabia o que Lupina queria fazer. Provocar uma luta, ali dentro do carro mesmo. Ela era um soldado bem treinado, mas desarmada provavelmente não seria páreo para uma Reprodutora. E, se fosse e matasse Lupina, seria uma foragida. Soldados, por melhores que sejam, eram descartáveis, ou sacrificáveis (para usar um eufemismo de Desdêmona), se comparados a uma Reprodutora. De quebra, acabaria por denunciar a existência dos lobisomens, pelo menos para as pessoas que vissem dois monstros se atracando dentro de um carro esporte, parado na avenida. Mudou novamente a tática, por algo surpreendente, até mesmo para ela. Resolveu perguntar sinceramente qual era o problema.

– Mas por que você não quer? Não entendo.

Lupina ficou séria por um instante, olhando para ela. Sua agressividade tinha sumido.

– Ele é repugnante – disse, olhando nos olhos de Hermínia.

– Podemos providenciar outro, você sabe. Mas me disseram que era um ótimo Reprodutor.

– Pode ser um ótimo Reprodutor. Mas é repugnante.

– Ele é feio? – a singeleza da pergunta fez Lupina sorrir.

– Ele tem trezentos e cinquenta quilos de músculos. Está enfiado em um curral há cinco anos e não deu o menor sinal de abatimento. Não tenta fugir, não uiva ou nos ameaça. Ele fica lá, atrás das grades, esperando. E ele... ele sorri.

Pela primeira vez Lupina mostrava alguma fragilidade, deixando um arrepio de asco percorrer o seu corpo.

– Continuo sem entender. O seu relatório diz que você manteve intercurso com machos e fêmeas humanos. Por que não com um da sua própria espécie? E você está sendo paga para isso, não se esqueça.

– Muito bem paga. Tenho quase dois milhões no banco.

A informação, dada de supetão, deixou Hermínia abalada. Estava hospedada em um hotel de luxo, no centro da capital, mas não tinha acesso a bens, a coisas. Esse carro, suas roupas, tudo seria devolvido quando terminasse mais esse trabalho e voltaria para a sua toca, no interior do estado, esperando uma nova missão. Estaria Lupina tentando suborná-la?

Percebendo que a informação desnecessária deixara Hermínia desconfortável, insistiu no assunto.

– Provavelmente é por isso que não quero. É degradante receber dinheiro para fazer sexo, fazer sexo com *aquilo* seria uma degradação dupla.

– Então como você quer que a Matilha sobreviva? Com mestiços? Ou devemos só... – estava falando alto agora. Lupina tinha deixado seu ponto claro e ela havia entendido. Era jovem, mas não era burra. Os Reprodutores são lobos objetificados e degradados até se transformarem em montanhas de músculos e testosterona, que precisam ser amarrados e amordaçados para não dilacerar as fêmeas após ou mesmo durante o coito. Foram escravizados há mais de quatrocentos anos, pela geração de Desdêmona e da Matriarca. A própria Lupina não era livre para decidir a sua vida. Na verdade, Hermínia também não era.

Não tinha posses. Não que precisasse ou se ressentisse disso, é claro. Duvidava que a própria Lupina desse valor para o dinheiro. O que os lobisomens querem é uma toca, e isso Hermínia tinha. Uma pequena casa de um cômodo, em meio à Mata Atlântica, sem prestar contas a ninguém a não ser ao telefone que a Matilha usava para chamá-la, quando necessário. Mas não ocorria a Hermínia não atender a esses chamados. Fora requisitada três vezes antes. O serviço era sujo, desagradável. Incluía localizar desertores, denunciar pequenas insubordinações à Matilha, que julgava o caso e emitia a sentença. Já tinha apontado armas para lobas Reprodutoras, e entregado um criado assassino para ser julgado pela Matilha. Tinha executado um deles ela mesma. Fora legítima defesa, mas... sentia que seu corpo não era dela, quando puxou o gatilho. Não estava se defendendo, estava defendendo a Matilha e seus interesses. Desdêmona dizia que os interesses da Matilha eram o de cada loba. Tinha saudades da época em que acreditava piamente nisso.

– O que posso fazer por você é visitar amanhã suas instalações. Providenciaremos outro Reprodutor, se for o caso.

– Se for o caso... – Lupina repetiu a frase olhando para o para-brisa com olhos vazios.

– Lupina, fui autorizada a usar a força, caso necessário, você sabe disso, não é?

– Imagino que sim. Vai me matar? – Virou-se para Hermínia. Seus olhos não tinham medo, mas também não pareciam desafiar a outra.

– Vou levar o seu criado a julgamento. Ele é o responsável por você.

– Mas isso é injusto! Ele não pode me desobedecer! Sou eu que não quero! Eu...

– Você é valiosa, ele é facilmente substituível. Tem até amanhã para decidir. Chego na sua toca pela manhã.

Elas se encararam em silêncio. Lupina não tinha mais o ar debochado de antes, mas tampouco adquiriu uma postura suplicante. Parecia triste. Hermínia também não olhava desafiadoramente para ela. Não era ela, ali. Era a Matilha. Se ela falhasse, mandariam outra loba, mais experiente. Mas ela nunca falhava. Era uma jovem máquina de espalhar a tristeza e o autoritarismo da Matilha onde quer que fosse. Esse pensamento, que ocorreu enquanto olhava Lupina nos olhos, não a deixou mais branda, somente mais fria e resignada. Se era tristeza que havia sido treinada para espalhar, portanto que fizesse jus ao seu treinamento!

Lupina saiu do carro lentamente. Na rua, aprumou-se e reassumiu o ar majestoso com que havia saído do banco. Entretanto, colocou os óculos escuros. Era uma mulher alta e bonita demais para andar com lágrimas nos olhos pela rua sem ser notada.

– Que peste, essa Hermínia! – As amigas sabiam que Júlia falava isso somente porque devia se achar parecida com a Lupina.

– Eu adorei a Hermínia – disse a Deyse – e achei que parece você, Roma!

– Nada! Roma é Lupina, não é, Roma? – disse Roberta, abrindo oficialmente a temporada de interpretação da história, como Roma havia apelidado as interrupções desse tipo, feitas pelas amigas.

– Roma é Roma. Continuo?

Sim, Roma era Roma. Queriam que continuasse.

– Agora Hermínia colocou no mudo, senhora – o lobisomem parecia desconcertado. Havia feito tudo conforme ordenado; a reserva do hotel, do carro, o equipamento necessário e a localização de Lupina. Mas não passava de um castrado, e teria todos os erros da operação debitados na exígua conta de reconhecimento de seu esforço pelas suas donas.

A Matriarca ouvia pacientemente o jovem lobo. Deveria ter imaginado que algo assim aconteceria. A cobertura à Hermínia deveria ser feita por uma loba mais velha. Desdêmona deveria cuidar disso. Ela que havia treinado a loba. Aliás, por que Desdêmona não ia pessoalmente resolver o problema? Não, não poderia. Havia se esquecido: existiam protocolos, a maioria dos quais a própria Matriarca havia forjado. Protocolos que não impediam a eterna disputa entre as lobas mais jovens. Essa disputa era das coisas que mais enfastiavam a Matriarca naquele enorme castelo de cimento, normas e procedimentos que elas haviam criado. A Matilha! Bela merda.

O que conseguiram com isso? Bom, domaram os machos e, talvez graças a isso, persistiram como espécie. Castraram uns, submeteram outros ao papel de simples Reprodutores. Estabeleceram hierarquia e privilégios, assim como deveres e ocupações. De qualquer forma, atualmente, ser uma loba era melhor que ser um lobo, e isso era um ponto positivo, pelo menos para as lobas. Mas assim são as sociedades – não foi isso que aprenderam com os humanos? Se alguém quiser ser realmente livre, vai ter que escravizar outra pessoa. A Matriarca fez uma cara de nojo involuntário. Detestava os humanos, principalmente os brancos, que invadiram o território, há mais de quinhentos anos. Mas observaram o massacre que eles perpetraram contra os outros humanos, os que habitavam aqui antes deles, e não queriam ter a mesma sorte. Adaptaram-se. Imitaram a forma de vida e se camuflaram de humanos para sobreviver a essa raça implacável. Mantiveram algumas coisas, é claro. A competição ferrenha entre as lobas jovens. As caçadas, é claro, ainda que agora tivessem que ser cada vez mais discretas. E a Coisa.

A Coisa sempre estivera lá. Já era velha quando os lobos surgiram, como um bando de predadores solitários, cujos machos eram estupradores e assassinos de suas próprias fêmeas e as fêmeas eram assassinas ardilosas de fêmeas mais velhas e filhotes desprotegidos. "O lobo era o lobo do lobo", pensou a velha, contente com o trocadilho. Mas nada disso importava para a Coisa. Não saía de sua toca para castigar a perversidade dos lobos, não saiu para castigar a cupidez indígena e não saiu para castigar os brancos, os piores de todos. A Coisa não se importava. Vez por outra, sua pata emergia da toca e levava alguém do mundo superior. Um lobo, uma onça, um veado, um aventureiro europeu e toda a sua equipe. Não fazia diferença para ela. Não se manifestou quando construíram um culto em volta do raio de alcance de sua pata maligna. Nem quando construíram uma arena em torno desse buraco. E uma fortaleza em torno da arena. E uma maldita sociedade em torno dessa fortaleza. Às vezes, um pobre-diabo era jogado lá dentro, para ela. Alguém que quebrou alguma das frágeis e aleatórias leis que moldamos. Que moldamos para que fossem quebradas; e seus infratores, enviados para a Coisa.

Suspirou, caminhando pelos deprimentes corredores de cimento e portas de metal. Tinha saudades. Saudades de quando corria nua, pela noite fria, acossada pela fome e pelo medo. Mas havia outra coisa nela, uma coisa que se perdeu. Se ela estava com fome, era sinal que estava viva; se estava com medo, idem. Quando comia, ou matava alguma adversária, essa vida gritava em seu peito de loba. E ela levantava a cabeça e uivava em triunfo. O triunfo contra a Morte, a Coisa, o mundo inteiro. Ninguém podia vencê-la.

Estava decidida, iria abandonar tudo. Sua posição, o teatro do poder. Que Desdêmona ficasse com o controle da Matilha! Queria pela última vez correr nua, pela noite, e lutar uma última batalha. Estava velha, perderia. Mas perderia em triunfo. Triunfo sobre a morte em vida que levava agora.

Hermínia dirigiu até o hotel onde estava hospedada. No estacionamento, verificou o celular. Um monte de telefonemas da Matilha. Respondeu com a mensagem: "Fiz contato com Lupina.

Amanhã tudo estará resolvido. Contato em breve". Não quis falar com o castrado responsável pela manutenção da missão. Sua subserviência a exasperava. Na verdade, estava abalada com a conversa. Não pelo dinheiro a que Lupina tinha acesso, que desprezava, mas pelo dinheiro que a Matilha usava para comprar o corpo da outra.

Se o dinheiro em si era desprezível, sua fonte era ainda pior. Evidentemente, era humana. Mas os piores exemplares dessa raça detestável, os ricos, eram os que mantinham a Matilha. "Bom, poderia ser pior", pensou Hermínia, "poderiam ter escravizado humanos pobres". Mas, como o dinheiro dos ricos era resultado da escravidão dos humanos pobres, chegou à conclusão de que realmente não poderia vir de fonte pior. Ricos que não querem somente viver melhor que os pobres. Querem viver mais. Hermínia imaginava que seria pelo prazer de ver a vida se exaurir do pobre, sem que a deles sofresse dano. Os humanos eram pobres. Os ricos não eram humanos, eram mais. Eram ricos. Podiam viver até os oitenta anos, com a saúde perfeita e o apetite inabalável de um homem de meia-idade muito depois da terceira-idade. Conseguiam isso por intermédio dos bons tratos de que os ricos se beneficiam, é claro. Mas todo o paraíso tem a sua serpente, e, por vezes, homens muito ricos ficavam doentes, ou mesmo morriam jovens. Cuidar da saúde não os transformava automaticamente em pessoas saudáveis. Sangue de lobisomem, por outro lado, melhora a sua saúde e aumenta a sua longevidade em cem por cento das vezes em que for aplicado. E você não ganha dez ou vinte anos a mais de vida. Você vive pelo menos trinta anos a mais do que a sua ampulheta biológica havia determinado, com uma saúde que faria qualquer atleta humano, ou qualquer lobo-guará, comer a propria pata de inveja.

A "contaminação", como era chamada, poderia acontecer por uma pequena incisão no humano onde sangue de lobisomem era derramado por alguns minutos. Uma transfusão poderia fazer efeito, mas a Matriarca, sabiamente, decidiu que um pouco de teatro ritualístico iria valorizar o produto. Além de ajudar a afastar a típica ideia humana de transformar outras espécies em meros doadores de algo que eles apreciam, como os patos com seus fígados. De qualquer forma, o próprio valor extraordinário do sangue de lobisomem afasta a hipótese de sua exploração em massa. Afinal, se tem uma coisa que Hermínia tinha aprendido sobre os humanos ricos é que eles não suportavam ter coisas em comum com os humanos pobres. Se todos passam a viver muito, qual a graça, a distinção?

Não gostava de pensar nessas coisas. Tentava mostrar a sua utilidade como agente e soldado, se necessário, porque a alternativa... bem, não havia muita alternativa, na verdade. Fora castrada e condicionada desde os quatro anos para atender à sua função social dentro da Matilha. Destacou-se, e agora trabalha diretamente com a vice-líder, Desdêmona. Lembrou-se do seu primeiro caso, alguns anos atrás. Uma Reprodutora e seu criado deixaram de responder às ligações da Matilha. Hermínia foi chamada para averiguar e quase morreu. A Reprodutora tinha assassinado o criado e o estava devorando há três dias. Emboscou-a, mas estava saciada demais de vingança, carne de lobo e sangue e deixou-a escapar. Ou queria somente espantá-la. Hermínia voltou no dia seguinte com uma carabina calibre 44 e arrebentou a cabeça do animal.

Olhou para o seu celular enquanto entrava no saguão do hotel. Duas horas da tarde. Perguntou na recepção se tinham alguma indicação de um bom restaurante de carne de caça. A atendente ergueu as sobrancelhas expressivamente e pediu para chamarem Daren. Ele apareceu em um minuto e Hermínia gostou dele na hora.

Não era alto, no máximo da altura da própria Hermínia, se não mais baixo. Tinha a pele de um marrom muito escuro, que pareceu o mais puro negro para o daltonismo lupino de Hermínia. Seu rosto era iluminado por dois olhos amendoados e vivos, e um sorriso de canto de boca que indicava mais discrição do que propriamente timidez. Parecia muito jovem, no máximo dois anos a mais que a própria Hermínia.

Daren atuava como uma espécie de *concierge* informal do hotel, pelo menos para os jovens. Se você quisesse um táxi, um bom restaurante italiano e ingressos para as casas de espetáculo mais chiques, Homero, um senhor que trabalhava na casa desde a sua fundação, seria o indicado. Mas se você quisesse saber onde ouvir o melhor desafio de *rap*, a festa com cerveja artesanal mais animada e a exposição mais *underground*, aí você teria que falar com Daren. Fugira, com a família, de convulsões sociais na Nigéria, e rapidamente se adaptara ao país e suas idiossincrasias. Era bonito, o que melhorava bastante a sua aceitação, principalmente entre as mulheres. Mas também era discreto e inteligente o suficiente para não despertar a irritação dos homens, ainda mais em um país racista como o Brasil. Era fluente em inglês e francês, o que, junto com a boa aparência e seu talento peculiar de saber o que era interessante em uma cidade, lhe garantiu o emprego no hotel mais chique da região.

Tratou Hermínia com naturalidade, o que era difícil no caso dela, e isso também a impressionou. Os homens ou se desfaziam em galanteios ridículos ou a maltratavam, por puro rancor pela sua beleza e juventude. Daren não a mediu de alto a baixo, mas tampouco deixou de olhá-la nos olhos, como quem fala com um hóspede qualquer.

– Quer restaurante turístico ou um lugar para *realmente* se comer carne?

– Carne. Não quero que sequem o sangue do meu bife antes de me servirem.

– Então é esse aqui – disse, sorrindo da resposta dela e mostrando um cartão com o endereço. – Tem cabeças de animal, chifres e outras coisas por todo lado. Mas pelo visto você não vai se aborrecer.

– Tem alguma recomendação do cardápio?

– Carne de veado com cerveja preta, meu pai dizia que não vale a pena comer animais menores que a gente.

Ela sorriu. Tinha *realmente* gostado do rapaz. Despediu-se. Na saída, ele disse, "Tome uma cerveja preta por mim", e ganhou uma piscadela da loba de presente. Retribuiu com um sorriso amável, sem malícia. Sim, ele estava realmente acostumado ao assédio.

– Por que será, né? – Roberta, sempre avoada, interrompia Roma mais uma vez.

– Por que será o que, Roberta? – Júlia tinha pouca paciência para os devaneios de Roberta.

– Negros e loiras. Eles se atraem, né? Os opostos, digo...

– Negros não são opostos de loiras, Roberta! – Dessa vez era a Deyse que não estava aguentando – isso é racismo, sabia?

– Ô, gente, foi mal. Até já fiquei com um menino negro... – Roberta se fechou em um muxoxo.

– "Até já fiquei"! Roberta! – Agora era Júlia quem estava realmente querendo ir embora da fogueira.

– Calma, gente – Roma, sempre seca com as interrupções, resolveu mediar. – Roberta, para de falar besteira. Meninas querem beijar garotos que elas acham bonitos, e meninos querem beijar garotas que eles acham bonitas.

– Ou gostosas – remendou Deyse.

– Ou que queiram beijá-los – reiterou Júlia.

– Ou que... – Roberta ia dizer alguma coisa, mas todas olharam para ela ao mesmo tempo.

– De qualquer forma, foi um negócio racista isso o que você disse, Roberta – Roma pontuou.

– Mas acontece, não acontece?

– Roberta!! – todas disseram em coro.

Comeu soberbamente. Carne de veado muito mal passada e cerveja preta. Nunca bebia e ficou altinha. Ligou para o hotel. Queria falar com o jovem *concierge* deles.

– Dona Hermínia?

– Ainda não sou sua dona. Imaginei que você soubesse de um bom lugar para um *sparring*.

– Vai lutar depois do almoço? – pela primeira vez Daren demonstrava alguma surpresa. Era difícil de impressionar, esse menino.

– Pretendo tomar um café antes.

Passou o endereço de um lugar de que ela iria gostar. Debaixo do pontilhão, no centro da cidade, existia uma academia improvisada, comunitária. Oferecia somente um ringue, e os vencedores iam ficando em cima dele, até que alguém os derrotasse. O lugar tinha luvas e outros equipamentos para alugar, a um preço ridiculamente baixo.

– Você treina lá?

– Quando tenho tempo.

– Vai ter tempo agora?

– Só saio em uma hora, infelizmente.

– Eu espero você lá, então.

Daren desligou o telefone e ficou um tempo olhando para ele. A gerente, que achava o rapaz, além de inteligente e competente, um gato, não resistiu.

– A última conquista, Daren?

– Não – disse, balançando a cabeça –, mas é a primeira que me chamou para lutar boxe.

– Menino! Não vá machucar nossa hóspede, hein?

Daren sorriu e foi cuidar de seus afazeres. Gostava da Célia, a gerente. O fato de ser, vez por outra, alvo de algumas investidas por parte da moça não mudava sua opinião sobre ela. Era casada, claro. Daren conhecera o marido em um almoço dado pela direção do hotel para os funcionários. O homem o havia tratado com a mesma condescendência racista de tantos outros, mas não era péssima pessoa. Simplesmente achava impossível que sua mulher tivesse atração por um negro. Como Daren era, antes de tudo, um sobrevivente, encaixara o homem em uma de suas gavetas mentais com o rótulo "racista dissimulado", na sessão "inofensivos", e não pensou mais no assunto. As gavetas e classificações ajudaram muito Daren quando ainda era adolescente. Gostava de classificar principalmente os racistas, já que pressentia ser o mesmo método usado por eles para lidar com o mundo: rotular e arquivar.

Daren dividia principalmente os racistas em duas gavetas: "declarados" e "dissimulados". Preferia enormemente os "dissimulados", é claro, apesar de admitir que podiam ser potencialmente mais perigosos. Por sinal, "inofensivos" e "perigosos" era uma subdivisão dentro das gavetas principais. Um racista "declarado" e "perigoso" era, paradoxalmente, menos comum que o "dissimulado" e "perigoso". Eram menos comuns, mas existiam. Daren, como imigrante negro, e ainda por cima escolarizado e bonito, teve que enfrentar mais de uma situação de risco físico, e até mesmo risco de vida. Foi quando recomeçou a treinar boxe, esporte que havia praticado com algum sucesso na terra natal. Também foi quando saiu da casa dos pais, no subúrbio, para viver em frente ao hotel onde trabalhava. O custo da hospedagem compensava a condução, mas o que deixara Daren realmente aliviado era não estar mais sujeito às batidas policiais sofridas pelos trabalhadores que voltavam de madrugada para casa. Também a diversão noturna entre jovens, na periferia, costumava ser punida pela polícia. O país não era ruim, pensara mais de uma vez Daren, mas a truculência da polícia não devia nada a nenhuma das repúblicas africanas tuteladas pelo Ocidente. Mas também não eram piores. Daren sobreviveu. Sobreviveu e prosperou.

Seu primeiro emprego foi de porteiro do Hotel, graças à aparência. Seu inglês e francês fluentes, entretanto, levaram-no rapidamente para a recepção, onde o seu segundo talento apareceu. Daren sabia o que era *in* em uma cidade. O que era *in*, sexy e relevante. Descobriu rapidamente onde o samba de raiz tocava com mais profundidade, apesar de seu primeiro ano de ouvinte. Sabia qual o melhor museu, a melhor cinemateca, o melhor bar e o melhor lugar para dançar. Pelo rosto de uma menina, sabia onde ela iria amar comprar sapatos, ou mesmo se ligava ou não para sapatos. Se lhe dessem a chance de olhar para os sapatos então, adivinhava em qual livraria ela iria encontrar aquela tradução de Heine que todos estavam comentando. Era um craque, um gênio da fruição da cultura metropolitana. Agora era subgerente, aos dezenove anos, e o *concierge* informal da juventude hospedada no hotel.

Almoçou rapidamente, uma hora antes de terminar seu turno, e partiu para a academia comunitária. Quando avistou o pontilhão, notou que algo diferente acontecia no lugar. Já debaixo da ponte, ao lado dos sacos de areia e halteres improvisados, avistou Hermínia, reinando soberana em cima do ringue, assistida por uma pequena multidão que gargalhava, gritava, assobiava e dava vivas. Por um instante, Daren apressou-se, temendo que algo houvesse ocorrido com a moça. Quando se aproximou, porém, Hermínia o cumprimentou alegremente de longe, ao mesmo tempo que se esquivava de um homem trinta quilos mais pesado que ela. Um outro sujeito, que a viu cumprimentar Daren, veio falar com ele.

– Conhece essa aí?

– Mais ou menos. É hóspede no meu hotel. Tudo bem com ela?

– Cara, acho que sim. Ela é campeã de boxe, MMA, alguma coisa?

– Não sei. Não que eu saiba. Por quê?

– Ela subiu no ringue há meia hora e ninguém acertou um soco nela ainda. E a bicha parece que tem chumbo dentro daquela luva. Quero dizer, não tem. Eu que aluguei a luva para ela! Olha só... Hei! Tadeu! Mostra o que ela fez com você!

Tadeu mostrou alegremente o olho roxo. Era um brutamontes de quase dois metros de altura.

– Ela acertou só uma, rapá! Acordei aqui embaixo, com os meninos me dando cachaça. – Tadeu parecia realmente empolgado com o nocaute que sofreu assim como os seus amigos, que começaram a rir e dar tapinhas alegres em seu ombro. Ele levantou o copo de pinga para saudar Daren, que sorriu, confuso, e voltou a olhar para o ringue.

Hermínia estava vestida como havia saído de manhã: blusa branca de algodão, folgada no corpo, e calça jeans. Estava descalça e usava luvas vermelhas muito surradas. Tinha o rosto sujo de suor e poeira e seu cabelo estava colado na testa e na cabeça. Deu um sorriso selvagem para Daren e acenou de novo. Daren podia jurar, naquele momento, que ela era, sem dúvida, a mulher mais bonita e desejável da face da Terra. Seu oponente no ringue, um gigante de barriga e braços proeminentes, viu a oportunidade e tentou derrubá-la com uma sequência de diretos. Nenhum acertou a cabeça, ou seu baço, ou seu estômago e sequer suas costelas. Todos resvalavam em seus ombros, cotovelos ou simplesmente se perdiam no ar. Hermínia estava nas cordas, e ainda assim o homem mal conseguia tocá-la. Tentou um gancho, com toda a força do corpo e Hermínia deu um passo simples para o lado, acertando dois jabs rápidos de esquerda, muito leves, na cabeça do homem. Ele deu dois passos laterais, como se fizesse uma dança cômica, e caiu de joelhos.

A plateia foi ao delírio. Os homens gargalhavam e cantavam, "Loirinha! Loirinha!", enquanto ajudavam o gigante a descer do ringue, totalmente atordoado. Hermínia olhou mais uma vez para Daren e fez um sinal com a luva para que subisse, com ar brincalhão. Novo *frisson*. Gritos de "Ooohhh" e "Huuuuu" acompanharam o jovem enquanto ele punha rapidamente as luvas e subia no tablado. Hermínia notou que tinha braços magros, mas longos e fortes. Os ombros eram retos, mas não muito largos. Estava de bermuda, e as pernas acompanhavam o design do corpo. Era ainda mais bonito de roupa esporte, pensou Hermínia.

Para agradar seus novos fãs, Hermínia exibiu seu jogo de pernas, dançando desafiadoramente. Novos apupos. Novo coro pela "loirinha".

Daren aproximou-se, com passos incertos, levantando as luvas como se estivesse se rendendo em um assalto. Mantinha os pés paralelos, mas não em guarda, chamando a atenção de Hermínia. Daren aproveitou esse descuido e desferiu um jab rapidíssimo, que acertou Hermínia na testa. Antes que todos pudessem se admirar com a façanha, ou mesmo percebê-la, o semblante de Hermínia modificou-se radicalmente, deixando Daren pasmo. Aquele linda menina franziu o cenho de forma horrenda, seus sobrolhos se retorciam, os olhos tornando-se momentaneamente bolas amarelas de fogo. E então Daren não viu mais nada. A luva direita de Hermínia acertou sua têmpora, colocando-o para dormir.

Logo depois de falar com Hermínia, Lupina entrou em seu carro e dirigiu até a sua propriedade. Estava atordoada pela ameaça de Hermínia. Como haviam chegado naquele ponto, os lobisomens? Transformar uma jovem loba em uma burocrata insensível! Não que ela gostasse de seu criado, o Rômulo. Na verdade, a simpatia entre lobisomens era raríssima; o amor, impossível. Existiam tratos, alianças, parceiros de brincadeiras. Mas os lobisomens não eram gregários, muito menos sociáveis.

Rômulo mostrou-se fiel, como todos os castrados são para com as suas patroas, por condicionamento. Em sua fidelidade, havia mentido por ela, e a pedido dela, para a Matilha, diversas vezes. E isso fugia ao seu condicionamento, ou, pelo menos, a uma parte dele. Ele pagaria com a vida por isso, ela sabia. A morte pela Coisa. Aquela monstruosidade que a Matilha havia mantido em seu seio para coagir e amedrontar os temíveis lobisomens. Canalhas.

Gostava de dirigir. Não era como correr pela mata, é claro. Mas entre sentar em uma mesa de bar para comer e beber com humanos e dirigir o seu carro, ficava com o carro. Não era *a* liberdade, mas era quase livre. O fato de o carro não ser seu, mas da Matilha, não a incomodava, pelo contrário. A sua pequena fazenda também não era sua, assim como o seu dinheiro. Que ficassem com tudo! Sentiria falta da fazenda, é claro. Gostava dela, muito mais que do carro, que tinha escritos de "lave-me" na poeira da lataria. A fazenda também não era um exemplo de asseio e cuidado paisagístico, mas Lupina a amava mesmo assim. Mais que ao seu criado, pelo qual, na verdade, iria se entregar para aquela outra monstruosidade que a Matilha fabricou, o Reprodutor. Teve um arrepio de asco, e um soluço humano, muito triste, escapou de sua garganta. Olhou para a paisagem e para os seus arredores, para tentar se convencer de que era por essas coisas que estava fazendo esse sacrifício repugnante.

A propriedade tinha um alqueire e ficava no final de uma estrada de terra intermediária, que dava acesso a uma entrada lateral da reserva florestal. Apesar de ficar somente a uma hora do centro da cidade, e somente a meia hora de seus limites, era um lugar muito isolado. O vizinho em frente ao terreno era um pasto abandonado e do lado esquerdo, a área mínima exigida de mata nativa para as propriedades rurais. De qualquer forma, era uma área de pequenas e médias propriedades rurais decadentes, rica em água mineral, mas com muita mata nativa, o que dificultava o plantio mais ambicioso. O pasto chegou a ser usado pelo crime organizado para guardar veículos roubados e mesmo como refúgio temporário, mas as aparições de uma e até duas enormes feras não identificadas, que urravam e uivavam para a lua, assustaram até os delinquentes mais audaciosos.

Parou em frente à porteira e a empurrou, sem dificuldade. Enquanto fazia isso, entretanto, um urro a assustou. Um observador que estivesse ali iria se espantar com a velocidade com que Lupina disparou pela estrada de terra, na direção do pomar. Iria ficar mais surpreso ainda vendo a forma como ela atravessou o pomar e irrompeu no galpão à sombra das árvores. Entretanto, se visse o que ela viu, dentro do galpão, talvez esquecesse sua velocidade e agilidade prodigiosa. Na verdade, talvez esquecesse até o próprio nome, acontecimento vulgar entre os que veem lobisomens em ação.

O galpão servia de abrigo para uma enorme jaula de ferro, que ocupava quase todo o seu perímetro. Fora da jaula, um lobisomem, parcialmente transformado, urrava de dor e ódio. Sua mão esquerda, que no momento mais parecia uma enorme pata de orangotango, estava sobre a sua orelha esquerda, ocultando-a. Mesmo assim era possível perceber que aquela parte estava ferida, já que havia sangue escorrendo pelo pescoço e encharcando a camisa. O lobisomem estava em meio à transformação quando Lupina chegou. Seu rosto ainda não havia se afilado totalmente, mas o nariz já dera lugar a um grande focinho, ainda sem pelos. O peito já havia inchado, estourando alguns botões da camisa, e as pernas já estavam parcialmente transformadas.

– Rômulo! – Lupina gritou, e a fera olhou para ela, cambaleando na direção da parede oposta à jaula, onde a loba pôde ver o alvo das imprecações e do desafio do lobisomem.

Ela já o observara muitas vezes ao longo dos anos. Parava em frente à jaula, para tentar alguma empatia, alguma identificação que fosse. Ele nunca tentou fazer contato, emitir um som, sequer rosnar ou ameaçá-la. Se tivesse feito isso, talvez o medo de Lupina fosse menor.

Medo. Sim, ela tinha medo dele. Ela, a grande loba Reprodutora, cujo uivo fazia os lobos naturais da região entrarem ganindo em suas tocas, tinha medo daquela coisa dentro da jaula.

Em estatura, ele se elevava acima de todos os lobisomens que tinha conhecido, mesmo transformados. Talvez porque não ficasse curvado para frente como os lobisomens, mas ereto, como um atleta humano. Mas ele não era um atleta humano. Definitivamente.

Aliás, os Reprodutores machos não se transformavam em humanos. Não se sabia ao certo se era pela sua própria fisiologia, pela vida que levavam, ou se era por puro desinteresse mesmo. Mas o fato é que os próprios lobisomens não tinham registro de um Reprodutor que se transformasse, o que fornecia mais um ótimo pretexto para enjaulá-los e privá-los do conhecimento recíproco do mundo exterior e, principalmente, humano.

E, se todos os Reprodutores já diferiam enormemente dos humanos ou dos animais conhecidos pelos humanos, esse Reprodutor, por sua vez, diferia de todos os seus pares lobisomens, Reprodutores ou não.

Uma pelagem branca e regular cobria todos os centímetros do seu corpo. Era curta e grossa, mas deixava entrever os músculos que cobriam praticamente todos os seus ossos. Os braços eram grossos como árvores, assim como as pernas. O pescoço fora substituído por uma única peça trapezoidal, encimada por uma cabeça diminuta, mas terrível. As orelhas subiam pouco, como a dos *bull terriers*. Na verdade, toda a cabeça poderia ser a desse pequeno cão, com os olhos sem o branco da esclera, tomados por uma íris negra.

O nariz era esparramado pela cara, e quase se fundia à boca. E a boca, diferentemente dos outros lobisomens, parecia eternamente esgarçada em um sorriso de dentes grossos e afiados. O animal não tinha queixo, o que deixava o sorriso idêntico a uma arcada de tubarão que tivesse sido congelada em meio a uma dentada.

A criatura aproximou-se das grades de sua prisão, apoiando os pulsos nas barras horizontais. Com um pequeno movimento, atirou uma coisa aos pés de Lupina e depois se afastou para o fundo da jaula. Lupina olhou para baixo e viu a orelha decepada de Rômulo, ainda na forma humana.

– Tadinha dela – sussurrou Júlia, agora totalmente capturada pela narrativa.

– Vai piorar. Amanhã continuamos – disse Roma, se levantando e colocando o tampão de metal usado para abafar a fogueira.

– Espera a gente voltar pro chalé pra apagar, Roma – disse Roberta com voz suplicante.

– Voltamos juntas, não tenha medo – disse Roma, apagando o fogo e deixando todas iluminadas somente pela lua crescente.

Segunda noite

Fazia uma bela manhã de sol, apesar dos nebulosos acontecimentos da noite anterior. Daren pensava justamente nisso enquanto atravessava a rua, do hostal onde morava para a recepção do hotel onde trabalhava. Lembrava-se de ter subido no ringue, onde Hermínia reinara absoluta por trinta minutos, e não se lembrava de mais nada da luta. Acordou com um pano úmido na fronte, aplicado por Hermínia. Estava no colo dela, o rosto suado da mulher inclinado sobre ele, como um dia a face de Deus deve ter pairado sobre o abismo, pensou o jovem, em um momento grandiloquente.

Ela disse que o tinha acertado acidentalmente com muita força, e ele tinha desmaiado. A cena não era muito romântica, porque vários dos frequentadores da academia popular estavam em volta deles. Quando Daren finalmente se sentou, recebeu vários tapinhas no ombro de congratulações.

– Acho que agora eu te devo uma cerveja, não é? – Hermínia levantou-se e estendeu a mão para Daren, ainda sentado no banco de madeira.

– Não sei, nunca fui nocauteado antes – confessou enquanto era puxado por Hermínia para ficar de pé –, acho que me deve, sim.

Os dois riram. Foram para o bar em frente, onde Hermínia foi recebida como uma celebridade. Brindou com todos os seus adversários da noite. Todos orgulhosos de terem sido espancados pela beldade de cabelos claros. Hermínia continuava com a roupa da manhã e exalava um cheiro forte de suor, o que deixou Daren inebriado. "Eram assim os deuses antigos?", pensou de forma confusa. Não, não era uma deusa, é claro. Era somente a mulher mais espetacular que havia conhecido em sua vida. E gerentes de hotéis jovens e bonitos conhecem muitas mulheres. Ela chamou o garçom e pediu uma porção de carne de sol. Olhou para Daren e perguntou se ele iria querer alguma coisa. Ele disse que pensou em pedir um pouco da carne de sol dela, mas mudou de ideia porque já havia sido nocauteado aquela tarde. Ela riu de novo, engasgando e babando a cerveja. Daren já estava apaixonado muito antes de Hermínia ter beijado sua boca sem aviso, entre a segunda e a terceira garrafa.

E foi exatamente nesse momento que as coisas começaram a mudar. Ela afastou-se, e olhou para o celular, que chamava pela enésima vez. Dessa vez, ao invés de ignorar, o nome no monitor a fez ficar séria e franzir o cenho, um tanto surpresa. Pediu licença e saiu para atender. Voltou minutos depois, lívida e abatida. Parecia ter chorado. Daren teve a sensibilidade de *não* perguntar o que era e pedir a conta rapidamente. Ofereceu-se para levá-la até o carro e ela aceitou, como se hipnotizada. Estava distante, os olhos mortiços. Antes de entrar, entretanto, Daren virou-a, em sua direção.

– Hermínia, quer que chame um táxi? Tem condições de dirigir?

– Humm? Não, não precisa.

– Olha, não sou um assassino, posso dirigir para você até o hotel. Moro em frente e... – parou. Não queria convidá-la para ir para casa.

– Não, tudo bem, Daren. Desculpe. Acho que baixou o cansaço – disse, dessa vez mais desperta. Deu-lhe um beijo na bochecha de despedida, entrou no carro e saiu.

A academia comunitária era próxima do hotel e Daren voltou a pé, pensativo. Uma pequena visão parece ter cruzado sua memória. Olhos amarelos, talvez. Enquanto entrava no quarto, lembrando-se do beijo e do flerte entre os dois, e os olhos voltaram, um flash muito rápido. Tinham um rosto agora, mas não conseguia identificar quem era. Sequer se era humano. Escovando os dentes e olhando-se no espelho, o terceiro flash, agora mais nítido. Era Hermínia? Quando encostou no travesseiro, pareceu se lembrar dos olhos de Hermínia, transformados, por um segundo, apenas. Talvez nem isso. Um pouco antes de dormir, podia jurar que tinha visto os olhos e o cenho de Hermínia se transformarem, em uma expressão... não, não era uma expressão. Aconteceu uma mudança física naqueles olhos. Como se ficassem mais redondos e amarelos, e as sobrancelhas se encurvassem de forma impossível e demoníaca. Mas muito rápido. Uma alucinação da pancada, provavelmente. O olhar de fúria de Hermínia antes de nocauteá-lo transformado em uma forma inumana pelo seu subconsciente abalado. Tentou se lembrar do beijo, ou mesmo do estranho telefonema que havia acabado com a sua noite, mas aquele semblante (sem dúvida criado pelo seu cérebro!) voltava a toda hora. Adormeceu. Sonhou que um terrível animal comia o seu coração em uma mesa de bar. Ele mesmo assistia à cena, sentado em frente. Quando o animal levantou a cabeça da refeição sinistra, era Hermínia, que sorria para ele. Curiosamente, não acordou sobressaltado.

– Parece assustada, meu bem...

– Matriarca, a senhora... eu não...

– Não esperava, eu sei. Nem mesmo a sua superiora direta liga para você. Aqui é tudo assim... ritualizado. É, acho que é essa a palavra.

Não era possível, mas a Matriarca parecia alcoolizada ao telefone.

– Sim, estou bêbada – pareceu adivinhar. – Como não tenho que domar nenhuma loba Reprodutora, posso beber, não posso?

– ...

– Para falar a verdade, tenho sim, que domar todas as lobas, lobisomens, Reprodutores e toda a Matilha, além de mim mesma. Portanto, estou tomando um domador, um... – não conseguia continuar o raciocínio, gaguejando – um esquecedor. Um tranquilizante. Álcool! Estou tomando álcool! Hahaha!

– Senhora, desculpe. Na verdade, eu não esperava...

– Sim, sim, sim, sim. Já passamos dessa parte. O protocolo, a sua surpresa. Me conte, Lupina parece bem? – chegou a desafinar no final da frase.

– Parece bem, senhora. Mas parece também...

– Decidida?

– Sim, senhora.

– E você, está decidida?

– Claro, senhora. Fui enviada para...

– "Fazer o que é melhor para a Matilha", blablabla... Não foi isso que eu perguntei. Perguntei se *você, você* Hermínia, está decidida. Decidida a obrigar a outra loba a se degradar em um intercurso com uma daquelas bestas asquerosas que criamos aqui em cativeiro. Tente ser sincera, não será punida, tem a minha palavra.

Nunca havia falado com a Matriarca. Fantasiava o dia em que participaria do conselho, como uma loba mais velha, daqui a centenas de anos. Conversaria com todas as lobas de igual para igual. Mas o que vivia agora não tinha passado pela sua cabeça. Pensou bem antes de responder.

– Sim, senhora.

– Uma pena.

– Senhora?

– Uma pena que você vá vencer mais esta. Vocês, bitoladas, sempre vencem. Pensei que Lupina pudesse plantar alguma alternativa, sabe? Mudar as coisas um pouco.

Agora tinha se ofendido. Por que aquela tortura? Era uma excelente agente, tinha levado todas as missões a cabo. Não pensou quando respondeu para a Matriarca, a Comandante Suprema da Matilha e da Prole.

– A senhora poderia tirar essa obrigação dela. Deixá-la livre.

O silêncio do outro lado da linha deu mais tempo ainda para Hermínia se arrepender do que tinha dito. Uma lágrima de medo escorreu pela sua face.

– E por que eu faria isso? – a Matriarca respondeu, por fim. – Por que eu faria isso, se vocês doam, para mim e para todas essas velhas inúteis aqui da Matilha, os seus corpos, o tempo e a vida de vocês? Para que eu iria libertá-las de alguma obrigação que nós mesmas inventamos em nosso próprio benefício?

Agora era a vez de Hermínia ficar em silêncio. Estava perplexa, sentia como se estivesse vivendo uma alucinação, um pesadelo.

– Eu não vou libertar ninguém de nada, cadelinha, porque vocês só me interessam – disse a Matriarca, por fim – quando me dão *tudo*, entendeu? Tudo! Tudo que é de vocês tem que ser nosso também. Meu, da vaca inútil da Desdêmona e da corja de decrépitas enfiadas aqui nesse mausoléu!

– Senhora… – Agora lágrimas desciam sem controle dos olhos apavorados de Hermínia. Realmente, aquela conversa estava indo além dos seus piores pesadelos.

– E trate de engatar aquela besta asquerosa na cloaca da Lupina, entendeu? Ou vai ficar no lugar dela! Ah, esqueci! Você é só uma cachorrinha castrada. Uma castradinha que espalha a castração entre os lobos, não é verdade?

E desligou.

Hermínia olhou para o bar onde estava. Tudo parecia irreal, na mesma nota do telefonema que recebera. Quem era aquele rapaz bonito mesmo, olhando para ela? Daren. Ele se chamava Daren. Iria se sentar? Ele olha para ela preocupado. Diz a ela que vá para o hotel, descansar. Ela está em um hotel, é verdade. Qual hotel mesmo? Que cidade? Ela deveria se transformar agora. Transformar-se e fugir daquele lugar em disparada. Ou fazer sexo, simplesmente, e depois dormir. Dormir. Poderia dormir. Andar de carro e dormir. Eram duas opções razoáveis a seguir.

A Matriarca desligou o telefone. Não sabia por que tinha feito aquilo. O álcool tivera lá a sua parte, é claro. Desde o começo do século passado, tinha o hábito de beber no trabalho, influência dos políticos profissionais que conhecera. Achava que a deixava em contato com as suas verdades mais fundamentais, e mais capaz de expressá-las (e, portanto, de fazê-las acontecer). Portanto, se havia falado aquelas coisas bêbada, era porque elas tinham algo de verdade. Talvez *toda* a verdade.

Mas a verdade fundamental era que estava triste. Triste, velha e cansada e com ódio de todas aquelas lobas jovens, atraentes... não. Não tinha inveja dos atrativos delas. Isso era uma coisa dos humanos que ela nunca havia entendido, em seu cerne. Atração é uma coisa de destino, do corpo e de cheiro, nunca de aparência. Só mesmo os inúteis focinhos humanos poderiam se enganar a respeito disso. Era outra coisa. Tinha inveja da potência daquelas lobas. E estava deprimida com o que a Matilha estava fazendo com elas. Estava sugando a vida daqueles seres, assim como tinham sugado a sua vida em prol... Jogou as coisas da mesa no chão. Começou a se transformar, lentamente. Ficou de quatro. Uma assistente abriu a porta e foi recebida com um rosnado, que entendeu como uma ordem para abandonar a sala. Ficou só, de novo. Rasgou as próprias roupas com os dentes e urinou nos trapos. Depois, enrodilhou-se, embaixo de sua mesa, como se fosse o cachorro de si mesma, e dormiu. Na forma animal, não podia chorar.

– Mas isso aconteceu tudo na noite anterior, né? – Deyse arriscou uma interrupção, afinal ainda não tinha atrapalhado Roma.

– Sim – Roma parecia indisposta, apesar de não mudar o ritmo de sua narrativa. Sua resposta foi tão curta e inexpressiva que nenhuma das amigas ousou falar de novo.

Hermínia acordou ainda mais indisposta do que tinha ido dormir. Tinha cravado as unhas no colchão durante a noite, o que era preocupante. Manter o disfarce humano era o ponto alto dos lobisomens como espécie. Por isso, resolveu tomar um banho, hábito que detestava. Tirava a maior parte dos cheiros básicos e a deixava pouco respeitável para os outros lobisomens. Foi rapidamente para a garagem e evitou passar pela recepção, para não encontrar Daren.

Entrou no carro alugado e dirigiu até a fazenda de Lupina, a uma hora e meia da cidade. Gostou da região, não muito diferente da que habitava. Devia se manter escondida até ser designada pela Matilha para... ou... Qual era a expressão que ela usou? "Espalhar a castração", algo assim. Transformou-se o suficiente para rosnar de ódio, tão alto, que doeu até seus próprios ouvidos. A estrada de terra, sempre deserta, repercutiu o rosnado.

Sentiu-se um pouco melhor. Não tão bem como se pudesse rasgar a garganta daquela... Parou o carro. Agachou-se ao lado do veículo, tentando se controlar. Não iria conseguir dirigir transformada. Sentou encostada à roda e observou as árvores, farejando. Algo que poderia ser um macaco estava por ali. Parecia grande o suficiente para ser comido. Não, isso não ajudava. Aquele menino bonito resolveria. Daren. Tinha acertado um soco nela, veja só! Sorriu com a lembrança. Um soco de um humano! Mas não era isso o que a tinha impressionado nele. Os humanos machos pareciam sempre prontos a pular nela, como se fossem Lobisomens Reprodutores. E eram tão frágeis. Não os ossos ou a pele, que eram, sim, ridiculamente frágeis, mas sua... humanidade. Pobrezinhos. E quando a ofendiam? Minha Loba! Tinham verdadeiros ataques histéricos de autoafirmação. Mas aquele menino... Sorriu de novo. Olhou para as próprias mãos. Humanas. Enquanto entrava no carro, uma pequena picape, muito velha e malcuidada, passou por ela. Da direção do veículo, um homem com cara de poucos amigos a encarou, mas não parou o carro, sequer pareceu interessado. Podia sentir o cheiro de outro homem no veículo, no banco do passageiro. Era jovem, seus hormônios denunciavam isso. Poderia tentar ouvir o que falavam dela, se também não estivesse desinteressada.

Pensou que, se tivessem parado o carro e olhado cuidadosamente todo o seu corpo, não saberiam dizer nada sobre ela. Nada de verdadeiro. Os humanos tinham sim, seus méritos, é claro. Eram a espécie dominante de um planeta que abrigava predadores extraordinários, como os próprios lobisomens. Essa força dos humanos, essa temeridade maluca, Hermínia admirava. Eles caçavam tubarões e faziam *sopa* deles. Domavam orcas assassinas para transformá-las em palhaços de espetáculos aquáticos. Entravam na arena com touros seis vezes mais pesados para matá-los com espadinhas minúsculas, usando um corpetinho dourado, calças justas e sapatilhas. Eram loucos, abusados, destemidos. Um lobisomem nunca ataca se não tem certeza do sucesso. Hermínia, como todas as outras lobas, sentia a necessidade de caçar, uma vez por mês. Corria atrás de coelhos, macacos, veados e outros animais silvestres. Quando estava transformada, seu raciocínio humano ficava embotado; a transformação injetava uma carga extrema de adrenalina no cérebro dos lobisomens, quadruplicando a sua selvageria e brutalidade. Mesmo assim evitava os animais domésticos e nunca havia atacado uma pessoa. A mensagem da periculosidade humana nunca abandonava o seu ser. Houve muitos casos no passado, é verdade; mas os humanos respondiam com uma organização, crueldade e uma *antecipação* que amedrontavam até mesmo os poderosos lobisomens. Perseguiam as grávidas, o estágio de maior fragilidade da loba, matavam as crias, em rituais repugnantes, que visavam atrair outros lobisomens para a vingança. Lobisomens que seriam mortos de forma ainda mais cruel. Era difícil matar uma loba adulta, e mais ainda um macho. O couro do animal era grosso; e o poder de recuperação de seu metabolismo, extraordinário. Entretanto, os calibres mais grossos, com miras telescópicas, as minas explosivas, os drones e os bombardeios das matas, onde talvez tivesse sido avistado um lobisomem, eram somente algumas das maneiras que o homem tinha desenvolvido para manter seu prestígio de predador supremo do planeta. Um outro grande truque era usado pelos humanos: o apagamento histórico. Civilizações inteiras mergulhadas no esquecimento, aculturadas, absorvidas. Fizeram a mesma coisa com os lobisomens, que não passavam, para a maior parte da população, de uma lenda, assim como os índios brasileiros, que, apesar de humanos como eles, eram tratados como "fauna em extinção".

Mas esse apagamento cultural não feriu os lobisomens, se era essa a intenção. Não tinham o conceito de cultura. Se tivessem que ser absorvidos, em troca de invisibilidade e um ou outro mestiço, estaria de bom tamanho. Sim, porque havia mestiços. Foi a principal moeda de troca entre lobisomens e humanos. Uma mordida, um dia de terrível mal-estar e o humano infectado poderia enterrar todos os seus descendentes. A longevidade fenomenal, a força multiplicada e a saúde impenetrável traziam para o cérebro humano alguns efeitos colaterais, é claro. Canibalismo e desejo de matar era o mais comum. Não acontecia na primeira contaminação, mas os humanos eram assim: nada era o suficiente. Se você transforma um paciente terminal em um homem saudável que vai viver mais trinta anos, ele vai querer viver cinquenta. Se ele tiver enterrado todas as pessoas que conhecia, estiver sozinho, raivoso e enlouquecido, não vai querer morrer, vai querer viver mais cem, e assim por diante. Mas uma pessoa que aceita ser mordida por uma criatura mítica para viver por mais trinta, ou cinquenta anos, não está mesmo muito boa da cabeça.

Entrou de novo no carro e deu a partida. Dirigiu ocupando-se mentalmente apenas dos aspectos práticos da sua missão. Reconheceu a porteira por uma foto enviada pela Matilha e parou. Era hora de trabalhar. Iria mostrar para a Matilha e para aquela velha horrorosa que era uma loba de valor. Ou, pelo menos, uma castradora e uma carrasca eficiente.

Abriu a porteira e entrou com o veículo até o ponto onde encontrou Lupina, que a esperava à sombra de uma grande árvore.

– Acordou tarde, cachorrinha – foi o cumprimento pouco formal da Reprodutora.

– Pensou na minha proposta?

– Na sua ameaça?

– Chame como quiser. O que decidiu?

– Eu... eu vou tentar mais uma vez – A loba engasgava e lágrimas brotaram de seus olhos. – Você poderia... me ajudar. Digo...

– Supervisionar. Sim, claro. Hoje mesmo? Ou prefere...

– Agora. Vamos terminar logo com isso – Lupina tornou-se subitamente fria e séria, causando, paradoxalmente, um nó na garganta de Hermínia.

– Me leve até o local – disse a loba-soldado, baixando a vista, constrangida com o tremor na própria voz.

Andaram em silêncio até o galpão. Lá dentro, Rômulo estava de cócoras, tentando fixar o jogo de coleiras e algemas à grade, enquanto olhava para o Reprodutor, sentado a mais de quatro metros dele, e de costas. Era mais ou menos a posição em que estava quando conseguiu, sem ser notado, aproximar-se e arrancar de um golpe a orelha de Rômulo. Hermínia notou o medo e a dificuldade do criado, além da bandagem envolvendo a cabeça, com o sangue na região da orelha. Conhecendo bem o comportamento dos Reprodutores, começou a provocá-lo. Um Reprodutor era facilmente atraído por uma loba fêmea, mesmo que infértil.

– Ei! Feioso! Olhe para cá!

O animal, entretanto, ao invés de avançar para as grades na direção de Hermínia, ou mesmo se levantar, somente virou a cabeça na sua direção, com aqueles horríveis olhos negros, e aquela arcada impossível, de tubarão. A voz de Hermínia embargou quando viu a cara da fera. Tentou continuar as ofensas com a mesma entonação, mas todos notaram que tinha ficado abalada. Os segundos que ganhou, entretanto, foram o suficiente para Rômulo terminar de ajustar o equipamento.

– Se está impressionada com ele sentado, espere para ver quando ele se levantar – Hermínia estava tão absorvida pelos olhos negros do Reprodutor que chegou a se assustar com a voz de Lupina perto do ouvido.

– Não pode ficar pior – disse sem pensar.

– Pode. Você trouxe uma arma?

– Uma arma? Não, pela Loba! Ele vai estar algemado e encoleirado à grade! E eu vou ficar do lado de fora com essa tenaz – apontou para a peça de ferro, também padrão da Matilha, encostada na parede ao lado. – Se ele tentar alguma coisa, daqui consigo feri-lo no olho. Um Reprodutor cego de um olho ainda é um Reprodutor.

Lupina encarou Hermínia em silêncio. Outra vez, não havia súplica em seu olhar. Outra vez, sua coragem tornava o trabalho de Hermínia mais difícil.

– Está tudo pronto? – sua pergunta para o criado soou como um suspiro angustiado.

– Está – Rômulo respondeu, simplesmente, olhando para Hermínia nos olhos. O que havia naquele olhar? Lupina teria contado para ele os termos de sua rendição? Difícil saber. Houve casos de amizade entre Reprodutoras e criados, e mesmo um ou outro intercurso proibido, até mesmo um romance. A castração dos machos, muitas vezes, não diminui o seu desejo, somente os torna estéreis, mesmo sendo mais invasiva que a das fêmeas. Mas naquele olhar não havia a submissão medrosa dos criados, ou mesmo enfrentamento. Era uma incógnita.

– Ei! Besta! Você me entende? Balance a cabeça se entender. Ou volto aqui amanhã para sacrificar você! – Hermínia tentava se impor. E impor a si mesma o papel de carrasco. Mas o tom autoritário saiu forçado e exagerado. E engasgado, mais uma vez. O animal olhou para ela e balançou a cabeça afirmativamente.

– Então vá para o outro lado, fique de costas e abra bem os braços, entendeu?

Ele balançou mais uma vez afirmativamente a cabeça e se levantou sem pressa. Quando começou a se mover, lentamente, Hermínia não pode conter uma exclamação de espanto. "Minha Loba", disse, baixinho. Era o maior Reprodutor que já vira. Sua postura e seu andar humanos deixavam-no ainda mais amedrontador. Caminhava lentamente, sabendo que todos o observavam, mas sobretudo Lupina. Lupina, sua noiva.

Ele se lembrou da primeira vez que acordou na cela em que viveu os últimos cinco anos. Era maior que a cela que vinha habitando já há alguns meses, na sede da Matilha, e tinha mais cheiros do mundo exterior também. Ouvia pássaros cantando lá fora, e, com o tempo, aprendeu a atraí-los com restos de ração, para que pudesse aprisioná-los e assassiná-los lentamente. Matar os pássaros, ratos e insetos deixava-o feliz, por algum tempo. Talvez feliz não seja a palavra, mas satisfeito. A satisfação provinha principalmente das lembranças que os assassinatos dos pequenos bichos traziam à sua alma atrofiada.

Lembrava-se da Creche, um lugar de nome terrivelmente irônico, onde havia, sim, sido feliz. A Creche é uma grande área cercada, quase um latifúndio, externa ao prédio da Matilha, com vegetação e água, onde os futuros Reprodutores são despejados. Lá, o único alimento de porte que um filhote pode encontrar, durante pelo menos um mês, são os outros filhotes. No geral, quatro dos seis futuros Reprodutores se unem para emboscar e assassinar o grupo menor. "Uma forma de incentivo à seleção natural", tinha ouvido de um dos criadores. Alfa, como era chamado, recusou se alinhar com o grupo maior, que o queria por ser, já na época, o mais forte e agressivo. A Creche era grande o suficiente para esconder um filhote por uma semana, além da natureza local fornecer cobras, ratos e pássaros para um cardápio minguado. Alfa se escondeu e viveu de cobras e ratos até ser procurado pelo outro filhote solitário. Se os dois se unissem, a força superior de Alfa poderia fazer a diferença. Alfa matou-o e comeu-o ali mesmo em sua toca.

Quando os criadores foram buscar os remanescentes, encontraram somente um, Alfa, que ainda teve força para matar dois lobisomens adultos antes de ser agrilhoado e sedado. Outros dois criadores foram mortos por ele, antes de ser encaminhado para Lupina.

Ela estava ali na noite do primeiro dia. Tentou falar com ele, mas ele desprezava as palavras, como desprezava todos os outros lobisomens. Mas como poderia desprezar Lupina? Naquela primeira noite, seu cérebro atrofiado formulou uma certeza, a de que Lupina seria sua, não importava quanto tempo esperasse. Não sabia exatamente *o que* faria com Lupina, talvez a devorasse, talvez praticassem o que seus criadores chamavam de "intercurso", mas faria *com Lupina,* com ninguém mais.

Lupina o torturava. Transformava-se na sua frente, momento em que ficava ainda mais magnífica. Gritou com ele, esperando resposta, e chegou algumas vezes a chorar, momento em que quase a desprezou.

O desejo que sentia por Lupina só era páreo para o ódio que sentia do outro, que ficava do lado de fora da jaula com ela. Sabia que não era como ele, tinha percebido pelo cheiro, mas o detestava do mesmo modo. Depois que tivesse Lupina, ele o mataria. Talvez matasse Lupina também, por tê-lo feito esperar tanto tempo. Mas, primeiro, teria Lupina. Aguentaria tudo, até mesmo essa nova loba que apareceu por aqui, dando ordens para todos. Depois de Lupina, iria se haver com ela também. Depois de Lupina, ele se haveria com todos. Inclusive com Lupina.

Foi com isso na cabeça que o Reprodutor encostou as costas na grade e se deixou ser agrilhoado fortemente por Rômulo. Era um sistema simples, mas efetivo. Duas algemas e uma gargantilha estavam ligadas por três barras de ferro a uma única trave, que era manejada pelo criado. O Reprodutor, assim, parecia um enorme títere, mas com ainda menos capacidade de movimentos articulados que um boneco de madeira. Rômulo era um lobisomem grande e forte, mesmo entre os lobisomens, mas parecia ridículo imobilizando aquela montanha de músculos, ainda que ajudado pelo equipamento.

O Reprodutor olhava para o lado, para Lupina. Sabia que a sua hora tinha chegado. Lupina olhou para Hermínia com olhos vazios e começou a se despir. Enquanto se despia, ela foi se transformando. Era uma lobisomem Reprodutora, e sua transformação total a aproximava mais de um animal quadrúpede do que dos outros lobisomens, quase sempre bípedes. Quando uma Reprodutora ficava de pé, era do tamanho de um urso pardo. Era realmente magnífica. Sua pelagem era negra, da cor de seu cabelo humano, e sua cabeça enorme era toda protegida por uma pelagem curta, enquanto os outros lobisomens apresentavam falhas aqui e ali, ou tinham o rosto pelado. Hermínia agarrou a tenaz e abriu a jaula para a Reprodutora. Lá dentro, Lupina colocou-se submissamente na posição do coito, enquanto Rômulo ia soltando aos poucos a corrente do Reprodutor, presa à lateral da jaula. Hermínia fechou a porta da jaula e se posicionou com a tenaz. O Reprodutor estava a menos de um metro de Lupina quando Hermínia gritou para que Rômulo o detivesse.

Abriu a porta da jaula e chamou a Reprodutora para fora, que atendeu, depois de um segundo de hesitação. O Reprodutor demorou um pouco mais para reagir, perplexo. Foi somente quando viu a porta da jaula se fechar, com Lupina do lado de fora e restabelecendo a forma humana, que percebeu que seu desejo havia sido frustrado, mais uma vez.

Urrou, enlouquecido, e o trovão que se fez ouvir gelou o sangue de todos. Jogou seu corpo para frente, com fúria, mas foi detido por Rômulo, que subiu com os dois pés na grade da jaula. Mas aquilo era somente um estratagema do Reprodutor. Percebendo a força contrária vindo dos seus grilhões, jogou seu corpo, agora para trás, auxiliado pela força que o criado estava exercendo. O efeito foi devastador. Rômulo foi jogado para trás, pela mesma barra de metal que estava usando para conter o Reprodutor. A peça entrou fundo na carne de seu ombro, fazendo o lobisomem rugir de dor. O Reprodutor, por sua vez, bateu as costas nas grades com tanta fúria que a parede lateral do galpão cedeu, derrubando uma parte do teto. Hermínia e Lupina se encolheram e, com os braços, tentavam afastar a nuvem de poeira que se ergueu entre elas e a jaula do Reprodutor.

Quando a poeira finalmente baixou, o que viram foi a grade da jaula tombada no chão, em meio aos caibros do teto. Rômulo também estava no caído, com a grande peça de metal trespassada em seu ombro. E, finalmente, a parede de alvenaria havia ruído, deixando um buraco grande o suficiente para passar um automóvel. Foi por ali que o Reprodutor fugiu.

As lobas se aproximaram do buraco e olharam para fora. Alguns metros adiante, uma cerca de metal separava a fazenda de Lupina da reserva florestal. Estava tombada. Ele havia desaparecido. Haviam deixado um lobisomem Reprodutor de trezentos e cinquenta quilos, furioso e frustrado, solto pelo mundo dos humanos.

– Alguém quer chocolate quente?

A pergunta foi o suficiente para disparar alguns segundos de gritaria, incluindo a mãe de Roberta, que tinha ido oferecer o chocolate.

– Vocês estão loucas meninas?!! – gritou, entre gargalhadas.

O pai de Roberta olhava tudo da janela. Dali, da fogueira, ele parecia uma sombra, uma forma sem rosto, observando as mulheres à luz do fogo.

– Uma arma? – Daren achou que talvez tivesse escutado mal.

– Não qualquer uma. Preciso de uma carabina 44 de repetição, oito tiros. Uma Hatsan seria o ideal...

– Espera, espera – Daren interrompeu Hermínia, que parecia ainda mais distante do que quando se despediram na noite anterior – a senhora não acha que porque eu sou negro sei onde comprar armas, acha?

Daren não achava que Hermínia fosse preconceituosa ou tivesse saído com ele por algum fetiche específico por homens negros, mas estava realmente chateado por ter sido procurado dessa forma e quis agredi-la. Como ela *realmente* pareceu não notar a agressão, Daren imaginou que ela estivesse muitíssimo preocupada com algum assunto. Um assunto que exigia uma carabina calibre 44, pelo visto.

– Desculpe. Obrigado de qualquer forma.

E desligou.

Lupina e Hermínia se encararam. Agora eram cúmplices da evasão da Reprodutora de seu dever para com a Matilha. Já seria péssimo se o Reprodutor não tivesse fugido, e ele fugiu. Para piorar, Rômulo havia saído, totalmente transformado em lobisomem, atrás do Reprodutor, sedento de vingança pela orelha decepada. Uma forma de piorar a situação ainda mais seria se os dois fossem vistos por humanos, batalhando em campo aberto. E, a julgar pela sorte das duas, era melhor tomar alguma providência, antes que o pior do pior do pior acontecesse. Iriam caçar o Reprodutor na forma humana e matá-lo.

A área não era densamente povoada, mas também não era um deserto absoluto. Havia fazendas próximas. Um parque nacional ao lado, que recebia, volta e meia, visitas, tanto de naturalistas quanto de turistas normais. A Matilha em breve entraria em contato com Hermínia, para saber como andavam as coisas e "perdemos o Reprodutor e o criado de Lupina e estão pipocando cadáveres humanos pela região" não era o tipo de relatório aceitável para se fazer.

– Não sei por que liguei para ele... – disse Hermínia, enquanto buscava uma loja de armas na cidade pelo celular.

Lupina estava olhando para Hermínia, mordendo o lábio. Achou que deveria romper o silêncio.

– Obrigado por tudo – disse, olhando para o chão. Lobas não tinham facilidade de comunicação entre elas, pelo contrário.

– Agradeça depois que matarmos aquele monstro.

– Olha, se ele me matar, mesmo assim vou continuar agradecida. Você acabou de ferrar a sua vida por minha causa e nem... Bom, lobas nunca são amigas mas... enfim, você não precisava.

– Não precisava, mas eu quis. E também eu não tinha uma vida minha para ferrar. Era a vida da Matilha. Obrigar você a cruzar com aquela coisa era a vontade da Matilha, não minha. Fiz aquilo por mim mesma e porque estou cansada de ser obrigada a fazer coisas nojentas para aquelas velhas.

– Mesmo assim...

– Olha, Lupina, vou precisar da sua ajuda para matar esse lobo e vou fugir. Só isso. Você é uma Reprodutora, é valiosa. Temos cada vez menos lobas Reprodutoras. Você pode inventar alguma coisa para elas e ganhar mais tempo. O que não podemos é deixar aquela... aquela coisa matar tudo o que encontrar pela frente. Nem uma Reprodutora seria perdoada por um acidente diplomático com os humanos.

– Mas por que você se importa? Por que simplesmente não tiramos o corpo fora? Ele vai atacar um humano ou outro, uma hora os humanos vão matá-lo. Se a coisa vier a público, nós seremos o menor dos problemas da Matilha.

Hermínia fez silêncio. Lupina tinha razão. Poderia simplesmente entrar no carro e andar o máximo que pudesse. Não moveriam montanhas por uma loba desertora. Mas não era esse o ponto. O ponto era a causa secreta que a levara até aquela situação. Uma causa em que ela mesma não acreditava mais. Foi Lupina quem deu a desculpa perfeita para a sua atuação no caso.

– É com essa pessoa para quem você telefonou que está preocupada? Daren, é isso?

Hermínia hesitou em responder. Lupina a encarava de uma forma estranha, parecia um meio sorriso, mas poderia ser somente o sorriso da decepção. Será que tinha percebido alguma coisa?

– Não acho certo deixar um animal daqueles à solta. Se os humanos souberem dos lobisomens, não é somente a Matilha que vai ter problemas, nós também.

Lupina tinha uma expressão diferente agora, e continuava olhando fixamente para Hermínia.

– Bom, se não quer admitir que é por causa de um humano, azar o seu. Como fazemos para matar o Reprodutor? – disse, por fim, retomando o tom debochado de quando se conheceram.

– A primeira coisa é comprar uma arma. Aqui está a loja. Conhece esse endereço?

– Hermínia não responde, senhora, mas disse por mensagem que resolveria o problema de Lupina ainda hoje.

Era Desdêmona agora quem estava na sala de controle. Olhava para o castrado sentado como quem olha para um telefone em cima da mesa.

– Tem os registros dos telefonemas que ela recebeu?

– Dois do hotel onde está hospedada, um de um celular da cidade e um... um daqui mesmo. Quero dizer, não dessa sala, senhora.

– Explique-se.

– Veio da sala da Matriarca, senhora – o castrado respondeu, quase segredando.

Desdêmona olhou por um momento para o rapaz. Virou-se e saiu da sala. Dirigiu-se à sala da Matriarca. Bateu e entrou. Ela estava deitada no sofá, usando os trapos das próprias vestes como se fosse um lençol.

– Você está se sentindo mal? – Desdêmona perguntou, olhando para a garrafa de vinho em cima da mesa.

– Na verdade, ótima. Falei com sua agente ontem. É disso que veio tratar?

– Ela disse alguma coisa sobre o andamento da missão? – Desdêmona mantinha a frieza, frente ao ar bonachão da Matriarca. A velha estaria ficando senil? É bem verdade que a Matriarca tinha um gosto lupino pelos jogos de palavras e diálogos insólitos. Uma espécie de malícia da raça, que Desdêmona não partilhava.

– Ela vai cumprir tudo direitinho.

– Foi o que ela disse? Com essas palavras?

– Desdêmona, quer ser a Matriarca?

Desdêmona quedou perplexa. Estava acostumada aos jogos de palavras e aos labirintos mentais da Matriarca, mas nunca tinham chegado ao extremo de brincar com o cargo máximo da Matilha.

– Eugênia, não estou entendendo a brincadeira – Desdêmona achou melhor quebrar o protocolo. Não chamava a Matriarca pelo nome de batismo desde que fora designada a segunda no comando.

– Não estou brincando. Estou cansada.

– Não acho que essa seja uma decisão para se tomar sozinha, devíamos... – Desdêmona titubeou. Queria o posto, é claro. Estava cansada do ar filosófico da Matriarca para tratar de questões cada vez mais prementes. Mesmo assim, podia ser um jogo da velha.

– Façamos assim: você resolve esse maldito imbróglio com nossas jovens lobas e o cargo é seu. Vou consultar o conselho sobre isso.

Dessa vez, a boca de Desdêmona chegou a abrir um pouco, para acompanhar a perplexidade dos olhos. O que ela queria dizer com isso? Por que passar o cargo em plena crise de autoridade da Matilha? Não poderia simplesmente acatar essa sugestão sem dar cores, digamos, políticas para a situação.

– Parece uma condição. Como se eu ainda devesse provar alguma coisa.

– Para mim, você deve.

Desdêmona piscou, uma vez, lentamente, como se absorvesse o veneno da Matriarca. Inclinou levemente a cabeça, como quem vai pedir licença e saiu, silenciosamente.

Rômulo, na sua forma de lobisomem, farejava o ar. Ainda sentia a dor da orelha amputada, que agora se somava à ferida causada pela peça de ferro da jaula. Os lobisomens têm um poder de regeneração próximo ao das salamandras, mas o sistema nervoso mais complexo tornava essa regeneração dolorida. A dor o deixava um pouco desorientado, com dificuldade de rastrear seu inimigo. Saíra em disparada da fazenda, contra as imprecações de Lupina. Lupina. Quando foi designado para cuidar dela, anos atrás, sentiu-se orgulhoso, importante. Era uma procriadora fenomenal, podia ver em seu porte, mas tinha vontades muito peculiares. Em primeiro lugar, gostava de caçar, e sozinha. Não acreditava que ela já tivesse matado algum humano, já que havia levado mais de um para a fazenda, para sexo ocasional. Mas saía vários dias seguidos, voltando de manhã, ignorando os riscos. Também saía em excesso, na forma humana, tendo participado de vários círculos sociais. E havia as conversas.

Conversas entre lobas e seus criados não são usuais, sendo o mais comum a comunicação de problemas diretos simples. Mas com Lupina nada era simples. E as perguntas... Pela Loba, as perguntas! Não entendia por que ela o torturava com perguntas sobre a educação dos castrados, sobre sua vocação, sobre os seus sentimentos com relação a ela, Lupina. Sentimentos de dever, ora! Se ele não tinha vontade de rasgar a garganta dela? Só quando ela perguntava isso, claro! Ele não titubeou quando ela pediu cobertura, uma, duas, três vezes recusando os espécimes para reprodução. Pedia que ele mentisse para a Matilha, por ela. Dissesse que o animal não tinha gostado dela. Que ela tinha passado um ano doente e, por último, que havia se machucado na região do útero e tinha medo que isso pudesse afetar o feto. Três mentiras afrontosas, desafiadoras. Sem contar os anos que passou aqui, se preparando. Chegaram juntos, ela com oito, ele com sessenta anos. E, em mais de dez anos, tudo o que fizeram foi gastar o dinheiro da Matilha e protelar. Protelar, protelar, protelar. Até que mandaram esse último macho. O grande branco. "Alfa" foi o nome que deram. Com um nome desses, o que esperar de um Reprodutor? Ele detestava todos os Reprodutores, mas esse em especial, deixava seus instintos assassinos aflorados. Provavelmente porque sabia que Alfa era, antes mesmo de ser um Reprodutor, um assassino. Mas o que mais detestava em Alfa era o seu desprezo declarado – não por palavras, é claro, aquela besta sequer se dispunha a falar – por todos os lobisomens. E mais ainda por ele. Como castrado, já havia enfrentado muito desprezo na sociedade dos lobisomens, mas nunca havia sentido nada comparável ao desprezo de Alfa. Qual dos dois estava em uma jaula? Qual dos dois era prisioneiro do desejo? Desejo de matar, desejo sexual. Ele, o castrado, estava livre! Ele havia sido libertado quando arrancaram as suas bolas. Temos que servir? Servimos de boa vontade. Por quê? Porque não desejamos nada. Não queremos nada. Somos a mola que espera o impulso.

Foi curiosamente nesse momento de suas reflexões que o castrado sentiu o choque que arremessou seu enorme corpo para frente, jogando-o de cara no pequeno córrego. Quicou nas pedras embaixo da água, com o peito. Tentou apoiar o braço para se levantar e ver o que era, mas sentiu uma dor lancinante na omoplata esquerda, e o barulho de ossos estalando. Virou-se de barriga para cima, ele estava lá, olhando. O mesmo sorriso assassino de sempre. O Reprodutor esperou o castrado se levantar, ainda que o tivesse atacado pelas costas. Não por um sentido de honra cavalheiresca, mas porque queria lutar. Queria sangue, violência e dor. Dos outros e dele mesmo. O castrado ficou sobre duas patas e avançou, buscando o braço esquerdo do Reprodutor. Era um alvo da grossura de uma árvore e não podia errar. Mas errou. O outro desapareceu da sua frente, como se pesasse dois gramas, e não trezentos e cinquenta quilos. E de novo a dor. Dessa vez, nas costas inteiras. Virou-se, e o Reprodutor sorria para ele, mostrando a própria garra cheia de sangue. Atacou de novo, agora no meio do enorme corpo branco de seu inimigo, que *dessa vez* não poderia escapar, se não soubesse voar. O Reprodutor se esquivou, dessa vez por baixo, quase encostando a própria cara no chão, e derrubou de novo o lobisomem, puxando-lhe o pé rapidamente com as garras da esquerda. Subiu célere nas costas do castrado e, com as duas mãos, golpeou a omoplata direita, como havia feito com a esquerda. E, como a esquerda, quebrou-a. O castrado mal conseguia se virar agora, com os dois braços inutilizados. A diversão tinha acabado. Ainda montado em suas costas, o Reprodutor segurou a cabeça do animal com as duas mãos e quebrou seu poderoso pescoço, como quem quebra um galho podre. Começou a devorá-lo antes mesmo que os espasmos motores abandonassem de vez o corpo de sua vítima.

– Gente, que coisa horrível, não é à toa que vocês ficam gritando por aí, apavoradas! – a mãe de Roberta também tinha ficado, na fogueira, hipnotizada pela narração soturna da amiga de sua filha.

– Mãe! Não quer ouvir, não fica! – Roberta enrubesceu.

– Desculpe, a história é boa! É que essa cena...

– A senhora não gosta de história violenta? – Roma, às vezes, falava com os mais velhos como se fosse uma criança muito nova. Um artifício que desnorteava suas amigas.

– Não gosto muito, Roma. Vai ficar menos violento agora?

– Vai, sim, senhora – mentiu.

– Atende, ele pode ser útil! – Lupina já estava ficando aflita com os olhares de Hermínia para o aparelho.

– Não acho boa ideia envolver um humano nisso, Lupina – Hermínia escolhera a arma e estava já comprando a munição. – Tem certeza de que não vai querer uma?

– Iria me matar com um negócio desse. Sério que te deram um porte e ensinaram a usar isso?

– Aprendi a atirar antes dos quatro.

– Eu entendo. Aos quatro, eu já tinha quase a minha altura de hoje e já sabia me comportar como uma piranha de lobisomens – Lupina disse, sem alegria e jactância alguma. Hermínia entendeu o sentimento da Loba, e pela primeira vez tocou no braço dela.

– Ei. Vai dar tudo certo. Você sobrevive sem a Matilha. Eles têm um novo bode expiatório agora – disse, referindo-se, evidentemente, a si própria, também sem ironia ou autopiedade. O telefone tocou de novo. – Merda! Vou atender. Oi! Daren, olha, foi super legal, mas agora não posso falar. Te ligo quando puder, ok? Não ligue mais.

– Você gostou dele – Lupina olhou divertida para Hermínia.

– Não é da sua conta – Hermínia falou, sem esconder um sorriso.

As duas lobas saíram da loja de armas, deixando o balconista estupefato e um pequeno ajuntamento de rapazes que queriam ver as beldades comprando um rifle de calibre grosso. Um chegou a insinuar que era uma filmagem para a televisão. Preocupadas, nenhuma das duas viu

Daren, no carro emprestado do hotel, parado a uma distância segura, do outro lado da rua. Foi fácil imaginar aonde iria Hermínia. Só não esperava que ela demorasse mais de uma hora para chegar. "Devem ter vindo de algum lugar afastado", pensou. Começou a seguir o carro de Lupina a uma distância segura. Será que Hermínia era uma espiã, agente secreta, policial? Explicaria sua destreza corporal e seu ar de mistério. Achava difícil existir uma espiã com aquele visual fora dos filmes americanos. E quem era aquela morena enorme do lado dela?

– A resposta para essa e outras perguntas... em nosso próximo episódio – falou sozinho. Não riu da própria piada. Na verdade, não estava achando graça em nada nas últimas duas horas.

– Chega. Vou atrás dela – Desdêmona passara vários minutos estática, olhando para o computador e o telefone da equipe. – Ela não vai ligar. Aconteceu alguma coisa. – Ei, você! Vá chamar o grupo 4. Quero todo mundo em um carro em vinte minutos.

Exatamente vinte minutos depois, um grande carro negro partia rumo ao aeroporto local. O carro levava Desdêmona, uma loba motorista e dois castrados. Eram 15 horas e Desdêmona e sua equipe já estavam em um carro alugado pela Matilha indo na direção da toca de Lupina.

– Gente, vai dar uma confusão danada, isso – a mãe de Roberta, a essa altura, já estava familiarizada com todos os personagens e acompanhava a narrativa com o mesmo empenho das meninas.

– A senhora não imagina o quanto – respondeu Roma, arqueando as sobrancelhas e dando um sorriso demoníaco, que deveria ser uma troça infantil, mas causou um arrepio em todas em volta da fogueira.

– Estamos sendo seguidas. É o seu amigo? – Era Lupina agora quem dirigia, enquanto Hermínia ficava com o rifle, caso vissem o Reprodutor.

– Merda! Por que não me avisou antes? Estamos quase lá!

– Desculpe, também estou um pouco preocupada com a situação, se você não notou.

– Pare o carro. Vou pedir pra ele voltar.

Pararam. A estrada não passava de uma picada de terra entre dois morros, cercada por pastos abandonados dos dois lados e pedaços da reserva florestal ao longe. O carro de Daren se aproximou até ficar a dois metros do de Lupina. Hermínia saiu e postou-se na frente do carro, levando a carabina. Não queria correr o risco de ser estripada só por querer parecer amistosa.

– Vai embora, Daren. É perigoso.

Daren saiu do carro, os olhos na arma de Hermínia.

– O que está acontecendo? Pra que serve esse canhão?

– Não é da sua conta. Olha, acabou, seja lá o que você acha que a gente teve, tá? Volta para casa.

– Se você não me disser, eu vou ligar pra polícia e inventar uma história.

Lupina já tinha saído do carro e olhava para os dois, divertida. De repente, pareceu farejar algo. Virou-se para o mato próximo. Algo voou dali, como um torpedo, quicando no capô do carro e caindo do outro lado da pista improvisada. Lupina só teve tempo de reconhecer a cabeça decepada de seu criado, com os olhos vidrados, antes do próprio Reprodutor saltar do matagal contra a lateral do carro, as garras levantadas para o golpe fatal.

– Ai! Ela não vai morrer, vai? Você disse que a história não ia ficar mais violenta – a mãe de Roberta começava a extrapolar o seu direito de mais velha à interrupção.

– Eu menti – disse Roma, séria. A mulher olhou por um momento para ela como se estivesse tratando com um extraterrestre. Nenhuma das meninas ousou falar nada.

– Isso é um convite para que eu me retire, Roma? – A mulher levantou as sobrancelhas.

– Não, senhora. É um convite para que a senhora fique.

– Fica, mamãe, é legal!

– É, fica – insistiram as outras. A mulher olhou para todas com um ar de estranhamento, como se não as conhecesse. Depois, lançou um meio sorriso para Roma e apoiou o queixo na mão, em um sinal de que ouviria mais, sim. Era um pouco estranho fazer parte de uma confraria de meninas, tão mais jovens que ela, mas ficaria, tocada principalmente pelo pedido da filha. É difícil uma adolescente querer a mãe por perto quando está com as amigas.

Lupina lançou-se para dentro do carro como uma bala. O tempo que o Reprodutor teve para se refazer do ataque frustrado foi o tempo de Lupina abrir a outra porta e depois usar a própria cara da besta – que havia se enfiado no veículo atrás dela – como anteparo para se impulsionar para fora do carro. O monstro, ao tentar voltar pela porta por onde havia entrado, foi recebido com um tiro da carabina de Hermínia. O animal esquivou-se de forma inacreditável, entrando de novo no carro. Hermínia contornou o veículo atrás dele e conseguiu acertar seu pé esquerdo. Viu sangue na porta também, sinal de que tinha acertado o primeiro tiro. O animal agora estava atracado com Lupina, semitransformada. Daren assistia a tudo, afastando-se, os olhos arregalados de surpresa e medo.

– Ela se... aquela mulher se transformou... ela...

Ia completar a frase, mas ao se virar para Hermínia deparou com outro lobisomem, também em transformação. A arma seria inútil agora que o Reprodutor estava muito perto de Lupina, e as patas de lobisomem impedem o uso da arma. Largou a carabina no chão, perto do rapaz em choque, e avançou. Pulou nas enormes costas do monstro, desequilibrando a fera, e cravou seus dentes em seu músculo trapézio. Daren olhava tudo atarantado. Virou-se para a arma e a pegou. Nenhum dos três animais se deu conta de que agora ele estava armado. O maior deles, o monstro de pelo branco que havia atacado primeiro, arrancou o lobisomem que havia sido Hermínia de suas costas, e jogou no lobisomem que havia sido a mulher bonita que estava com Hermínia no carro. Quando teve o alvo limpo, sem saber ao certo por que, Daren atirou. O tiro pegou a besta em pleno peito, fazendo o gigante oscilar, mas não cair. Olhou para o novo oponente, e antes que Daren pudesse engatilhar a arma de novo, o Reprodutor estava em cima dele. Daren levantou o rifle com as duas mãos, como um escudo, mas o animal, com o mesmo golpe, arrancou a arma de sua mão e rasgou o seu peito com as garras, jogando o rapaz no chão. Antes de dar o golpe final, porém, Hermínia estava de novo em suas costas, cravando garras e presas onde podia. O monstro estava virando, desesperado, as duas mãos para trás tentando alcançar Hermínia, quando Lupina, de volta à carga, arrancou a mandíbula do lobisomem, com um golpe. Dessa vez, ele parou, repentinamente, como se tivesse sido desligado, e desabou.

Hermínia reverteu rapidamente a transformação e correu para Daren, que estava caído, semiconsciente. Ele olhou para ela, desfalecendo. Parecia reconhecê-la. Hermínia olhou a ferida em seu peito e virou-se para Lupina, que também voltava à forma humana e tinha um talho no braço esquerdo, sangrando profusamente. Quando chegou ao lado dos dois, Hermínia pegou seu braço com força e apertou sobre a ferida de Daren, aspergindo o sangue de Lupina por toda a superfície. Lupina rosnou para Hermínia, que rosnou de volta. Pararam as ameaças e viraram ao mesmo tempo para o rapaz, que desmaiou.

– Sua vaca! Eu tinha que estar me tratando agora – disse Lupina, ao mesmo tempo segurando o braço que vertia sangue um pouco mais sobre o peito lacerado de Daren.

– Levante, é minha vez – ordenou Hermínia, que cravou os dentes no próprio pulso e derramou um pouco mais de sangue de loba no ferimento. Lupina levantou o braço esquerdo e olhou em volta, observando duas coisas. Em primeiro lugar, o enorme corpo branco do Reprodutor, ainda cheio de sangue. Sangue de que não iria mais precisar e que poderia ajudar a salvar a vida do rapaz que tinha livrado a pele das duas. Em segundo lugar, um pequeno caminhão, que provavelmente se dirigia para a entrada lateral da reserva, afastando-se a toda velocidade. Chamou a atenção de Hermínia, que reconheceu o caminhão: era o que tinha visto pela manhã, antes de chegar na fazenda de Lupina. Hermínia levantou-se e fez menção de perseguir o veículo, mas foi detida por Lupina.

– Vai fazer o quê? Matar o motorista?

Ela estava certa. Por enquanto, só havia corpos de lobisomem na história. Isso se Daren sobrevivesse. Resolveram ir para a casa de Lupina, tomar conta do humano, com o qual tinham uma dívida de morte. Afinal, devia ser o único humano que havia ajudado lobisomens a sobreviver a outro lobisomem. Uma história para os anais de qualquer história dos lobisomens, se eles se dessem o trabalho de escrever a própria história.

No caminhão, pai e filho perguntavam um ao outro o que tinham visto. Falavam aos berros, engasgados por lágrimas e soluços de medo. Perguntavam-se se eram gorilas lutando, lobisomens, ou se tinha mesmo um humano naquele meio. Não se lembravam do número exato de monstros envolvidos. Na verdade, mal se lembravam dos monstros. Mas sabiam que tinham visto alguma coisa muito estranha e perigosa e a polícia teria que fazer algo.

Roma olhou para a mãe de Roberta, que parecia ter esquecido das suas reservas com relação às narrativas violentas. Deu um gole em seu chocolate quente e continuou.

Daren acordou dolorido e sem saber onde estava. Olhou para o teto e viu que era de ripas de madeira marrom. "Bonito", pensou, atordoado. Tentou sentar-se e sentiu alguma coisa atrapalhando. Estava com uma atadura desajeitada, em volta do torso nu. E tinha algo embaixo dessa atadura. Tentou desfazê-la, para se livrar da coisa viscosa e nojenta que estava amarrada nele. Olhou em volta, enquanto tentava, desajeitadamente, desfazer a atadura. Viu uma porta de madeira azul, colonial, e que estava em um sofá de couro antigo, mas moderno. O lugar não estava muito limpo. "Que lugar é esse? Como eu vim parar aqui?", tentava ordenar seus pensamentos, mas achava que enquanto não se livrasse da coisa que estava amarrada nele, não conseguiria. Desfez o nó e viu que era um grande pedaço de carne. Depois viu que era um coração. Gritou e saltou do sofá, enquanto a relíquia macabra rolava pelo chão de madeira marrom, "como as ripas do teto", pensou, em choque.

Hermínia entrou no quarto afobada, seguida por Lupina. As duas tinham as roupas sujas de terra e sangue, e os cabelos empapados. Daren olhou para as mulheres com os olhos arregalados. Estava confuso. Tinha desmaiado?

– O que aconteceu? Por que eu estava com um coração amarrado no peito?

– Daren, sou eu, Hermínia, lembra de mim? E essa é Lupina.

Lupina encostou na parede e cruzou os braços. Tinha um sorriso no rosto.

– Sim, claro! – disse, tremendo. – O que estou fazendo com um coração em cima de mim? Vocês não são feiticeiras, são? Na minha terra, as feiticeiras...

– Daren, calma – Hermínia sorria um pouco, de nervoso –, do que você se lembra, pode me contar?

– Ontem nós saímos.

– Ahã – disse Lupina, debochada.

– E nos beijamos, e você foi embora – agora falava olhando para Lupina, ainda de olhos esbugalhados.

– Não beijei você, bonitinho. Eu me lembraria.

– Para, Lupina! Continua, Daren, vai.

– Você me ligou hoje, perguntando de uma arma.

Ele parou por um segundo. As duas olhavam para ele, sérias.

– Eu achei estranho e chutei que você iria na loja da Taurus. Vi você lá com ela – Lupina nesse momento acena com a mão para ele, sorrindo – e aí segui vocês na estrada da Reserva. E aí...

Parou e olhou para as duas, estendendo as mãos para frente, como se fosse para pedir calma para um grupo de crianças. Começou a recuar, na direção da janela.

– Daren, a janela está trancada. Não vamos machucar você. Eu prometo.

– O que foi que eu vi?

– Bom, na verdade era justamente isso que eu estava perguntando para você. Sabe o que feriu você?

– Um macaco branco gigante. Eu... eu dei um tiro nele?

– É comum os humanos apagarem o contato com os lobisomens e usarem imagens mais familiares ou naturais – Hermínia agora falava com Lupina, como se ele não estivesse na sala. Na verdade, estava pulando a janela.

– Ei! Daren! Pare, vai se machucar!

Sem pensar, Daren arrancou as barras de ferro do batente de madeira, como se não estivessem parafusadas. Pulou olhando as próprias mãos, incrédulo. Caiu de cabeça no calçamento de pedra que margeava toda a casa e passou alguns segundos tonto. Quando levantou, Hermínia já tinha aparecido na lateral da casa. Virou-se para o outro lado e lá estava Lupina. Tentou correr na direção do que parecia ser um pomar, mas as duas mulheres o agarraram ao mesmo tempo, pelas pernas e pelo tronco. Estava imobilizado. Arfava de terror.

– Daren, se você continuar com isso Lupina vai machucar você – a frase de Hermínia, dita com firmeza, fez Daren congelar seu movimento no chão de terra.

– O que vocês são? – disse, o rosto encostando no solo.

– Somos uma raça de seres metamorfos que os humanos chamam de lobisomens.

– Tudo bem! Entendi. Olha, eu aceitei bem o fora que você me deu, Hermínia. Vou para casa. Foi mal.

– Ele não está acreditando – Lupina estava se divertindo muito, na verdade.

– Daren, não queremos fazer mal a você. Você salvou nossa vida e, em troca, salvamos a sua.

– Sei lá, acho que a gente estava conseguindo lidar com o Reprodutor – ponderou Lupina.

– Lupina! Você não está ajudando!

– Levante ele, com os braços presos – Lupina ordenou, em resposta. Estava quase séria.

Hermínia levantou Daren, prendendo-o com uma chave de braço. Lupina deu a volta e apareceu diante dos dois. Afastou-se, para que não ficasse muito apavorado, e transformou seu braço direito.

– Isso é um truque? – Daren berrou. Era *realmente* muito difícil para os humanos aceitar os lobisomens.

Lupina tirou a roupa, ficando inteiramente nua, e se transformou inteira, até o estágio de Reprodutora. Apesar de enorme, uma loba Reprodutora inteiramente transformada é bem menos terrível que um lobisomem bípede. Hermínia sentia Daren tremer e suar. Falava lentamente em seu ouvido.

– Ela não vai nos machucar, Daren. Eu vou soltar o seu braço esquerdo, toque no pelo dela.

A loba que era Lupina se aproximou e colocou o enorme dorso, que era mais alto que uma mesa de jantar, perto de Daren. Ele tocou nos pelos negros.

– Ela é linda, não é? – Hermínia fazia um lento trabalho de hipnotismo vocal em Daren, falando muito baixo, com seu hálito esquentando seu pescoço.

– Ela existe – Daren começava a trocar o terror pelo espanto absoluto.

– Ela vai se transformar em humana agora, você vai poder sentir a transformação em suas mãos.

A sensação era a de uma corrente elétrica, um choque muito rápido e passageiro, que tremeluzia sob os dedos. A transformação dos lobisomens era física, apesar de acontecer em um nível molecular muito básico, que basicamente os dissolvia e reconstruía seus corpos rápida e simultaneamente. Era um processo elétrico comandado pelo cérebro e que podia, portanto, ser conduzido quase à velocidade do pensamento. Daren tinha agora, em suas mãos, uma mulher nua. Encolheu o braço, envergonhado. Hermínia não pôde deixar de sorrir. Lupina afastou-se, exibida. "Tem uma bunda sensacional", pensou Hermínia, "como todo o resto". Agachou-se, pegou as roupas no chão e vestiu-se, o mais naturalmente que podia.

– Você... você também? – Daren tentava inclinar a cabeça para trás. Tinha um braço solto, e o aperto de Hermínia estava longe de ser agressivo. Era mais como se estivesse chumbado a uma parede de concreto.

– Eu também, Daren. Lupina vai ter que prender você ou vai se manter calmo? – Hermínia não queria que a Reprodutora ficasse muito perto de Daren.

– Se a sua amiga pudesse ficar entre nós dois, eu ficaria mais seguro... Ai! Ei! Você está me machucando!

– Desculpe, me distraí – uma pequena pontada de ciúme tinha feito Hermínia apertar um pouco mais o braço de Daren.

Afastou-se e Lupina interpôs-se entre os dois. Hermínia não quis ficar para trás e também tirou a roupa. Sabia a impressão que seus membros rijos e seu corpo delgado causava nos humanos. Notou que os olhos de Daren brilharam e sorriu por dentro. Transformou-se. Daren estremeceu, mas agora não era o medo. Era a vertigem, a nauséa suave de um mundo novo e enorme que se descortina, de uma vez. Era o tremor do humano diante do maravilhoso.

Hermínia, em sua nova forma, tinha quase dois metros de altura. Os cabelos castanhos bem claros, quase amarelos, cobriam o seu corpo todo. O rosto era lupino, mas as proporções eram de uma enorme cabeça de lobo. Daren notou que o nariz também era marrom claro, como todos os pelos. Parecia mais humanoide que Lupina, e um pouco menor também, apesar de se postar em duas pernas. As pernas traseiras eram invertidas, como as dos cães, e Hermínia ficava na ponta dos pés. Daren saiu de trás de Lupina.

– Ela me entende?

– Entende o suficiente para saber que você não é nosso almoço – disse, fazendo Daren parar em meio ao movimento de tocá-la. Percebeu, no entanto, que deveria se explicar melhor.

– Ela sabe quem você é. Sabe que está transformada, sabe de tudo. Não pode falar e algumas coisas mais... humanas... ela esquece. Não poderia dirigir um carro, por exemplo. Ou cozinhar.

– Posso tocar nela? – Daren estava próximo agora. Lupina pensou que era um rapaz realmente corajoso. Os poucos humanos que conheceram os lobisomens não conseguiam ficar sequer acordados.

– Pode. Ela te entende. Vai até abaixar um pouco, não é, Hermínia? – levantou um pouco a voz, para alertar Hermínia. Os lobisomens não têm muito senso de romance, mesmo quando estão na forma humana.

Ele passou a mão no pelo de Hermínia e se aproximou de seu rosto. Olhou nos seus olhos amarelos e passou a mão pelos seus braços e pescoço.

– Você é linda – disse para si mesmo. Mas os ouvidos apurados de ambas as lobas ouviram perfeitamente. Hermínia voltou à forma humana com Daren tocando seu corpo. Tocou-o no rosto, com um sorriso triste.

– Obrigada. Você também é lindo – disse, deixando-o corado.

– Parem com isso. Vou vomitar – Lupina achou que era hora de interrompê-los.

Hermínia vestiu rapidamente as roupas e se aproximou de Lupina. Daren deduziu que era a vez de falar da loba Reprodutora.

– Daren, você também foi... modificado. Tivemos que dar um pouco de sangue lobo para você, para que sobrevivesse ao ataque do Reprodutor.

– O coração?

– O coração e também nosso sangue. Despejamos um pouco em sua ferida. Veja, já está cicatrizando.

Daren olhou para o próprio peito. Depois, virou-se para as duas.

– Vou me transformar em um de vocês? – por algum motivo, não achou uma expectativa desagradável.

As lobas sorriram. Hermínia retomou a conversa.

– Não. Você agora é um mestiço. Está mais forte e rápido que os outros humanos. E vai ouvir e sentir mais odores também. Além de viver por mais tempo.

– Tipo mil anos? – O tom da pergunta foi tão inocente que as duas gargalharam pela primeira vez. Daren sentiu-se no céu, por divertir as deusas.

– Uns trinta, está bom para você? – Hermínia pôs a mão no seu ombro. A leve pressão dos dedos indicava que não era somente um toque amistoso.

– Está ótimo. Trinta anos, perfeito. Bom, o que fazemos agora? Mas Daren não precisou de resposta. Seus novos sentidos acusaram a presença de pessoas e lobisomens chegando.

Duas horas antes, o furgão dirigido por um homem chamado Jó, acompanhado pelo seu filho Jó Júnior, entrou no estacionamento da 15ª delegacia de polícia como se estivessem anunciando o Armagedom. Bom, na cabeça dos dois era isso mesmo. Depois de uma série de pedidos de calma, goles de água e, por fim, ameaça de detenção, conseguiram fazer com que o homem mais velho contasse o que tinha deixado os dois tão transtornados. A história era literalmente inacreditável, mas o homem a contou duas vezes com detalhes, e o filho, em outra sala, disse mais ou menos a mesma coisa. As diferenças circunstanciais eram comuns em narrativas que não eram inventadas, ou, pelo menos, que eram acreditadas pelas pessoas que as contavam. Sim, porque nem toda inverdade era uma mentira. O que convenceu os policiais a investigar foi o fato de tanto Jó como Jó Júnior confessarem que estavam indo praticar caça ilegal na reserva florestal, e acabarem presos por isso, sem, entretanto, alterarem o motivo pelo qual tinham ido à delegacia: denunciar uma extraordinária batalha de gorilas – ou lobisomens, segundo o rapaz – na estradinha que levava à reserva. Junto às criaturas, ainda segundo as testemunhas, havia um homem negro com uma arma de fogo. Via de regra, mais do que suficiente para desencadear uma ação policial. "Negro armado", portanto, era o que os quatro policiais destacados, em duas viaturas, estavam procurando no local indicado pelas testemunhas.

Estavam dirigindo devagar pela estrada de terra, olhando para os lados, quando encontraram um grande carro negro parado na estrada. Distante do carro, no meio do pasto, dois homens brancos, de terno, estavam olhando apalermados para as viaturas que chegavam, como se as tivessem ouvido minutos antes e tivessem ficado parados, esperando os policiais chegarem. O que era particularmente estranho era que levavam um enorme corpo peludo e branco. Roger, o policial de maior patente do grupo, achou por bem dar um toque na sirene e falar no alto-falante da viatura.

– Aqui é a polícia. Larguem o corpo e venham para perto da estrada com as mãos para cima.

Dentro do carro, Desdêmona massageava os olhos, com irritação, lembrando-se de como era difícil encontrar um lobisomem com o raciocínio e a cognição de Hermínia. Os dois idiotas lá fora haviam recebido a ordem para jogar o corpo na mata ao lado. Ao ouvirem os carros de polícia, entretanto, hesitaram por tanto tempo que foram avistados. A loba signatária saiu com as mãos para cima, antes que os dois lobisomens se transformassem e iniciassem uma luta contra os humanos.

– Olá, policiais! Meninos, obedeçam a polícia e venham para a estrada – apressou-se em dizer, já que os dois ainda estavam com a carcaça nas mãos. – E não se esqueçam de manter as mãos para cima. Policiais, posso me aproximar?

– A senhora está armada? Se não estiver, aproxime-se com as mãos para cima – Roger agora estava fora da viatura, protegido pela porta aberta e com a mão no coldre. O carro com os outros dois policiais estacionou ao lado e um deles também saiu e ficou parado na mesma posição que o tenente.

Desdêmona se aproximou, sorrindo amigavelmente. Roger preferia que ela não sorrisse, já que tinha uma arcada realmente ameaçadora, mas era uma mulher de meia-idade, branca e distinta e ele estava armado. Achou estranho esse último pensamento, mas colocou a mão na arma. Quando Dedêmona estava a dois passos dele, notou que o ultrapassava em uma cabeça.

– Desculpe os meus rapazes, oficial. Mas achamos que aquela carcaça horrível estava obstruindo a estrada e pensamos em tirá-la dali.

– E jogar no meio do mato?

– Não fomos nós que a matamos, oficial! Pode verificar o corpo e nossas roupas e até o carro. Não levamos armas.

O tenente Roger agradeceu aos santos por isso, apesar de notar, pelo tamanho dos dois homens que agora estavam perto da estrada, que não precisariam de armas para causar estrago. Pediu que o motorista saísse do carro – era uma mulher quase do tamanho dos homens – e que um policial revistasse o veículo, enquanto outro iria ver a carcaça. Ficou conversando com Desdêmona, auxiliado pelo cabo Willian, que mantinha os olhos nos suspeitos enquanto ele manuseava os documentos de todos.

– Aonde a senhora estava indo?

– Ia para a fazenda de minha sobrinha, perto da reserva florestal – Desdêmona tentava manter o ar mais jovial possível, mas não era mais habilidosa com os humanos do que as outras lobas do conselho. Eugênia sim, sabia falar com humanos. Aquela bruxa.

– É um lugar isolado. Os documentos parecem em ordem, até em ordem demais. Tenho que alertar a senhora de que um suspeito foi visto por aqui portando uma arma de grosso calibre. Além de terem avistado... animais.

O rádio do tenente soou. Era o policial que tinha se afastado para ver a carcaça do animal.

– Tenente Roger, é melhor o senhor vir aqui.

– O que foi, Cecílio, encontrou um lobisomem? – falou sorrindo e olhando para Desdêmona, que devolveu o sorriso, gelando o seu sangue.

– Olha, tenente, eu diria que sim.

O tenente andou até lá, desconfiado, deixando o seu comandado de olho no estranho grupo no carro preto.

– Pelo amor de Deus, Daniel! O que é isso?!

– Como eu disse, tenente, daqui parece um lobisomem.

O tenente puxou seu comandado pela manga da camisa e voltou apressado para a estrada. Indicou a outra viatura para acompanhar o carro de Desdêmona até onde estava a sua parente. Iriam evacuar a área, começando pela família daquelas pessoas estranhas que acham que podem remover qualquer corpo gigante de gorila de uma estrada já que, afinal, os gorilas brancos caíam do céu no país inteiro, obstruindo as estradas. Chamou pelo rádio o seu distrito, enquanto a outra viatura e o carro de Desdêmona se afastavam.

– Central, aqui é o tenente Roger. Aquela delegada especializada em crimes ambientais e contra os animais ainda está na área?

A delegada Karina estava olhando infeliz para o seu prato de salada, preparado especialmente pelo marido. Otto era um cozinheiro estupendo, mas sua insistência em combater a dieta diária de salgados e café de Karina estava realmente irritando. Ela comia salgados vagabundos não porque não tinha tempo ou era ocupada demais. Ela comia salgados vagabundos porque gostava, assim como gostava das maravilhosas ceias que o marido preparava quando estavam em casa. Estava meditando sobre suas alegrias e tristezas culinárias quando o telefone de sua sala tocou. Era do décimo quinto distrito, falando de um corpo de animal desconhecido. A delegada olhou para as nuvens que se formavam e achou que aquele era um ótimo pretexto para sair correndo e comer um delicioso sanduíche de mortadela no caminho da ocorrência. Não era uma especialista em zoologia, ou biologia, ou o que fosse, mas uma espetacular solução de um caso de maus-tratos de animais de uma empresa de cosméticos a levara a novos casos envolvendo meio ambiente e a deixara inesperadamente célebre na mídia.

Levantou-se da cadeira e pegou uma capa de chuva.

– Jonas, animal desconhecido na Toca do Lobo.

– Levo alguma coisa? – Quando Jonas perguntava isso para a delegada, ele se referia ao tipo de armamento e equipamento necessário para se enfrentar feras ocasionais como jaguatiricas, lobos-guarás e mesmo cães raivosos. Jonas era o assistente de Karina desde o seu segundo caso, menos célebre que o primeiro, porém incomparavelmente mais perigoso. Era um gigante de pele marrom e olhar mortiço, com inúmeros talentos físicos, como o pugilato e a mira infalível para armas de fogo, além de raro instinto de observação e sobrevivência.

– Leve uma capa de chuva e sua coragem. Vamos embarcar nessa baleia! – disse, para provocar. Jonas detestava essa alusão à baleia.

– Ah! Adoro histórias de detetives! – a mãe de Roberta fazia, mesmo, parte de outra geração.

– Também gosto! – Roma respondeu, sorrindo. – Tem um médico vienense que, para mim, fez as melhores histórias de detetives. E uma das melhores histórias de lobos, também.

A mãe de Roberta ficou um tempo parada, com um sorriso sem graça no rosto. Era impressão dela ou aquela menina de dezesseis anos tinha feito uma referência ao Freud, e ainda tratando-o com uma estranha intimidade histórica? "Médico vienense"! Essa ela tinha que contar para o marido!

– Carros? É isso que estou escutando?

– Sim. Também ouço. Vieram com a chuva – Hermínia farejava o ar.

– Onde eles estão?

– Devem chegar em alguns mintuos. Vamos esconder aquela coisa asquerosa – disse Lupina, disparando para dentro da casa. Daren e Hermínia a seguiram.

Passando pela sala, Hermínia ouviu o toque de seu celular dentro da bolsa. Uma mensagem. Não estava atendendo a nada da Matilha, mas uma intuição a fez se aproximar e verificar. A mensagem a deixou nauseada de medo e urgência. Era Desdêmona.

"Vi o Reprodutor. Polícia também. Chegando em um minuto." Mostrou o celular para Lupina, que murmurou "merda" e correu para a cozinha, nos fundos. Lá chegando, usou toda a sua considerável força do braço para arremessar o coração do Reprodutor longe. O órgão atravessou a cerca divisória da fazenda com a reserva florestal e perdeu-se na copa de uma árvore.

Hermínia, após alguns segundos de hesitação, ligou para o número da mensagem.

– Desdêmona falando – a voz autoritária e fria fez Hermínia pensar em desligar. Mas Desdêmona tinha algo a dizer.

– Os policiais nos surpreenderam tentando tirar o corpo que você deixou na estrada. Disseram que foi um humano que o matou.

– Eles tem a descrição? – Não havia tempo para as formalidades. Já ouvia os carros parando no portão.

– Disseram que ele é negro – Desdêmona desligou, irritada. Se antes precisaria de muitos pretextos e coragem para punir Hermínia, agora a incompetência e petulância da loba-soldado dariam o motivo ideal. Também era importante que Eugênia não aproveitasse a deixa para responsabilizar Desdêmona pela confusão. Não agora que estava tão perto.

Hermínia, por sua vez, correu para Lupina e Daren.

– A polícia encontrou o corpo do Reprodutor, estão vindo para cá com Desdêmona. E sabem sobre o Daren.

– O cara da picape! – Lupina teve ainda um segundo para se arrepender de ter censurado os intintos assassinos de Hermínia.

– Isso não é importante. O importante é que fomos atacadas e Daren nos salvou. Nós o trouxemos para cá porque parecia muito ferido, estávamos confusas sem saber o que fazer e... – um breve toque da sirene da polícia soou no portão. – Eles chegaram. Lupina, consegue fazer a donzela assustada? Eu sou péssima. Vou fingir que estou em choque.

Saíram juntas e andaram na direção dos carros, no portão. Quando Desdêmona saiu do carro, de braços abertos, e gritou "Minha sobrinha!", no mais desastrado teatro de loba que Lupina havia presenciado, achou que era a chance de irritar um pouco mais Desdêmona. Chance que não iria desperdiçar.

Correu e abraçou a tia Desdêmona, abrindo a enorme porteira com uma facilidade que teria impressionado a escolta policial, se a escolta policial tivesse olhos para outra coisa que não a exuberante morena em trajes rasgados e ensanguentados. Um dos policiais diria depois, para os colegas incrédulos, que se sentia dentro de uma capa de gibi de terror, quando apareceu a segunda mulher deslumbrante, dessa vez uma loira, também em trajes sumários e ensanguentados.

– Acho que machuquei o seu cachorrinho, Desdêmona – disse Lupina no ouvido da loba, saboreando cada gota de veneno que ela mesma exsudava.

Virou-se para os policiais atônitos e começou um ataque de choro tão bom que Hermínia teve que simular choque (como tinha prometido, por sinal), tapando o rosto com as mãos, para que ninguém a visse rindo.

– Policial! Nós fomos atacadas! Por um animal horrível, enorme, malvado, medonho! Se não fosse o namorado da Hermínia...

Hermínia tirou a mão do rosto. Estava cada vez mais fácil interpretar a pessoa em choque, com Lupina armando aquele estardalhaço.

– Ele está bem? – balbuciou o policial perplexo, sem saber o que fazer com a morena trinta centímetros maior que ele, desfazendo-se em lágrimas.

– Si-i-i-im! – soluçou Lupina. Hermínia tapou o rosto de novo. – Está lá dentro. O monstro machucou ele um pouco, mas está bem agora. Hermínia, pode chamá-lo? Tia! Já te apresentei Hermínia, minha amiga?

– Policial, peço permissão para levar minha sobrinha e a amiguinha dela para minha casa, ela está em choque – disse Desdêmona para o policial boquiaberto, desvencilhando-se de Lupina e apontando para Hermínia, que chegava vagarosamente.

– Senhora, temos ordens de esperar a delegada Karina. E temos perguntas para as moças sobre o suspeito. Por acaso, o namorado de sua amiga é negro?

O policial esclareceu para o tenente, pelo rádio, qua havia descoberto o suspeito, que era, na verdade, o herói galante que havia salvado as duas donzelas. Enquanto falava isso, Daren aparecia para todos, escondendo os ferimentos em ataduras improvisadas. A delegada, que já havia chegado ao local, queria falar com todos os envolvidos.

Repentinamente, o céu ribombou e uma chuva grossa começou a cair. Daren, Hermínia e Lupina entraram na viatura, enquanto Desdêmona refugiou-se em seu carro.

O rádio da viatura soou e uma voz feminina começou a passar instruções: era a delegada Karina. A primeira das instruções era que todos os envolvidos que tiveram contato com o animal fossem para um hospital para serem examinados.

A segunda era que todos arrumassem um lugar na cidade para dormir, inclusive esse grupo que havia tentado "desobstruir a via" do corpo do lobisomem. Eles deveriam passar no hospital também para saber se haviam contraído alguma bactéria ou vírus no contato com o corpo do animal.

Lupina, Hermínia e Daren saíram da viatura e foram até o carro de Hermínia, já que o de Lupina estava danificado. Um dos lobos de Desdêmona saiu do carro para receber as instruções do policial: deveriam todos seguir a viatura. Ao passarem pelo lugar do acidente, minutos depois, todos notaram que o corpo já havia sido retirado.

Antes de partirem, porém, Daren explicou por rádio para a delegada que o hotel em que trabalhava teria o prazer em hospedar todos os envolvidos, se a polícia municipal pudesse cobrir os gastos. A delegada achou boa ideia. Era mesmo o dia do rapaz.

– Elas o quê?!!! – exclamou a Matriarca.

– Elas mataram o Reprodutor. Aliás, foi o humano quem o matou – Desdêmona falava ao telefone, sentada na sua cama de hotel, abatida, com as costas curvadas.

– O humano conseguiu arrancar a cabeça de um lobo? De um lobo Reprodutor? *Daquele* lobo Reprodutor?

– Não. A cabeça desse lobo... – parou, cansada – é do criado de Lupina. Pelo visto foi assassinado pelo Reprodutor.

– E esse humano?

– Pelo visto está se relacionando com a Hermínia.

– A sua Hermínia? – A Matriarca estava começando a se divertir com a situação.

– Sim – Desdêmona estava cansada demais para se defender – e, ao que parece, ela apoia Lupina em sua recusa ao intercurso.

A Matriarca sorria, por dentro e por fora. De certa forma, ficaria decepcionada com Hermínia se ela cumprisse as ordens à risca.

– Você disse que está em um hotel...

– O namorado de Hermínia convenceu a polícia a nos trazer para cá. Poderia haver outros "monstros a solta".

– Polícia? – A Matriarca começou a rir, discretamente.

– A senhora está rindo? – Desdêmona até recuperou o ânimo. A paranoia de ter sido colocada em uma armadilha deixava as coisas menos aleatórias e, portanto, mais fáceis de serem combatidas.

– Desculpa, Desdêmona, mas você tinha ido até aí para resolver a situação e... e...

Começou a rir, descontroladamente. – Desculpe. Continue, por favor.

Desdêmona endureceu ainda mais. Tomou coragem, fôlego e recomeçou a narrativa.

– Estávamos a caminho da fazenda da Lupina quando vimos a carcaça do Reprodutor. Tentamos escondê-la, mas, ao que parece, alguém tinha visto a luta entre Lupina, Hermínia e o humano contra o Reprodutor e avisado a polícia – parou por um instante para que a Matriarca pudesse controlar o riso. Não vimos a cabeça do criado, que estava em uma vala – nova pausa, mais risos da Matriarca –, mas a polícia encontrou – nova pausa. – Chegamos na fazenda escoltados pela polícia e... a senhora tem certeza que quer que eu continue? – a essa altura, a Matriarca já gargalhava do outro lado. – Sim, sim! Por favor, continue... – Fomos escoltados pela polícia até o hotel, porque a região não era considerada segura. E tem outra coisa...

– Claro que tem – a Matriarca tinha lágrimas nos olhos.

– O rapaz estava cheio de sangue. Farejei e era sangue de loba. Provavelmente também de lobo. E ele tinha uma cicatriz feia no peito. Meu palpite é de que as meninas o transformaram em um mestiço, provavelmente para curá-lo de alguma ferida mortal causada pelo Reprodutor.

– Certo, Desdêmona. Vá descansar. Amanhã pensamos no que fazer – a Matriarca estava naquele estado de relaxamento que ocorre depois de ataques de riso. Desligaram.

Mal desligou o telefone de sua sala e a chamaram de novo. Era do setor de comunicação da Matilha, que muito do que fazia era buscar informações e boatos sobre os lobos entre os humanos. Enviaram alguns links do youtube, com a mensagem URGENTE em letras garrafais. A Matriarca assistiu aos filmes. Eram três. No primeiro deles, alguém filmava o enorme corpo morto do Reprodutor na lateral da estrada de terra. No segundo, um filme mais detalhado, com o corpo dentro de um lugar parecido com a traseira de uma ambulância. O terceiro mostrava a cabeça de um lobisomem, caída em uma vala. Passou para os outros links, eram imagens de uma rede social. Nessas imagens, Lupina e Hermínia apareciam abraçadas com policiais, fazendo poses. Também apareciam abraçadas a um outro rapaz, negro, um pouco menor que Hermínia e uma cabeça menor que Lupina. A legenda, "o guri que salvou as gostosa do bicho", fez a Matriarca rir mais uma vez. Deitou-se no sofá. Imaginou Desdêmona sendo escoltada por policiais para o hotel e adormeceu com um sorriso nos lábios.

Hermínia foi examinada primeiro, e frente ao espanto do médico que via suas feridas cicatrizarem praticamente diante dos seus olhos, disse ser coisa de família, que sua prima Lupina, a próxima ser atendida, também se curava muito rápido. A prima Lupina realmente mostrava uma incrível capacidade de regeneração, e o corte em seu braço parecia ainda mais fundo que os de Hermínia. Mas foi o rapaz negro, o terceiro a ser atendido, que mais espantou os especialistas. Sua camiseta estava estraçalhada, e tinha quatro marcas fundas no peito, que deveriam tê-lo matado, ou pelo menos deixado o rapaz em choque. E ele não parecia ser parente das meninas.

De qualquer forma, não havia por que reter mais aqueles jovens. O sangue para os exames já havia sido extraído – com muito esforço, principalmente no caso das meninas, que tinham a pele macia mas resistente como madeira – e os resultados só chegariam no dia seguinte. Mas nenhum dos três parecia contaminado. "Pelo menos, não contaminado com algo que fizesse mal para eles", pensou, espantado, o médico. Lupina foi para o quarto de Hermínia, no hotel, para ser interrogada sobre o incidente no dia seguinte, e Daren foi liberado para voltar ao seu quarto, na pensão, também com a promessa de que daria explicações para a delegada de crimes ambientais, Karina Granieri, no dia seguinte, pela manhã.

A delegada chegou em casa às dezenove horas. O marido já estava lá, assistindo televisão e comendo uma bandeja de coxas de frango fritas, sua especialidade. Karina cumprimentou-o mandando um beijinho e foi para o fogão, onde mais coxinhas a esperavam. Encheu uma cuia com a sua parte, pegou uma cerveja na geladeira e foi para o sofá, encontrar o cônjuge.

– Oi.

– Oi, gatinha. Que história essa dos lobisomens, hein?

– Ai, merda! Já apareceu na TV? Mas eu nem dei entrevista, nem nada!

– Uns policiais tiraram umas fotos e fizeram um filminho... ei! Olha você aí!

O rosto de Karina apareceu no noticiário, que versava sobre sua atuação no célebre caso das cobaias da indústria farmacêutica e depois dizendo que ela havia se recusado a dar entrevistas.

– Que idiotas! Eles nem me procuraram para me entrevistar!

– E você daria a entrevista, amor?

– Claro que não! Eu lá tenho cara de que falo com jornalista?

Olharam os dois para a televisão, sorrindo. Ele era um policial federal, especialista em análises de crimes do colarinho branco. As investigações de ambos já haviam se cruzado no passado, mas mesmo assim evitavam falar dos próprios trabalhos, quase todos envolvendo sigilo de pessoas muito famosas e poderosas. Pessoas que poderiam machucar alguma testemunha ocasional. Mas esse não parecia um crime ambiental, parecia mais um evento aleatório maluco que tinha caído na cabeça de Karina. Era o que supunha o seu marido, quando resolveu perguntar para ela sobre o caso.

– Uma loucura – Karina falava olhando para a sua coxa de frango –, o bicho mais estranho que vi na minha vida. Cheguei a pensar em mutações conduzidas em laboratório.

– E tinha uma cabeça decepada, era isso? – Otto, seu marido, perguntou, também olhando filosoficamente para a sua coxa de frango.

– Uma cabeça decepada! Do tamanho de uma pizza. Tinha perfurações no crânio que correspondiam à pata direita do Grandão Branco – como os meninos apelidaram. O bicho, por sua vez, tinha marcas de sangue nas unhas. Meu palpite é de que o monstro estava andando por ali com aquela cabeça... Não tiro o seu apetite falando disso?

– De jeito nenhum, estou faminto. Você falava da cabeça, que também era de monstro. Era real?

– Como essa coxa! Tá uma delícia, amor. Encontrei procurando a parte de baixo da cabeça do Grandão Branco. Alguém parece ter arrancado a mandíbula dele, na porrada.

– Na porrada? Que tamanho era o bicho?

– Aí é que está – chupou os dedos. Otto, o bicho tinha mais de dois metros. Deve pesar mais de duzentos quilos também.

– Que bichão! Como arrancaram? Com uma marreta?

– Não... – Karina parou de comer e encostou a mão engordurada no ombro do marido – Pareciam marcas de garra.

Otto também parou de comer e olhou para a companheira.

– De quantos monstros de duzentos quilos estamos falando? – perguntou, afinal.

– De três, pelo menos. Amanhã vou interrogar um pessoal que alega ter matado o monstro – ele tinha uma marca de calibre doze no peito, pra completar a loucura. Mas acho que não foi o tiro que o matou de vez, foi a porrada na cara.

– Jesus...

– Ele tinha a pele mais grossa – disse a delegada, com a boca cheia de frango – que um rinoceronte, sei lá. Estou dizendo, o que matou foi a porrada. O tiro deve ter ajudado, mas alguém arrancou a cabeça daquele bicho.

– Caramba, Karina! Alguma outra doideira aconteceu hoje? – o marido tinha até parado de atacar as coxas de frango.

– Sim, uns malucos que dizem ser parentes de uma das pessoas atacadas pelo Grandão estavam simplesmente retirando o bicho da estrada. O tenente que os viu achou que estavam tentando esconder o corpo. Ou seja, sabiam do que se tratava.

– Seu dia foi animado. Conseguiu comer a saladinha que te preparei?

– Claro, meu amor! Estava uma delícia! – a delegada mentiu, fazendo o seu marido sorrir. Ela também sorriu de volta, vendo-se desmascarada. Era difícil esconder a verdade em um casal de detetives.

Lupina ligou o chuveiro e deu um gritinho de satisfação. Nunca tinha estado em um hotel tão luxuoso.

– Então é assim que você vive? Nada mal, hein? Acho que vou fechar minhas trompas e virar soldado, que nem você.

Hermínia estava separando as roupas de sua mala exígua para Lupina. Ficariam todas curtas e apertadas, mas duvidava que a loba ligasse para isso. O comentário de Lupina a irritou, não sabia bem por quê.

– Depois do que aconteceu hoje, você pode ficar com a minha vaga.

Lupina desligou o chuveiro e apareceu, nua em pelo, no quarto.

– Acho difícil. Meu bom humor me desqualificaria para o trabalho.

– Quer que eu assopre até você ficar seca?

– Deveria. Depois de tudo o que fiz por você.

Hermínia se sentou na cama e tapou o rosto com as mãos. Ficou assim alguns momentos, até Lupina sentar ao seu lado e começar a tirar a sua roupa, cuidadosamente.

– Venha. O banheiro é a melhor invenção dos humanos. Vou até tomar outra ducha, com você.

Hermínia se sentia tão esgotada que foi despida pela loba sem mostrar resistência. Também foi levada para o chuveiro e ensaboada, muda. Lupina também parou de falar. Lavou o cabelo da jovem loba-soldado, seu pescoço e axilas, como se estivesse cuidando de uma criança. Desligou o chuveiro e levou-a para a cama, onde estavam as toalhas. Começou a secá-la, sempre cuidadosamente, mas de forma prática e sem floreios.

– Vai vestir alguma coisa para dormir?

Hermínia fez que não com a cabeça e deixou Lupina deitá-la na cama e cobri-la.

– Amanhã vamos cair fora daqui. Você arriscou o seu pescoço por mim. Vou proteger você.

– E o Daren? – Hermínia falava de olhos fechados.

– Seu herói de ébano? O galante cavaleiro do Oriente? Vai conosco, é claro! Agora ele é nossa responsabilidade.

Hermínia sorriu, quase adormecida.

– De onde você tira essas coisas que você fala? Não vi tantos livros assim na sua casa.

– Não sei. Uma cuidadora do berçário onde eu vivia uma vez me disse que as lobas já nasciam com as histórias e as palavras dentro de si. Era a Matilha que tirava.

– E o que aconteceu com ela?

– A Matilha tirou-a de lá.

– A Matilha tira muitas coisas.

– Sim. E nos dá o que não queremos.

– Elas vão tirar a sua vida de você, se você não se entregar. Você sabe...

Lupina sorriu, e tirou uma mecha da testa de Hermínia.

– Bom, é somente a minha vida que eu posso dar, de qualquer forma.

Lupina apagou as luzes do quarto. E só então começou a se enxugar.

– Sabe, você daria uma boa mãe... – Hermínia falou com um fio de voz.

– Bom, pode ser que eu tenha feito a minha família hoje – disse, enquanto se deitava ao lado de Hermínia, que já ressonava.

Daren entrou atordoado no quartinho do hotel familiar onde morava. Perguntava se o sangue das lobas o tinha ajudado a digerir o que tinha visto. Ontem, pela manhã, sua maior expectativa era a de conseguir em uns dois anos o cargo de gerente administrativo, comprar um carro e alugar um bom apartamento para os pais no centro da cidade. Hoje, sente o cheiro do perfume barato do seu vizinho dois andares abaixo, ouve as baratas andando entre os azulejos de seu banheiro e sente a chuva indo embora na pele de suas costas. Tomou banho, mas a química do xampu pareceu-lhe insuportável. Deitou-se na cama pensando, com um aperto de tristeza no coração, que acordaria amanhã e nada disso teria acontecido. Mas não era esse sonho que a madrugada lhe reservava.

Era uma monstruosidade, uma fera inacreditável, grande como um caminhão, talvez maior. Tinha todas as partes desconexas. Ora parecia uma lagosta, ou um caranguejo, ora um molusco qualquer, já que tinha áreas moles que escapavam pela carapaça. E tinha pelos, que poderiam ser também talos vegetais. Esses talos vertiam uma gosma enegrecida, que escorria pela carapaça do animal. Em seu sonho, Daren corria da monstruosidade. Em meio à fuga, olhou para trás, somente para notar horrorizado que o monstro que via era somente uma parte, um braço, uma pata, talvez um dedo mínimo de um horror sem tamanho que marchava em sua direção.

– Caramba! Isso foi forte! Adorei! Amanhã tem mais? – A mãe de Roberta endireitava as costas e começava a recolher as canecas das meninas.

– Claro! Podemos?

– E por que não poderia, Roma?

– Não sei, a senhora que perguntou se amanhã teria mais de uma história que claramente não terminou.

A mãe de Roberta olhou para Roma, inclinando levemente a cabeça, como se examinasse um inseto em uma vitrine. Roberta achou que deveria interferir.

– Hei! Se vocês brigarem eu vou ficar com ciúme, viu? Eu que sou a filha!

Todo mundo riu, até mais do que a brincadeira permitia. Apagaram o resto da fogueira e, antes de se recolherem, a mãe na sede e as meninas no chalé, Roberta deu um abraço e um beijo na mãe.

A mãe de Roberta quis fazer sexo com o marido naquela noite. Uma e outra vez. Às três horas da manhã, acordou, totalmente sem sono. Foi até a cozinha, fazer um chá. Olhou a lua pela janela, quase cheia. De repente, o coração deu um pulo; todos os cães da fazenda e das propriedades vizinhas pareceram uivar em uníssono. Um uivo lastimoso, que ela mesma não sabia como lhe afetava. Enquanto olhava pela janela, tentando encontrar a origem dos sons, identificou uma silhueta de menina, entre a sede e o chalé. Era Roma. O braço direito dobrado e ligeiramente levantado, como se regesse os uivos. Ao abaixá-lo, todos os cães emudeceram. Roma ia voltando para o chalé, ainda de costas para o lugar onde a mãe de Roberta estava, quando estacou e virou um pouco a cabeça, ficando de perfil, como se estivesse ouvindo algo. A mulher sabia que havia sido notada e quedou-se estática. Roma, após alguns segundos também estática, voltou para o chalé. A mãe de Roberta, sem saber por que, deu graças de ser ela e não o marido a ter visto o milagre. Ele pagaria com a vida se tivesse cometido essa indiscrição. Disso ela tinha certeza.

Terceira noite

Desdêmona acordou cedo e ficou sentada em sua cama, olhando entristecida para os lobos inúteis que havia levado para uma missão desastrosa. Haviam acordado e se lavado e estavam todos olhando apalermados para a Signatária, esperando instruções. Se fosse Hermínia, teria passado a noite pensando em um modo de resolver toda essa loucura. Mas não era Hermínia. Sequer Hermínia era Hermínia, pela confusão que tinha aprontado com a Matilha. Um pouco era culpa dela mesma, Desdêmona. Sabia disso. Mas seria importante para a Matilha não ligar seu nome a essa crise e, para isso, Hermínia seria sacrificada.

O telefone da recepção chamou, no horário combinado, para avisar que a detetive Karina gostaria de falar com todos do quarto. Esperava no restaurante do hotel. Desdêmona, que já estava vestida, desceu sem explicar nada para os outros lobos, que olhavam para ela, esperando instruções. Vendo que ela não lhes dirigia a palavra, levantaram-se e a seguiram, como autômatos. Desdêmona sequer olhava para trás, irritada.

Encontrou a detetive tomando café no hotel. Era uma mulher de altura mediana (para uma humana), cabelos loiros (Desdêmona sentiu o cheiro de tintura de cabelo) e rosto bonito. Estava ligeiramente acima do peso, o que disfarçava os braços fortes da mulher, que sorriu para Desdêmona mastigando um croissant.

– Café? – Karina ofereceu com a boca cheia e mostrando o bule em sua mão.

– Gostaria de um suco de melancia – disse Desdêmona para o garçom, ignorando o oferecimento de Karina, que deu de ombros e se serviu. Como retaliação pela falta de educação de Desdêmona, não se apressou minimamente em mastigar o croissant e beber o café.

– Por que eu acho que a senhora conhecia o animal que estava na estrada? – perguntou a detetive, depois de um minuto. Notou que os acompanhantes de Desdêmona quedavam-se mudos, de pé, a alguns metros da mesa.

– Eu não conhecia. – Desdêmona não mentia. Nunca tinha visto pessoalmente o Reprodutor.

– Mas sabia do que se tratava.

– De um grande animal morto.

– Já tinha visto algum como aquele antes?

– Gostaria de me servir de presunto e queijo, a senhora me dá licença?

– Vou com a senhora. Quero uma melancia.

Serviram-se em silêncio. Karina esperava Desdêmona se servir e pegava exatamente o que ela pegava, logo depois. Fatias de presunto, de queijo, um pão, manteiga. Pegava imediatamente depois e em quantidade idêntica. Sentou-se e mudou a pergunta.

– A senhora é parente tanto de Hermínia quanto de Lupina, foi isso o que declarou aos policiais?

– Eles anotaram isso? Devem ter entendido errado...

Karina pegou um caderninho de anotações e escreveu, ditando para si mesma em voz baixa e pausada, "Devem ter entendido errado". Quando olhou para Desdêmona, ela estava mastigando. Olhou para o prato da interrogada e faltavam as duas fatias de presunto. Pegou duas fatias de presunto do seu próprio prato e começou a comer, sem parar de olhar e sorrir para Desdêmona, que já tinha perdido metade de sua compostura.

– A senhora trabalha? – perguntou, enquanto limpava os dedos engordurados no guardanapo.

– Sim, senhora. Aqui está o meu cartão. Tem meu telefone aí, se precisar falar comigo – a loba tinha se tornado repentinamente educada e solícita.

Karina limpou um pouco mais os dedos enquanto olhava para o cartão, sem se apressar em pegar. Quando finalmente pegou, agradeceu e pediu para chamar os outros que estavam com ela. Ia falar com todos.

Foi tão evasiva quanto pode com os outros três. Em alguns minutos, tinha bebido mais duas xícaras de café, comido três croissants, três fatias de presunto, nenhuma de queijo. Quando o último lobo saiu, perguntou se alguém no hotel teria um sonrisal para ela. Tinham. Pediu também para chamar Lupina, Hermínia e Daren, se já tivesse chegado ao hotel. Queria falar com os três ao mesmo tempo.

Quando os três entraram, Karina estava tomando o sonrisal. Daren puxou mais duas cadeiras para as moças e se sentou, na diagonal de Hermínia, um pouco para trás. Karina observou os três por alguns segundos.

– Que meninada bonita! – exclamou, tirando um sorriso de Daren. Notou que as meninas não sorriam como ele.

– Bom, gente, vou ser rápida, porque se mais alguém mentir para mim essa manhã acho que vou ter uma úlcera, apesar do ótimo café do hotel. Preciso me lembrar de perguntar se usam algum pó especial. Enfim, o que eu dizia?

– A senhora falava sobre o pó de café – adiantou-se Hermínia.

– Viu o que eu falei? Bom, não sei por que todos vocês mentiram sobre aquela coisa na estrada, mas tenho certeza de que ela atacou vocês e vocês a mataram em legítima defesa, então não vou acusá-los de nada.

Parou e olhou a reação dos três. Lupina sequer piscava. "Deve achar que uma mulher normal, vinte anos mais velha que ela, não pode ameaçá-la. Meu Deus, como é bonita!", pensou a detetive, enquanto folheava o seu caderninho, que tinha somente uma frase escrita, por sinal: "Devem ter entendido errado". Por fim, olhou para o grupo.

– Aiaiai. Eu podia ficar a manhã inteira olhando para vocês, beldades. É muito gatinho o seu namorado também, viu? – disse, inclinando-se para Hermínia, que deixou transparecer seu embaraço. – É brava ela, né? Mas é bonita demais também. Vocês fazem um lindo casal, viu? – disse, dessa vez dirigindo-se a Daren, que não sabia se corava de orgulho ou ficava apavorado.

– Bom, vocês três precisam de tempo para escapar daqueles "parentes" de vocês. Eu não posso deter aqueles mentirosos sem uma acusação formal, mas posso atrapalhá-los no que vieram fazer, que eu aposto meus peitos como não é coisa boa. E tem a ver com vocês, meninas, é claro.

Parou um instante, para observar os jovens. Lupina pela primeira vez a olhava interessada.

– Vocês não podem sair da cidade, é claro. Preciso saber o que era aquela coisa na estrada que atacou vocês, mas posso adiantar, em primeiro lugar, que vocês sabiam que aquilo existia.

Encarou a sua quinta fatia de presunto.

– Se eu fosse um policial idiota, e, acredite, nós somos legião, diria que o rapaz negro era o dono da arma, mas tive tempo de verificar ontem à noite compras de calibres doze na cidade e adivinhem! Somente uma pessoa comprou uma dessa ontem – disse olhando para Hermínia, que sustentou o seu olhar.

– Portanto – continuou –, o que eu acho é que a doce Lupina tinha aquela fera trancada em algum lugar. O bicho, por sua vez, era propriedade daquela bruxa velha, a... Desdêmona – parou um instante para olhar Lupina, que continuava inexpressiva. Em compensação, os olhos de Hermínia brilhavam de concentração. – Desculpe, Hermínia, esqueci que era sua parente. Onde eu estava?

– Na bruxa velha... – Daren estava tão envolvido pelo argumento de Karina que quis ajudar, mas foi fulminado por um olhar de Hermínia e engoliu em seco.

– Sim, obrigada, lindinho. Pois bem, não sei por que diabos Lupina estava com aquele negócio guardado, e pediu ajuda de Hermínia para lidar com ele. Na verdade, foi a primeira coisa que me ocorreu quando vi que Hermínia comprou a arma. Mas, pelos dados levantados, Hermínia também trabalha na... Matilha – disse conferindo o cartão de Desdêmona –, portanto foi enviada pela sua "tia", a tal Desdêmona.

Parou de falar de novo e sorriu, divertindo-se com o efeito de suas palavras nas pessoas que tinha diante de si. Lembrou-se de que tinha sido assim na sua prova de admissão na polícia, no seu primeiro caso e no caso em que conheceu o seu marido. Era impressionante, ela sabia.

– Eu acho que alguma coisa deu errado nesse negócio todo e vocês tiveram que matar o bicho. Ele não é uma espécie conhecida e vocês estavam em perigo, portanto assassiná-lo não constitui crime ambiental. Já criar em cativeiro uma espécie dessa, sem a vistoria de um órgão competente é, sim. Eu daria uns quatro anos para Lupina, se ele tivesse machucado alguém – ainda não sabemos se machucou – mas as coisas ficando como estão acho que você passa uns dois anos na cadeia.

Olhou para Lupina, assim como todos. Notou que estava corada, como se tivesse tido uma iluminação.

– Eu quero confessar então! – Lupina falou, mas foi interrompida por Hermínia, que gritou seu nome, colocando-se de pé.

– Ei, ei, ei! Vocês duas! – A delegada também tinha se colocado de pé, e todos puderam ver que estava armada, já que tinha colocado a mão no coldre. – Ainda não acusei você de nada, Lupina, portanto não aceito sua confissão. Sentem-se. Sentem-se! – gritou, vendo que todos ainda continuavam de pé. Notou que nenhuma das duas moças ficou apavorada quando colocou a mão no coldre. Não tão apavoradas como quando viram Desdêmona.

– Não acusei você de nada e não aceito confissão nenhuma – continuou. – Porque acho que você está sendo assediada por aquela mulher. Desdêmona não deveria andar acompanhada de capangas se não quisesse parecer um gângster. Vou proteger você, Lupina, até descobrir o que aquela gente quer com você e com Hermínia. Posso notar que vocês confiam uma na outra e no garoto, mas têm medo daquela mulher.

– E você não tem? – disse Lupina, olhando fundo nos olhos de Karina.

– Na verdade, eu tenho medo de todas vocês, menos dele – apontou o queixo para Daren –, ele parece o único que não arrancaria meu coração do peito, como fizeram com aquele bicho. Agora vão. Obrigado pela atenção.

Quando estavam saindo, a delegada chamou mais uma vez Lupina. Colocou um cartão em sua mão.

– Não vou deixar levarem nenhuma de vocês para aquela tal de "Matilha", podem deixar. Vocês estão sob minha proteção. Liguem para esse número se virem qualquer coisa suspeita.

Lupina olhou inexpressivamente para Karina e saiu. Mas dessa vez Karina conseguiu identificar emoções naquele olhar, emoções que conhecia bem. Medo e desconfiança. Medo de Desdêmona e desconfiança de que a polícia pudesse realmente ajudar.

A Matriarca abriu, por meio de um código que movimentava um complicado mecanismo, a pesada porta de metal que separava a

Coisa do resto do mundo. Estava sozinha na sala, e a arena estava vazia. Nunca tinha feito isso antes, abrir a porta para a Coisa, e uma sensação de perigo e prazer invadiu o seu corpo cansado. Estava protegida, separada da criatura por paredes de cimento e um vidro blindado de vinte centímetros de espessura, mas nunca achou que a Coisa fosse incapaz de suplantar esses obstáculos, se quisesse. Não sabia ao certo por que estava ali. Havia um microfone e um sistema de som, na arena, para comunicar, se necessário, a pena ao réu. Mas não tentaria falar com a Coisa. Seria inútil, é claro. Mesmo assim, mesmo sabendo que Aquilo sempre se recusou a uma troca – que não fosse carne viva de lobos por nada, ou pela sua manutenção fora do mundo exterior –, a Matriarca queria um sinal. Alguma pista de como proceder, agora que vira o abismo para que havia ajudado a levar a sua raça. Não esperava qualquer condolência daquilo que dormia na Terra, ou mesmo um julgamento moral. Sorriu sozinha ao pensar nisso. Mas queria um sinal, uma aparição. Sim, queria ver a Coisa. Era isso. Tinha visto muitas coisas em seus oitocentos anos e tinha certeza de que não arrancaria os próprios olhos, como um filhote assustado, independentemente do que aparecesse naquela arena.

A porta continuava aberta e, por alguns segundos, tudo ficou em silêncio. De repente, passos rápidos podiam ser ouvidos da escuridão do outro lado da porta de metal. Logo depois, algo disparou correndo pela arena e parou a alguns metros, com a barriga encostada no muro circular de cimento. Movimentava-se como um lagarto, mas parecia humanoide. O que parecia ser um rabo muito longo, mostrou-se uma ligação – uma série de filamentos, como um cordão umbilical monstruoso, que mantinha presa a coisa na arena – com alguma *outra* coisa que continuava no escuro, fora da arena. O ser tinha o tamanho de um humano pequeno, talvez pesando uns quarenta quilos. Seu corpo estava coberto por uma gosma esverdeada e translúcida, que mantinha os escassos pelos, grossos como caules de plantas, grudados ao corpo repulsivo. Na verdade, era como se fossem pelos de uma coisa muito maior, em um corpo muito menor. A Matriarca olhava, fascinada. A criatura virou a cabeça, dentro do próprio eixo do corpo, de forma que seu rosto ficasse virado para a janela onde estava a Matriarca, e o peito na direção oposta. Não era um rosto. Eram três grandes bolhas de superfície viscosa, que agora olhavam para a Matriarca, que cobriu a boca, horrorizada.

Como em resposta à velha loba, a coisa começou a subir a parede curva da arena como uma lagartixa – e com a velocidade das lagartixas. Sem conseguir se mexer, a Matriarca viu o ser chegar até o vidro blindado. Sua barriga encostada no vidro, feita de uma carne rosada, também estava coberta de secreção translúcida. O longuíssimo cordão umbilical saía do que seriam os genitais da coisa e se perdia na escuridão além da porta da arena. Agora, a estranha aparição estava fixada no vidro, com sua barriga asquerosa voltada para a Matriarca, fascinada pelo medo e pelo asco. Escorria uma baba grossa do corpo, e quando a Matriarca pensava que tinha chegado ao limite do horror, a aparição afastou os músculos do abdômen revelando uma grande fenda, da qual caía mais muco, aos borbotões. A fenda se escancarou, e um rosto quase humano surgiu da barriga da coisa. Tinha traços femininos, mas orelhas lupinas, além de um nariz que mais parecia um focinho. A Matriarca começou a gemer e chorar, com os olhos arregalados, derramando grossas lágrimas. A cabeça de lobisomem, que havia saído da barriga da coisa, agora tinha os olhos negros abertos e balbuciava alguma coisa, inaudível mesmo para os sentidos ainda apurados da velha loba. Da boca da cabeça brotava mais muco, e ainda mais grosso do que o que saía do abdômen repulsivo. De repente, a coisa, a cabeça e o cordão foram puxados com uma velocidade além da percepção para dentro do buraco escuro, desaparecendo.

A essa altura, a Matriarca urrava de dor e desespero, suas unhas crescidas arranhando seu rosto envelhecido, perigosamente perto dos olhos. A porta da cabine das Lobas Signatárias se abriu repentinamente e uma jovem loba entrou, alertada pelos gritos da Matriarca. A velha se virou para a jovem com os dentes crescidos à mostra, os olhos já transformados, rosnando, ameaçadora. A jovem loba tentou argumentar, mas a velha pulou sobre ela com um urro. A jovem saiu sem esforço, batendo a porta de metal atrás de si. Os uivos, latidos e rosnados da Matriarca podiam ser ouvidos por toda a fortaleza.

Sem precisar ser interrompida, Roma olhou para Júlia, assim como todas na fogueira.

– Eu só achei desnecessário, só isso – Júlia se defendia, apesar de não ter dito nada, e tampouco as outras. O fogo bruxuleava em todas as faces. A lua, quase cheia no céu.

– Acha desnecessário para o que, Júlia? Para a "estrutura da narrativa"? – disse Roma, com voz comicamente afetada.

– Sim, acho estruturalmente desnecessário – respondeu Júlia, fazendo uma paródia ainda mais afetada de seus professores. Deyse riu. O resto não ousou.

– Ela fez o quê?

– Ela atacou uma loba, que escapou. Destruiu totalmente a sala das signatárias. No momento parou de uivar, mas ainda não tivemos coragem de entrar lá.

Desdêmona ficou muda, com o telefone grudado na orelha. A Matriarca tinha enlouquecido? Todos os seus últimos movimentos não eram senão seu cérebro entrando em colapso? Não conseguiu evitar uma sensação de desapontamento. Tinha se colocado paulatinamente em oposição à velha loba, nos últimos setenta anos, mas era uma posição ainda eivada de respeito pela argúcia e importância da velha para a comunidade.

Por outro lado, poderia abandonar momentaneamente a missão insana de levar Lupina, Hermínia e o mestiço para a Matilha, com a polícia nos calcanhares. Não "poderia". *Teria* que abandonar esse caso, que seria a sua derradeira prova como segunda no comando. O ritual de passagem, inventado por uma velha esclerosada, para assumir definitivamente o lugar de Matriarca da Alcateia. Não cumprir essa prova a deixava com uma estranha sensação de derrota e chegou a cogitar que outra loba assumisse temporariamente. Mas sabia que, se não estivesse lá, nesse momento de crise, sua autoridade seria questionada para sempre. Queria o poder, desde pelo menos a metade do século passado. Já pensara nas mais diversas formas de obtê-lo, incluindo o assassinato de sua superiora. Mas realmente não havia cogitado essa forma. Tinha alguma coisa de errado nisso, mais errado que a loucura. Se é que era loucura.

Deu rapidamente as ordens para os seus assistentes e preparou-se para voltar. Também telefonou para a delegada avisando que teria que partir imediatamente, mas deixou todos os seus telefones de contato, incluindo os da Alcateia, e ofereceu-se para ajudar no que fosse posível, garantindo inclusive uma viagem de avião somente para depor, caso fosse necessário.

Karina desligou o celular com aquela rara impressão de um acaso a favor. Aprendera cedo que surpresas, em questões de trabalho, são sempre desfavoráveis. Mas resolveu não dificultar a saída de Desdêmona da cidade, contanto que pudesse entrar em contato facilmente com ela. E tinha um cartão nas mãos, de um lugar chamado "Matilha". De qualquer forma, sua primeira prioridade, que era defender Lupina e Hermínia de uma eventual queima de arquivo da tal "Matilha" ficava mais fácil com Desdêmona fora dali. O planalto central, onde ficava a misteriosa empresa, era distante, mas se encontrasse evidências de manipulação de espécies e cruzamentos planejados, poderia facilmente requerer um helicóptero.

Estava na propriedade de Lupina, investigando. Levara uma pequena tropa de assistentes armados, com revólveres e fuzis, além de um guarda florestal com uma arma de tranquilizantes. Não achava que um tranquilizante fosse deter aquela coisa, que examinara logo depois das entrevistas da manhã, mas talvez os fuzis pudessem. Talvez. Pela mancha de sangue em seu pelo, a coisa ainda estava viva quando recebeu o golpe que arrancou a metade inferior de sua cabeça; ou seja, havia sobrevivido ao tiro no peito de uma calibre doze. O que levantava uma segunda hipótese preocupante: quem matou aquele gigante branco ainda estava vivo e era muito parecido com ele, já que a cabeça decepada da outra fera dava todos os indícios de haver sido arrancada em outro momento. Karina não tinha a menor vocação para a temeridade, por isso tinha dado sinal verde para abaterem qualquer coisa parecida com aquilo que havia mostrado aos homens no laboratório. Mostrar o Grande Branco foi, afinal, uma questão de bom senso. Ninguém em sã consicência iria querer perseguir sozinho, ou aprisionar, um aninal daqueles. O guarda florestal com o tranquilizante era só uma formalidade. Ele também levava uma Magnum 45 na cintura.

Olhou em volta, para a mata que margeava a propriedade. Torceu mais uma vez para que o assassino do gigante branco não estivesse ali e voltou sua atenção para o carro de Lupina. Abriu a porta sem precisar forçar, já que a maçaneta parecia danificada. Do lado de dentro da porta, a delegada viu a causa; marcas de tiro, provavelmente uma calibre 12, havia destruído o mecanismo. Também havia sangue por ali, além de pelos brancos e curtos. No banco do passageiro, profundas marcas de garras haviam estragado o estofado. Como se um golpe houvesse errado o alvo e acertado o banco, ou se um animal muito pesado houvesse passado por ali. Deu a volta e abriu a outra porta. Mais sangue. Provavelmente da mesma ferida que se via no lado do motorista. Estava de pé refletindo quando um policial a chamou. Entrou no estábulo e viu uma enorme jaula, destruída. A parede lateral do estábulo também havia caído, com parte do madeiramento do teto. Entre os destroços, viu um estranho jogo de garrotes e algemas, que estava amassado. Os mesmos pelos brancos contrastavam contra o metal negro, e Karina podia apostar que encontraria mais pelos espalhados por todo aquele lugar, se procurasse. Havia mais sangue no chão, no lugar onde a grade e o jogo de garrotes jazia. Colocou o pé na extremidade inferior do enorme buraco da parede e olhou para a mata fechada, logo em frente. Imaginou que os jovens já tivessem fugido da cidade àquela altura. Provavelmente não pediriam a sua ajuda, como fazem todos os jovens com relação ao poder instituído. Não os culpava. Quantos anos deveria ter aquela Lupina? Dezoito? Hermínia parecia ter dezesseis, apesar da altura. Não iria fazer como o pessoal da narcóticos, que passa a maior parte da vida trancafiando meliantes menores de idade e com medo de seus chefes. Não. Iria direto para essa tal de Matilha.

Curiosamente, a empresa parecia ter preferência por contratar gente alta e bonita. Um dos capangas de Desdêmona tinha mais de dois metros e o outro quase isso. As meninas eram todas altas, e Desdêmona devia ser a mulher mais alta que Karina já vira com aquela idade.

Inspecionou novamente aquelas barras, aqueles instrumentos e percebeu que haviam sido usados para ferir alguém, provavelmente no momento de destruição da jaula. Lupina estava ferida, mas eram claramente marcas de garras. Como ela conseguiu sobreviver àquele monstro?

Apoiou o pé nos escombros da parede e olhou para a mata em frente. A cerca de metal estava tombada. O que fugira da jaula –

que ela apostava ser o Grande Branco do necrotério – também derrubara a grade.

Chamou todos os assistentes e organizou dois grandes grupos. Iriam para a mata procurar o corpo daquela cabeça de monstro decepada. Também precisariam encontrar um coração, que faltava no animal (animais criados especialmente para rituais satânicos? Seria novidade). Repetiu mais uma vez que, caso encontrassem alguma coisa viva parecida com aquilo que tinham visto na sala de dissecação, abrissem fogo total e sem piedade e depois fugissem. Antes de anoitecer encontraram o corpo do lobisomem decapitado e um enorme coração extirpado.

– Não sei se é uma boa ideia... – Daren acompanhava Hermínia e Lupina até o banco. As duas estavam retirando o máximo de dinheiro que podiam. Falavam aos sussurros, como conspiradoras.

– Você deveria fazer o mesmo – disse Lupina. Daren olhou para Hermínia, que assentiu.

– Eu gostei daquela delegada – Daren deu de ombros, Hermínia lançou-lhe um olhar que o rapaz desejou do fundo do coração que fosse ciúme. – Verdade! Deve ser o único policial do país que não prendeu preventivamente um negro que disparou uma arma.

Hermínia fez um gesto para que falasse ainda mais baixo. Estavam em um banco e ele era negro. Falar em armas não ia ajudar em nada na fuga discreta que elas tinham em mente.

– Desculpe, o que eu acho é que dá pra confiar nela – Daren agora sussurrava baixinho, encostando em Hermínia.

– Então fique com esse cartão – Lupina passou entre os dois e entregou o cartão de Karina para Daren, que o guardou imediatamente.

– Vou ficar mesmo – disse, amuado.

– Daren, eu e Lupina fizemos uma confusão danada, incluindo você. Você é mestiço de lobo, é negro e é pobre. Ou seja, não serve de nada para a Matilha. Lamento que isso tenha acontecido com você, mas eu acho que deveria pedir uma licença e dar um tempo do seu trabalho do hotel. A Matilha não é uma organização tolerante. – Hermínia dizia essas palavras duras na rua, na saída do banco. Segurava a nuca de Daren e encostava a testa dele na sua, falando com os olhos nos olhos dele. Uma pessoa na rua diria que era uma declaração de amor, e talvez fosse mesmo. Daren olhou para aqueles olhos amarelos por vários segundos, enquanto Lupina esperava, parada, do outro lado da rua, bocejando.

– Tudo bem, eu vou com vocês – disse, muito sério. – Vou passar no hotel e pedir minhas férias, que estão mesmo atrasadas. Eles não devem me querer mesmo por ali sendo interrogado toda hora, apesar de que o lobisomem foi uma propaganda boa para...

– Vamos comprar a sua passagem. Nós nos encontramos na rodoviária – Hermínia sempre o interrompia. Romance não era mesmo o forte dela. Pelo menos, ganhou um beijo antes que ela se afastasse.

Daren fez o prometido. Em uma hora e meia estava na estação, com todo o seu dinheiro e roupas. O ônibus sairia em vinte minutos. Rumariam para o sul do país.

Viajaram durante sete horas para a capital de outro Estado, mais ao sul. Lá, compraram outra passagem. Estavam em uma rodoviária de beira de estrada esperando o ônibus noturno, que os levaria para ainda mais longe. Começava a anoitecer. Pagaram para usar a execrável ducha do estabelecimento e se limparam na medida do possível. Lupina usava as roupas de Hermínia, que era um pouco mais baixa, e suas canelas e barriga ficavam de fora.

Lupina estava muda. Não falava nada desde que embarcaram. Nunca fora muito sociável, mas agora parecia fechada em si mesma, não somente alheia, mas hostil aos companheiros de viagem. Daren não conhecia nada da psicologia dos lobisomens, mas conhecia as pessoas, e sabia que as duas não estavam nos melhores termos. Hermínia fizera uma ou duas perguntas para Lupina que ficaram sem resposta. Lupina não era expansiva, sequer simpática, mas a viagem era uma questão prática, e, se tinha percebido uma coisa nas lobas, era que eram extremamente pragmáticas. E "a comunicação é um passo importante para o sucesso de qualquer empreitada coletiva", como diria um dos centenas de lugares-comuns do gerente do hotel onde trabalhava. Concentrou-se para tentar diagnosticar o mau humor de Lupina. Não que ela lhe interessasse, em absoluto. Era a segunda mulher mais atraente que conhecera, depois de Hermínia, mas ainda era uma loba e... bom, não seria a primeira vez que um namorado acharia extremamente atraente a melhor amiga de sua namorada. Isso se ele tivesse namorada, se ela fosse humana e se ele achasse Lupina extremamente atraente. Como nada disso tinha qualquer cabimento, ele poderia... sobre o que estava pensando mesmo? Sim, a origem do mau humor de Lupina.

– Você ainda não me disse por que mudou de ideia.

– Sobre o quê?

– Sobre o Reprodutor, Hermínia! Sobre o que mais seria?

– Não achei certo, na hora... ei! Aquele não é nosso ônibus?

Foi mais ou menos esse o diálogo. Ou, pelo menos, era assim que Daren se lembrava dele. Poderia ter sido outro, outra hora. De qualquer forma, as duas raramente se comunicavam entre si, *verbalmente.* Daren aprendia aos poucos o que era um olhar, para as lobas, todas as implicações de um apontar de cabeça, a mudança repentina de postura e do lugar dos pés e das mãos. Tudo dizia algo naquelas mulheres. Eram como narradoras incansáveis, que sequer precisavam abrir a boca. E agora Lupina sequer olhava para Hermínia. Seus braços permaneciam colados junto ao corpo, sua cabeça ereta, o olhar distante. Estava muda.

Pararam em um posto sórdido no meio da estrada, às sete horas da noite. Lupina disse que iria ao banheiro e Daren e Hermínia caminharam até o outro lado do posto, onde o calçamento terminava. Um pequeno grupo de árvores fazia o limite da via de acesso ao posto, a uns quinze metros do casal. Se é que eram um casal.

– Quantas árvores acha que tem ali? – Hermínia perguntou, aparentemente sem interesse.

– Meia dúzia?

– Consegue *farejar* isso?

Daren olhou para ela com espanto. Mas era inteligente o bastante para logo perceber que Hermínia queria lhe mostrar suas novas habilidades. Abaixou a cabeça e fechou os olhos. Hermínia riu.

– Daren! Não é para farejar com o tampo da sua cabeça, use o nariz!

Um pouco sem graça, Daren deu uma risadinha e mudou de posição. Levantou a cabeça, aspirando o máximo de ar possível com as narinas. O primeiro odor que veio foi o de gasolina, que o fez espirrar de forma engraçada. Hermínia não riu dessa vez, o que ele reconheceu como um sinal de que devia continuar tentando.

Cigarros acesos, ao longe; cigarros apagados, por todo lado. Borracha, borracha queimada. Óleo queimado. A umidade debaixo das pedras. As pessoas no posto. Hermínia, Lupina, três atendentes, dois bilheteiros. A cozinha. Carne, frango, mais óleo. Suor, suor de gente. Um cachorro atrás do posto. Não, são dois. Uma ninhada. Asfalto. Piche ainda novo derretido pelo sol. Grama. Uma árvore de bulbos pequenos brotando. Uma árvore velha com milhões de cupins dentro de si. Cupins dentro da terra indo em direção a árvores mais novas. Uma árvore com frutos; outra sem, mas que poderia ter. Uma árvore jovem e já doente. Em cima dela, alguma coisa. Um grande pássaro. Morcegos dormindo em outra árvore. Seis árvores. O mesmo número que sua visão tinha descoberto. Eram de fato seis árvores! "Um bom lugar para uma emboscada", pensou. Um bom lugar para se esconder por alguns minutos e depois acessar a mata mais adiante. Um bom lugar para se cagar discretamente, como sentiu na árvore mais jovem e saudável. Ficou decepcionado com a igualdade numérica entre as árvores avistadas e farejadas e comunicou a Hermínia. Esperava que fossem mais.

– Você sabia que eram seis porque já havia farejado antes. Só não sabia que havia farejado, sacou?

Olhou para as árvores e percebeu outra coisa. Talvez nas cores? Olhou um pouco para a linha do horizonte pintada pelo sol poente e voltou a mirar as árvores. As cores. Pareciam mais fracas. Comunicou isso a Hermínia.

– Somos daltônicos, nós, os lobos. Você deve ter herdado um daltonismo mais fraco, somente o suficiente para realçar os contrastes.

Aquilo o entristeceu um pouco, perder o colorido das coisas. Olhou em volta e constatou a verdade: as cores estavam mais esmaecidas. O vestido de uma menina no posto, que tinha tudo para ser rosa, aparecia para ele como um cinza alegre. Os vermelhos das placas pareciam amarronzados. Aquilo ensombreceu a sua alma e, percebendo isso, Hermínia pediu que ele tentasse enxergar o que havia dentro de uma oficina, fechada, a uns quinze metros de distância, pela pequena fresta escura que dava acesso ao seu interior.

Lá dentro as luzes estavam apagadas, restando somente os reflexos do crepúsculo. Havia um barril de metal molhado. Um canto de mesa. Em cima da mesa, um martelo antigo. Tiras de pneu de moto na parede mais ao fundo. Telefones e nomes escritos a lápis, na parede. Quando percebeu que conseguia ler o que estava anotado na parede a quinze metros, na penumbra, Daren, pela primeira vez, sentiu-se um super-humano. Esqueceu-se do daltonismo.

Ouviu alguma coisa que chamou a atenção e olhou para a estrada quase vazia. Reparou que Lupina e Hermínia também olhavam na mesma direção que ele. Alguns minutos depois, o ônibus que os levaria para longe apareceu no horizonte, naquele céu quase cinzento que Daren já nem achava mais tão triste assim.

– Vai ter *ménage*? – Roberta sempre queria saber de sacanagem. Como todas as meninas sabiam que uma hora ela lançaria uma pergunta dessas, caíram na gargalhada, incluindo Roma. Até a mãe de Roberta deu uma risadinha.

– Mãe, você já fez *ménage*? – Roberta perguntou de chofre para a mulher, que ficou séria de repente. Caiu um silêncio na fogueira.

– Não com duas mulheres – ela respondeu, causando gritinhos, hurras, vivas e mais gargalhadas das meninas. O pai de Roberta olhava tudo de longe, da cozinha, onde preparava os chocolates quentes. Não reclamava da solidão, já que a mãe de Roberta voltava a cada dia mais entusiasmada para a cama dos dois. Entusiasmo que ele não via desde o tempo em que eram estudantes, e ele e seu amigo a convidaram para passar uma noite com eles, no quarto que os dois dividiam naqueles tempos de dureza e doçura da universidade.

– Bombeamos gás sonífero para dentro da sala pelo exaustor e entramos com a rede de metal, dardos sedativos e as varas com os garrotes. Mesmo assim, ela quase amputou a perna de um cachorro e feriu outro no ombro. Agora está em uma jaula vazia para Reprodutores.

Desdêmona pegou o avião no mesmo dia e chegou ao entardecer. Havia estranhado a falta de resistência da delegada ao seu pedido de viagem. Na verdade, ficara preocupada. Não gostara daquela mulher. Ela não era esbelta e alta como as lobas, e seu cabelo cheirava a química. Mesmo assim, contra todas as evidências corporais de inferioridade, sentia-se ameaçada. Agora tinha voltado à Matilha e uma outra ameaça estava ali, enjaulada. "Pelo menos eram da mesma raça", pensou Desdêmona.

Mas não pareciam. A Matriarca estava na sua forma original, de lobisomem Reprodutora que fora outrora. Bom, não estava distante da Reprodutora que Desdêmona reconhecera. Ainda era uma loba magnífica, mesmo que seus pelos estivessem todos brancos, continuava imponente, talvez mais. Os músculos da perna ainda eram poderosos e a cabeçorra magra deixava os dentes maiores ainda. O pescoço, entretanto, tinha falhas no pelame, e as orelhas estavam comidas em vários pontos. Andava em círculos, como... bem, como o animal enjaulado que na verdade era.

– Não sei se você enlouqueceu ou não – Desdêmona continuava falando, ainda que o animal sequer olhasse para ela –, mas diante do seu comportamento recente, aceito assumir o cargo de Matriarca.

Desdêmona olhou para trás, como para se certificar de que estavam realmente sozinhas. E olhou para a câmera, que não tinha microfone. Não importava de qualquer forma. Ela era a nova Matriarca. A senhora do destino de todos os lobos. Para os poderosos, as idiossincrasias sempre fizeram parte daquilo que os tornava diferentes da turba submissa.

– Escute – inclinou-se, ficando de cócoras –, eu não sei o que aconteceu com você. Não consigo acreditar que a Matriarca original simplesmente ficou louca de uma hora para outra, deixando toda a Matilha sobressaltada. Mas eu sei o que eu vou fazer. Em primeiro lugar, vou destacar a Rastreadora para encontrar sua querida Lupina. E ela vai me trazer aquela loba, nem que seja aos pedaços.

Subitamente, a fera que era a Matriarca parou e, rapidamente, começou a se transformar. Sentou-se, agora uma velha, nua, devastada, no canto da jaula.

– Aos pedaços, não é a melhor forma de se servir carne de lobo, pelo menos à maneira dos humanos. Eu quero a minha em tiras, por favor – a velha falava do fundo se sua cela com voz gutural.

– Eugênia – disse Desdêmona se levantando aos poucos, com a voz trepidante de fúria –, você não pode submeter a Alcateia aos seus caprichos! Você não pode me submeter... a mim, a nova Matriarca!, aos seus caprichos... Você não pode falar somente quando quer, ser loba e humana quando convém, e não prestar contas para a comunidade que nos sustenta! Você é ainda a Matriarca, pela Grande Loba, e tem obrigações!

– Pensei que você fosse a Matriarca agora – a velha continuava encolhida, nua, na extremidade oposta da cela. Sua voz, entretanto, tinha recuperado a firmeza.

Desdêmona respondeu com um urro pavoroso, abrindo os braços, as unhas saltando de seus dedos, os caninos lançando-se para fora da boca. Recompôs-se rapidamente.

– Eu também sinto falta, Eugênia – seu tom de voz voltou a ser baixo e ameaçador –, sinto falta do tempo em que podia dilacerar uma família humana com os dentes. Do medo que eu despertava neles. Dos uivos para a lua, dos rosnados, dos urros. E de resolver as disputas pela força, pelo instinto de exterminar qualquer ameaça.

– Você parece bem à vontade – a velha falava, a voz por um fio – em todas as suas peles.

– Pois não estou. Estou preocupada e estou...

– Com medo?

– Somos lobas. Não deveríamos ter medo.

– A Coisa... me mostrou algo – a voz da Matriarca estremeceu.

– Me disseram que você abriu o portão. Queria destruir a todos nós? Ou queria somente se matar? Não conhece outro método de suicídio que não ponha em risco toda a Matilha? – Desdêmona estava adorando elevar a voz para sua antiga superiora, ainda que isso demonstrasse nervosismo e pouca magnanimidade.

– A Coisa me mostrou... o futuro – agora, efetivamente, a velha balbuciava de forma estranha, como se estivesse mesmo demente ou senil.

– Não vou perguntar o que a Coisa te mostrou, Eugênia. Corte o teatro. Só quero saber se você pode ser colocada em liberdade ou…

– Quero ser jogada na arena.

– O quê? Você enlouqueceu?

– É meu último pedido como Loba Signatária – a voz voltava a ser firme. "A sentença, entretanto, era demente", pensou Desdêmona.

– Você está em choque. Vai ficar aqui até se recuperar. Estou realmente desolada.

– Não machuque as fugitivas, Desdêmona. Deixe-as irem. Temos tantas lobas que adorariam ocupar as funções delas...

– Não pretendo machucar Lupina. Ela é uma Reprodutora.

– Mas Hermínia, sim. Eu devia ter desconfiado...

– Hermínia traiu a Alcateia tanto quanto Lupina. E é bem menos valiosa que uma Reprodutora.

– E já serviu ao seu propósito e agora deve ser silenciada.

Desdêmona sorriu. A velha, afinal, não era uma decepção completa.

– Gente! Que bafo! – Deyse era sempre a mais rápida das meninas. – A Hermínia está fazendo jogo duplo – falava separando as sílabas, para realçar o seu espanto.

– Nããão! – Júlia disse, uma mão no colo, outra no joelho de Roma, olhando divertida para as amigas. Roberta, que era mais distraída, olhava para a mãe em busca de auxílio. A mulher abriu a boca, simulando espanto, e piscou para a filha, divertida. Parecia rejuvenescer a cada dia.

Karina chegou em casa e encontrou o marido, como sempre, vendo TV e jantando no sofá.

– Oi, gatinha! Eu comecei sem você, mas seu prato está prontinho lá na cozinha.

Era um peixe marinado, com verduras e duas fatias de torrada com alho. Ele tinha colocado uma tampa de panela em cima, para proteger de eventuais insetos. Encheu a boca de Karina de água. Abriu a geladeira e sorriu; havia uma garrafa de vinho branco aberta, com uma taça gelando ao seu lado. Serviu-se de vinho e tomou a primeira taça ali de pé, em frente à geladeira. Encheu a segunda, guardou a garrafa, pegou o prato e foi para a sala.

Deu um beijo nele e sentiu o gosto de vinho branco em sua boca, ficando levemente excitada. Estava passando uma das séries de detetives que adoravam ver juntos. Davam risadas dos episódios descabidos, do ponto de vista criminológico, e se divertiam mais ainda com os que achavam bem estruturados. Em geral, Karina deitava em seu colo e cochilava, enquanto ele via TV até mais tarde. Algumas vezes, faziam sexo, ali mesmo no sofá, e depois assistiam ao resto do episódio nus, terminando o vinho. Karina tinha trinta e cinco anos e, às vezes, aventava a hipótese de terem um filho. Otto pensava nisso com mais frequência que ela. Não trabalhava em crimes violentos e, assim como ela, tinha a carga horária muito mais razoável que a de seus companheiros, conquistada graças ao seu brilhantismo dedutivo. Também ganhava muito bem.

Karina era uma espécie de estrela da força policial, e nunca lidava com crimes contra a vida humana. Conversaram algumas vezes sobre isso, sobre a possibilidade de ter filhos. Karina terminou o seu prato, depositou na mesa e colocou seus pés no colo de Otto para receber uma massagem. Iriam fazer sexo hoje, talvez sem prevenção. Um filho talvez viesse em boa hora mesmo.

A excitação de Karina vinha de outras fontes além do vinho e da comida. Vinha um pouco do trabalho. Não estava lidando com um crime ambiental comum, mas com uma espécie de manipulação genética, que, de alguma forma, escravizava pessoas para cuidar de seus monstros. Era essa a sua suposição. A empresa devia ser subsidiada por alguma indústria maior, provavelmente farmacêutica. Já havia lidado com essa gente antes, e aqueles espécimes tinham muita semelhança com humanos. As pesquisas em genética também estavam sempre muito próximas da indústria alimentícia e de armamentos, a maior patrocinadora de todas as áreas. Já era um lugar-comum apontar a genética utilitária como uma futura indústria de sub-raças, em um mundo cada vez mais homogêneo, sendo os supersoldados a outra ponta do vértice de todas as pesquisas científicas pelo "bem comum". Além, é claro, de alimentos manipulados, capazes de causar, a um só tempo, desemprego no campo e doenças que são tratadas por remédios fabricados pelas mesmas empresas que fabricam alimentos, e assim por diante. Esse cenário depressivo do capitalismo mais selvagem e destruidor – e que Karina apostava que iria exterminar a maior parte da humanidade nos próximos sessenta anos – a deixava estranhamente excitada. Excitada com a possibilidade de lidar com os verdadeiros assassinos de larga escala. Sabia que o Otto cuidava de crimes que quase sempre estavam nos jornais, lidando com poderosos políticos corruptos, mas sabia que eles – os políticos – eram somente os capangas. Os corruptores eram as respeitáveis empresas que trabalhavam tanto pelo tal "bem comum" e pela "nação", como as construtoras, as montadoras, entre outras. Naquele caso, iria apostar na indústria farmacêutica. Karina não era uma mulher sem vaidades, e adorava ser uma policial respeitada e – por que não? – com alguma fama.

Abriu lentamente o zíper da calça do marido, enquanto o beijava. Subiu em cima dele e foi tirando a roupa, estranhamente pensando nas pessoas que havia conhecido recentemente. Eram todas atraentes. Pensou em algum caso que todas as pessoas envolvidas eram atraentes e não se lembrava de nenhum. Atraentes, não. O menino, Daren, era atraente. As meninas eram... magníficas. Como cavalos de raça ou cães premiados.

Parou no meio do beijo. Perguntou se não poderia tomar uma ducha antes. Otto insitiu que continuassem, mas viu alguma coisa familiar nos olhos da mulher.

– Te ocorreu alguma coisa no caso dos lobisomens?

– Você é muito perceptivo. Deveria ser detetive – deu uma olhada sacana para baixo. – E anda sempre com a sua arma pronta para o uso, pelo visto.

– Por que será que estou achando que vou ter que guardar a minha arma no coldre de novo?

– Se você olhar essas fotos comigo, faço a manutenção dela completa para você.

A ideia de adiar alguns minutos o prazer por uma manutenção completa da artilharia deixou Otto encantado e resolveu ver as fotos com a esposa. Pegou a garrafa na geladeira e encheu a sua taça. Levou a garrafa para Karina, que já estava de pé, olhando para as fotos. Aproximou-se por trás, de forma provocante.

– Achei que fosse guardar a artilharia por um momento.

– Está no coldre.

– Armas de grande calibre são mais difíceis de guardar, eu sei.

– Quem é essa?

– Gostou, né, seu safado? Essa se chama Hermínia. Linda, mas você precisa ver a Lupina.

– Me deixe adivinhar: é essa morena de olhos claros aqui. Ela é dessa altura mesmo? – Otto referia-se à régua colocada ao lado das fotos policiais.

– Um metro e oitenta e cinco. Podia ser modelo.

– Podia... humpf! – tomou uma cotovelada de Karina, pela resposta fisiológica à foto de Lupina.

– Oh! Desculpa se atrapalhei a sua análise, doutor detetive calibre quarenta e cinco?

– Você que me chamou para ver as fotos! Quem é essa coroa? É essa a altura dela também?

– Um metro e oitenta e cinco...

– Difícil uma mulher dessa idade com tanta altura.

– Foi o que pensei na hora. Veja essa moça. Da mesma altura de Hermínia, um e oitenta.

– A mulher mais baixa do grupo tem um e oitenta. Esse rapaz, não.

– Daren. Gatinho, né? – sentiu, contente, que Otto tinha ficado com ciúme. O ciúme aumentava a excitação de seu marido, como ela podia averiguar agora, *in situ*.

– É mais baixo que as mulheres: um e setenta e oito. Quem são esses dois?

– Os dois gorilas que estavam com Desdêmona.

– Os dois têm dois metros?

Otto saiu de trás de Karina, que também ficou subitamente mais interessada nas fotos e não se ofendeu.

– Os olhos... – falaram em uníssono.

– As fotos são preto e branco, mas... – Otto se inclinava na direção da foto dos homens.

– Sim, eles todos têm esse formato, diagonais e amendoados, como orientais, mas nenhum deles é oriental. E têm a mesma cor. Na verdade, uma cor estranha. Eles são amarelados.

Vendo que Otto estava agora olhando as fotos dos homens e tinha guardado a sua arma no coldre, Karina achou que seria um desperdício não aproveitar as duas doses de vinho que tinha tomado.

– Sabe, é estranho como um homem não precisa ser robusto para ser atraente. Daren era metade desses brutamontes, e parecia tão... másculo – Otto olhou sorrindo para Karina, que continuou –, e ele estava ferido, sabe? Tinha arranhões por todo o peito, tive que verificar, você entende, não é? – dizia, enquanto abria a blusa de Otto. Que entendia tudo perfeitamente, é claro.

O ônibus continuava rumando para o sul do país. Hermínia e Daren estavam sentados um ao lado do outro. Daren ouviu Hermínia sussurrar para Lupina que deveriam parar em alguns minutos. Falava baixo e para frente, mas Daren sabia que Lupina ouviria, porque ele mesmo ouviu o "OK" frio de Lupina, que estava sentada várias fileiras para trás. Hermínia sorriu para ele e perguntou se queria fazer um novo exercício. Era claro que Daren queria. Pediu que falasse, sussurrando, sobre o motorista, para ela. Daren apurou o ouvido e percebeu que ele mascava chiclete. O chiclete compensava o hábito de fumar, que era proibido no ônibus. O motorista também ronronava uma música. Uma música sertaneja famosa. Ouviu um chiado, na primeira cadeira. Uma asmática. Estava dormindo, provavelmente sob efeito de um antialérgico. Olhou fascinado para Hermínia. O olfato aliado à audição o tornavam muito mais alerta que os outros humanos, muito menos vulnerável.

Sem falar nada, apurou os ouvidos na direção de Hermínia e Lupina. O coração de Lupina parecia disparado. Ou, pelo menos, mais veloz que o de Hermínia. Ela vinha ficando cada vez mais estranha. E tinha a ver com sua relação com Hermínia. Iria perguntar quando estivessem a uma distância segura da audição da Reprodutora. Imaginou que na comunidade das lobas as fofocas deviam ser difíceis.

Pararam de madrugada, em um posto ainda mais remoto que os primeiros, margeando um município ainda mais insignificante que os anteriores. Lupina continuou à margem do pequeno grupo, muda. Acatava as decisões, mas parecia uma criança mal-humorada sendo levada por adultos a lugares que detestava, mas aos quais se resignava. Estavam tomando um lanche insosso, Daren e Hermínia, quando o motorista chamou na porta do refeitório. Estavam praticamente sozinhos no ônibus. Ao embarcar, deram falta de Lupina, e avisaram o motorista, que buzinou. Uma, duas vezes. Hermínia desceu para procurar. Entrou no banheiro, no refeitório. Por fim, saiu no pátio e se pôs a farejar. Subiu rapidamente no ônibus e pediu para descer com a bagagem deles, ficariam por ali. Daren, a essa altura, já estava de pé, no corredor do ônibus, recolhendo a bagagem de mão, a única, por sinal, dos dois. Estava mesmo ressabiado com a postura de Lupina. Como haviam abandonado os telefones, que podiam ser rastreados, e não imaginava como ela poderia falar com alguém sem que Hermínia notasse, imaginou que a Reprodutora talvez houvesse descoberto alguma coisa sobre Hermínia, já que ele mesmo tinha algumas dúvidas quanto à jovem loba, por mais ligados que os dois estivessem.

Desceram do ônibus, às três horas da manhã, em um posto semiabandonado em uma estrada no meio do nada. Daren estaria com medo, se sua acompanhante não fosse o predador mais perigoso das redondezas. Na verdade, o segundo, ele desconfiava. O primeiro estava escondido em algum lugar, provavelmente na direção do arvoredo, logo depois de um pasto descuidado que ficava atrás do posto.

– Hermínia, por que a Lupina fugiu?

– Por que você acha que eu sei? – Ela olhava na direção das árvores, fixamente.

– Porque não parece surpresa. Existe alguma coisa que eu precisaria saber?

– Não.

Daren olhou para cima, irritado. Abrindo os braços como se suplicasse.

– OK. Alguma coisa que eu *possa* saber, já que ajudei vocês a matar o Reprodutor e agora estou foragido? Não sei se você reparou, mas eu sou jovem e negro. A polícia costuma me abordar quando estou indo para o trabalho com o terno do hotel. E isso porque eu moro do outro lado da rua. Imagine agora, errando pelo país, acompanhado de uma gata... Você se incomoda de ser chamada de gata? É uma gíria que nós, humanos…

– Eu já fui chamada de gata antes, Daren.

– E gostou? – Daren arriscou, depois de alguns segundos.

– Não. Eles têm gosto de pelo e ração.

Daren deu uma risada sem graça. O humor das lobas era realmente peculiar. Pensava no passo investigativo que iria dar quando um ruído atrás dela chamou a atenção dos dois. Uma pessoa se aproximava furtivamente, mas estava ainda a uns sete metros do casal. Quando se viraram, estacou, parecendo surpreso por ter sido notado, e então começou a se aproximar rapidamente. Sua cabeça estava coberta por um capuz, e fazia sinal para que ficassem em silêncio. Daren não se mexeu, tampouco Hermínia. Alguns dias antes, tentaria se colocar entre a dama e o perigo exterior. Agora, olhava em volta, para se certificar de que ninguém no posto daria pela falta de algum andarilho desaparecido. Sabiam que era um homem de aproximadamente trinta anos, bêbado, muito antes de seu rosto cheio de hematomas e feridas se tornar visível.

Estava imundo, vestindo um casaco com capuz, e apontava uma enorme faca para eles.

– Se gritar, eu mato! – O homem brandia a faca, sem muita convicção.

A loba respondeu com um rosnado furioso e a transformação parcial de seu rosto. O homem começou a recuar, caindo sentado e soltando a faca. Depois, virou-se e engatinhou desesperado por alguns metros até conseguir ficar de pé. Correu pelo posto e quase foi atropelado na estrada por um veículo que, por sorte, vinha muito devagar. Desapareceu em um matagal do outro lado da pista.

Um pequeno grupo de pessoas saiu da lanchonete para ver o que estava acontecendo. Tinham ouvido o grito humano, mas, pela cara apavorada de alguns deles, também ouviram o rugido de Hermínia.

– Acho que vão começar a perguntar o que aconteceu, se não entrarmos no banheiro e desaparecermos pelas janelas – a loba falou no ouvido de seu companheiro.

– Por que todo mundo acha que a Hermínia traiu a Lupina? – Roberta se sentia solitária, por não partilhar o sentimento de alerta da pequena comunidade da fogueira.

– Meu Deus! Duas horas da manhã! Meninas, todo mundo pra cama! – A mãe de Roberta deu um salto, correspondida por todas as outras, menos Roberta, que olhava em volta, desconsolada.

– Eu perdi alguma parte da história? – ela choramingou, enquanto se levantava e jogava o restinho do chocolate quente na fogueira.

Quarta noite

Analisando, depois, com mais calma, Karina não acharia tão espantoso o telefonema pessoal do governador para a sua sala. Mas no momento ficou passada. O telefone tocou às nove horas da manhã, um horário em que o referido homem público estava começando a se retirar de suas farras regadas a prostitutas, álcool e cocaína. A droga, por sinal, tinha no governador, além de um usuário aficionado, um investidor entusiasmado, com sócios traficantes em várias partes do mundo. Portanto, dificilmente despachava de manhã. Na verdade, não despachava a nenhuma hora do dia, passando a maior parte do ano longe do Estado que o havia elegido, enfiado em seu apartamento na cidade turística mais famosa do país, onde também se reunia com os chefões do tráfico. Karina, que já tivera um contato desagradável com o governador, entretanto, não se fez de rogada e respondeu como se falasse com ele todos os dias laborais.

– Governador, a que devo a honra?

– Se você não parar imediatamente a investigação sobre o bicho morto, você fica sem emprego, entendeu? Esquece o assunto. Morreu nos jornais e na TV também – e desligou.

O governador não era um sujeito conhecido pela sua diplomacia. Mesmo entre a direita conservadora, de onde viera, era evitado como um homem capaz de pôr tudo a perder: fosse por espancar uma namorada em meio a um coquetel, fosse por suas relações com o narcotráfico – inclusive com o empréstimo de aeronaves do Partido para carregar a pasta de droga ainda não processada. Quando ameaçava as pessoas – jornalistas, investigadores, juízes, ou o que quer que fosse –, apavorava, na verdade, seus próprios correligionários, que sabiam que nem todo mundo tinha medo de cara feia, sendo para alguns, inclusive, um estímulo a mais para a investigação. Era exatamente o caso de Karina.

Ligou para os celulares de Lupina, Daren e Hermínia. Nenhum deles respondeu, como ela esperava. Ligou para a Matilha. Conversou com um secretário muito simpático, que havia sido instruído para passar a Karina os dados da empresa por e-mail. Recebeu tudo imediatamente e destacou dois homens com fuzis para irem à fazenda de Lupina com ela. Havia algo de errado em sua teoria da manipulação genética, a não ser que estivessem fazendo mulheres de meia-idade gigantes de laboratório para serem diretoras intimidantes de empresas.

Levou pouco menos de uma hora para chegar à fazenda, tempo suficiente para ler o memorial descritivo da Matilha pelo celular. Era uma ONG, ao que parece. Uma empresa de redistribuição de fundos privados, algo assim. Ficava no planalto central. Distraiu-se no caminho repassando mentalmente suas teorias sobre o acontecido. Em primeiro lugar, o coração encontrado era, logicamente, do Grande Branco. Era também do monstro a jaula encontrada destruída na fazenda. Não havia pelos marrons, como o do lobisomem decapitado, do lado de dentro da jaula, mas isso não prova muita coisa. De qualquer forma, a cabeça pertencia ao corpo encontrado na mata e, como foi vista um quilômetro adiante, na estrada, era de se supor – com a ajuda das marcas de unha da cabeça decepada que coincidiam com os dedos do Grande Branco – que a fera havia levado a cabeça do animal consigo. E, como havia encontrado Lupina e a atacado no caminho, também se poderia supor um ataque planejado. A fera branca tinha ódio de Lupina e do outro monstro. De todo modo era uma coisa estranha a decapitação de uma fera pela outra. Talvez não estivessem nas mesmas condições. Talvez o animal decapitado fosse usado para tomar conta do outro na jaula, o que explicaria o ódio necessário para levar sua cabeça decepada por aí, como um prêmio. Karina não sabia qual ideia a aterrorizava mais; que existissem animais selvagens como aqueles ou que alguém os houvesse domesticado. Lembrou-se vagamente de que, no que restara do corpo do lobisomem marrom, havia uma ferida funda no ombro esquerdo. Lembrou-se dos equipamentos destruídos, e que um deles tinha sangue borrifado. Mas não pelos.

De qualquer forma, se tinha certeza que Daren havia alvejado o monstro com a doze, tinha certeza também de que ele não teria condições de arrancar a mandíbula da fera com um golpe.

A ideia de que o autor de tal proeza – o que quer que fosse capaz de matar aquele monstro – estivesse escondido na fazenda de Lupina a deixava gelada de medo. Mas alguma coisa lhe havia escapado, alguma coisa não se encaixava em seu mapa dos acontecimentos. Sabia como haviam mantido aquela fera branca longe dos olhares dos outros: enjaulada. Mas e o outro? E o assassino do Grande Branco, se é que existia? Alisou a sua pistola Eagle, com munição Magnum. Era boa atiradora e forte o suficiente para aguentar o tranco de uma arma dessas, mas chegava a ter um leve tremor quando a sentia no coldre. Os homens levavam fuzis de repetição.

Chegaram à fazenda e vasculharam tudo com as armas apontadas, como se fosse uma batida policial. Estava olhando pensativa para o galpão, onde pensou ter visto uma sombra, quando recebeu um telefonema do instituto onde estavam os dois corpos monstruosos.

– Karina, Hernandes.

– Tudo bem, querido? Alguma coisa para mim?

– Karina, encontramos mais dois tipos diferentes de pelo no corpo do Grande Branco.

– Pelos ou cabelos? – Karina imaginava mesmo quando começariam a aparecer os corpos.

– Pelos, Karina. Do mesmo tipo do lobisomem decapitado e do Grande Branco. Mas de outras cores. Alguns são pretos e outros de um marrom muito claro, quase amarelados.

– Obrigado, Hernandes. E eu que estava pensando em visitar a cena de novo...

– Você está aí, não está? Liguei na delegacia.

– Sim, estou. Mas acho que deveria sair imediatamente, pelo visto.

– A não ser que esteja com um exército, saia já daí, Karina. Identificamos quatro em vinte e quatro horas. Podem ser mais. E você viu que as armas de fogo não os mataram imediatamente.

– Estou me mandando. Beijo e desligo.

Chamou os homens pelo comunicador e mandou entrarem no carro. Iriam embora imediatamente.

Foi até o carro, olhando para todos os lados. Os homens estavam esperando na porta, sem entrar. Como não sabiam da existência de mais monstros, estavam mais relaxados que a delegada. Deu uma última olhada para o galpão e viu uma forma humana ali. Olhou para o carro e os homens estavam olhando cada um para um lado, somente ela havia visto. Olhou de novo e percebeu que era uma mulher. Usava um vestido florido, tinha a pele muito branca e os cabelos negros. Fazia sinal para Karina ir até ela, seguido de um sinal para que fizesse silêncio. Karina olhou para as nuvens, maldizendo a própria coragem, e foi até o carro. Pediu que os homens entrassem, ligassem o carro e ficassem de armas em punho.

Se fossem atacados, que dessem a partida e saíssem dali. Disse isso imaginando – e rezando para – que a desobedecessem, saindo do carro e matando todos os monstros do mundo a tiros e a levando dali sã e salva. No colo, de preferência. Os homens, despreocupados (despreocupados demais, pensou Karina), aquiesceram. "Filhos da puta, onde foi parar o cavalheirismo? Ninguém insistiu para ir comigo!", também pensou, enquanto se dirigia ao galpão de onde a mulher misteriosa tinha sinalizado.

Contornou o edifício, até chegar ao lugar onde a parede havia desabado, com a arma em riste. A mulher estava esperando lá. Era ainda mais alta que Desdêmona e Lupina, devia ter pelo menos um metro e noventa. Era magra, mas tinha músculos estirados pelos braços e pescoço. Karina estremeceu, involuntariamente, e não baixou a arma. A mulher olhou com os olhos amarelos para Karina, sorriu e entrou no galpão. Karina viu alguma coisa naquele sorriso rápido que quase a fez desistir e voltar correndo para o carro, mas também intuiu que não chegaria viva se recuasse agora. Seguiu a mulher e a viu apoiada no que restava da jaula que encontraram. Estava relaxada e sorrindo, e Karina percebeu o que a havia apavorado em seu sorriso: seus dentes pontiagudos. Aproximou-se, uma cabeça mais alta que a delegada.

– A senhora é a responsável pela investigação aqui? – Sua voz era profunda e gutural, ainda mais que a de Desdêmona. "Quase inumana", pensou Karina. Seu olhar era sorridente e debochado. Como se estivesse falando com uma criança indefesa. Na verdade, Karina, que portava uma pistola contra uma mulher desarmada, era quem parecia indefesa.

– Eu sou. E a senhora? – Karina respondeu, com a voz engasgada.

– Sou a responsável pela investigação lá – sorriu teatralmente, mostrando os dentes enormes e afiados.

– Entendo, você trabalha para a Matilha. Essa jaula pertence a vocês? – Karina tentava manter a voz firme, perante a visão daqueles dentes. Sem sucesso.

– A jaula, esse galpão e as meninas. Sabe onde elas estão?

– Claro que sei. Estão sob minha proteção – mentiu. E arrependeu-se imediatamente depois.

– É feio mentir, delegada. Sei que não está com elas – disse, afastando-se da grade. Karina apontou a arma para a mulher.

– Se eu fosse a senhora, baixava a arma, delegada. Eu prometi para a Matilha que não iria machucar ninguém nessa missão, mas eles – disse, apontando para o teto atrás de Karina –, eles são incapazes de prometer qualquer coisa.

Karina acompanhou o dedo da moça e, quando viu para o que ela apontava, gemeu involuntariamente.

O que estava mais próximo recebia a luz da entrada e das janelas e era bem mais visível, mas sabia que havia outro idêntico, nas vigas perto do teto. Eram basicamente morcegos, apesar de serem do tamanho de uma pessoa. Mas não era isso que a deixava mais apavorada. Não eram as asas de morcego, gigantes, com enormes garras preênseis, como as do bicho-preguiça. Também não era o corpo disforme e sem pelos, como um animal recém-nascido. Havia a cabeça, igualmente disforme, com a boca mole e móvel, mas larga como a de um tubarão adulto, com dentes enormes, pontudos e tortos, como se tivessem sido colocados ali por um artesão descuidado. A cabeça tinha, entretanto, uma evidência que quase fez o coração de Karina parar. Não tinha olhos. Quando a besta começou a descer lentamente a coluna e olhou para baixo, Karina notou uma grande membrana esbranquiçada na parte do corpo que corresponderia a sua nuca, que vibrava.

Estava apontando a arma para o animal, hipnotizada pela visão, quando sentiu os dedos da mulher misteriosa na sua pistola, enquanto a outra mão – na verdade, somente os indicadores da outra mão – pressionava levemente a sua glote.

– Teste o gatilho – a voz gutural ordenou, ao seu ouvido. O bafo quente invadindo as suas narinas.

Karina obedeceu. O gatilho estava travado. Karina olhou rapidamente e percebeu que era somente a unha da mulher que estava posicionada atrás do gatilho, impedindo-a de disparar.

– Agora teste a sua vozinha feminina e delicada – a mulher ordenou pela segunda vez, agora de forma ainda mais gutural e profunda. Homens não teriam aquela voz. A pressão do dedo na garganta de Karina era o suficiente para que não conseguisse emitir som, embora o ar continuasse entrando. O monstro de asas já estava no chão, aproximando-se das mulheres. Karina sentia a urina descer pelas suas coxas. A mulher, agora exatamente atrás de Karina, como se fosse uma namorada sedutora, emitiu uma espécie de trinado grave, definitivamente inumano, que fez as duas bestas estacarem; um segundo trinado as fez recuar lentamente às suas posições originais.

– Sabe, ninguém gosta dos meus bichinhos – a mulher continuou a falar –, mas eles gostam de mim. Na verdade, imagino que eles tenham medo de mim, como você agora. Está com medo, delegada?

Karina assentiu levemente, sem tirar os olhos dos monstros, que já se empoleiravam nas vigas do teto. A mulher recomeçou a falar.

– Parece que a senhora não tem medo do governador. Tem razão, ele é desprezível. Eu mesma adoraria arrancar a cabeça daquele pulha. Mas ele está obedecendo ordens, como eu. Está me entendendo?

Karina de novo assentiu. A voz da mulher estava se tornando mais humana e musical.

– Minhas ordens são para encontrar as meninas e levá-las para a Matilha. Levá-las inteiras, o que tira a metade da diversão do meu trabalho. Mas eu poderia compensar isso matando você e os dois policiais no carro. Sabe disso, não sabe?

Como Karina dessa vez não assentiu, a mulher deu um terceiro trinado, que fez as bestas andarem pelas vigas até as janelas do galpão voltadas para o carro onde estavam os homens. A mulher movimentou levemente os dedos que envolviam a arma de Karina e a delegada viu, apavorada, que não eram dedos humanos. Com um breve movimento, a mão enorme e disforme arrancou o gatilho de sua arma como se fosse feito de açúcar, mostrando-o para a delegada, estarrecida.

Conhecia aquela mão.

– Agora eu vou soltar e deixar você voltar para o seu carro. Se gritar, eu mato você e os dois idiotas da viatura. Se falar alguma coisa no carro, eu mato você e os dois idiotas no carro antes de conseguirem chegar naquele portão.

– Como vai saber que não vou contar nada para eles? – disse Karina, soluçando.

– Tenho um bom ouvido, delegada. Agora mesmo um dos idiotas, chamado Davi, está mostrando a foto da sua mulher, Amanda, para o outro idiota, que está fingindo interesse. É um fetiche comum entre os homens mostrarem fotos de suas mulheres?

Karina não sabia se era uma pergunta retórica e não respondeu. A mulher soltou-a. Seu sorriso estava ainda mais deformado.

– Vá para o carro e saia dessa história, delegada. Não complique a minha vida, que eu não facilito a sua morte, entendeu? Não, não precisa responder.

A mulher deu dois passos na direção de Karina, que tropeçou e caiu sentada na poeira. Com um impulso imperceptível, a mulher alçou-se até as vigas do teto, onde estavam as bestas. Se Karina não tivesse visto nada do que viu, esse salto já seria suficiente para marcá-la pelo resto da vida. A mulher, da penumbra do teto, fez de novo sinal de silêncio para a delegada e dirigiu-se para onde estavam os animais.

Karina levantou-se, trôpega, e saiu rapidamente do edifício, colocando a arma, agora inútil, no coldre. Antes de fazer-se visível para os policiais, viu a mancha de urina em sua calça e passou terra nela para disfarçar. Secou as lágrimas, sujando também o seu rosto e apareceu para os homens, acenando. Disse, ao se aproximar do carro, que os dois continuassem no banco da frente, onde tinham ficado, conversando. Ela iria atrás.

– Caiu lá dentro, doutora? – o policial perguntou, enquanto ligava o carro. – Está com a roupa toda suja...

– O maior tombo, Gilberto! O lugar está aos pedaços, e agora eu também. Vamos embora daqui. Aliás, minha pistola está sem gatilho, acredita? – Karina falava compulsivamente, para disfarçar o tremor da voz.

– Não acredito! Doutora, a força está ficando abandonada, estava falando isso pro Davi aqui.

– E aposto que o Davi só queria falar da noivinha, é isso, Davi?

– Tem fotos da gente lá na cachoeira, quer ver doutora? – disse o policial, já levando o celular até a delegada.

Karina olhou para a foto pelo tempo que achou convincente. Sua mão e seus joelhos tremiam e não queria que os outros notassem. Sorria, de forma patética, para a mulher de biquini na tela do celular.

– Que bonita ela é, Davi! – falou, exageradamente animada. – Como ela chama mesmo?

– É Amanda, doutora.

Karina coçou o queixo tapando a boca, como se analisasse a foto. Na verdade, reprimia um gemido de medo que poderia matar todos naquele carro.

– Continuo não entendendo... por que vocês acham que a Hermínia traiu a Lupina? – Roberta agora estava de braço dado com o pai, que foi convidado por Roma para ouvir a história. Ele, sempre tão brincalhão, até exibicionista, ouvia agora a história com a atenção das crianças.

– Você vai entender, Roberta – Deyse estava no outro braço do pai de Roberta. Era uma amiga antiga da menina e o homem desenvolveu um carinho paternal por ela. Deyse também não era exuberante como Júlia (com aqueles peitões enormes), nem intimidante como Roma (alta como um rapaz e com aqueles olhos profundos). Deyse era somente uma amiguinha da sua filha. Alguém com quem ele sabia lidar.

– Tem que esperar, filhinha – a mãe de Roberta agora olhava sorridente para o marido e as duas meninas. Aquela viagem tinha feito bem ao casal, trazendo mais mistério e lembranças estranhas para a vida dos dois, reavivadas durante as noites, na cama.

– Bom, vou chegar nessa parte agora – Roma surpreendeu a todos, acostumados aos labirintos narrativos que nunca obedeciam à audiência.

Durante duas horas, madrugada adentro, Lupina correu. Tinha somente as mãos transformadas em patas, que usava como facões para abrir a mata à sua passagem. Ao amanhecer, chegou em uma pequena propriedade rural, um sítio. Foi anunciada por um cachorro, que a loba tratou de silenciar com um único olhar. Um homem tirava leite em um curral miserável, de uma vaca de aspecto não menos miserável. O homem olhou para ela, atônito.

– Leite – Lupina pediu, ofegante. Tinha folhas e gravetos nos cabelos e lama nas calças. O homem, estupefato, recolheu um pouco com a caneca de metal de um dos latões e ofereceu para ela. Lupina tomou todo o conteúdo da caneca e devolveu-a para o homem.

– Obrigado. Mais, por favor – arriscou ser educada, agora que estava parcialmente alimentada.

– Esse leite é meio forte, moça. Tá acostumada? – o homem dizia enquanto enchia de novo a caneca para Lupina.

– Sou capaz de comer uma vaca dessas, crua – Lupina falava a verdade, mas sorria da forma mais encantadora que podia. O homem entendeu como brincadeira e sorriu de volta. Nunca tinha visto uma mulher tão bonita, ainda que parecesse ter dormido no mato.

– Estava acampando e me perdi da minha barraca – disse Lupina, vendo que o homem a observava –, posso ficar um pouco por aqui? Poderia pagar pela hospedagem – disse, oferecendo um bolo de notas.

– Vem! Minha mulher fez pão – disse o homem, simplesmente. E se levantou, chamando Lupina.

Era uma casa muito simples, de dois cômodos, com o lixo sendo depositado na área ao lado, de forma desordenada. A mulher tinha a pele queimada de sol, como o marido, e vestia-se desleixadamente. Parecia mais velha que ele, e Lupina farejou uma doença crônica nela. A mulher ficou sem graça quando viu Lupina, e passou a mão pela roupa para alisá-la um pouco. Na penteadeira, na sala, a foto de duas crianças. "Devem morar fora", pensou Lupina.

– Edna, essa é a...

– Lupina, tudo bem, dona Edna? O seu...

– Francisco.

– Francisco me disse que vocês poderiam me hospedar por cem reais por dia.

O casal se entreolhou. Ela ofereceu café e pão de ló para a moça, e o marido e pediu para conversar com a esposa sobre os detalhes da hospedagem. Lupina ouviu tudo, obviamente, ainda que eles estivessem sussurrando fora da casa. Quando voltaram, ela já sabia que haviam aceitado a oferta. Não, não sabia quanto tempo ficaria.

– Aqui está um adiantamento de quinhentos reais – disse, entregando as notas para a mulher, dirigindo-se ao sofá.

– Agora, se eu pudesse tirar um cochilo nesse sofá, seria ótimo.

Deixaram-na em paz. Talvez tivesse problemas com a polícia, mas a polícia nunca colaborava com ninguém naquela área onde estavam, e ninguém na área tinha a menor vontade de colaborar com a polícia. Para os vizinhos, ela seria uma amiga da filha, ou uma prima distante. Ninguém aparecia por ali, de qualquer modo, a não ser o caminhão de leite da distribuidora, que nunca tinha se dignado sequer a olhar para o lugar e seus habitantes. Viviam isolados, eram paupérrimos e aqueles quinhentos reais viriam muito a calhar.

Duas horas antes, quando ainda estava escuro, Daren e Hermínia se encontraram nos fundos do posto de gasolina. Haviam pulado pela janelinha do banheiro e Hermínia apontara com a cabeça para onde iriam. Daren acompanhou-a como pode, atravessando o pasto a passos largos e destemidos, mas sabia que estava retardando a marcha da loba. Quando adentraram a mata fechada, pediu para parar.

– Vamos perder a trilha dela, vai chover em alguns minutos – Hermínia falou com alguma relutância, olhando para cima, e sabendo que Daren também podia sentir a chuva chegando. Imaginava que o humano ainda precisasse de palavras para confirmar o que sabia.

– Preciso... descansar... lugar... – Daren apontava para uma edificação ao longe. Não sabia ao certo se era a melhor política perseguir uma lobisomem que queria ficar sozinha.

Hermínia levantou a cabeça e seguiu na direção para onde Daren apontava. Correram cerca de cem metros para o leste, e encontraram, no limite entre o pasto e a mata, um depósito de lenha. Hermínia olhou para ele com a expressão que os cachorros têm quando procuram entender os desejos humanos.

– Se ela continar correndo a noite toda... ficará cansada... de manhã... e nós descansados – disse, apontando para o interior do depósito.

Dormiram por uma hora e meia, com a cabeça apoiada nas bagagens. Às cinco, acordaram, depois de um desjejum de bolachas e água, compradas no posto de gasolina. Recomeçaram a correr na direção do que seria a trilha de Lupina. Correram por uma hora, no mato, em linha quase reta, até que começou uma garoa leve. Hermínia olhou para Daren como se fosse matá-lo e comê-lo ali mesmo. Iriam perder a trilha de Lupina, por causa da chuva. Saíram por um instante da mata e deram com um pasto de médio porte, onde podiam ver a casa e outros dois edifícios lá embaixo. E foi para lá que eles foram. Quando os dois surgiram nos fundos do curral, com Hermínia na frente, por sugestão de Daren, deixaram o grupo que ordenhava as vacas tão perplexo que demoraram quase um minuto para responder à primeira pergunta de Hermínia. E ainda por cima com outra pergunta.

– Um morena alta? Elton, você viu uma morena alta por aí? – Um homem mais velho e gordo que os outros perguntou, com autoridade.

– Eu gosto mais de loira, seu Wagner – foi a resposta do empregado, escondido atrás de uma vaca, causando uma risada discreta nos outros dois assistentes. Hermínia, que era a única mulher com cabelos claros no lugar, não se abalou.

– Ele está com você? – Seu Wagner, o homem gordo e velho que parecia liderar o grupo, disse, indicando Daren com a cabeça.

– Está. É meu... namorado – Hermínia não falou sem hesitar, mas Daren corou do mesmo jeito.

– A moça se importa se ele vier mais pra frente?

Hermínia ficou muda, sem entender ao certo o que o homem dizia. Mas sentia o cheiro. Cheiro de suor masculino, hormônios, perigo. Daren passou para fente de Hermínia, circulando-a a uma distância de mais de um metro, para mostrar que não oferecia ameaça.

– E por que que uma moça bonita dessa ia querer namorar um preto feio desse? – Dessa vez, seu Wagner arrancou gargalhadas de seus assistentes.

– Ele não é feio. Ele é magro e jovem. – Hermínia respondeu, sorrindo para o homem gordo e velho que a estava inquirindo. Todos ficaram em silêncio e os três assistentes interromperam suas atividades.

– Elton, você acha que essa moça tá dizendo que esse preto é mais bonito que a gente? – Seu Wagner agora também sorria, de forma sinistra.

– Acho que sim, senhor – Elton já havia saído do esconderijo atrás da vaca. Era um jovem de pele macilenta e muito magro.

– Acho que é falta de experimentar macho branco, seu Wagner... – Um ajudante de braços grossos e cara de debiloide arriscou falar algo, atrás do casal.

– Seu Wagner, se o senhor quiser, podemos ensinar a moça a gostar de carne br... – o terceiro assistente, um rapaz mais jovem que os outros, e de aparência mais saudável, também estava atrás de Daren e Hermínia e jamais conseguiu terminar a frase. Orientado pelo som da voz, Daren girou em seus calcanhares e acertou um direto com toda a força na boca do rapaz, jogando-o de costas no chão, desacordado.

Seu Wagner e o restante dos assistentes ficaram por um segundo estupefatos. Olhos e bocas totalmente abertos. Somente Hermínia permanecia sorrindo, os olhos fixos nos dois homens em frente a ela, sem sequer se virar para Daren e o peão que ainda estava acordado às suas costas.

– Preto filho da puta, você matou ele! – O homem de braços fortes falava enquanto tentava tirar a faca da bainha. Seus esforços foram interrompidos pelo punho esquerdo de Daren, que o acertou na lateral do queixo, fazendo-o dobrar os joelhos e desabar, como se simplesmente se deitasse para dormir.

Seu Wagner e Elton, vendo o segundo assistente nocauteado sem dificuldades, saíram de seu estupor e puseram-se a correr. Seu Wagner entrou no curral, que era mais próximo, e Elton correu para a casa, a uns quinze metros de distância. Hermínia hesitou por um momento, antes de perseguir Elton. Imaginou que não guardariam uma arma de fogo no curral e disparou a uma velocidade sobre-humana na direção do homem, que já começava a entrar na casa.

Daren assistiu assombrado Hermínia correndo por um segundo, e quando se virou, viu seu Wagner com um grande facão na mão.

– Vou te cortar, macaco!

Em outros tempos, Daren evidentemente correria. Agora o que fez foi se agachar-se ligeiramente, abrindo um pouco os braços. Começou a rodear o homem, que tremia visivelmente. Um grito interrompeu o movimento de Daren, apesar de não modificar sua postura. Somente fez surgir um sorriso malicioso em sua boca. O grito tinha sido um urro do mais puro horror, de um homem próximo da loucura, e tinha cessado abruptamente. E o grito era do Elton, é claro.

– Parece que a minha namorada encontrou o seu amigo – Daren falou enquanto recomeçava a sua aproximação do homem mais velho.

Seu Wagner não esperou para saber se perderia ou não aquela batalha. Virou-se e correu atabalhoadamente em direção ao pasto. Quando parava um pouco para olhar para trás, Daren ameaçava correr atrás dele, o que incentivava o homem a adentrar ainda mais a propriedade. Ficaram nessa brincadeira até o homem desaparecer na mata de onde Daren e Hermínia tinham saído.

Hermínia colocou-se ao seu lado.

– Não matou o rapaz… matou? – disse Daren, antes mesmo de se virar. Estava sorrindo selvagemente.

– Só se foi do coração. Temos um revólver agora.

– Isso faz de nós foragidos armados?

– Pelo visto, ser negro equivale a ser um foragido armado por aqui.

– Não somente por aqui, você deveria saber. – Caminhavam agora calmamente, na direção da porteira de entrada da fazenda.

– Lógico que sabemos. Por que acha que não imitamos a cor de pele e a fisionomia dos negros? Vocês chegaram no território nos porões dos navios. Achamos que seria mais sábio imitar os que vieram nas cabines.

– Por que isso não parece racismo para mim?

– Porque você sabe que, para mim, vocês não têm diferença.

– Somos todos igualmente feios?

– Pequenos, Daren. Vocês são todos pequenos.

Daren riu de alegre. Não tinha mais emprego ou casa. Estava foragido com uma fêmea de lobisomem que levava um revólver de seis tiros no bolso da calça. Uma arma inútil, já que não necessitava dela para afugentar as pessoas. Não via mais as cores do pasto, tampouco a fluorescência do céu matutino com a mesma força. Mas sentia o cheiro do capim e de uma amoreira a cinquenta passos de onde estavam. Sentia o vento quente, que havia trazido a chuva curta e grossa, voltando. E a vida que saía de suas tocas para celebrar a água. Não estava feliz, isso era uma coisa para humanos. Estava satisfeito, apesar da fome ainda não saciada. Satisfeito. Uma palavra que os humanos tratam com desprezo, por julgarem abaixo de suas incomensuráveis aspirações transcendentais. Os humanos querem o Todo, pensou Daren. E os animais o têm, sem sequer precisar buscar.

– É melhor não me tratar como se eu fosse uma das suas consortes, governador.

– Não sei o que é consorte, moça, mas eu trato você como eu quiser. Quero falar com a Eugênia.

As coisas continuavam difíceis para Desdêmona. Na sua primeria manhã como Matriarca, já tinha que lidar com o governador, que havia feito o pequeno favor de afastar a investigadora irritante. Pelo visto, o homem considerava aquilo um favor extraordinário e queria uma outra dose de sangue de lobo. Seria a sua terceira.

– A Eugênia é a única desse canil que consegue me entender. Ela não é a chefe?

– Eu sou a nova Matriarca. Meu nome é Desdêmona.

– Perguntei seu nome?

– Não... na verdade...

– EU... PERGUNTEI... O... SEU... NOME!?? – O homem gritava ensandecido.

– Meu dever como Matriarca é avisar o senhor...

Parou de falar. O homem gargalhava ao telefone. Parecia alcoolizado ou drogado. Ou poderia ser o efeito do sangue de lobo, deteriorando o seu raciocínio. A situação estava ficando perigosa. O governador tinha o poder policial de um estado inteiro da União, além do controle de estações de rádio.

– Hahaha! Escuta, coisinha, você não está me entendendo. Eu fiz o que vocês pediram, mas posso desfazer. Posso mandar toda a polícia do estado atrás de vocês, posso espalhar tudo sobre a existência de vocês, posso fazer vocês sumirem do mapa. Então é melhor fazer o que eu estou MANDANDO, agora, entendeu?

– Entendi, sim, senhor.

– Vou estar na minha casa no lago. O lugar para onde vocês mandaram a cadela da outra vez. Umas três horas da tarde.

– Sim, senhor.

– E outra coisa...

– Pois não, governador.

– Quero uma gostosa dessas grandonas que vocês têm aí. Nada de macho aqui, entendeu?

– Sim, senhor.

– E quero poder fazer o que eu quiser com ela. Vocês não têm nenhuma profissional aí? É tudo freira nesse buraco?

– Senhor?

– Vocês fazem sexo, não fazem?

– Nossa reprodução é sexuada, sim, senhor.

– Bom, quero uma dessas para mim. E gostosa, entendeu? Se não, mando para os jornais e a televisão no mesmo dia.

– Sim, senhor, governador.

Ele desligou na cara, como sempre. Desdêmona tinha cometido um erro, pedindo para aquele homem instável se livrar da detetive. Agora o governador queria a terceira dose de sangue de lobo, que poderia causar ainda mais danos ao seu cérebro já danificado e também ao seu corpo. Mais de um receptor de sangue de lobo, nessas condições, tinha ficado cego e com pústulas pelo corpo. Nada garantia que o governador não fosse cumprir sua ameaça à Matilha. O outro problema é a falta de disponibilidade das lobas para homens prepotentes e violentos. Mesmo com uma admoestação prévia, uma loba que fosse ofendida por um macho humano, e ainda mais um humano desprezível como o governador, poderia matá-lo facilmente e depois enfrentar com alegria a condenação à pena de morte. Se ele ainda preferisse machos, como aquele deputado religioso, seria mais fácil conseguir um castrado submisso. Mas as lobas, mesmo as castradas, não eram submissas. Muito pelo contrário.

Desdêmona fechou os olhos. Estava pensando em dar um passo sem precedentes na história recente da Matilha. Mas tinha substituído a Matriarca, não é mesmo? Outro momento sem precedentes. Aquele homem era perigoso e precisava ser detido.

Ligou para a Rastreadora, pela segunda vez na semana. Na verdade, pela segunda vez nos últimos anos. Eugênia havia deixado de contar com os serviços dela, depois da chacina no Rio de Janeiro, tempos atrás. Desdêmona não entendia o porquê das reservas de Eugênia com relação à Rastreadora. Ela era uma carniceira sádica e perversa, que havia domesticado aqueles vampiros repugnantes para devorar as suas vítimas vivas, mas era muito eficiente. Na verdade, era o lobisomem mais poderoso que Desdêmona vira em ação desde o século XVI. O telefone tocou algumas vezes antes de ser atendido.

– Desdêmona? Está querendo ficar minha amiga agora? – disse a Rastreadora, enquanto assistia seus vampiros disputarem o corpo de um bugio. Havia se instalado definitivamente na fazenda de Lupina. O melhor lugar para guardar o seu furgão e seus dois animais de estimação.

– Seria conveniente me chamar de Matriarca, de hoje em diante.

A loba respondeu com uma risada debochada, que atraiu a atenção de um dos vampiros. O suficiente para o outro escalar a árvore com um bocado maior do macaco.

– Vejo que tem aproveitado bem a oportunidade criada pela Lupina... Matriarca.

– Alguma notícia sobre ela? – Desdêmona lembrou-se de outro motivo para a antipatia de Eugênia para com a Rastreadora: ela era a mais insolente dentre as lobas – célebres pela insolência.

– Compraram passagens para o Sul. Parto hoje mesmo.

– Tenho um trabalho para você antes. Atender a um mestiço.

– Não é o tipo de coisa que eu faço, você sabe.

– Por esse você vai se interessar – disse a Matriarca, depois de respirar fundo diante da arrogância da outra. – É o governador. Ele chama as lobas de cadelas. Gosta de agredir fêmeas humanas também.

– Vai ser difícil manter minha promessa de abstinência de sangue nessas condições de trabalho.

– Sua abstinência pode ter uma folga, se você for discreta.

Do outro lado da linha, silêncio. O vampiro cativo subia na árvore, atrás do outro que havia roubado um pedaço maior do macaco morto. O ladrão não se apercebia da proximidade do outro, ocupado como estava em devorar seu butim.

– Pode me passar mais detalhes? – disse, distraída.

– Dentro de uma hora, esteja em uma das casas dele. Vou passar o endereço por mensagem. Ele quer uma segunda infecção, para aumentar ainda mais a sua longevidade, creio eu. E quer outra coisa...

– Outra coisa além de sangue de lobo? O quê? Uma massagem?

– Acredito que ele queira... enfim, um serviço de prostituição. Uma fêmea submissa, imagino.

A Rastreadora riu com gosto.

– Desdêmona... perdão, Matriarca, não sei quem é esse cara, mas ele deve ter irritado você muito! – mais risadas. Desdêmona não entendia por que algumas lobas a consideravam tão hilária. – O homem pede uma puta submissa e você me envia! Lindo! Genial!

– Como eu disse, se a coisa toda parecer um acidente...

– Pode deixar comigo, Matriarca. Gosto de um desafio profissional – e desligou.

O vampiro roubado agora havia chegado no galho onde estava o outro. Era um galho grosso, mas não suportou o peso dos dois, que caíram com estardalhaço. A natureza era sábia – pensou a Rastreadora – em manter esses bichos nos subterrâneos. Já havia estupidez demais na superfície da Terra.

Aproximou-se do espelho lateral do seu furgão, enquanto buscava uma imagem na internet. Fora muita gentileza de Lupina não haver desligado o wi-fi. Não encontrou nada que a agradasse em "prostituta bonita", mas achou várias em "atriz prostituta". Pensou que era exatamente o seu caso e postou-se em frente ao espelho, olhando para a imagem escolhida no celular. As lobas podiam modificar o próprio corpo por intermédio de sua extraordinária fisiologia, mas nenhuma era capaz de fazer isso como a Rastreadora. Conseguiu amaciar as maçãs de seu rosto, além de fazer crescer uma bela e delineada sobrancelha. Os lábios encheram e seus dentes encolheram e mudaram de forma, até ficarem regulares e brancos. Trouxe a mandíbula um pouco para frente, porque achava atraente um pouco de queixo em fêmeas humanas. Podia reduzir um pouco o pescoço, além de tornar os braços musculosos torneados e delicados. Arrebitou um pouco o traseiro e encheu-se de curvas. Podia modificar levemente a sua estatura, e assim o fez. Talvez um humano macho ficasse um pouco intimidado com uma mulher de um metro e noventa. Manteve a cor dos olhos, que davam um ar misterioso e sexy. Agora estava nua, em frente ao espelho lateral do furgão, admirando-se. Gostava mais do seu visual original humano, amedrontador, mas se lembrou de uma lição que havia aprendido com a antiga Matriarca: "Uma mulher bonita pode fazer o estrago de um exército na vida de um humano macho". Era uma loba de respeito, a antiga Matriarca. Uma pena que não estivesse mais no poder. Desdêmona provavelmente iria dar um jeito de jogá-la para a Coisa. A Rastreadora adoraria proporcionar uma última batalha para a velha, cravar seus dentes naquele pescoço cansado de loba. Desdêmona, não. Era uma humana, agora. E não sabia disso, o que a fazia mais humana ainda. Não merecia mais morrer em um desafio de loba.

Estava pronta. Colocou o vestido e verificou os dados passados pela Matilha. Ligou para o número privado do governador.

– Quem está falando? – a voz, prepotente e alcoolizada, devia ser do próprio governador.

– A Matilha me avisou que um homem muito poderoso queria uma cadelinha obediente para ele hoje.

– Chegue em meia-hora ou...

– Vai me castigar? – A rastreadora gargalhava por dentro. O teatro dos homens era mesmo ridículo.

– Vou para os jornais – disse, secamente, desligando. A Rastreadora subitamente percebeu por que o sujeito deveria morrer. Eram a voz e os trejeitos de um homem desequilibrado. Ébrio de poder, de corrupção e de sangue de lobo. Iria tentar destruir a Matilha, de uma forma ou de outra. Agradeceu o motivo extra para o serviço. Prometeu que seria discreta, mas não que seria rápida.

Do outro lado do país, Desdêmona também desligou, com o coração aos pulos. A Rastreadora cumpriria sua missão, mesmo que ela, Desdêmona, mudasse de ideia e pedisse para abortar. Na verdade, mesmo que todos os lobisomens tentassem. Uma lágrima de arrependimento desceu pelo seu rosto. Arrependimento e sobrecarga. Sentia como se tudo desmoronasse à sua frente. Teria sido mais um truque de Eugênia? Entregar a Matilha para sua rival no momento de sua ruína?

– Não acredito! Quero dizer, eu sabia que não tinha sido ataque do coração! – Dessa vez foi a mãe de Roberta quem interrompeu.

– Você tá falando... Ah! Não acredito! – O pai de Roberta olhava incrédulo para a esposa, primeiro assustado, e agora sorrindo.

– Nem vem! Você achou suspeito na época – ela ria, enquanto falava.

– Eu tinha certeza que era cocaína, só isso! Não que... o que aconteceu afinal? – O marido também ria, como em um acordo tácito de que tudo aquilo era um jogo, uma brincadeira em que atos seriam distorcidos livremente em prol do sabor da narrativa. O que ele não sabia é que a esposa, ainda que risse nervosa, não estava brincando.

– Se vocês me deixarem continuar, vão saber direitinho.

Karina controlou os nervos até a delegacia. Quando chegou em sua sala, trancou-se no banheiro por quinze minutos, onde pôde vomitar o seu café da manhã, aos prantos e em paz. Sempre levava a sua bolsa com roupa de ginástica para, eventualmente, fazer exercícios no estádio anexo. Colocou a *legging* e guardou a roupa suja na mala. "Aquela vaca me fez mijar de medo", pensou, tremendo, só que agora de ódio.

Abriu os arquivos do "caso dos lobisomens", como havia ficado conhecido. Separou imediatamente a imagem de Daren. Organizou na tela, lado a lado, as fotos de Lupina, Hermínia, Desdêmona e dos três assistentes de Desdêmona. Tentou rabiscar alguma coisa e ligou para a secretaria.

– Se a Tamara estiver por aí, pode pedir para ela vir aqui um minuto, por favor? – Tamara era a desenhista da delegacia, que trabalhava principalmente com retratos falados.

Entrou no endereço da página da Matilha, impresso no cartão entregue por Desdêmona. "Empresa de desenvolvimento e tecnologia social". Sorriu. A língua da internet havia se aliado ao linguajar empresarial para lançar uma cortina de fumaça sobre o mundo. Falar muito sem dizer nada, falar sem parar. Gesticulando, copiando, reiterando slogans e palavras de ordem. Lembrou-se de uma dupla de malandros que conhecera na infância, na rua de casa. Um deles fazia o truque dos potes de metal com a bolinha dentro. O outro falava. Esbravejava, desafiava as pessoas, falava de índices de acertos, da própria família, de pessoas que havia conhecido em países fantásticos, enquanto o outro manejava os copinhos de metal, deixando as pessoas entreverem a bolinha, vez por outra. Era rápido, mas o grande mago era seu companheiro. E não era sequer divertido ou um narrador excepcional. Mas era fascinante. Fascinante, a angústia do homem em ser notado, em ser visto no mundo. As pessoas perdiam com alguma alegria o seu dinheiro para a dupla. Achavam impressionante a rapidez e habilidade do ilusionista. Mas era com a angústia histérica do que falava sem parar, sem trégua, que se identificavam. O homem era uma espécie de espelho da miséria dos ouvintes, com as suas mentiras e fantasias, seus sucessos extraordinários, que não explicavam sua vida miserável de marreteiro e punguista.

Aquele nome de empresa era como todos os títulos de internet, as novas profissões e a mania *gourmet* que tinha tomado o mundo. Um mundo de mentiras e inversões. Se uma empadinha vinha com a estampa *gourmet* e a promessa de ingredientes orgânicos estava escondendo, evidentemente, um produto feito por ineptos usando matéria-prima industrializada de segunda.

Seguindo essa lógica, a Matilha, em primeiro lugar, não era uma empresa. Empresas visam ao lucro, e o produto da Matilha não ficava claro. O oposto da maior parte das entidades filantrópicas, por exemplo, que escondem o que vendem por trás de sua suposta solidariedade gratuita ao próximo.

E se não era uma "empresa", tampouco deveria ser uma organização voltada para a "tecnologia e desenvolvimento social". Usando o seu método de dedução, inverteu todos os substantivos. Ficou algo como "organização de manutenção de natureza individual".

Fazia tanto sentido quanto "empresa de desenvolvimento e tecnologia social", mas pelo menos era mais original. Colocou, na mesma pasta, agora, as fotos das caras dos animais mortos. O Grande Branco e o Lobisomem Decapitado. Colocou as imagens lado a lado, na tela do computador, e foi atender a porta. Era Tamara, a desenhista.

Cumprimentaram-se e Karina começou a tentar descrever a mulher que a havia ameaçado naquela manhã, enquanto Tamara começava a traçar o retrato no tablet.

– O queixo era reto e o rosto parecia triangular, sabe? Triangular, mas com um queixo bem desenhado. Esse! O nariz era pequeno e espalhado no rosto, como se fosse um cachorro ou gato... Não, nenhum desses aí.

Perderam alguns minutos com o nariz. Foram para os olhos. Eram diagonais com relação ao rosto e amendoados. O tablet indicou olhos orientais. O cabelo era fácil; preto e de franja. Muito liso. A boca era fina, quase sem lábios, apesar de inchada em volta, na verdade, a boca se projetava para frente... Se era dentuça? Tinha os maiores dentes que já vira. O nariz continuava um problema. De repente, Tamara encarou as fotos no computador de Karina.

– Pelo que você falou, o nariz dela parece com o de um desses bichos aí – disse a policial.

Karina parou e mostrou o Grande Branco. Tamara desenhou olhando a foto e mostrou para Karina, que ficou lívida na hora.

– Tudo bem, doutora?

– Tudo bem. Tamara, você tem meu e-mail, né? Pode me mandar essa imagem agora?

Tamara assentiu e despediram-se. Tinha apagado parcialmente da memória o que havia acontecido no galpão da fazenda de Lupina. A mão da mulher, seus dentes, sua força extraordinária, o pulo que dera até o teto do lugar, sua audição canina. Sim, sua audição canina. Verificou os documentos escaneados dos interrogados. De uma uniformidade impressionante. Estava na polícia a tempo suficiente para saber quando documentos eram falsificados. Recebeu o retrato falado de Tamara. Jogou-o na pasta com os outros retratos e comparou-os. Pareciam todos parentes. Ou da mesma espécie. Uma espécie rara. Que havia se organizado, como uma família, uma organização que manteria sigilo de suas características peculiares a qualquer custo. Na verdade, manteria essas características a todo custo. Não se misturariam com os outros humanos, para que continuassem com dois metros de altura, força titânica e sabe-se lá o que mais.

Mas então o que eram o Grande Branco e o Lobisomem Decapitado? Anomalias genéticas, causadas pelos cruzamentos endogâmicos? Como eles conseguiram esconder animais daquele tamanho por todo esse tempo?

Lembrou-se daqueles morcegos gigantes e se arrepiou inteira. Também nunca tinha visto nada parecido com aquilo. E teve outra coisa, aquela manhã.

A mão da mulher. A mão da mulher estava deformada em um momento, e em outro não estava.

Teve uma leve vertigem e sentou-se na poltrona. Sentiu-se enjoada.

Teria mesmo visto aquilo? A mulher havia transformado uma parte de seu corpo? Ou era uma ilusão, como os vampiros? Bom, os lobisomens mortos não estavam hipnotizando ninguém. Procurou uma foto de corpo inteiro das duas feras (encaixaram a cabeça do lobisomem decapitado no que seria o corpo dele e fotografaram). Comparou as mãos, eram parecidas. Fez um esforço para se lembrar da mão da mulher, mas parecia vaga. Talvez fosse uma ilusão mesmo.

"Organização de manutenção de natureza individual..."

Dane-se o governador, aquele infame! Iria fazer uma visita surpresa à Matilha e pedir explicações a Desdêmona pessoalmente.

Hermínia entrou sozinha no restaurante. Era um lugar razoavelmente bem cuidado, localizado no trevo que ligava a pequena estrada de terra por onde caminhavam a uma rodovia. Pediu dois almoços e saiu com a marmita intacta, além de uma garrafa de água de dois litros. Encontrou Daren descansando atrás de um outdoor. Sentaram-se e comeram em silêncio. Tiveram que parar a busca por Lupina ao verem um carro de polícia se aproximando, e saíram da estrada novamente quando o mesmo carro voltou, seguido de uma picape, levando o bando do fazendeiro espancado por Daren. Os sentidos aguçados de ambos impediram que fossem notados. Mas a opção de continuar procurando na região onde sabiam que Lupina deveria estar já começava a ser questionada. Fizeram uma pausa e foi a vez de Hermínia se deitar, enquanto Daren vasculhava entre os arbustos perto do outdoor.

– Bom, por que a Lupina abandonou a gente? – Daren falava, esquadrinhando as redondezas.

– Por que você acha que eu sei?

– Porque acho que você sabe – foi a resposta de Daren. Calaram-se para Hermínia descansar.

Cerca de meia hora depois, Daren avistou um funcionário do restaurante indicando para um policial a direção para onde Hermínia tinha ido. Não era a direção *exata* de onde estavam escondidos – Hermínia era muito cuidadosa nesses aspectos –, mas Daren achou por bem acordar sua parceira. Deveriam se movimentar, como aprendera ainda criança, no país em constante ebulição política de onde vinha. Saíram na pequena estrada de novo, atrás da viatura de polícia, e já estavam algumas centenas de metros adiantados quando ouviram um grito ordenando que parassem. Moveram-se sem olhar para trás e conjuntamente. Em poucos segundos, já tinham atravessado a margem arborizada e corriam pelo mato que acompanhava a estradinha de terra paralela à pista. Ainda podiam olhar um para o outro em movimento. Foi o que fizeram e acordaram, por intermédio desse olhar, que se separariam agora, para aumentar as chances de escapar. Não era a primeira vez que se comunicavam assim, de forma não verbal. Daren também sabia que, se um dos dois conseguisse fugir procuraria Lupina, para que ela ajudasse a libertar o outro. Como uma matilha. Uma matilha que surgiu naquela batalha com o Reprodutor. A Reprodutora tinha mesmo talento para formar uma família, no final das contas.

Daren desceu em uma estrada de acesso de um sítio, depois de um bambuzal. Teve a má sorte de cair exatamente em frente a um dos dois carros de polícia do município. Tendo sido toda a vida um jovem negro, antes de um mestiço licantropo, não hesitou em levantar as mãos e deitar-se no chão em sinal de rendição. Lógico que sua rendição incondicional não impediu o insigne oficial de lhe aplicar uma par de pontapés nas costelas e tapas no tampo da cabeça, além das ofensas de praxe. Se Daren tivesse tentado se explicar, ao invés de simplesmente se render, estaria morto agora. Sabia disso.

Seu Wagner e dois de seus assistentes estavam na picape, percorrendo lentamente a região. Elton ainda estava no hospital, sob efeito de calmantes. Para os outros, era a bebida finalmente cobrando o seu preço, levando a sanidade do colega. Ele jurava que tinha visto um lobisomem com roupas de mulher. Da mulher que agora perseguiam, ajudados pela polícia local. Também havia uma busca pelo companheiro dela, aquele negro. Um dos homens que Daren nocauteara estava sentado ao lado do motorista. Uma grande bandagem protegia o queixo e o rosto estava todo inchado. Daren tinha arrancado três de seus dentes com o soco na cara. Um dente ainda estava no estômago, disseram os médicos. Seu nome era Deyson e tinha uma espingarda no colo. Na caçamba, o homem de braços fortes usava um colar cervical ortopédico, com uma espécie de prótese para o queixo acoplada. Não deveria estar na caçamba, os médicos diriam. A mandíbula fora deslocada e ele tinha fissuras no queixo em dois lugares. Também havia perdido um dente. Mas como tinha fama de forte entre o pessoal da fazenda, ia na caçamba. Levava um rifle de repetição e seu peito ardia de ódio.

Seu Wagner estava enumerando tudo que ele e os rapazes fariam com a garota quando pusessem as mãos nela, quando Hermínia praticamente se materializou na frente do carro, saindo de um arvoredo na beira da estrada. Encararam-se, com os olhos arregalados, e antes que os homens no carro pudessem dizer alguma coisa, Hermínia já havia disparado por uma estrada particular de terra e brita.

Seu Wagner gritou um palavrão e acelerou a picape atrás da mulher, que corria como um cavalo de raça.

A pequena via era margeada por bambus de ambos os lados, fechando as fugas laterais de Hermínia. Quando os homens avistaram a porteira da fazenda, fechando a sua passagem, gritaram e riram barbaramente. Segundos depois, a situação psicológica dos envolvidos mudaria drasticamente. Em primeiro lugar, viram Hermínia saltar por cima da porteira de um metro e setenta de altura como se estivesse evitando uma reles poça de água. O espanto quase fez seu Wagner perder o controle da picape. Freou bruscamente, para não colidir contra o obstáculo de madeira maciça. Hermínia estava do outro lado da porteira, olhando para os homens, despreocupadamente.

– Desce lá e abre! – Seu Wagner falou, sem tirar os olhos da mulher na estrada.

– For fê eu? – o rapaz no banco do carona falava com dificuldade, devido à falta dos dentes – fede fro Lino – Lino era o rapaz de braços fortes na caçamba.

Subitamente, um urro horrendo, de algum animal selvagem de grande porte, ecoou por entre os bambus. Hermínia fechou os olhos e balançou negativamente a cabeça, sorrindo, enquanto os homens na picape se encolhiam como por instinto. Seu Wagner bateu no vidro traseiro da cabine, chamando Lino para a ação. Ninguém respondeu. Olhou para trás e a única coisa que viu pela janelinha foi o vulto já pequeno do rapaz, fugindo na direção oposta à porteira. Covardes, ia dizer seu Wagner, antes que um novo urro o fizesse se calar e fechar os olhos, contra a sua vontade. E antes que pudesse abri-los, um grande braço peludo explodiu o vidro do passageiro, arrancando o seu carona pela janela. O rapaz gritou desesperado, e só parou quando se chocou contra os bambus da entrada daquela fazenda. Desmaiou – pela segunda vez naquele dia – abraçado à arma. Seu Wagner, paralisado, observava boquiaberto a fera que havia arremessado um homem adulto e armado, como se fosse um brinquedo, contra o bambuzal. Tinha uma arma no bolso, mas não conseguia se mover. O monstro virou-se para ele. A picape era alta o suficiente para que ele visse quase toda a cabeça do bicho. Quase. O monstro usava uma blusa feminina, o que aumentava consideravelmente a sensação de horror onírico do velho. Quando finalmente começou a vasculhar o bolso da calça atrás de seu revólver, sentiu o cano frio de outra arma na têmpora.

– Larga a arma e vai embora, gordão. Um tiro só vai deixá-la mais nervosa – Hermínia falava com a voz compassada, como se não tivesse corrido por centenas de metros. O homem ainda hesitou, com a mão no bolso, mas ao ver o lobisomem parado, na outra janela, olhando como uma pessoa racional para dentro do carro, deu ré, manobrou e desapareceu. No caminho, atropelou acidentalmente Lino, o homem de braços fortes, deixando-o desacordado. Também era o segundo nocaute do dia para ele.

Antes de Lupina voltar para a forma humana, já estava longe de Hermínia. Passou pelo homem desmaiado e tirou o rifle que estava com ele, exatamente como um adulto tira um brinquedo de plástico duro de uma criança adormecida. Afastou as hastes grossas de bambu da beira da estrada e atravessou. Hermínia a seguiu, tentando conversar. Já estavam no meio de um pasto quando Hermínia apressou o passo e a puxou pelo braço.

– Lupina...

Lupina virou-se com um rosnado terrível, que fez Hermínia recuar um passo. Era realmente um lobisomem magnífico e poderoso, a Reprodutora.

Lupina voltou à forma humana. Tinha o ar plácido agora.

– Não precisa se explicar, Hermínia. A Desdêmona é a *sua* superiora, você deve fidelidade a ela.

– Não fiz aquilo por ela.

– Fez, sim. Ela pediu para você sabotar o intercurso, não foi?

– Não daquela forma.

– Eu fui uma tonta. Lobas nunca se compadecem de lobas. Uma quer mais é que a outra se dane. Ela queria dar o golpe na Matriarca, não é?

– Não sei a intenção, não discuto as minhas ordens.

– Sabe o que vai acontecer com você agora?

– Percebi quando olhei para ela. E matarmos o Reprodutor foi o pretexto perfeito.

Lupina se aproximou de Hermínia, que baixou a cabeça, deixando o pescoço à mostra. Lupina apoiou a testa naquele pescoço, encostando a boca. Bufou levemente. Não precisavam conversar para saber que estavam unidas, depois da batalha com o Reprodutor e depois de transformarem, juntas, Daren em um mestiço. Na verdade, sabia que os sentimentos, o instinto que levara Hermínia a tirá-la daquela cela, dias atrás, havia sido sincero, por mais que anteriormente tudo não passasse de uma maquinação de Desdêmona.

Desdêmona... Ela queria o poder. Não o poder da Matilha, mas um poder humano, institucional. Ela iria matar Hermínia, que era a prova de que agira intencionalmente *contra* a Matilha. A *sua* Hermínia. Lupina não era, absolutamente, uma loba maternal, mas não iria deixar ninguém tocar em seu bando. Nem em Hermínia, nem em Daren. Daren...

– Cadê o Daren? – Lupina falou, afastando-se de Hermínia. Notou que ela tinha lágrimas nos olhos.

– Merda! Nós nos separamos quando a polícia começou a nos perseguir.

– Polícia? E aqueles imbecis que estavam atrás de você?

– O Daren deu uma surra neles. Acho que a polícia estava ajudando aqueles caras a procurar a gente.

– Surra? Polícia? O que vocês conseguiram fazer em uma manhã?

– Quem mandou se esconder? Perdeu toda a diversão. Me empresta o rifle?

– Acha que pegaram ele?

– Acho que pegaram. Mas tenho certeza de que vamos soltá-lo.

Lupina sorriu e passou a mão delicadamente no rosto de Hermínia, secando as suas lágrimas. A jovem loba era uma guerreira poderosa e honrada e Daren um humano corajoso e digno. Tinha escolhido bem a sua matilha.

– Repete, crioulo, você é fugitivo de onde?

– Décima-quinta DP de Belo Horizonte, Minas. Estão realmente me esperando por lá. O senhor vai ficar bem na fita, se me entregar... – Daren tinha o olho esquerdo fechado e os lábios inchados e sangrando. Tinha sido esmurrado, depois de amarrado, por vários minutos. Sua nova compleição e seu metabolismo alterado impediam que parecesse pior. Além de ter quebrado o dedo do delegado com o queixo. O ferimento teve a vantagem de tirar o ânimo do oficial para o pugilato. E a possibilidade de reconhecimento pela captura convenceu-o de vez a seguir a lei.

– Lucila, acha e liga pra essa DP e diz que estamos com um fugitivo deles aqui. Como é o seu nome, macaco?

– Daren, senhor – o mestiço abaixava a cabeça, tanto para demonstrar humildade quanto para esconder as feridas que já começavam a cicatrizar.

– Darci, se você contar desses tapas que levou, dou um jeito de matar você, entendeu?

– Sim, senhor. A mão está melhor, senhor? – disse e tomou um cruzado na maçã do rosto como resposta.

– Delegada Karina falando. Onde está o suspeito? – Karina atendeu ansiosa o telefone. Conhecia os métodos da polícia brasileira. Se um suspeito pedia para ligar para a delegacia onde tinha sido fichado, era porque estava sendo massacrado.

– Um momento, doutora. O senhor Egídio quer falar.

– Doutora Karina?

– Boa tarde, delegado. Posso falar com o meu suspeito?

– Ele está... no banheiro agora, doutora.

– Se ele não atender ao telefone em um minuto, eu pego o helicóptero e voo para aí.

– Calma, doutora. Ele tá no ban…

– Trinta segundos.

– Vou chamar. Um min... um segundo – e saiu, xingando a famosa delegada da capital com os palavrões mais machistas e chauvinistas que lhe ocorriam. Levantou Daren pela gola e jogou-o em frente ao telefone.

– Alô?

– Daren, tudo bem? É a doutora Karina.

– Tudo bem, doutora. Pode vir me pegar? Ou pelo menos o que sobrou de mim... aargh! – O delegado soltou um murro com toda a força nas costas de Daren, que mal sentiu, na verdade. Mas o teatro se fazia necessário. O homem chegou a tirar a arma do coldre.

– Daren, passe para o delegado, por favor.

– Doutora, o suspeito já estava machucado quando...

– Um momento. Consegue esperar alguns segundos na linha sem espancar o suspeito, delegado?

O delegado esperou, com a mão tapando o bocal do fone e continuou o seu desfile de impropérios machistas e rancorosos, olhando ameaçadoramente para Daren.

– Consegui a aeronave. Chego aí em uma hora. O meu suspeito vai estar vivo ou já levo o promotor? – Karina recomeçou a conversa, como se tratassse de compras de Natal.

– O que é isso, doutora?! Vai estar vivo, sim! Aqui na nossa cidade…

– Vou com o promotor. Minha assistente diz que o piloto sabe onde fica o heliporto de vocês. Se fizer a gentileza de levar o suspeito para mim…

– Claro, dout… – Karina desligou. O delegado descontou no aparelho o ódio e a impotência. A secretária se encolheu, assustada. Daren também ficou ao lado, encolhido. Não por medo, mas porque o seu olho direito já estava totalmente curado.

– Aquela piranha fez o quê?!! – O governador estava esbravejando com seu informante na delegacia, que já havia se arrependido de ter aceitado a missão de espionar Karina. O homem era famoso por culpar o mensageiro pelo conteúdo da mensagem.

Para sorte dele, assim como de Karina, o governador avistou o seu segurança, que fazia sinal para informar que a pessoa que ele esperava havia chegado. O governador desligou, sem mais, deixando o seu espião sem saber se iria pagar pela insolência de Karina junto com ela ou se seria mesmo recompensado.

– É gostosa, negão?

– É sim, senhor, é muito...

– Eu perguntei, crioulo?

Na verdade havia perguntado. Mas era sempre assim com ele. O segurança fingiu que não ouviu e passou pela mulher que esperava ao lado da porta, dispensando-se, sem esperar pelo consentimento do patrão. Iria mesmo pedir demissão no começo daquela semana, alegando problemas pessoais. Estava, na verdade, com um problema pessoal de querer enfiar uma bala na cabeça daquele governador imbecil. Atravessou o corredor e foi para o pátio externo, com seu companheiro.

– Que tamanho de mulher, hein? – Vendo o rosto lívido do parceiro, o outro gigante quis alegrá-lo com algum assunto.

– Não aguento mais esse cara, Djoni. Vou cair fora.

– Ia te dizer isso agora mesmo, mano. Ele que arrume outros sacos de pancada.

– Isso porque você não é preto...

– Gatão esse seu segurança, hein? – disse a Rastreadora, quando ficou finalmente sozinha com o governador. Karina mal a reconheceria agora, apesar da altura incomum. Além das mudanças fisionômicas, tinha o cabelo preso em um coque, um vestido curtíssimo, cinza, que deixava ver duas pernas poderosas. Evitou o salto, que a deixaria com dois metros de altura, e colocou uma sandália baixa. Ainda assim era mais alta que o governador, que não era baixo. Estava maquiada. Uma sombra esverdeada e batom carmim. Os olhos amarelados sorriam.

– Falando de outro macho aqui na minha sala? Quer tomar um murro na boca? – O Governador era célebre, entre outras coisas, por sua truculência com as mulheres. Chegou a agredir uma namorada na inauguração de um restaurante na capital.

– Quero – ela respondeu, prontamente.

O governador chegou perto dela sorrindo, com o braço semiestendido, a mão em forma de garra, apontando para a garganta da mulher. A Rastreadora continuava sorrindo e estendeu o pescoço para o governador. Ele agarrou-a pelo pescoço e, também sorrindo, desferiu um tapa com a mão livre com toda a força na loba. Ela manteve o rosto uns segundos virado para o lado, sem tirar o sorriso dos lábios.

– Quem é o gatão agora pi... – Uma dor aguda fez o governador soltar um esgar e curvar-se, com as mãos cobrindo inultilmente os genitais. A Rastreadora tinha dado um beliscão em um lugar que, se fazia lobisomens machos ganirem, deixava um humano a um passo da loucura de tanta dor. O sujeito virou de costas, gemendo alto. Se fosse um sujeito racional, teria percebido a armadilha. Mas o governador viera de uma família de políticos tradicionais, que sempre o colocara nos cargos que melhor aprouvessem aos demais membros da família, empreiteiros e latifundiários. Nunca havia subido e vencido uma eleição por seus próprios méritos. Vivia em uma redoma de cristal e era invencível. Por isso, desferiu um soco com toda a força na direção do rosto da Rastreadora. Ela fez um movimento inesperado, abaixando-se e remetendo a parte de cima da testa contra a mão do governador, que se quebrou com um estalo. Antes que ele pudesse gritar, no entanto, uma das mãos da mulher apertou a sua glote com precisão, enquanto a outra o levantou pelo cinto, deixando-o com as pernas no ar, pairando como em um truque de mágica. A Rastreadora jogou-o em cima da grande mesa de mogno do escritório e montou nele, prendendo-o com as coxas magras e inexoráveis. O homem, instintivamente, levou a mão que acertara o vazio ao pescoço da mulher que o agredia tão brutalmente. A Rastreadora prendeu a mão do governador entre o queixo e a saboneteira, sempre sorrindo. E, com um movimento rápido e lateral da cabeça, deslocou-lhe o pulso. Agora o governador tinha as duas mãos inutilizadas. A Rastreadora firmou ainda mais suas longuíssimas pernas em torno ao corpo do governador, em cima da bela mesa de mogno da família. A pressão obrigou o sujeito a respirar por espasmos, e a Rastreadora tirou, finalmente, o dedão de sua glote. Mas ele não conseguiria gritar. Além da pressão nas costelas, o estrago em sua garganta estava feito. Calmamente, a mulher estendeu seus dois braços ao longo do corpo, enquanto o homem tentava fazer algum ruído com os sapatos, esperneando e raspando as solas. Sorrindo, a Rastreadora começou a dar risadas escandalosas e gritinhos, "Ah! Governador! Como o senhor é forte!", "ah, que delícia! Me machuca!" e outras pérolas, que deixaram os homens no quintal anexo com vontade de vomitar, mas não de acudir.

A loba inclinou-se sobre o governador e abriu a boca, deixando cair a sua língua. Trinta centímetros de uma língua serpenteante. Foi deixando lentamente os dedos crescerem, além de seu nariz, que ia aos poucos se transformando em um focinho. O governador parou de se mexer, e a Rastreadora ouviu e farejou a urina se espalhando pelo tampo da mesa. Levantou a mão para que ele pudesse ver. Não era uma garra peluda. Era uma mão de mulher ainda. A Rastreadora encostou a mão espalmada no peito do homem, que já chorava convulsivamente. Então, sem aviso, fechou rapidamente o punho e deu um golpe seco na direção do coração. Um golpe curto, mas que pôde ser ouvido fora do quarto. A predadora gritou, como se estivesse vibrando de prazer. O governador arregalou os olhos e começou a espumar, agonizante. Teve tempo de pensar que estava tendo um ataque do coração e iria morrer, o que o deixou ainda mais histérico e apoplético. Os espasmos das pernas eram disfarçados pela simulação de orgasmo da predadora, que estava realmente se divertindo muito. Quando o homem parou de respirar, a loba continuou o seu teatro, por mais alguns segundos, enquanto tirava a calcinha e a deixava presa somente em uma perna, e tornava o seu rosto o mais humano possível. Despenteou-se um pouco e deixou a camisa do governador estrategicamente aberta, tudo isso sem parar de suspirar e gemer. Quando terminou, soltou o grito de terror mais apavorante que conseguiu, atraindo os seguranças.

Foi o piloto do helicóptero quem deu a notícia para Karina, aos berros, tentando suplantar o barulho infernal do aparelho.

– O quêêê? – Ela elevou a voz um pouco por perplexidade, um pouco para ser ouvida, um pouco porque não tinha certeza de que tinha entendido a notícia.

– Ataque do coração. Dizem que estava trabalhando no escritório e seu coração parou. Os seguranças estão sendo interrogados. O doutor Otto deve aparecer por lá, não deve? Ele estava investigando o governador... – gritou o piloto.

– O Otto deve ir para lá! É meu marido, sabia?

– O quê?

– Nada! Disse que é uma notícia muito boa! – Karina voltou a sua posição no banco, sorrindo. – Espero que não se ofenda. Você não gostava dele, gostava?

– O quê?

– Nada, esquece...

– O quê?

O helicóptero rumava em direção ao interior do sul do país ao sol da tarde. Dessa vez, Karina levaria Jonas. Sentia-se responsável pelos outros policiais e sobrecarregada. Com Jonas, era o contrário: ele cuidava dela. Tinha faro, tinha pontaria e sabia que não havia serviço tranquilo na polícia, ainda mais o investigativo. Foi graças a ele que ela sobreviveu para colher os louros do caso da indústria farmacêutica. A outra coisa boa de Jonas era a sua modéstia, rara em homens de cem quilos de músculos. Ficava contente em ser útil à delegada, e sabia que havia uma coisa nela que a destacava dos outros policiais: a imaginação. Muitas vezes ela errava o alvo porque era apressada e confiante, mas podia recarregar e atirar seus palpites de novo, segundos depois de ter uma teoria demolida, em geral por Jonas. Trabalhavam bem juntos.

Revisara mais uma vez o depoimento dos caçadores ilegais que deram a queixa sobre os lobisomens. Os dois concordavam que eram três monstros. Um branco, que parecia maior, e outros dois de pelagem negra e outro de pelagem marrom clara. Um deles dizia não se lembrar das cores exatamente, mas se lembrava bem de que eram três. Karina dizia para si mesma que era loucura ligar a cor do pelo dos animais à cor do cabelo de Lupina e Hermínia. Ao mesmo tempo, ela sabia que só o fato de lhe ter ocorrido essa ideia era motivo suficiente para atravessar o país para falar com aquelas pessoas. Para que a desmentissem. Para que lhe dissessem que eram somente mulheres aprisonadas em uma rede internacional de manipulação genética e não lobisomens ferozes.

– Gente, essa história é sensacional! – a mãe de Roberta agora ria e batia palmas. As meninas e o seu marido olhavam para ela sorrindo, abobalhados.

– Sempre soube que era aquilo que tinha acontecido com aquele cafajeste – disse o pai de Roberta, que estava um pouco menos pasmo que as meninas. Ambos eram abertamente contrários ao governador, quando exercia seu mandato em um passado recente. Se é que a alegoria se referia ao governador. Se é que era uma alegoria. De qualquer forma, os pais de Roberta mergulharam na narrativa com ainda mais facilidade que as meninas, como se eles fossem as crianças fantasiosas, e não as jovens em volta da fogueira.

– Não gosto dessa coisa de política – Roberta fazia o tradicional papel de filha como espelho invertido dos pais.

– Não tem nada de política na minha história – defendeu-se Roma.

– Você ainda vai ter esse momento, em que vai ver política em tudo, Roma – o pai de Roberta arriscou comentar.

– Talvez eu já tenha passado esse momento.

Todos se calaram e o homem ficou com um sorriso amarelo. A lua chegando em seu ápice.

As lobas signatárias não podiam acreditar na notícia que a nova Matriarca levava para o conselho.

– Não podemos atender o pedido dela, Desdêmona, você sabe. É... é... – A loba mais jovem, uma senhora gordinha e simpática, parecia a mais abalada.

– Desumano?

– Não podemos entrar e sair das regras humanas segundo a nossa conveniência, Desdêmona.

– Do que você está me acusando, Altamira? De oportunismo? – Altamira era uma loba influente e contumaz parceira de Eugênia.

– Não. Mas acho que você está excessivamente cômoda em seu novo cargo.

– Curioso, Eugênia me acusou da mesma coisa. Andou conversando com a prisioneira clandestinamente?

Todas as lobas signatárias se entreolharam em silêncio. Desdêmona estava no cargo havia pouco mais de vinte e quatro horas e já sugeria a execução da fundadora da Matilha. E agora apresentava os sinais clássicos de paranoia do poder do tipo humano. Todas sabiam de sua antipatia por Eugênia, e de sua ambição dentro da Matilha, mas não esperavam que ela entrasse no pântano da vingança pessoal tão cedo.

– Eugênia, a antiga Matriarca, pediu para ser entregue à Coisa. Assim que estivermos com Lupina e Hermínia aqui, resolveremos tudo de uma vez, em uma votação rápida. Somente nós, membros do conselho. De acordo? – perguntou, irritada com o silêncio da sala, que achou ser, mais que acusatório, solidário. Estavam solidários com ela, a Matriarca? Ainda que enfurecida, Desdêmona, desajeitadamente, resolveu adotar um tom conciliatório, repetindo a pergunta.

– As senhoras concordam com a votação?

– Adianta discordar de vossa excelência, Matriarca?

– Não, Altamira. Acredito que no seu caso, não – Desdêmona olhou com seriedade para a defensora de Eugênia. Sabia que sua nova função incluía dificuldades. O comando máximo tem muito mais limitações do que o trabalho de bastidores, menos vigiado. Mas o comando máximo pode ser isso mesmo que o nome indica: máximo. Desdêmona não acataria as discussões infrutíferas em que a antiga Matriarca tanto se detinha para comandar a Matilha. Não mesmo.

– Podemos, pelo menos, falar com a Eugênia antes? – Altamira voltou à carga.

Desdêmona parou por um instante, levantando o queixo para a pequena plateia. Parecia não acreditar em seus ouvidos. Era um motim.

– Não estamos duvidando de seu relatório, Desdêmona. A Eugênia é... fomos parceiras por muitos anos.

Altamira estava com Eugênia desde o princípio, nas primeiras alianças com os humanos. Alianças que libertaram as lobas e aprisionaram os lobisomens machos.

– Verei o que posso fazer por você.

– Você o quê? Desdêmona! Não existe o menor motivo para que não possamos ver Eugênia! Sabemos de sua condição, nós que estávamos aqui quando... o que está fazendo?

– Segurança? Venham aqui e levem as lobas signatárias para fora imediatamente. – As outras não conseguiam se lembrar qual fora a última vez em que os comunicadores haviam sido usados para chamar a segurança.

As lobas se entreolharam. Levantaram-se quase simultaneamente. Uma das mais jovens, com menos de quinhentos anos, falou, sobriamente:

– Não é necessário, Matriarca. Estamos indo.

– Ah! Mas eu faço questão. Vou dissolver temporariamente este conselho.

– Se for por minha causa, Desdêmona, não se incomode. Eu me demito. – Altamira retirou lentamente a túnica vermelha que caracterizava uma Signatária –, na verdade, sempre achei ridícula essa roupa. Ainda mais que os outros atavios humanos.

Quando os seguranças chegaram, todas as signatárias ou já haviam saído, ou estavam já nos umbrais da sala do conselho. Desdêmona não fez por menos. Ainda havia uma retardatária sobre quem ela podia exercer sua autoridade:

– Acompanhe essa senhora até os aposentos dela – A última loba ainda na sala era a decana do grupo. A loba cega. Os dois lobos da segurança estranharam a ordem, mas não hesitaram. A nova Matriarca era de uma prepotência que contrastava com a brandura da antiga mandatária.

Um lobo, do setor de comunicações, veio ao seu encontro, na saída da sala.

– Matriarca...

Desdêmona sequer respondeu. Levantou o queixo sinalizando que estava ouvindo.

– O governador morreu em uma casa de campo do estado dele.

– Uma lástima. Era um bom cliente. É só isso?

– Na verdade, não. Temos três contaminados, dois empresários e um senador, desejam falar com a senhora. Retorno a ligação?

– Transfira para a minha sala em um minuto – ela grunhiu e se afastou pelo corredor.

A sala da Matriarca era dela agora. Sentou-se na cadeira, ligeiramente desbastada nos braços pela antiga usuária. Olhou para a garrafa de uísque. Eugênia gostava de um gole ou outro no começo da noite. Precisava pedir que retirassem dali. O álcool a repugnava. Nem mesmo as ervas, que ocasionalmente os lobos gostavam de mascar para causar uma leve euforia, sucedida de relaxamento, a apeteciam. Eugênia mais de uma vez disse que Desdêmona devia aprender a beber, para aprender a governar. Ou, pelo menos, governar de maneira humana. Mas quem queria governar de maneira humana? Não era uma raça decadente, fadada a ser superada pelos lobos? O telefone interrompeu seu monólogo interior.

– Matriarca? Senador Ramalho. Fiquei sabendo do que aconteceu ao governador e gostaria de saber se estou mesmo seguro... quero dizer, ao que me consta nós dois tomamos o mesmo... o mesmo medicamento.

Como detestava os humanos e seus rodeios! Nesse sentido, preferia o governador. Era prepotente demais para os rodeios. Os floreios verbais humanos foram das mais repugnantes coisas que Eugênia aprendera com eles. Eugênia, a contadora de histórias. A loba que passava instruções pela entonação e pelo bom senso do ouvinte, e não pelas palavras propriamente ditas. Dizia que as lobas eram as contadoras de história originais da face da terra. Que narravam o início do planeta em seus uivos. Velha nojenta. Agora era a nova Matriarca quem falava, e sua palavra era a Verdade e a Lei.

– O governador exigiu, por meio de chantagem, uma dose sem precedentes de contaminação. Ele já havia passado por duas contaminações nos últimos anos. Seu corpo não suportou. Se o senhor se mantiver com o que já tem, não enfrentará problemas.

– A senhora quer dizer que não serei assassinado.

– Como eu disse, senador, sem novas chantagens e novos pedidos de contaminação, não haverá novos problemas.

– A Eugênia...

– Eugênia não está mais no comando, senador. Aqui é Desdêmona. Foi comigo que o senhor tratou de sua contaminação, vinte anos atrás.

Silêncio do outro lado da linha. Esse homem era um fraco, como todos os outros.

– Mais alguma coisa, senador?

– Não, obrigado.

Desdêmona também desligou e apertou o botão do telefonista, para indicar que estava livre e poderia despachar a pontapés o próximo humano.

– Eugênia? – A voz agora era um pouco menos maviosa, menos maliciosa que a do senador. Era uma voz de comando, que chamava a antiga Matriarca pelo primeiro nome. Atendera esse empresário, menos de dez anos atrás, com uma dose cavalar de contaminação. Ele e a esposa. Depositaram uma considerável fortuna depois de avaliarem os resultados.

– Eugênia não está. Quem fala é a nova Matriarca.

– Quero falar com a Eugênia.

– Ela morreu – disse, secamente, Desdêmona. E não era verdade? Alguém, por acaso, havia escapado, nos últimos quinhentos anos, do contato direto com a Coisa?

– Quem é você? – O homem era difícil de se impressionar. Na verdade, sua voz tinha um tom autoritário que lembrava o falecido governador, mas fazia o defunto parecer uma paródia. Também não era a voz de um político corrupto, como o senador. Era a voz de um corruptor de senadores e governadores.

O dono da voz havia conhecido Desdêmona como reles diretora executiva da Matilha. Não se lembraria dela. Era o tipo de pessoa que só tratava com os que considerava seus pares. Como havia nascido dono de uma empresa, não conhecia vozes antagônicas, somente vozes aduladoras e medrosas.

– Sou a Matriarca – respondeu Desdêmona com a arrogância na voz que traía seu orgulho ferido.

– Bom, "Matriarca", fiquei sabendo do que aconteceu com o governador. Alguma possibilidade...

– Nenhuma, Emílio. A morte do governador foi por causas naturais promovidas pelo seu próprio comportamento desregrado.

– Que incluía quebrar os próprios dedos e abrir o próprio pulso? É isso que está me dizendo? – O tom de voz do homem era o de quem ralha com uma criança, e Desdêmona perdeu o que restava de sua autoconfiança.

– Emílio, você...

– Somente minha esposa e minha filha me chamam pelo primeiro nome, Matriarca. Vendedoras costumam me tratar pelo sobrenome. Ou com minha secretária.

Como Eugênia conseguia lidar com esses humanos? Como conseguia aguentar a petulância de seres que ela poderia matar com um simples golpe de sua pata? Teve que admitir intimamente que sua antecessora, se sentia a mesma fúria humilhada que Desdêmona sentia agora, disfarçava muitíssimo bem. A voz do homem tirou-a de sua autoindulgência.

– Mandei fazer um depósito adicional na conta de vocês, em nome da empresa. Foi o que entendi do recado que vocês me passaram com o governador. Qualquer novo contato deverá ser evitado. Boa tarde.

Emílio desligou o telefone e pediu para um de seus acessores cuidar de uma viagem da família para fora do país, por pelo menos três meses. Que perguntasse à esposa e à filha se tinham algum lugar que queriam conhecer... que se virasse! Depois que o primeiro assessor saiu, deu ordens para o outro que suspendesse os contatos legais e pessoais com a Matilha por tempo indeterminado.

Quando ficou sozinho na sala, só conseguiu resmungar para si mesmo, taciturno.

– *Senhor* Emílio, sua cadela maluca...

Karina pousou o helicóptero em uma fazenda de um município vizinho. Lá, uma viatura estava esperando, com um policial. Ele correu esbaforido na direção de Karina. Fez uma reverência ao título de Karina como uma delegada famosa da cidade grande e sequer olhou para Jonas, que carregava sozinho toda a bagagem.

– Doutora, acabei de receber um chamado da delegacia. Levaram o suspeito.

– O quê? – mais uma vez, Karina achou que tivesse ouvindo mal, por causa do helicóptero.

– O suspeito, o crioulo... – começou o policial. Karina fez um sinal para que parasse e entrassem no carro. Mas, antes disso, o policial teria que ajudar Jonas com a bagagem. Melhor, que levasse a bagagem ele mesmo. E com cuidado. Lá dentro, ele poderia falar com calma, o ruído do helicóptero seria menor e o policial, inclusive, poderia rever a expressão "crioulo", que usara na frente de Jonas, que era negro. Depois de obedecer, com o cenho franzido e olhar cabisbaixo, o policial entrou na viatura onde já estavam Jonas e Karina.

– Assim está melhor. O que você dizia? – Karina mudava até o timbre de sua voz para tratar com policiais racistas. O homem olhou para ela piscando, escolhendo bem as palavras.

– O suspeito foi levado de dentro da delegacia. Acabei de receber um rádio do delegado.

– Explique-se, policial.

– Duas mulheres. Renderam o delegado e o outro policial e colocaram depois os dois para dormir, não sei como. O delegado falou que ela segurou ele por trás e... a senhora já viu o delegado Romeu? Sério, que mulher iria conseguir...

"O tipo de mulher que não tem medo de torturador covarde", pensou Karina enquanto fuzilava o homem com o olhar. Entretanto, ao invés de expressar sua opinião por meio de palavras fortes, Karina resolveu usar de maus modos e autoritarismo arbitrário. Achou que seria pedagógico.

– Me leve até a delegacia – disse, sem olhar para o homem.

– Sim, senhora.

– *Sim, senhora delegada*, policial.

– Sim.

– Outra coisa: esse é o cabo Jonas. Seu superior.

O policial olhou para trás inexpressivamente. Nenhum dos três falou nada e prosseguiram assim até chegar na delegacia, uma hora depois.

A cidade era minúscula e quase toda a área do município era rural, de pequenos produtores de leite. "Mais de um procurado pela polícia, pelo imposto de renda e por outras pessoas deveria se esconder ali", pensou Karina. Trabalhando em alguma das pequenas propriedades ou mesmo como proprietário.

Na delegacia, um cubículo com uma única cela, sem lugar para deitar, comportava todo o corpo policial da cidade: o delegado e dois policiais. Após as apresentações de praxe, Karina olhou para o cubículo onde deveria estar Daren. Olhou rapidamente para a cadeira do lado da mesa e para o olho roxo do delegado, e sorriu, involuntariamente. Quando o delegado e o policial começaram a descrição, Karina os interrompeu.

– Vai mesmo querer uma busca federal na sua cidade, delegado? Poderia começar agora, interrogando o senhor, mas teríamos que fazer todo o levantamento dos fichamentos recentes...

– Fichamentos recentes? Não temos nenhum preso aqui desde... desde que eu assumi. E esse é meu segundo mandato. Nós só...

– Enfiamos o sujeito naquela cela até passar a bebedeira dele e soltamos de noite. Ele lava com o balde e o esfregão, se vomitar aí dentro.

– É isso aí – o delegado abriu os braços, como se admitisse uma derrota. Os outros dois policiais olhavam apalermados, enquanto Jonas examinava tudo atentamente.

Karina aproximou-se da cadeira de madeira desgastada.

– Foi aqui que o senhor espancou o Daren?

– Não espancamos ninguém por aqui.

– Ouviu isso, Jonas? Não espancam negros por aqui.

– Estava pensando mesmo em me mudar para cá – Jonas respondeu sem olhar, enquanto espiava atrás dos armários e móveis do recinto.

– O senhor tem alguma ideia de onde possam ter ido?

– Foram vistos na estrada velha, perto da fazenda do Quim e do Pé-de-pano.

– Não sei quem é Quim, onde é a Estrada Velha e o que é o Pé-de-pano. Se o senhor fizer a gentileza de me mostrar um mapa... O senhor tem um mapa aqui?

O delegado, que agora estava até mesmo submisso, de tão deprimido, explicou detalhadamente como se chegava no Pé-de-pano, que era o restaurante onde Hermínia havia comprado o almoço, horas atrás.

– Imagino que o senhor tenha reservado dois quartos aqui na cidade?

O delegado não respondeu. Apontou o queixo em direção ao policial que tinha buscado Karina na cidade vizinha, e ele, também sem dizer nenhuma palavra, dirigiu-se ao carro. Karina e Jonas o acompanharam.

Ao chegar na porta da pensão, Karina ordenou, mais uma vez, que o policial carregasse a bagagem de Jonas. Quando ele terminou, requisitou a viatura, mostrando o distintivo. "Acho que dá para voltar a pé, não dá? Vi que vocês têm outra viatura lá", disse, sem simpatia nenhuma. O homem saiu andando, sem olhar para trás.

Karina olhou em volta com uma careta. Havia crescido em uma cidade dessas, e a conduta do delegado de lá a fizera querer ser policial. Um policial diferente do que os que conhecera na infância. Por isso havia começado a sair com Otto. Não era um policial diferente: era uma pessoa diferente. E com o mesmo talento que ela para detectar boçais inúteis, como aquele delegado idiota.

– Viu alguma coisa lá, Jonas?

– Não acho que eles mataram o rapaz lá dentro, se é o que quer saber. É verdade a história das duas meninas?

– É. E, se elas renderam os dois da forma que parece que renderam, eu conheci uma mulher como elas.

– Como elas? Como assim?

– Não sei ao certo, sinceramente. Você acredita em lobisomens?

– Claro! Quem não acredita?

Sorriu e chamou Jonas para entrar em uma loja com ela. Era um café, com diversos cacarecos inúteis tendo a cidade como tema. A loja tinha wi-fi e começaram a trabalhar em seus celulares. Consultaram mapas e descobriram onde ficava o tal Pé-de-pano.

– Bom, eu não almoçei; quer jantar? Já são quase seis horas – Karina disse por fim.

– De repente, damos sorte e eles estão comemorando a fuga lá no restaurante, né?

– Espero que não. Estou faminta.

Lupina, oferecendo um maço de notas, perguntou a seus anfitriões se eles tinham outro lugar para passar o fim de semana. Os agricultores pobres do interior do país quase nunca têm a chance de ver dois mil reais limpos, de uma só vez. Se ela e os amigos esquisitos dela queriam a casa para ficar se drogando, isso não era problema deles, ah, não era! O delegado tinha perguntado mesmo sobre um casal parecido com esses amigos de Lupina. Mas o delegado tinha dado dois mil reais para o Francisco? Não! O delegado tinha atendido quando o seu Wagner tinha roubado os mourões do Francisco? Não! E se eles não tivessem ido embora em dois dias era só ir para a delegacia e dizer que a fazenda tinha sido invadida por um bando de maconheiros. Mas, até lá, iriam passar o fim de semana na comadre. Visita de parentes com dinheiro no bolso era uma coisa tão rara quanto parentes com dinheiro no bolso.

Edna ligou para sua comadre dizendo que estava com o dinheiro da dívida e se podia fazer uma visita. Iria levar uma galinha, para fazerem no fim de semana. E leite, claro. Sim, Francisco iria junto. Desligou, sorrindo cordialmente para os locatários transitórios, e convidou todos para jantar. Como era de se esperar, não tirava os olhos de Daren, o namorado negro da loirinha. Esse pessoal da cidade grande gosta de inventar.

Jantaram em silêncio. Lupina comeu com vontade, como se fosse da casa, ou melhor, a filha mais velha do casal. Daren mal tocou na comida, constrangido pela pouca quantidade que lhe serviram. Hermínia não conhecia esse tipo de constrangimento.

Edna e Francisco partiram com o sol se pondo. Levavam cobertores, uma galinha, leite e dois mil reais.

Quando os foragidos finalmente ficaram sozinhos na casa, uma hora e meia depois, Lupina abriu os braços mostrando o lugar, como se fosse a proprietária, e jogou-se no sofá. Hermínia começou a caminhar pelos cômodos – dois quartos, duas salas e uma cozinha – conferindo janelas e portas, e Daren sentou-se na exígua poltrona da sala, de frente para Lupina.

– Olha, sei que posso parecer ingrato, mas não foi boa ideia me tirar dali nocauteando o delegado e o policial – a ação deixara Daren tão abismado que somente agora parecia em condições de argumentar.

– Sim, eles vão acordar chateados. Mas não vamos ficar aqui, não se preocupe. O aluguel foi só para disfarçar. Se eles acreditarem que estamos parados, teremos mais chance de sumir de novo.

– A delegada Karina está vindo para cá – a frase de Daren fez Lupina olhar para ele e Hermínia aparecer na sala.

– Eu sou negro e estava preso. A chance de um negro detido por policiais sobreviver é dizer que um policial mais graduado queira ele vivo. Quando falei da Karina e do distrito onde fomos interrogados, acharam a mulher quase imediatamente. Pelo visto, ela é um tipo de mandachuva, já que pararam de me espancar e estavam limpando meus ferimentos quando vocês chegaram.

– Então ela disse que estava vindo? – Hermínia falava apoiada no batente da cozinha.

– Sim. E de helicóptero, pelo que entendi. Até eu me espantei com o interesse dela. Pensei que ela tratasse de crimes ambientais. Será que ela desconfia de algo?

As duas lobas se entreolharam. Daren continuou:

– De qualquer forma, aposto como aqueles caipiras vão entregar o caso para ela. Se é que somos um caso. Por sinal, vocês acabaram se entendendo enquanto eu conversava com meus amigos na delegacia?

– Sua namorada estava com problemas com os locais e eu tive que intervir. Ela te contou por que eu dei o fora? – Lupina voltou a se reclinar no sofá, fechando os olhos.

– Estivemos um pouco ocupados procurando por você, espancando caipiras e fugindo da polícia, mas tenho certeza de que você adoraria nos contar. Ou melhor, me contar, já que vocês devem ter se acertado, pelo visto. – Daren agora olhava para Hermínia, que por sua vez olhava para Lupina, séria.

– Sua *namorada* – fez uma pausa, para que o substantivo ficasse bem evidente na conversa – me fez acreditar que tinha vindo para que eu cumprisse a minha função de loba Reprodutora, quando, na verdade, era uma enviada de Desdêmona para sabotar o meu intercurso. Uma coisa de política interna, você sabe como é.

– Não faço ideia. Se a senhora pudesse esclarecer... – Hermínia saiu do recinto. Daren a ouviu na cozinha, abrindo a gaveta de talheres.

– Basicamente, uma disputa pelo poder. Desdêmona, aquela velha que foi na fazenda nos encontrar, sempre quis o posto de Matriarca. Minha... relutância em cruzar com aquela besta que matamos *deve* ter gerado uma crise na gerência e Desdêmona *deve* ter achado que era uma boa chance de colocar em xeque a competência da atual Matriarca.

– Bom, *dev*e ter conseguido – Daren se incomodara com a forma como Lupina frisara também essa palavra. – Você não somente não... ficou com aquele bicho, como ainda o matamos. Sem falar naquela outra cabeça...

– Sim, meu criado. Pobrezinho. Que a Coisa tenha a sua alma. Mas algo deve ter saído do controle. Digo, além dos lobos mortos, da polícia, de você ter sido contaminado e saber de nossa existência escondida há séculos. Desdêmona estava lá. Ela nunca iria, se não tivesse sido mandada pela própria Matriarca.

– Quer dizer que vocês acham que o golpe de estado não deu certo?

– Desdêmona acabou depondo para os policiais e ficou hospedada em um hotel humano. A velha Eugênia deve ter percebido o golpe e mandado a bruxa verificar o trabalho de Hermínia. Assim, quando tudo desse errado, Desdêmona estaria envolvida no fracasso. Evidentemente, todos subestimaram a nossa capacidade de fazer tudo dar errado. Aquilo deve ter colocado a bruxa da Desdêmona em seu lugar.

– E se não colocou? – Daren mal a reencontrara e já estava irritado com a confiança excessiva da loba. Também estava irritado com Hermínia, que omitira, pelo visto, fatos importantes. Estava irritado, mas não esperava que suas palavras tivessem o efeito que tiveram.

Lupina abriu os olhos e voltou a se sentar. Hermínia fechou violentamente a gaveta de talheres na cozinha.

– Se não colocou, Desdêmona é a sucessora natural de Eugênia ao cargo de Matriarca – Lupina falou sem o seu costumeiro sorriso malicioso no rosto.

– E deve estar realmente irritada com a gente – Hermínia havia voltado para a sala e se aproximou do rifle encostado na porta.

– A antiga Matriarca não estaria também? Não estamos fugindo dela? – Daren agora estava arrependido de ter acabado com a confiança das lobas.

– Estávamos somente sendo discretos, sumindo da vista por uns tempos. Eugênia, a Matriarca, tem uma tendência a evitar procedimentos dramáticos.

– E Desdêmona, por sua vez... – Daren não estava gostando da forma como as lobas vinham se comportando. Agora era Lupina quem examinava o revólver.

– Daren, quando alguém faz alguma coisa muito errada no hotel, como o dono age? – Lupina desviou o olhar do tambor da arma e o encarou de frente.

– Bom, se for uma coisa ruim, demitimos. Se o dono estiver realmente chateado, como quando algum funcionário rouba um cliente, ele pede para o Maguila, que é um brucutu da segurança, demitir o infeliz. O Maguila é muito desagradável.

– Pois bem, a Desdêmona tem um brucutu desagradável para entregar as cartas de demissão da Matilha. – Agora Lupina apontava a arma para um ponto da parede, fechando o outro olho.

– E quão desagradável pode ser esse brucutu da Desdêmona? – Agora Daren estava engolindo em seco.

– Bem desagradável – disse Hermínia, engatilhando o rifle e também apontando para um alvo imaginário. – Vamos precisar da ajuda da sua amiga delegada – continuou. Espero que ela tenha trazido armamento pesado.

Desde o início tudo levava a crer que não seria como das outras vezes. Em primeiro lugar, uma Matriarca, a única desde a fundação da

Matilha, iria entrar na arena. Depois, era a primeira vez que o conselho das Lobas Signatárias havia sido dissolvido, apesar de todas as anciãs estarem ali, sem os trajes cerimoniais. Desdêmona não esperava que as lobas quisessem ver a execução de Eugênia e não tomara providências para impedi-las. Depois, refletiu que assistir Eugênia perecer pela Coisa poderia desestimular possíveis motins, em um futuro próximo.

A porta dos condenados se abriu, deixando passar a antiga Matriarca. Estava vestida somente com uma camisola de juta, vestimenta também tradicional dos condenados. Não olhou para a cabine, mas várias das anciãs começaram a chorar e suspirar de tristeza. Desdêmona mantinha a cabeça altiva e os olhos na arena, como se não quisesse deixar escapar a prisioneira com o poder de sua atenção. Lembrava-se da última conversa entre as duas, no dia anterior.

– Ela está com a minha filha, Desdêmona. A Coisa está com ela.

Desdêmona olhou para a velha nua na cela, incrédula.

– Sua filha foi entregue há mais de meio século, Eugênia. Era somente um filhote, como você saberia...

– Era ela. Ela falou comigo. Não com a boca, mas...

– Chega! – Desdêmona levantou-se e fez um gesto. Já estava paramentada com a roupa da Matriarca. – É impossível. Sua filha morreu. Você trocou a maternidade pelo poder e sua consciência humana está te pregando peças. Você se tornou demasiado humana, Eugênia.

– Nós nos tornamos, Desdêmona. Você mais que eu – Eugênia disse, virando-se para a parede de sua cela.

– Não sou humana, sou uma loba. Tomo decisões de loba pelo bem da Matilha e...

Mais uma vez a peroração de Desdêmona foi interrompida pelas risadas de Eugênia. A nova Matriarca estava detestando ser assim tão engraçada.

– Qual é a graça, Eugênia? Estou começando a achar que a visão da Coisa acabou de vez com a sua sanidade.

– Pode ser que sim, Desdêmona, mas pensar racionalmente também nunca foi o forte dos lobsiomens. Na verdade, acho que você fala uma contradição atrás da outra.

– Ora, dê um exemplo...

– A Matilha não é uma invenção do nosso lado lupino, Desdêmona. É a invenção de nosso lado humano, para lidar com os humanos. Não somos gregários. Na verdade, duvido que sejamos até mesmo uma espécie...

– Somos a raça mais antiga...

– Desdêmona, guarde os seus discursos de orgulho racial para os jovens, por favor. Lembre-se de que fui eu que escrevi a maior parte deles.

– E os nega agora? É isso o que você quer dizer?

– Não me daria ao trabalho, Desdêmona.

– Eu também já me dei ao trabalho de ouvi-la por tempo demais.

Desdêmona virou-se para a porta de saída. Aquela velha loba tinha a capacidade de mexer com os seus nervos e fazer com que duvidasse de si mesma. Eram aquelas palavras. Palavras oblíquas, colocadas em lugares inusitados. As mesmas palavras com que havia convencido as lobas a se unirem. Fora com palavras que havia erigido a Matilha. E com palavras havia convencido os humanos a provar a bênção do sangue de lobisomem. Mas palavras não significavam nada perto da força e da Coisa. Ela que tentasse os seus discursos com a Coisa, na arena.

Doze horas se passaram desde que pensou nisso.

Agora, a antiga Matriarca atravessava a arena, com passos curtos, mas nada indecisos. Desdêmona ativou o mecanismo de abertura do portão da Coisa. O gemido do metal foi respondido por novos suspiros das lobas na cabine. Eugênia parou, exatamente na metade da arena. No silêncio espesso, podia-se ouvi-la farejando o ar. As lobas na cabine se encolheram e olharam em outra direção, menos Desdêmona. Ela achava que um dos motivos da fraqueza de Eugênia era ter sempre desviado o rosto das execuções. Ela, Desdêmona, não cometeria essa fraqueza. Entretanto...

Havia alguma coisa errada. As lobas na cabine também começaram a se virar para a arena. O odor inconfundível, que antecedia a Coisa, não podia ser sentido no ar. Eugênia caminhou mais uma vez, até postar-se nos umbrais do temível portão. Nada. Lentamente, como se guiada por uma voz interior, a velha loba atravessou o portão e desapareceu na escuridão, ante o olhar atônito de Desdêmona e de todas as lobas signatárias. Nenhum ruído vinha da toca da Coisa e a situação permaneceu imutável por quase um minuto, até que Desdêmona esmurrou o botão de microfone e ordenou a descida de um esquadrão de lobos, armados até os dentes, na arena. Se a Coisa queria pregar uma peça neles, estava na hora de trocarem de deus, ora se estava!

Podia-se farejar o medo dos lobos designados para a missão na cabine das signatárias. Eram dez castrados obedientes. Metade deles no estado de lobisomem, metade portando metralhadoras de última geração e rifles com disparadores de granada.

Vasculharam e farejaram a arena, e foram se aproximando lentamente do portão. Antes de o cruzarem, um lobo apontou um lança-chamas e disparou contra a passagem, por vários minutos. Ainda nada. Olharam para a cabine e Desdêmona, a essa altura, esbravejava no microfone. As outras lobas todas estavam com a cara no vidro. Algumas já tinham um sorriso nos lábios.

– Entrem lá e não voltem sem nada, seus inúteis! – Desdêmona gritou desnecessariamente, causando uma estática terrível para os ouvidos sensíveis de todos, inclusive os dela mesma. Entraram na escuridão, todos eles. Um minuto depois, Desdêmona pressionou o botão que fechava o portão, perante o olhar indignado das outras signatárias.

– Se a Coisa não está mais lá, temos criados armados a menos para nos preocupar – disse para as outras.

Virou-se para a arena vazia com um olhar soturno.

– Já que as deixei assistir à execução, agora as proíbo de comentar o que aconteceu aqui, entenderam?

– O que você fará se não obedecermos, Desdêmona? Vai nos atirar para a Coisa? – Altamira zombou, levando todas às gargalhadas.

Desdêmona virou-se para Altamira, com os olhos em chamas e as presas à mostra. As outras, entretanto, não se impressionaram. Desdêmona era uma grande loba-soldado, temível em seus melhores dias, mas estava sozinha.

A nova Matriarca saiu da sala, ostentando toda a soberba de que podia dispor no momento, o que não era lá muita coisa.

Era realmente um armamento pesado. Bom, pelo menos *uma* arma pesada. Jonas tinha trazido a pedido de Karina, que chegara a algumas conclusões sobre o Grande Branco. Uma das conclusões era que, se o bicho havia sobrevivido a um tiro de doze à queima-roupa, mesmo que morresse dali a dois passos, um trinta e oito só iria irritá-lo. Muitas das esferas de chumbo da doze sequer conseguiram atravessar o couro do animal. Karina lembrou-se do relatório do hospital que havia examinado Lupina e Hermínia. O laudo falava da recuperação extraordinária de todos os envolvidos, e também da dificuldade em se coletar sangue das meninas. As agulhas entortavam em contato com a pele, e acabaram tendo de usar uma pequena broca para conseguir as amostras. Karina balançou a cabeça, como se espantasse um inseto. Na verdade, tentava espantar a palavra "lobisomem" de sua mente.

O canhão, depositado na cama da pensão, examinado pela delegada e Jonas, era um fuzil de assalto Barret, ponto 50. Karina ainda não sabia como iriam usar, ou mesmo se iriam usar a arma, mas queria tê-la por perto. Jonas não perguntou o porquê. Podia atravessar a carapaça de um carro blindado com facilidade, ainda que estivesse a longa distância. A arma tinha um tranco forte e era de difícil manuseio, e pouquíssimas pessoas conseguiriam dar um tiro realmente preciso de longa distância com uma arma daquelas. Jonas era uma dessas pessoas.

Estavam examinando a arma quando Karina ouviu delicadas batidas na janela. De imediato, Jonas sacou sua pistola e apontou, mas Karina se interpôs entre ele e a cabeça que aparecia na janela. Era Daren. Daren pendurado, de noite, na janela do quarto andar do único edifício de quatro andares da cidade. Achou melhor abrir a janela e pedir para o rapaz entrar, antes que alguém na rua o visse.

– Obrigado, dona Karina. Olá, tudo bem? – Daren cumprimentava o boquiaberto Jonas. – Doutora, a senhora se importa se as meninas também entrarem? Alguém pode ver as duas penduradas aí fora.

Karina franziu o cenho e colocou a cabeça para fora. Assustou-se e bateu a cabeça na janela, fazendo Jonas mais uma vez apontar a arma para Daren.

– Pare com isso, Jonas, pelo amor de Deus! Guarde a arma! – Karina ralhou, acariciando o cocuruto, depois colocou de novo a cabeça para fora e falou, para a noite, que poderiam entrar.

Jonas, que já estava assustado com um rapaz pendurado na balaustrada de uma janela do quarto andar, quase perdeu o fôlego quando viu duas mulheres entrando, sem a menor dificuldade, pela mesma janela. Onde elas estavam se segurando? Não sacou de novo a arma, entretanto. As lobas cumprimentaram os policiais com acenos de cabeça naturais, que foram respondidos por lentos e mecânicos acenos de cabeças perplexas.

– Olá... meninas. Vocês têm certeza de que não foram vistas? – Karina tentou falar como se fosse algo normal receber visitas de aranhas humanas.

– Na verdade, não. Mas as pessoas geralmente acham que tiveram uma ilusão ou estão ficando loucas. Tenho bastante experiência com isso – Lupina falava alegremente, tirando restos de tinta seca e tijolos dos dedos. – Daren sugeriu que a senhora talvez desconfie do que somos.

Por essa Karina não esperava. Arrependeu-se de ter pedido para Jonas guardar a arma. Notou que Hermínia abrira levemente a porta do quarto e agora olhava para o corredor. Iriam mesmo fazer isso?

– Calma, doutora. Não viemos aqui machucar ninguém – disse Lupina, sorrindo.

– Eu estou calma.

– Não, não está. Seu coração está aos pulos. O grandalhão ali é que está tranquilo. Deve ser porque está armado.

– Viemos porque precisamos da sua ajuda – Daren se adiantou. Sabia que causava menos medo que Lupina. – As meninas acham que talvez a Matilha as esteja caçando. Vieram pedir proteção.

– Vieram para o lugar errado. Eu trato de crimes ambientais. Vocês teriam que ser uma espécie em extinção – Karina arriscou. "Até onde iria a loucura daquela gente?"

– O seu coração voltou a aumentar o ritmo, doutora, mas está diferente – Hermínia se aproximou de Karina, fazendo Jonas retornar a mão para o coldre.

– Melhor não atirar, vai deixá-la chateada – Lupina falava isso em tom brincalhão para Jonas. Teve o efeito de fazê-lo tirar a mão da arma.

– Daren estava certo. Você descobriu alguma coisa, não é mesmo? – Hermínia continuou, tentando ser o mais amável e sorridente possível. Daren explicaria depois que essa sua forma de falar dava ainda mais medo nas pessoas.

– O que você acha que eu descobri, Hermínia?

– Você me diz.

– O governador ligou em pessoa para ordenar que eu esquecesse vocês. Pouco mais de uma hora depois, uma mulher me ameaçou, com a mesma história.

– Uma mulher?

– Uma mulher como vocês duas. Mas diferente.

– Diferente como? – Hermínia agora olhava para Lupina, que se aproximou.

– Um pouco mais alta que a Lupina. Acho que é a mulher mais alta que já vi. Tinha os olhos como o de vocês. Só que... indiferente. Isso, ela parecia ligar para mim menos ainda que vocês, se é que isso é possível.

– É possível. Tinha mais alguma coisa nela que queira nos contar? – Hermínia sentiu o coração de Karina dar um pulo.

– Ela está transpirando adrenalina. Está lembrando de alguma coisa que a apavorou – Lupina falou isso para Daren, como um biólogo ensinando seu assistente. Jonas balançava a cabeça em negação. Achava que não passavam de um bando de loucos imbecis. Loucos imbecis que sabiam escalar paredes.

– Do que você se lembrou, Karina? – Hermínia agora olhava dentro dos olhos da delegada.

– Ela tinha uns... uns animais... que usou para me assustar... aquela vaca! – Karina subitamente perdeu a compostura. Um pequeno soluço de choro contido escapou da sua garganta. As lobas se entreolharam.

– Como eles eram, Karina?

– Dois... – tomou fôlego – dois animais. Pareciam híbridos de morcegos com... com toupeiras, e sei lá mais o quê.

– Vampiros – Hermínia falou para Lupina, que concordou com a cabeça. Jonas também balançou a cabeça, só que ainda negativamente. Tinha a delegada Karina em alta conta, mas ela parecia precisar de férias.

– A mulher era a Rastreadora, Karina. Não, não sei o nome dela. Talvez sequer tenha um. A assassina da Matilha. Teve sorte de escapar.

– Espera aí! – Daren interrompeu. – Vocês estão me dizendo que existem vampiros, além de lobisomens?

– São bestas irracionais que vivem de cadáveres enterrados nos cemitérios. Mas uma loba louca o suficiente poderia domá-los.

– Meus deuses. Cada uma! – Daren bufou e olhou para Jonas, tentando angariar simpatia. Não conseguiu.

– Quando vocês dizem lobisomens, vocês estão falando no sentido... figurado, certo? Como uma metáfora? – Karina perguntou.

– As batidas do seu coração sempre te denunciam, Karina. Você viu a Rastreadora transformada?

– Eu... na verdade... eu acho... que talvez... mas muito provavelmente eu estava apavorada e tive uma alucinação e... bem, parece que eu vi a mão dela se modificar diante dos meus olhos.

– Assim? – Lupina chamou a atenção para si, levantando a mão direita na frente do rosto. Imperceptíveis reações eletromagnéticas realizaram perceptíveis mudanças em seu braço, que se tornou uma garra peluda e enorme, como a de um orangotango, ou de um lobo que usasse, ainda que de forma tosca, o polegar opositor.

O efeito foi o esperado. Jonas sentou na cama, em choque, e Karina recuou até tropeçar nos sapatos do companheiro e cair sentada, esbarrando no criado-mudo.

– Poderia me transformar inteira, mas pouca gente fica acordada quando faço isso. E quase ninguém se lembra. Pensam...

– Que é um sonho – Karina olha para a garra, fascinada. – Não é hipnotismo? Um truque de sugestão?

– Quer tocar nela?

Karina se levantou e chegou mais perto. Jonas aceitou sem perceber um copo de água de Daren.

– É real, Jonas! – Karina ria agora, fascinada.

– Sinta na sua mão a transformação – Lupina falou enquanto seu braço ia para a forma humana.

Karina deu um gritinho e uma risada infantil, de puro deleite, quando sentiu os pequenos pulsos elétricos percorrendo também os seus dedos.

– Você também pode fazer isso?

– Posso fazer muito mais – disse Hermínia, tornando, em segundos, o seu rosto uma carranca de lobisomem.

Jonas e Karina desmaiaram.

Acordaram com as toalhas úmidas no rosto. Lupina em Jonas, Hermínia em Karina. Daren estava sentado em um cadeira com uma cara de "oops! foi mal", que é uma cara que só pode ser descrita dessa forma.

– O que aconteceu? – Karina sentou-se na cama.

– Vocês desmaiaram – Hermínia tinha, por sua vez, a cara de quem tinha quebrado um raro vaso chinês.

– Aconteceu que dona Hermínia acha que é um soldado, fria e calculista, mas é uma lobinha exibida – Lupina disse, ajudando Jonas a se sentar.

– Nem vem, Lupina!

– Meninas, calma... – Daren resolveu interferir. – Hermínia, você é exibida, sim. Lupina, para de encher sua amiga!

– Hermínia, da próxima vez que contaminarmos alguém não me deixe esquecer de capá-lo, para ele se lembrar de seu lugar.

– Combinado

Daren sorriu. Pelo menos pararam de discutir.

– Eu não me lembro. O que aconteceu? – Jonas aceitou de novo um copo de água de Daren. Não parecia se lembrar do primeiro.

– Ela se transformou – Karina olhava para Hermínia.

– Sim, ela é uma exibida – Lupina falou rindo e já pedindo desculpas a todos pela brincadeira.

– Não é todo mundo que se lembra, Karina.

– Sou forte.

– E antes teve contato com os vampiros, a Rastreadora e o Reprodutor. Sua consciência teve tempo de absorver tudo.

– Karina, por acaso essa moça virou um lobisomem? – Jonas perguntou.

– Eu sei virar também, querem ver?

A segunda foi um pouco mais fácil que a primeira. Lupina tinha um senso histriônico mais aguçado que Hermínia e tornava sua transformação quase um espetáculo. Mesmo assim, Karina sentiu uma leve tontura, assim como Jonas.

Depois de algumas transformações, Jonas também estava fascinado. Os olhos de Karina marejavam, como ficam os olhos dos humanos diante do maravilhoso. Daren sorria de orelha a orelha, cada vez mais feliz com a sua nova e extraordinária vida.

Karina pediu sanduíche para todos na recepção, e ouviu sobre os lobisomens. Como eram solitários e haviam se unido em torno da Matilha. Sobre a vida que levavam desde então e as funções sociais de Lupina e Hermínia. Depois, ouviu sobre o Reprodutor que haviam matado, sobre Daren, sobre quantos lobos havia na Matilha, "Menos de trezentos"; no território nacional, "Algo como mil e tantos"; no planeta, "quase cinco mil", e sobre muitas outras coisas.

Prometeu ajudá-los com a Rastreadora. Hermínia achava que provavelmente seriam localizados amanhã mesmo, e atacados no começo da noite. Agora eram uma espécie em extinção, as lobas, e

Karina e Jonas iriam protegê-las. Com o fuzil de combate, se fosse necessário. – Será necessário – garantiu Hermínia.

Saíram depois da meia-noite, pelo mesmo lugar por onde entraram. Chegariam mais rápido correndo do que na viatura, garantiram. – Mesmo que o Daren atrase a gente um pouco – provocou Lupina.

A delegada e seu assistente dormiram profundamente, um sono sem sonhos, naquela noite. O que resta para sonhar depois que o fantástico se materializa na sua frente?

– Mamãe! Você conta tão bem quanto Roma! – Roberta estava explodindo de orgulho. Roma recebeu uma visita misteriosa de uma parente na fazenda, que levou-a para passar a noite "na casa de suas primas". Como era a única menina cujos pais a mãe de Roberta não conhecia, e Roma parecia realmente à vontade com a mulher, deixou-a ir. Não parecia que poderia impedir, de qualquer forma. A mulher era tão impressionante quanto a menina, se não mais. Quando Roma pediu para a mãe de Roberta continuar a história, não foi nenhuma surpresa. Não sabia por que, mas imaginou que seria ela quem continuaria o que Roma havia começado. E que se sairia bem na tarefa.

– Roma foi passear bem hoje que é lua cheia... – disse Deyse, sempre com alguma observação sobrenatural para fazer.

– Os lobisomens da Roma não precisam da lua cheia, Deyse, deixa de ser besta! – Júlia era a mais insubordinada com relação a Roma. As meninas achavam que isso se devia ora aos peitos enormes, ora à altura. Mas sabiam que, na verdade, Júlia tinha sentimentos tão conflitantes com relação a Roma quanto elas.

– Continua, querida. – O pai de Roberta parecia tão ansioso quanto as meninas com a história. Tinha aquele sorriso bobo no rosto sempre que lidava com as amigas adolescentes de Roberta.

Ungido em Cristo, que noite! Nem antes de sua entrada na congregação da Igreja dos Últimos Dias e consequente saída da vida em pecado, ele tinha passado uma noite tão louca. Aquelas duas mulheres, o pastor iria dizer que aquilo não era coisa de Deus, mas ele sabia que somente Deus podia fazer uma coisa tão maravilhosa. O pastor era meio cabeça dura, às vezes. Achava que os meninos do tráfico estavam com o demônio, mas Jonas sabia que estavam com fome. Desde que começara a trabalhar com a doutora Karina tinha visto homens com o demônio. Nenhum deles tinha fome, pelo contrário. Só se fosse fome de mais dinheiro. O dinheiro era a coisa mais perto do demônio que Jonas conhecia.

O pastor não achava isso, já que sempre cobrava o dízimo. Jonas e a esposa pagavam com cada vez mais relutância. Haviam se conhecido no culto, e sabiam que fora o culto que havia tirado os dois do tráfico. Por isso mantiveram alguma fidelidade à igreja. Mas a fidelidade a uma coisa não resiste à fidelidade a si mesmo. Os dois gostavam de pagode, cerveja e amigos malucos. A igreja não aprovava nada disso. Jonas também gostava da esposa usando o vestido curtinho que colava no corpo quando ela dançava e detestava o saco de batatas que ela usava para ir no culto de domingo. Jonas era policial; Lucinda, enfermeira. Já lidavam com a privação durante toda a semana, por que diabos... quer dizer, por que, em nome de Cristo, tinham que se privar das coisas no domingo?

Mas Jonas gostava do seu trabalho. Era perigoso, tedioso às vezes, mas desde que Karina o havia escalado para acompanhá-la nas missões, sentia que fazia a diferença. Até jantaram na casa da doutora, ele e Lucinda! Conheceram o doutor Otto, que era famoso. Ninguém na Força gostava muito dos dois, é claro. Em primeiro lugar, não aceitavam propina. Jonas também não aceitava sequer os lanches gratuitos que as padarias ofereciam por uma presença policial mais constante, mas ele era apenas um cabo, não tinha contato com esses figurões que Karina e Otto prendiam de vez em quando.

Agora estava ali, em mais uma tocaia com a doutora Karina. Lucinda tinha ciúme dela, é claro, mas não devia. Lucinda era a cabrocha mais gost... mais bonita do jardim de Deus, que ele já teve. E doutora Karina era casada com o seu Otto e dez anos mais velha. Era bonitona, achava, apesar de um pouquinho fora do peso. "Na verdade, eram músculos", ela brincava. Brincava, mas Jonas já a viu derrubar muito marmanjo no treinamento de defesa pessoal.

Naquele dia, haviam acordado tarde na pousada, tomado café e rumado, sem avisar ninguém na delegacia, para o sítio onde estavam escondidos Daren, Lupina e Hermínia. Acharam com facilidade o lugar, seguindo as instruções de Lupina. Passaram o restante do dia se preparando para vigiar e esperar a tal Rastreadora, somente com verduras e frutas na barriga. Hermínia dissera que a tal maluca podia farejar um bife digerido dentro de uma barriga a cinquenta metros de distância. Jonas teria rido disso se Hermínia não tivesse virado um lobisomem na frente dele. Precisava se lembrar de pedir para a doutora Karina guardar segredo do seu desmaio. Da hora em que tinha chorado de emoção também. Espera, o que era aquilo?!

Lupina havia saído da casa com o sol já se pondo. Como era bonita, pelo sangue do Salvador! Não tinha muitas curvas, como a sua cabrocha, mas era uma beleza. Parece estar esperando alguém. Saiu a loirinha. Era gata também. Também tinha o corpo meio musculoso demais para o seu gosto, preferia mais cheinhas como a doutora Kari... como a sua esposa.

Agora saiu o menino. Moleque marrento, aquele. Mas as meninas pareciam confiar nele, Karina parecia confiar nas meninas, então estava tudo bem. Deve ter ficado metido de tanto andar para baixo e para cima com as duas bonitonas.

Outra pessoa, saindo debaixo da copa das árvores! Sangue de Cristo, uma mulher ainda maior que a tal da Lupina. Olhou para Karina, para saber se era a mulher que havia conhecido e a delegada fez que sim com a cabeça. Bom, ela estava na mira. Se virasse uma cachorrona, seria sua última transformação. Não, não podia. Tinha que esperar a mulher atacar. Malditos direitos dos animais!

De repente, o sangue de Jonas gelou. Olhou para Karina, que estava com a mão na boca, para conter o grito. Que bichos feios, pelo amor de Deus! Rastejavam com as asas pelo chão, arrastando-se como sacos de batatas. Tinham trombas curtas, ou lábios tão moles e saltados que pareciam uma tromba, cheio de dentes irregulares. Passaram ao lado da tal Rastreadora sem olhar para ela, na direção das lobas e de Daren. O moleque dobrou os joelhos e fechou a mão, como se quisesse lutar com os bichos. Bom, talvez o moleque fosse mesmo corajoso.

Lupina e Hermínia tranformaram-se, e Jonas por pouco não abateu as duas dali de onde estava. Não iria se acostumar nunca com essa coisa. A transformação era muito rápida, como se fosse uma coisa eletrônica, mas os lobisomens não eram eletrônicos. Coisa maluca. Mirou nas coisas que as lobas chamaram de "vampiros". Bicho danado de feio. Pensou também em começar a abater os dois dali mesmo, mas dona Karina sempre dizia para somente atirar em animais se fosse atacado ou se eles atacassem alguém. Estavam de lado, no alto da cena. Uns cinquenta metros. Molezinha.

Jesus menino! O bicho saltou em cima da Lupina! Parecia um bicho-preguiça, como poderia esperar que fosse tão rápido? O segundo agora está cercando Hermínia, não ia esperar esse atacar, não, estava virando de costas para ele, fazendo um círculo com a lobisomem. Um tiro só e... Pumba! Na mosca! Na coluna vertebral, olha só como pula! Outro para garantir e... pronto! No coco. Ei! A mulher gigante está olhando para cá! E se transformando!

Hermínia saltou no lombo dela enquanto o moleque pulou nas costas do bicho que estava com Lupina! Ok, tudo bem, o cara tem colhões. Ele mesmo não achava que teria coragem de pular nas costas de um bicho nojento daqueles, nem se estivesse comendo dona Karina. Bom, talvez se estivesse comendo dona Karina e... Tinha que se concentrar! O moleque estava conseguindo tirar o bicho de cima de Lupina, mas Hermínia estava se dando mal com o outro lobisomem, que levantou ela por cima da cabeça e atirou longe. Era hora do terceiro tiro de Jonas. O lobisomem desviou! O tiro só resvalou no ombro, criando uma pequena explosão de sangue. O lobisomem (enorme, pelo sangue de Jesus, era ainda maior que as meninas, transformado) tinha feito uma curva sobre seu próprio eixo, velocíssimo, e sumiu na inclinação do barranco. Estava em meio à vegetação. Pelo giro, estava subindo na direção dos dois. Não queria atirar sem visão, poderia denunciar o exato local onde estavam. Qual seria a velocidade de um bicho desses?

Eram rápidos.

O lobisomem segurou com o braço esquerdo a ponto 50 e levantou Jonas com a arma, tentando fazê-lo soltar, como um adulto tentando fazer um filhote de gato soltar de um galho. Jonas atirou, enfiando uma bala entre as costelas da fera, que com um rugido de dor o arremessou, ainda agarrado à arma, em uma árvore a cinco metros dali. Foi a vez de Karina fazer pontaria e atirar cinco vezes com o 45. Tentou todos no peito e quase fez a fera parar. Quase. O enorme lobisomem, que era a mulher que havia prometido matá-la dois dias atrás, avançou rapidamente, depois de balançar nas grandes pernas peludas. E foi interrompido por dois braços de lobo, que passaram por baixo das suas axilas e depois atrás do seu pescoço, fincando os dedos na sua nuca, em uma gravata. O animal se virou, instintivamente. Karina pôde ver o lobisomem que era Hermínia presa nas costas do outro monstro. Agora passava as pernas pela cintura, enquanto com as presas buscava a coluna. O lobisomem preso na gravata, como último recurso, tentou arrancar Hermínia de suas costas usando as garras. O movimento, entretanto, deixava seu pescoço mais exposto, e Hermínia partiu-o, fazendo a fera desabar morta antes de chegar no chão.

Karina, desesperada, correu para Jonas, que jazia nas raízes da grande árvore onde fora arremessado. Uma marca na casca indicava onde seu corpo bateu. Saía sangue de sua boca e ele estava frio, semiconsciente.

– Jonas! – Havia trazido um homem inocente para uma batalha que não era dele, sequer dela, e agora ele estava morrendo. Hermínia havia voltado à forma humana. Tinha cortes pelo rosto e estava mancando muito. Arrastou-se até onde estavam Jonas e Karina.

– Ele morreu?

– Ainda não, idiota! Se não puder ajudar, saia daqui! Monstro frio! Você usou ele e agora...

– Silêncio. Vou salvá-lo.

Virou bruscamente o homem, que gemeu, ante o olhar desamparado de Karina. Rasgou sua camiseta nas costas, e as duas puderam ver a grande marca onde havia ocorrido o choque. Hermínia transformou somente a sua mão em uma garra, e com ela fez uma incisão nas costas de Jonas, onde estaria a coluna. Karina observava tudo, muda e agitada. Depois, Hermínia fez um corte em seu próprio braço, despejando sangue sobre a ferida aberta na coluna.

– Vai dar certo? – disse Karina, e depois, com um esgar assustado – Os outros! A luta com o morcego...

– Pelo que ouvi, acabou. Eles estão subindo aqui, os dois.

Como em resposta a Hermínia, apareceram. Estavam imundos, cobertos de um sangue negro como breu, além das próprias feridas. Lupina estava pior. Tinha marcas de dentes e lacerações por todo o corpo e uma expressão de dor aguda. Faltava uma parte da carne de seu ombro e Karina pôde ver o osso. Soltou um gemido de aflição. Lupina aproximou-se de onde estavam Karina, Jonas e Hermínia, que despejava seu sangue no ferimento de Jonas.

– Vamos precisar de mais sangue. Se você continuar doando, vai desmaiar – Lupina falava devagar, como se estivesse acordando. Foi cambaleante até a viatura e voltou com um enorme facão, usado provavelmente para abrir picadas e desobstruir os caminhos precários do município. Karina e Daren sobressaltaram-se, como se ela fosse fazer uma loucura. Então, sem falar uma palavra, apoiou um pé nas costas do enorme lobisomem morto e arrancou-lhe a cabeça com um golpe possante do facão. Levantou a cabeça decepada, aproximou-se e colocou o troféu macabro e jorrando sangue sobre a ferida de Jonas, que ainda estava de bruços. Karina virou-se para o lado e engasgou de nojo e horror.

Lupina, parecendo não notá-la, sentou ao seu lado, nas raízes da árvore. Estava lívida. Hermínia, sem dizer uma palavra, foi até a viatura emprestada e voltou com uma garrafa de água e a farmácia. Começou a lavar os ferimentos de Lupina, que não lhe dirigiu o olhar. Olhava para Daren, que estava de pé, próximo a elas.

– Foi mordido? – Perguntou secamente.

– Não – respondeu, também secamente, Daren, que começava a perceber como funcionava a sociabilidade loba.

– Obrigado pelo que você fez lá embaixo, foi muito corajoso – disse, surpreendendo Daren. Ele piscou um olho para a loba ferida.

– Temos que levar Lupina para a Matilha. A mordida do vampiro é um veneno para os lobos – Hermínia falava enquanto limpava os ferimentos de Lupina. – Você pode nos ajudar de novo? – disse, virando-se para Karina.

– Jonas vai viver? – Karina havia trocado o tom agressivo inicial pelo de súplica.

– Vai. Mas Lupina não, se você não nos ajudar.

Roma voltou no dia seguinte, pelo final da manhã. Parecia revigorada e muito alegre, como se um peso tivesse sido tirado de suas costas de menina. Uma menina impressionante, mas uma menina ainda. A tia misteriosa – e igualmente impressionante – foi simpática com todos e se despediu. Era a última semana de férias e Roma queria aproveitar as amigas.

Naquela tarde, os pais de Roberta receberam um telefonema. Um amigo de faculdade estava na cidade. Despediram-se das meninas quando elas já estavam em volta da fogueira, prontas para recomeçar a história do ponto em que a mãe de Roberta tinha parado (e passado para Roma, que aceitou as modificações e invenções do roteiro como se fossem suas). Disseram que voltariam muito tarde, mas, na verdade, chegaram quase de manhã. Deyse tinha levantado para ir ao banheiro e viu o carro dos dois estacionando, com o dia já raiando. Pareciam felizes e cansados, ela disse.

Tinham ido dormir tarde também, as meninas. Comendo brigadeiro e ouvindo a história de Roma, que terminou mais ou menos assim:

Levaram Jonas desacordado para o hospital. A segunda vez em menos de vinte e quatro horas, algo incomum na vida das pessoas, mas pelo visto rotineira quando se convive com as lobas. Quando acordou, viu sua esposa, que foi chamada às pressas para a pequena, mas espantosamente eficiente e bem equipada, Santa Casa de Misericódia daquela inóspita cidadezinha ao sul do país.

Em um primeiro momento, os médicos chegaram a achar que Jonas não andaria de novo, ou, pelo menos, nunca deixaria de sentir dores atrozes para se locomover. Mas a coluna mostrou uma recuperação sem precedentes, e depois de duas horas ele já estava mexendo os pés com facilidade. Pela manhã, já podia sentar-se e, na hora do almoço, ninguém diria que o mesmo homem que chegara inchado e desacordado às dez horas da noite era o que estava agora devorando uma bisteca mal passada. Os médicos, assustados com a sua recuperação, não tiveram coragem de impedi-lo de engolir o que a mulher havia trazido de um dos únicos restaurantes da cidade. Se os médicos estavam assustados, os policiais, que agora, no meio da tarde, o interrogavam, estavam em um estado próximo do terror supersticioso. Chegaram junto com a única ambulância da cidade, às nove horas da noite. Teriam visto primeiro a doutora Karina, ao lado de seu companheiro ensanguentado e desacordado, não fosse a enorme carcaça decepada do que, para eles, era um lobisomem como o das lendas. O corpo, por sinal, jazia a alguns metros. Encontraram também um fuzil militar junto ao homem desacordado. No sopé do morro, cadáveres de dois outros monstros, híbridos entre o morcego, a toupeira e algum pesadelo de oitenta quilos, pareciam ter sido perfurados à bala e rasgados ao meio por garras. A julgar pelas marcas nas costas do corpo do "lobisomem" (como passou a ser chamado), as criaturas com asas estiveram em combate contra ele, combate esse que sofreu intervenção pela artilharia pesada trazida pela doutora Karina. O que uma delegada especializada em crimes ambientais estaria fazendo com um atirador com armamento militar, interferindo em uma contenda de animais desconhecidos? Era algo que ela teria que explicar aos seus superiores quando voltasse a sua cidade, longe desse local outrora pacato, sem lobisomens, toupeiras-morcegos e fuzis de alto impacto.

Os foragidos esconderam-se no sítio onde Lupina se hospedara. Karina, na primeira hora da manhã, ligou para o secretário de segurança do Estado. Ele e o governador não somente não eram bons amigos, como também haviam entrado em embate várias vezes. Hélio continuava no cargo porque tinha feito fama nacional e internacional com seu trabalho contra a máfia dos remédios. Trabalho que também havia dado fama a Karina e feito dos dois grandes amigos. Foram chamados pelo governo do Estado para um trabalho que era sabotado, em grande parte, pelo próprio governador. O que não diminuía o impacto de sua morte na vida do sistema de segurança estadual, em absoluto.

– Hélio, é Karina.

– Karina, espero que seja importante, estamos...

– Acho que sei quem assassinou o governador.

– Ah, meu Deus. Karina, você não está um pouco fora da sua alçada? Você... você sabe mesmo?

– Bom, pelo visto, *você* percebeu que foi assassinato.

– A moça que esteve com ele desapareceu de uma sala com meio destacamento policial olhando para ela. E o corpo do governador tinha o pulso deslocado e os dedos da mão direita quebrados. E outra coisa... extraordinária.

– Pode falar, Hélio. Ando vendo coisas extraordinárias em abundância de uma semana para cá.

– Os lobisomens, eu sei. Bom, o plexo solar do governador estava afundado. Foi isso provavelmente que fez seu coração parar. Tiramos a radiografia e tinha uma marca... bem, poderia ser um punho. Não é possível saber, é claro. Uma marreta poderia fazer algo semelhante.

– Mas você acha que alguém matou o governador com as próprias mãos, e acha mesmo que foi a moça que estava com ele, que desapareceu?

– Olha, eu sei que parece loucura, mas existem artes marciais que, com um treinamento adequado, podem ser aplicadas dessa forma. É raro, mas...

– Uma mulher poderia parar o coração de um homem com um soco. Por que ele não gritou?

– A glote também estava esmagada, esqueci de dizer. Foi o que na verdade me fez pensar nessa maluquice. Mas o que você quer?

– Um helicóptero.

– Pensei que tinha mandado um para aí. Você teve um homem ferido, não é?

– Sim. Ele está se recuperando, mas não vou voltar com ele.

– Ou seja, você precisa de outro. Dois helicópeteros, claro. Deveria ter imaginado.

– É sério, Hélio. Quero um helicóptero para me levar ao centro-oeste, a um local deserto chamado Toca da Coisa. Vou interrogar uma suspeita que pode estar envolvida na morte do governador.

– Karina, teria que ser um helicóptero de muita autonomia de voo, uma nave militar. Vai mais alguém com você?

– Três testemunhas. Preciso também de pelo menos um fuzil de combate e duas automáticas, você pode me arrumar?

– Karina...

– Hélio, é sério. Tenho muita pressa. O suspeito pode sair do país a qualquer momento. É um crime ambiental também. Quando eu voltar te explico.

– Tem alguma relação com os lobisomens? Pelo amor de São Crispim, me diga que não.

– Tem.

– Ah, eu sabia que essa história iria disparar minha úlcera. Vai me trazer mesmo o assassino?

– Já tenho ele na mão – disse Karina, pensando na cabeça decepada de lobisomem que havia deixado no sopé do morro.

Hélio cumpriu o prometido: em um descampado, próximo de onde ainda estavam escondidos Lupina, Daren e Hermínia, o helicóptero pousou. Karina havia telefonado para Hermínia e combinado tudo. Ao verem que a delegada estava sozinha, os três saíram do esconderijo. Traziam Lupina pelo braço, que parecia mesmo muito fraca. Hermínia e Daren estavam quase recuperados dos ferimentos da noite anterior, apesar de Hermínia ainda mancar um pouco. Subiram e partiram. Karina conversou com o copiloto sobre o trajeto, mas eles já tinham tudo calculado. Somente uma pergunta do homem deixou Karina realmente preocupada.

– A senhora tem quem a receba lá? Ou quer que esperemos?

– Quero que vocês nos deixem e saiam do chão o mais rápido possível. Obrigada.

– Conseguiu falar com alguém de lá? – Karina agora voltava-se para Hermínia.

– Liguei, deixei recado. É muito estranho. É verdade a história que você me disse sobre o governador?

– Alguma vez a Matilha tomou decisões como essa? Sei lá, foram vocês que mataram o JK?

– Quem?

– Esquece. Você ainda não tinha nascido. Ou tinha? Quantos anos você tem?

– A Rastreadora devia ter pelo menos uns duzentos anos. Não sei se matou esse JK, mas disseram que ela fez um estrago em uma tal Guerra do Paraguai.

– Ela tem quatro anos! – Daren gritava alegremente para Karina. Falar sobre as lobas o deixava exultante. E o helicóptero fazia um barulho danado.

– Sério? – Aquilo realmente seria a gota d´água para Karina.

– Ele está brincando. Tenho dezesseis. Sobre o que perguntou, é a primeira vez que ouço falar de um assassinato de mestiço.

– Mestiço?

– Gente rica que paga para ser contaminada e ganhar uns anos extra de vida com saúde e vitalidade extra também. Além do dinheiro, eles nos dão cobertura, para que vocês não nos exterminem.

Karina olhou para Hermínia e Lupina. Sim, se não tivessem feito trato com os humanos, seriam exterminados. Lembrou-se do copiloto e de que estavam falando aos berros.

– Algumas pessoas devem saber, digo, fora os mestiços, não?

– Sabem e não sabem. Ficamos discretos e não tocamos nos assuntos humanos, e vocês não se assustam conosco.

– Vocês tocaram em um assunto muito humano matando o governador.

– Isso é muito estranho. Desdêmona é ambiciosa, mas não é louca. Apesar... – Hermínia lembrava-se do estranho telefonema da Matriarca. De como ela parecia cansada da Matilha e de todo o labirinto que havia criado para defender os lobos. Ou defender os interesses de meia dúzia de lobas, em detrimento dos outros, como ela mesma dissera.

– E não atenderem você? Acha que é proposital?

– Não entendo. Nada disso parece fazer sentido.

Todos olharam para Lupina. Suas orelhas haviam se elevado um pouco, tornando-se pontudas. Também o rosto se modificara. Os lábios estavam mais finos, com os caninos começando a aparecer. Na fraqueza e na morte, tornavam-se o que realmente eram. Ou melhor, deixavam de aparentar o que não eram: humanos.

Chegaram no meio da tarde. A fortaleza de cimento e aço assemelhava-se muito mais a um mausoléu modernista do que a uma sede de empresa, sem dúvida. Um prosaico estacionamento lateral mostrava alguns veículos, incluindo furgões e caminhões. Pousaram sem dificuldade, ao lado da estrada, levantando muita poeira. Era um lugar semiárido e muito plano. O copiloto perguntou mais uma vez se era ali que ficariam, em uma estrada absolutamente deserta, em frente a um edifício onde não parecia haver ninguém, cercados por uma imensa aridez.

– Pelo menos, não deve chover hoje – brincou Karina e dispensou o helicóptero.

Viraram de costas para a nave que se afastava, para evitar a poeira levantada e observar o estranho edifício. O sol batia inclemente nas paredes de cimento, e os vidros espelhados mostravam o céu de poucas nuvens.

– Não parece um lugar muito alegre – arriscou Daren.

– Nunca foi – disse Hermínia, enquanto começava a ajudar Lupina a se mover.

Aproximaram-se e continuava tudo quieto. Daren notou, ao mesmo tempo que Hermínia, uma movimentação perto dos carros. Pararam. Karina suava frio, apesar do sol causticante. Uma pequena forma marrom se locomovia entre eles.

– Pela grande Loba! Um filhote... – Hermínia sussurrou. – Ele ficou do lado de fora...

– Não quer que eu leve um doce para ele, quer? – Daren olhava para o pequeno lobisomem que rosnava para eles, encolhido junto da roda.

– Só se você achar que tem dedos sobrando na mão – a loba respondeu, e continuaram se dirigindo à grande porta de vidro da entrada.

– Assim parece mais uma empresa, com essa portona de vidro – Karina sabia que estava falando somente para disfarçar o nervoso com o pequeno lobisomem, que agora os seguia de longe.

– Não se iluda, lá dentro todas as portas são de metal e as paredes de cimento.

– Quem viria invadir esse prédio aqui no meio do nada?

– O problema não é quem vai entrar – respondeu Hermínia, tocando o interfone –, mas o que não deixamos sair.

Ouviram o interfone soar dentro da Matilha várias vezes, sem resposta. Uma pequena marquise oferecia uma sombra fraca, e todos se refugiavam nela. Lupina, que não falava mais nada, estava encostada na parede, ocupando-se somente de respirar.

– Isso é muito estranho – Hermínia agora tentava o telefone enquanto apertava o interfone.

O pequeno lobisomem aproximou-se de Lupina, farejou-a e fugiu. De repente, um outro som se ouviu, também no estacionamento. Um grande vulto saltou sobre um carro, disparando o alarme, e usou o veículo como impulso para passar por sobre a cerca de metal, do outro lado. Era um lobisomem adulto. Karina, repentinamente, deu-se conta de que estava em um lugar com uma centena de feras que, cada uma delas, poderia estraçalhá-la com facilidade.

– Estão abandonando a Matilha – Hermínia sussurrou e voltou a tocar a campainha com urgência.

O alarme do carro continuava a soar. E um terceiro lobisomem surgiu na estrada. Depois de alguns minutos em que todos olhavam para os lados e suavam, parados no mesmo lugar, Karina mirou o seu fuzil e disparou uma rajada longa na direção do capô do carro, destruindo-o e silenciando o alarme. O barulho fez Lupina despertar momentaneamente. Daren deu um pulo e arregalou os olhos para ela. Hermínia postou-se à frente de Karina, segurando o cano da arma para o lado e encarando-a. Quando ia abrir a boca para dizer alguma coisa (ou arrancar a sua jugular, Karina nunca soube), a porta se abriu, com um ruído elétrico alto.

– Um pouco de barulho, para acordar o cão de guarda – Karina tentou o seu olhar mais petulante. Mas sabia que Hermínia podia ouvir o seu coração batendo agitado.

O saguão de recepção estava vazio, papéis voavam, como se tivesse sido abandonado às pressas. A porta de entrada só poderia ser aberta dali, mesmo assim Hermínia vasculhou o lugar com o olhar. De uma porta entreaberta, no outro extremo do saguão, emergiu um homem de jaleco, que fez sinal para que o seguissem. Seguiram-no, atravessando a porta da qual acenava, até uma de metal, que o homem fechou atrás de si depois que todos passaram. Depois de conferir o trinco, virou-se para os visitantes com um olhar perscrutador. Aparentava ser humano, de meia-idade, mas era um lobo. Tinha cabelos desgrenhados apenas atrás da cabeça calva e orelhas pontudas e peludas. Uma densa barba cobria o seu rosto e caninos podiam ser vistos por entre os lábios finos. Usava óculos, o que deixava o conjunto particularmente estranho. O jaleco estava imundo.

– Ela está ferida, mordida de vampiro – Hermínia sempre entabulava as conversas pulando as mesuras e amenidades humanas.

– Os médicos, bem, os médicos se foram. Mas acho que posso ajudar – a voz do homem era rouca, como se tivesse dificuldade para falar. Olhou para os outros.

– Você trouxe humanos para cá? – falou, farejando o ar.

– Uma humana e um mestiço. É aqui onde podemos tratá-la? – Hermínia esquadrinhou a sala onde havia computadores e algum material químico.

– Venham. É melhor que os dois humanos a carreguem. O cheiro do veneno de vampiro vai espantar os outros. – Fez um sinal e abriu mais uma porta interna, que dava para uma escada de metal. Subiram um andar e abriram outra porta, o cientista sempre na frente. Olhava para todos os lados, encurvado e atento. Parecia apavorado.

Deram em um corredor que pareceria hospitalar, não fosse pela sujeira no chão. Havia fezes por todo lado e um cheiro forte de urina. O cientista atravessou o corredor e abriu uma porta na diagonal de onde estavam. Olhou para dentro e mandou entrarem com Lupina. Quando Hermínia estava passando, por último, virou-se repentinamente para o corredor vazio. Daren, já dentro do labortório, também virou a cabeça, ouvindo algo imperceptível para Karina. Abandonou Karina, com Lupina desacordada em seus braços, e dirigiu-se para a porta, onde estavam o lobo de jaleco e Hermínia, parados. Ficaram os três observando uma passagem do corredor enquanto Karina lutava para tentar deitar Lupina na maca. Ocorreu à delegada que o rapaz já estava adquirindo as boas maneiras dos lobisomens.

No corredor, lá fora, uma grande cabeça de lobisomem apareceu e olhou para a o grupo à porta.

Hermínia começou a se transformar e a caminhar em direção ao recém-chegado. O homem de jaleco se encolheu. Quando os dois lobisomens estavam a menos de quatro passos um do outro, ouviu-se uma série de estampidos, e uma parte da orelha do oponente de Hermínia desapareceu, em uma explosão de sangue. A fera ganiu e sumiu por onde havia chegado. Hermínia voltou-se, semitransformada e viu Karina com a pistola na mão. Voltou à forma humana e empurrou todos para dentro do laboratório. O homem passou a fechadura eletrônica na porta.

– O que aconteceu aqui? – Hermínia agora encurralava o homem na parede.

– Vamos tratar de sua amiga. Enquanto eu explico, ela está muito mal.

Realmente, Lupina ofegava em cima da maca. Seu corpo já havia sofrido uma parte importante da transformação em lobisomem, com os pelos cobrindo quase todos os membros. Levaram a maca até uma sala adjunta e a aproximaram de uma máquina de diálise, em um canto. Sentaram o que agora era uma enorme fera na máquina, e o homem foi até uma geladeira e tirou um grande frasco plástico de sangue.

– Imagino que não saiba o tipo de sangue dela – disse.

– Só sei que é uma Reprodutora – Hermínia respondeu.

Em poucos minutos, tinham colocado os dutos para a diálise nas veias de Lupina, e Karina viu, fascinada, que usavam uma broca para perfurar a pele resistente. Depois da operação, o homem sentou-se em uma cadeira no canto da sala. Seu rosto estava visivelmente mais humano.

– Tudo começou quando a Coisa sumiu – disse, limpando o suor da testa. Todos o encaravam.

– Vou para o começo. Você deve ser Hermínia, não é? Imaginei que sim. E essa deve ser a Reprodutora reticente... Lupina. Esses nomes! Espere, já conto. A antiga Matriarca enlouqueceu e Desdêmona foi nomeada Matriarca logo que voltou... enfim, acho que ela tinha ido encontrar vocês. Aliás, quem são eles? Nele, eu sinto sangue de lobo, mas nessa mulher, não.

– Karina é minha amiga e salvou a Reprodutora da morte – disse, para o espanto de Karina, que nunca tinha trocado duas palavras com Hermínia, e para o regozijo de Daren, que agora não era o único a ter de lidar com a estranha sociabilidade dos lobos.

– Se você diz... Bem, Desdêmona tornou-se Matriarca e a antiga, acho que se chamava Eugênia, foi condenada à Coisa... espere! Pode ser que eu esteja enganado. Talvez Eugênia tenha pedido para ser entregue à Coisa.

– Impossível – disse Hermínia, simplesmente.

– Mais impossível foi o que aconteceu. Lá estava a antiga Matriarca, pronta para ser entregue em holocausto, quando simplesmente a Coisa não apareceu. A velha, então, pelo menos é o que dizem, entrou lá e nunca mais foi vista. Depois, enviaram uma tropa de castrados para procurar a Coisa em sua toca, e parece que não encontraram nada.

– Parece?

– Sim, Desdêmona trancou todos ali. Um deles reapareceu no dia seguinte, em forma de lobo, na janela do refeitório. Simplesmente rosnou e desapareceu. Nas últimas vinte e quatro horas, vários o acompanharam. Não viu nenhum lá fora?

– Vimos vários. O que é a Coisa? – Daren aproximou-se do homem, perdendo o medo natural que tinha dos lobos.

– Você é um mestiço, deve saber. Deve ter visto ou sonhado com a Coisa. – Disse o homem, farejando Daren.

Ele se lembrou do sonho. Da besta descomunal, de partes desconjuntadas que formavam seu corpo. Um gemido involuntário lhe escapou da garganta mostrando aos presentes que sim, ele sabia do que se tratava.

– Eu não sei – Karina disse olhando para todos, um pouco afastada, tentando auscultar por detrás da porta. – Não sou mestiça, não tenho sonhos iniciáticos e não sei do que você está falando.

Parecia irritada e decidida, a delegada.

– A Coisa é... não dá para descrever. Construímos isso tudo em torno da Coisa. A Matilha, a fortaleza...

– A comunidade das lobas – completou Hermínia.

– O matriarcado – continuou o homem. – As signatárias condenavam todas as penalidades graves entregando à Coisa. Ela ficava... bem, a entrada de sua toca fica no centro do edifício, em um lugar chamado Arena.

– É o Deus de vocês? – Karina tentou entender. – Um deus que existe, de verdade? Um animal? É um animal?

– Não, não e não – disse o homem, paciente. Paciente também consigo próprio, como se estivesse pensando pela primeira vez no assunto, graças à ajuda de Karina. – Não é como um Deus, porque não temos sacerdotes. Ninguém nunca interpretou a Coisa.

– Mas vocês entregam sacrifícios, holocaustos.

– Punimos com Ela... Mas também não achamos que Ela faça muita questão, sabe? Sempre foi mais uma coisa das signatárias, uma forma de manter a ordem. Ela existe, mas nunca a vimos, nem sabemos sua forma. Só temos os seus indícios e ela não é... um animal. Ou, pelo menos, uma espécie, sabe? Ela aparenta ser única e...

– Organização de manutenção de natureza individual. – Disse Karina, baixo e para si mesma, lembrando-se da sua interpretação do cartão da Matilha.

– Como disse?

– Desculpe, você teria que ser um detetive humano para entender – Karina respondeu, mal-educada, apesar da boa vontade aparente do homem. Não tinha ido com a cara dele.

– Sonhei com um animal que tinha várias espécies em si mesmo – Daren começou a falar. – Era um pouco mamífero, um pouco crustáceo, um pouco peixe.

Notou que Hermínia e o lobo de jaleco fechavam os olhos, enquanto ele falava, como se estivesse descrevendo alguma obscenidade tremenda. A etiqueta loba, se é que existia alguma, era impenetrável.

– E... bom, pelo visto, não se pode falar disso na frente de damas. Vão pro inferno, vocês lobisomens! Vocês são muito sensíveis! – Daren irritou-se, mas espantou-se em seguida, porque havia arrancado um lindo sorriso de Hermínia.

Karina não entendia nada de lobos, e não havia compreendido ainda o que era a Coisa, mas conhecia as pessoas. O rapaz estava apaixonado.

Ouviram algo arranhando a porta de metal do laboratório. Karina afastou-se e engatilhou a arma, enquanto Hermínia fez aparecerem suas garras. O lobisomem de jaleco, entretanto, as fez esperar com um gesto.

– A porta pode resistir por alguns minutos, e eu tenho uma ideia. Uma ideia repugnante, mas eficiente. – Ao tratar de Lupina, o cientista parecia ter assimilado de novo os trejeitos e comportamentos humanos com naturalidade. Pegou uma pequena espátula plástica e aproximou-se de Lupina.

– É melhor você segurá-la para mim – disse, virando-se para Hermínia. Lupina ainda se encontrava no estado de lobisomem, apesar de sua respiração já ter melhorado sensivelmente.

Passou a espátula pelo ferimento maior, no ombro, que tinha um aspecto realmente repulsivo, com uma crosta amarela amarronzada de pus. Raspou a secreção, fazendo Karina virar para o lado com exclamações sinceras de asco.

O homem se aproximou da porta da sala ao lado, que era forçada com cada vez mais insistência, e enfiou a espátula, esfregando a secreção pela fresta. Ouviu-se um farejar do lado de fora da porta, seguido de um espirro, como o dos cachorros, quando algo incomoda o seu olfato. O ruído de garras cessou e o prédio voltou a ficar em silêncio.

– Quero um pouco dessa nojeira. Acha que vai dar certo se passarmos na roupa? – Daren chegou perto de Lupina e espiou o ferimento com uma careta.

– Eu, sinceramente, prefiro virar comida de lobisomem – Karina recusava-se a olhar para Daren, que já começara a cutucar a ferida de Lupina com a espátula.

– Você se acostuma. Estou com elas há quarto dias e você não sabe o tipo de coisa que me fizeram passar – disse o rapaz, jovial, enquanto dava pinceladas de pus nas calças e na blusa.

Ofereceu a espátula para Karina, que com um olhar infeliz aceitou e repetiu a operação.

– Você estava falando sobre a tal Coisa e o que aconteceu por aqui – Karina deixava os olhos semicerrados, como se a secreção que acabara de passar na roupa emitisse um vapor tóxico.

O lobo de jaleco empertigou-se e recomeçou:

– A Coisa não é nosso Deus, mas as lobas, principalmente a Matriarca, organizaram a Matilha em volta da toca Dela. Com o desaparecimento da Coisa, a Matilha, que já não ia lá muito bem, pareceu ruir. Os lobos começaram a abandonar seus postos. Principalmente os castrados, como eu. Temos quatro Reprodutores trancados lá embaixo. Não sabemos quem os está alimentando. Mesmo as signatárias, as lobas mais antigas, que edificaram nossas leis, tiraram as suas vestes e abandonaram tudo. Não acho que tenha mais nenhuma loba fêmea aqui no prédio. Sei que a creche foi esvaziada para a segurança dos filhotes. A loba que estava tomando conta comeu alguns deles. Sim, deve ser uma coisa bárbara para vocês, humanos. Mas não temos muito respeito natural pelos nossos filhotes. Um dos motivos para sermos tão poucos.

– Mas você acha que aconteceu tudo isso só por causa do desaparecimento da Coisa? – Hermínia perguntou, afastando-se agora de Daren, graças ao seu novo perfume de pus de lobisomem.

– As coisas estavam ruins durante todo esse ano. Lupina não era a única Reprodutora que se recusava ao intercurso. Tivemos criados assassinando lobas e Reprodutores por todo o país, e a própria Matriarca... bem, ela estava estranha. Quando Desdêmona assumiu, a Matilha já estava ruindo, e não acho que ela tenha ajudado em alguma coisa na recuperação. Mas acho, sinceramente, que não foi culpa dela em particular, por mais tentadora que seja essa teoria.

– Acha que a Coisa pode voltar? – Daren arriscou. A ideia de que aquilo que havia visto em seu sonho não estivesse mais por perto era realmente tranquilizadora.

– Não notaram nada de estranho no edifício? – O homem de jaleco falou, depois de alguns segundos olhando para eles.

– Está vazio? – Daren arriscou primeiro. – Tem minilobisomens no estacionamento? Não sei, notei várias coisas estranhas aqui quando cheguei.

– Creio que o choque de encontrar o prédio vazio fez com que não notassem o mais extraordinário – o homem prosseguiu, ignorando Daren e apontando para um canto da sala.

No lugar indicado pelo lobisomem, a parede de cimento apresentava uma placa esverdeada, como se fosse musgo.

– Umidade em climas semidesérticos. Entendi. Olha, eu vi meia dúzia de lobisomens em ação e dois vampiros nas últimas vinte e quatro horas. Desculpe se não consigo achar isso a coisa mais extraordinária dos últimos tempos – Karina falou olhando para Daren. A ideia era criar algum vínculo entre os únicos humanos do lugar. Humanos piadistas, algo assim. Daren sorriu em solidariedade.

– Não é exatamente umidade, humana. Sugiro que chegue mais perto.

Aproximaram-se. Não era simplesmente umidade, realmente, apesar de a parede ter a aparência úmida. O rodapé e o piso também estavam alterados.

Era como uma textura. Um padrão semigeométrico, como o das carapaças de alguns animais, podia ser visto, em alto relevo, na parede. Em alguns pontos, pequenos talos negros, de um material difícil de identificar, atravessavam o cimento e vertiam um líquido amarelado, que gotejava no piso. Chegando mais perto ainda, puderam notar uma outra coisa na superfície. Por um momento, Karina achou que fosse a tontura ou vertigem que vinha sentindo aqueles dias, em contato com todas aquelas coisas extraordinárias, mas Daren rompeu o seu estupor.

– Estou mareado ou a parede está se mexendo?

– Também estou vendo – Karina agora olhava para ele, o único além dela que tinha se aventurado a chegar perto. – Parece estar... respirando.

– E, no chão, parecem escamas! – Daren espantou-se.

– São vários tipos de textura em todo o prédio. Olhem a fiação – disse o lobo de jaleco. Parecia contente com o espanto dos humanos.

A fiação, como a parede, parecia pulsar. Na verdade, tinha o aspecto de veias, tubos e intestinos, levando material orgânico por todo o prédio. Olharam boquiabertos para o lobisomem de jaleco. Hermínia não parecia menos surpresa.

– Começou no mesmo momento em que a Coisa sumiu. Os comunicadores internos também estão estranhos, parecem transmitir somente a respiração de um animal enorme. Mas há partes piores. Embaixo, onde estão os Reprodutores, seções inteiras do prédio se tornaram orgânicas. Atacam e tomam o corpo de alguns lobisomens, que se transformam em... não sei dizer no que se transformam, não parecem com nada que eu conheça.

– Parece a Coisa – Daren disse aos dois lobos. – A Coisa, como eu sonhei com ela, tinha uma pele e era feita de partes como você descreveu. Vocês também sonharam, pelo que entendi. Não era assim para vocês?

Hermínia aproximou-se da parede a passos lentos. Daren nunca a tinha visto tão cautelosa. Parecia tremer um pouco, e a voz estava engasgada quando tentou falar.

– Você disse que tem Reprodutores lá embaixo? – perguntou, ainda olhando a parede.

– Sim. Uns três ou quatro. Ninguém teve coragem de descer para soltá-los.

– O que isso faz com os lobos? Você disse que ela "toma o corpo"?

– Toma. Eles ficam... Já disse, não dá para descrever. Os pobres Reprodutores terão um destino bem pior que a morte.

– Vou descer e soltá-los.

– Não faça isso! – O lobisomem pareceu se desesperar. Karina achou que estava interpretando. – Sua amiga vai se recuperar em algumas horas. Pegue-a e vá embora. Eu também vou sair daqui.

– Karina, empresta a sua pistola – Hermínia falou, decidida.

– O que você vai fazer? – disse a Hermínia, e depois, virando--se, para o sujeito de jaleco – Por que não se pode libertar os Reprodutores? – Karina estava apavorada mesmo com Hermínia por perto. Não queria que ela se afastasse e não confiava no lobisomem que falava com eles.

– Em primeiro lugar, há uma série de lobos enlouquecidos por aí – o homem falava, mexendo os braços. – Depois, alguns estão transformados... enfim, daquela forma que não consigo explicar, rastejando por aí. Um deles, no elevador principal, já levou pelo menos dois outros. E mais: os próprios Reprodutores. Eles poderiam demonstrar gratidão arrancando a sua cabeça, você sabe.

– Nesse caso, eu posso matá-los. Você mesmo disse que seria melhor do que isso que aconteceu com alguns aqui.

Todos se calaram. Hermínia era uma loba valente. Karina entregou-lhe a pistola e um pente extra. Iria ficar com o fuzil e a outra pistola.

– Bom, se você está decidida a libertá-los, lembre-se: não tome o elevador. Aliás, não passe sequer em frente. Ontem uma loba passou em frente e...

– Entendi. Evitar o elevador. Quanto tempo você acha que falta para Lupina se recuperar?

– No mínimo, mais uma hora de diálise.

– Volto em vinte minutos ou não volto mais. Saímos daqui com a Lupina plenamente recuperada ou a arrastamos para fora e rezamos à Grande Loba para que consigamos nos salvar. Karina, pode pedir para o helicópetro nos buscar. Ele deve chegar em umas duas horas, certo?

Karina assentiu e começou a discar.

– Você vai com eles, OK? – disse, virando-se agora para o lobo de jaleco. – Tente se controlar até lá. Eles estão sob a sua responsabilidade. O helicóptero é a chance de você sair daqui e levar a vida como quiser, lobo ou humano.

O homem, hesitante, assentiu. Karina achou-o hesitante *demais*. Hermínia abriu a porta e olhou pelo corredor, com a arma em riste. Daren tocou-a levemente no ombro.

– Toma cuidado – disse o rapaz, corando.

– Volto em alguns minutos – disse, encostando a sua testa na de Daren.

Saiu pela porta do laboratório. E a primeira coisa que observou foi realmente o piso no lado oposto do corredor. Parecia pulsar. Gotas e secreção amarela desciam pelas paredes de concreto. Passou em frente ao elevador na direção da escada e ouviu o "plim" característico da parada no andar, adiantou-se e abriu a porta da escada. Alguns segundos antes de fechar a porta, sentiu alguma coisa roçar seu cotovelo. Desceu saltando degraus e ouviu mais uma vez a porta dando o seu sinal musical, como se a estivesse perseguindo. Mudou de técnica e em dois saltos tinha chegado ao seu destino. Parou em frente à porta e ficou escutando. Ouviu urros horríveis da sala dos Reprodutores. Saiu e passou mais uma vez pela porta do elevador, que deu mais uma vez seu sinal de chegada. Diante dela, ficava a sala dos Reprodutores. Ruídos inimagináveis escapavam pela porta. Olhou para trás e alguma coisa parecia sair do elevador. Uma espécie de pata de lobo, mas coberta de musgo verde e estranhos cabos de matéria orgânica. A pata pareceu não sustentar o seu dono, e um corpo caiu de frente, pesadamente, no chão, fazendo o barulho de uma toalha encharcada. Aparentemente, era um lobisomem, mas estava todo coberto pela gosma amarelo-esverdeada que havia visto em alguns lugares no chão. Tinha pelos grossos como bambus saindo do corpo, e ao virar-se para Hermínia, seu rosto se abriu, como um bico formado por quatro partes móveis. A coisa começou a rastejar em sua direção, e Hermínia entrou na sala dos Reprodutores, apavorada.

Entrou e passou a trava na porta. Dentro da sala, a situação não era melhor. Dois Reprodutores urravam horrorizados, enquanto o terceiro, em uma jaula perto da parede, parecia envolto na mesma gelatina esverdeada do ser que saíra do elevador. Tentáculos de matéria orgânica, mas irreconhecível, entravam por todos os orifícios da fera, que tremia em horrendos espasmos. Hermínia correu para a segunda jaula, a mais próxima do Reprodutor que se transformava em outra coisa. Foi recebida com outro urro pelo Reprodutor e apontou a arma para ele.

– Se não me deixar soltar você, aquela coisa vai se estender até aqui. O que acha disso?

O animal respondeu com outro urro, que foi interrompido por uma asquerosa pinça, lembrando a pata de um crustáceo, que lhe atravessou a garganta, calando-o para sempre. O animal começou imediatamente a estrebuchar, e a pinça puxou-o para perto da jaula do Reprodutor ao lado, que a essa altura se parecia muito mais com o ser inominável que Hermínia vira sair do elevador do que com um lobisomem Reprodutor. Tentáculos se projetavam de uma jaula para a outra, pelas grades, e a segunda fera começou a ter espasmos parecidos com a primeira. Hermínia não desperdiçou seu tempo se horrorizando. Foi até a terceira jaula onde um enorme Reprodutor olhava para ela detrás das grades. Reconheceu-o. Estiveram na mesma creche, antes da separação por funções.

– Eu me lembro de você, vai me atacar se eu te soltar?

A fera não respondia. Somente olhava, inexpressivamente, para Hermínia. A porta da sala dos Reprodutores estava sendo forçada.

Hermínia imaginava o que era. Olhou para a porta automática, que dava acesso à área externa da sede da Matilha e procurou pelo botão que a faria subir. Encontrou-o e a porta começou a se mover, revelando aos poucos a luz natural do cerrado.

– Eu pretendo sair por aquela porta. Poderia soltar a trava da sua jaula e tentar correr antes que você me pegasse, mas seria mais fácil deixá-lo aqui. Portanto, vou perguntar de novo: você vai me atacar se eu te soltar?

O animal somente olhava para Hermínia, agora com o rosto colado na grade. O ser, que havia transformado o primeiro Reprodutor em uma massa amorfa de musgo e geleia orgânica esverdeada, fazia agora o seu trabalho hediondo no segundo. Por sua vez, a criatura do outro lado da porta começou a golpeá-la com mais insistência. Hermínia se postou junto da trava da jaula. Que se exploda, pela Grande Loba! Se aquele animal tentasse atacá-la, iria esvaziar a pistola nele. Talvez tivesse uma chance.

Ouviu um "não" gutural, era o Reprodutor.

– Me mate – disse, trançando os seus braços pela grade, como se quisesse manter-se firme em meio a uma tempestade.

Hermínia olhou o gigante. Tinha agora os olhos fundos, de medo e algo mais. Uma tristeza insondável.

– Hermínia – disse o animal, fazendo-a soluçar –me mate, aqui – apontou para o olho direito.

Hermínia apontou a arma, sem tremer, à distância de um braço do Reprodutor, que proferiu um "obrigado" antes que a loba enfiasse uma bala no seu crânio através do seu globo ocular.

Quando passou pela porta externa, Hermínia ouviu a porta de metal de acesso à sala dos Reprodutores cedendo. Correu pelo pátio lateral e viu um lobo, ainda vestido de segurança, mas semitransformado, chafurdando na lixeira do pátio. Olhou-a desinteressado e voltou ao seu butim.

Minutos antes, no laboratório de diálise, o lobo de jaleco virou-se para Karina e disse: "enfim, sós". Antes que a delegada pudesse entender o que se passava, o lobisomem a nocauteou com um golpe rápido de mão, que a arremessou longe. Daren se interpôs entre a mulher desacordada e a parede do laboratório, em pleno ar, assumindo todo o impacto. Quando se levantou, zonzo, uma mão segurou-o pela garganta, levantando-o do chão.

– Sua dona não devia tê-lo deixado comigo, cachorrinho... – O lobisomem ainda não se transformara totalmente. Seus olhos brilhavam de ódio e malícia. – Aliás, não devia ter deixado também essa cadela da Lupina sob meus cuidados. Foi ela que acabou com a Matilha, homenzinho.

– Não... sei... – Daren falava aos trancos, sufocado pela pata do lobisomem – não... sei... se ela... acabou... com... a... Matilha... mas... vai... acabar... com... você.

Quando, por fim, ele terminou de dizer isso, duas enormes patas torceram o pescoço do lobisomem de jaleco de uma vez, deixando seu nariz apontado para as suas costas, com um estalo horrível.

– Prazer... haaa... prazer em vê-la, Lupina – Daren estava no chão, voltando a respirar.

– O prazer foi meu, "homenzinho". Onde está Hermínia? – Lupina tinha o rosto humano, e suas mãos já estavam voltando ao normal. Saía um pouco de sangue dos pontos onde a diálise foi feita.

– Foi salvar os Reprodutores. Mas pode ter sido uma armadilha desse aí. É difícil fazer uma amizade sincera por aqui.

– Sim, é complicado – disse Lupina sorrindo discretamente, enquanto tentava levantar a inconsciente Karina.

– Ela respira. Conseguimos sair daqui?

– Não vou sem Hermínia. Leve Karina e... – Daren foi interrompido por uma série de nove tiros muito rápidos no corredor onde estavam. Não precisava do faro para saber quem era e correu para abrir a porta.

– Eu disse que voltava rápido – falou Hermínia, dando um beijo em Daren, que notou que ela tinha chorado.

– Vamos embora daqui! – Disse o rapaz, cortando o romantismo. – Lupina está de pé, mas duvido que consiga levar Karina.

Hermínia entrou na sala e viu o lobisomem de pescoço quebrado.

– Foi você que fez isso? – perguntou para Lupina, tirando Karina das suas mãos e colocando-a em seu ombro.

– Sim. Ele já tinha convencido o Daren a abandonar você aqui – disse, piscando para o rapaz, que abriu os braços em protesto.

Saíram no corredor e viram o lobisomem que havia sido alvejado por Hermínia. Parecia agonizar dos tiros que havia levado, mas também tinha convulsões de outra ordem, como se fosse um autômato em pane. Desceram as escadas em disparada, Hermínia levando Karina no ombro e Daren ajudando Lupina, que parecia fraca. No térreo, um lobisomem olhou para eles, mas tiros em sua direção o espantaram. No saguão de entrada, Daren notou que o piso estava rachado e pulsava, como se fosse o peito de um animal respirando. Passaram pela porta de vidro sem problema e viram lobos muito ao longe, correndo cerrado afora. Atravessaram também a estrada deserta e partiram como um raio para uma pequena elevação próxima dali, semiencoberta por arbustos. Hermínia colocou delicadamente Karina à sombra da vegetação. Olharam para o edifício.

O sol já tinha saído de seu zênite e começava a sua marcha descendente. Karina havia despertado. Tinha um enorme hematoma do lado esquerdo do rosto e achava que tinha perdido um dente. "Como um cachorro velho", brincou, tristemente. Lupina parecia melhorar aos poucos. Hermínia fez uma nova incisão em seu braço e derramou nos ferimentos, agora quase cicatrizados, de Lupina. Beberam a água que tinham e comeram as barras de cereal que Karina havia levado. Tudo isso em um silêncio ritual.

Às seis horas, os vidros temperados do edifício começaram a estourar. Aos poucos, as paredes externas dobravam-se sobre si mesmas, na direção do centro da edificação. Pequenas explosões se ouviram, e o fogo pipocou em alguns lugares, mas o encanamento, que também explodia aqui e ali, apagava o fogo. Fagulhas e ruídos elétricos podiam ser ouvidos de onde estavam. Em meia hora, o edifício já era uma massa ao rés do chão, que também começou a ceder. Não parecia um desabamento ordinário, ou uma implosão. Parecia que o edifício dobrava-se sobre si mesmo, como um enorme animal que se enrodilha para dormir. Mais uma hora, e uma grande cratera se abriu, onde um dia existira o edifício da Matilha.

Estavam olhando para a nuvem de poeira que saía, cada vez mais fraca, do buraco, cada vez mais profundo, quando ouviram um rosnado vindo de trás.

Viraram-se e viram Desdêmona se aproximando, voltando à forma humana. Vestia a túnica vermelha da Matriarca, mas suja de manchas escuras de sangue, lama e poeira. Hermínia, mesmo cansada, ficou ereta, de pernas afastadas, como que bloqueando o acesso ao resto do grupo. Lupina ainda estava deitada em meio à vegetação.

– Eu nunca deveria ter mandado uma cachorrinha fazer o serviço de uma loba – Desdêmona falou ao vento.

– Eu nunca devia ter aceitado ordens de uma cadela que se acha uma loba – Hermínia falava, enquanto se colocava em posição de alerta.

Estavam a quatro metros uma da outra, quando um uivo terrível se fez ouvir da parte mais alta do pequeno monte onde estavam. Um lobo enorme e mais selvagem que um lobisomem desceu aos trancos a pequena elevação, colocando-se entre Desdêmona e Hermínia. Tinha a pelagem totalmente branca e cinzenta, com falhas, resultante de cicatrizes que se espalhavam pelos flancos, cara e pernas da fera. Era magra, musculosa e terrível como um animal pré-histórico.

– Veio retomar o manto, Eugênia? – Desdêmona falava com a enorme fera. Que rosnava e a circundava. – Pois venhar pegAAAAARRRR – gritou. Um grito que se transformou em um urro animal: Desdêmona tinha dado lugar a um lobisomem.

Agora as duas feras se rodeavam. Em contraste ao quadrúpede de pelos encanecidos, a outra era bípede, equilibrando-se precariamente em patas traseiras, que faziam a besta parecer estar andando na ponta dos pés. Tinha o rosto achatado e unhas longuíssimas, o pelo descendo pela parte de trás da cabeça, até perder-se nas dobras do manto que vestia; cobrindo somente uma parte de seu corpo agora enorme.

Eugênia saltou e abocanhou a coxa de Desdêmona, que gritou de dor e cravou as unhas com força nas costas da outra besta, que ganiu e se afastou. Mas havia levado um pedaço da coxa com ela e engoliu, desafiadoramente. Foi a vez de Desdêmona avançar e tentar morder Eugênia no pescoço. Rolaram, mas as patas traseiras do quadrúpede conseguiram empurrar Desdêmona, que caiu levando somente pelos na boca. Tinha perdido uma parte do pulso, entretanto, e só notou isso quando foi se apoiar para levantar, fraquejando e dando nova oportunidade para a feroz Eugênia causar ainda mais prejuízos. Dessa vez no músculo trapézio. Desdêmona reagiu com golpes da garra direita, mas, sem poder se apoiar e já de joelhos, eram mais atos desesperados do que realmente contundentes. Eugênia afastou-se com outro naco da adversária na boca. Desdêmona caiu de barriga para cima, a mão direita tentando tapar a enorme ferida. Eugênia rosnou e rodeou Desdêmona, que agora se esvaía em sangue. Assistiu a agonia da lobisomem por alguns segundos e, quando atacou pela última vez, mordeu diretamente o pescoço de Desdêmona, que estrebuchou e morreu.

Os quatro, Daren, Karina, Lupina e Hermínia, assistiram a toda batalha sem se mover. Eugênia colocou as duas patas dianteiras sobre o corpo sem vida de Desdêmona e deu um poderoso uivo para a lua, que subia, majestosa, no céu. Foi um uivo vitorioso, mas também melancólico. Não seria dessa vez que teria o prazer de ser devorada em batalha. Karina não conseguiu segurar um calafrio involuntário.

Eugênia olhou para o grupo e se afastou, mancando e de costas arqueadas, para o alto da elevação de onde tinha surgido. Olhou mais uma vez, antes de desaparecer atrás das pedras.

Hermínia e Lupina se encararam de forma expressiva, mas nada disseram. A veterana, a loba primordial, ainda reinava sobre os seus.

O helicóptero, que Karina tinha chamado algumas horas atrás, finalmente chegou. Vários lobos foram vistos, e alguns chegaram a se postar diante do grupo, a vários metros de distância, mas nenhum atacou, e a chegada barulhenta da aeronave espantou os mais curiosos.

– Aqui não tinha um prédio quando trouxemos vocês hoje de tarde? – o copiloto, em pleno voo, arriscou perguntar.

– Tinha? Não reparei – foi a senha de Karina para que nada mais fosse perguntado.

Lupina voltou para casa. O dinheiro que tinha aplicado ainda fornecia uma boa renda, e seu gerente preferiu não perguntar sobre os saques e os últimos acontecimentos envolvendo sua pessoa, que ele havia visto no noticiário.

Daren e Hermínia foram morar na pequena casinha que Lupina comprara de Francisco e Edna, que, graças aos talentos de Daren e às economias de Lupina, transformou-se em uma pousada muito procurada por jovens que queriam um contato mais profundo com a natureza: a Casinha da Loba.

As lobas visitavam-se duas vezes por ano, quando sumiam na mata circunvizinha por uma noite inteira. Daren ficava na pousada, trabalhando, e vários hóspedes o viam sorrindo na janela, quando um uivo apavorante se fazia ouvir contra a lua prateada no céu.

Depois de uma semana de folga em casa, Jonas voltou para o trabalho. Encontrou Karina, na sala deles, olhando alguma coisa no computador. Cumprimentou-a como se a tivesse visto no dia anterior.

– Alguma coisa para gente, chefe?

– Tem uma coisa da qual talvez você não queira participar.

– Agora fiquei curioso.

– Os peritos me ligaram de uma cena, no centro da cidade. Parece que levaram um carro-forte.

– Isso não parece um serviço para a gente.

– Não falei o que eles acharam que tinha levado o carro-forte.

– Imagino que a senhora vai me contar.

– Conhece alguma coisa sobre dinossauros, Jonas?

– Lagartos enormes e malvados que morreram muito tempo atrás.

– Bom, parece que um deles levou o carro-forte pelo ar, voando.

– Tem que ser um baita dinossauro.

– Vi aqui na internet um tal de Quetzalcoatlus. O bicho tinha doze metros de uma ponta da asa a outra.

– É um nome comprido para um bicho grande. Passamos no arsenal antes?

– Na padaria. Preciso de um salgado.

Como se tivessem ensaiado, todas as meninas bateram palmas ao final da história. Roma sorriu, mas não agradeceu, porque sabia que a ovação não era exatamente para seu desempenho, mas para a história em si. Ninguém mais duvidava da existência de lobisomens, vampiros ou Coisas-estranhas-mais-velhas-que-a-vida-na-Terra. Apagaram a fogueira com suas xícaras de chocolate quente e depois uivaram, alegremente, para a lua que minguava no céu. Dançaram no escuro e Deyse aproveitou para beijar Júlia, que retribuiu. Foram para cama de madrugada, rindo e correndo umas atrás das outras, como filhotes que eram.

O dia seguinte seria o último das férias. Roma não estaria mais com elas no próximo semestre, mas ela impediu a todas de chorar, dizendo que ainda a veriam muitas vezes.

Roma não falava a verdade, é claro. Nos dez anos que se seguiram, Roberta começaria sua carreira de escritora. Uma surpresa para os que a conheciam desde a adolescência, avoada e ingênua, mas não para os colegas de faculdade, que já a viam como uma narradora nata e com um conhecimento da alma humana difícil de ser visto em pessoas mais velhas, quanto mais em uma menina.

Deyse e Júlia passaram o começo da vida adulta namorando, separando-se exatos dez anos depois daquele beijo em volta da fogueira. Mantiveram por mais dez anos uma pequena produtora, a Loba Filmes, em que produziam documentários sobre os indígenas da região central do país. Agora, quando estariam com vinte anos de comunhão e trinta e seis de idade, encontram-se nas férias escolares, cada uma com sua nova companheira e suas crianças adotadas.

Encontram-se justamente na mesma fazenda, que depois daquelas férias foi transformada em uma pousada, onde eu, a mãe de Roberta e o pai de Roberta vivemos e trabalhamos, com Álvaro, aquele colega de faculdade que me fez conhecer o amor, quarenta anos atrás.

A família de Deyse e a de Júlia foram embora ontem, pouco antes de começar o processo em que a lua começa a crescer no céu. Evitam encontrar, ou a decepção de não encontrar, a moça que aparece aqui todo ano, por essa época, cada vez com um grupo diferente de meninas.

Ela chegou, por sinal. Parece ter envelhecido um pouco, sim. Não, amadurecido seria mais correto. Aparenta ter hoje uns vinte anos. Traz um grupo de meninas da faculdade de filosofia, grupo que frequenta. São três moças, sendo que duas delas dormem com seus namorados em quartos de casal, na pensão. Roma dorme com a amiga solteira. Uma menina estabanada, de óculos de aro grosso, mas muito brincalhona e dada a conversas picantes. Ela fez Roma e os outros rirem, no café da manhã, contando sobre os gritos e gemidos de amor que ouvia do quarto das amigas.

Ela me deixa emocionada às lágrimas de saudades da minha filha. Ligo para ela e conto que acabei o livro. Ela me pede para enviá-lo por e-mail, porque tem um editor que iria adorar publicar. Eu agradeço, mas prefiro esperá-la em um fim de semana aqui, onde possamos ler juntas, em volta da fogueira, segurando nossas xícaras de chocolate quente. Meu genro entrou em férias e pode vir junto, e ficar brincando com a minha netinha enquanto revisamos o livro em paz.

A menina se chama Eugênia e é uma graça. Alta para os seus cinco anos e, como toda criança, adora ouvir histórias. Mas também gosta de contar. Incríveis narrativas, recheadas de monstros, bruxas, deusas e seres fantásticos. Mais de uma vez vi adultos agruparem-se em torno do pequeno prodígio, hipnotizados pelos seus estranhos olhinhos amarelos e sua vozinha grave, rouca, que poderia ter vindo da aurora dos tempos, quando a Terra ainda era jovem e as mulheres eram as responsáveis pela sua História.

FIM

Esta versão do
*Livro tibetano dos
mortos* é dedicada a

ALDOUS
HUXLEY

26 de julho de 1894 — 22 de novembro de 1963

(com profunda admiração e gratidão)

— Se você começasse de forma errada — eu disse, respondendo às questões do investigador —, tudo que aconteceu teria sido uma prova da conspiração arquitetada contra você. Tudo seria uma autovalidação. Você não poderia nem respirar sem estar ciente de que isso era parte da trama.

— Então você acha que sabe onde está a loucura?

Minha resposta foi um convicto e genuíno "sim".

— E você não poderia controlá-la?

— Não, não poderia. Se começamos com o medo e o ódio como principal premissa, temos que ir até a conclusão.

— Você conseguiria — perguntou minha esposa — fixar sua atenção no que o *Livro tibetano dos mortos* chama de "Clara-Luz"?

Eu estava em dúvida.

— Se você pudesse sustentá-la, isso manteria o mal longe? Ou não seria possível sustentá-la?

Considerei a pergunta por algum tempo.

— Talvez — respondi finalmente — talvez eu pudesse. Mas só se houvesse alguém lá para me contar sobre a Clara-Luz. Não é possível fazer isso sozinho. Esse é o sentido, acredito, do ritual tibetano: alguém sentado lá o tempo todo dizendo para você o que é o quê.

(*As portas da percepção*, Aldous Huxley)

Sumário

Introdução à edição brasileira

NATHAN FERNANDES

O manual que você tem em mãos também pode funcionar como uma máquina do tempo. E, embora a maior parte das informações aqui contidas transcenda a própria concepção de tempo, é possível que, em alguns trechos, o leitor sinta como se estivesse assistindo a uma novela de época. Mas, em vez de reparar em roupas e gírias que soam datadas, atentará a palavras e conceitos. Isso porque o livro, publicado em 1964, não poderia prever o que se convencionou chamar de Renascimento ou Revolução Psicodélica.

Desde os anos 2000, passamos a observar uma explosão no número de estudos sobre o uso de psicodélicos na área da saúde mental. O Brasil se destaca como um polo de pesquisas nesse campo, já que o uso religioso do chá de ayahuasca é permitido no país desde 1987, o que facilita o trabalho científico. Não à toa, em 2017, pesquisadores da Universidade Federal do Rio Grande do Norte comprovaram os potenciais efeitos antidepressivos da bebida, no primeiro ensaio clínico controlado do tipo já feito. Além disso, em 2018, os EUA conferiram o status de "terapia inovadora" à psilocibina dos cogumelos, agilizando o processo de liberação do seu uso como medicamento para depressão. E tudo indica que o MDMA deve se tornar o primeiro psicodélico a ser receitado para o tratamento de um transtorno mental, o transtorno de estresse pós-traumático.

Esses acontecimentos nos levam a questionar o uso do termo "drogas" para se referir aos psicodélicos. O estigma social associado à palavra, que evoca violência e sofrimento, em nada dialoga com seu potencial de cura, preferindo-se termos como "enteógenos" ou apenas "substâncias", a depender do contexto. Além disso, a associação com a palavra "alucinação" também não se mostra precisa, já que em um episódio alucinatório, por exemplo, a pessoa não consegue distinguir a visão imaginada da realidade material. Isso é diferente dos efeitos psicodélicos. Por isso, a fim de uma maior precisão, tem-se optado por utilizar a expressão "alterações visuais".

Outro ponto interessante a ter em mente ao ler este manual é o conceito de redução de danos. Mais precisamente: lembrar que é preferível que pessoas sem experiência com psicodélicos organizem suas sessões acompanhadas. Além disso, convém saber que evidências posteriores ao livro indicam que doses completas (como as sugeridas na página 129) podem ser fracionadas em tamanhos menores, a fim de serem ingeridas aos poucos, conforme a observação dos efeitos.

Com o aumento da compreensão acerca dessas substâncias, também cresce o entendimento sobre suas origens. Cada vez mais, os cientistas percebem a importância de respeitar a sabedoria dos povos indígenas, que, durante milênios, estudaram essas tecnologias terapêuticas, por meio do uso ritualístico de substâncias como a ayahuasca, os cogumelos, a mescalina e a ibogaína. Vem daí a ideia de compreender os psicodélicos não apenas pelos seus efeitos farmacológicos, mas também sociais, a fim de evitar a reprodução de um modelo binário e colonizador de ciência.

A realidade que se apresenta aos psicodélicos é promissora de uma forma que nem Timothy Leary poderia imaginar. Ainda assim, não se espante aquele que, ao ler este manual, perceber que a realidade sequer existe.

NATHAN FERNANDES é jornalista, vencedor do Prêmio Vladimir Herzog (2016 e 2018); escreve para *Veja*, *Folha de S.Paulo* e *Galileu*; integra o grupo de pesquisa ICARO, da Unicamp, e o portal Ciência Psicodélica.

I. INTRODUÇÃO

A experiência psicodélica é uma jornada a novos reinos da consciência. O conteúdo e a extensão dessa experiência são ilimitados, mas suas características são a transcendência dos conceitos verbais, das dimensões espaço-tempo e do ego ou identidade. Essas experiências de ampliação da consciência podem acontecer de muitas maneiras: por intermédio da privação sensorial, dos exercícios de yoga, da meditação disciplinada, dos êxtases religiosos ou estéticos, ou, ainda, de forma espontânea. Mais recentemente, elas se tornaram amplamente disponíveis através da ingestão de drogas psicodélicas como o LSD, a psilocibina, a mescalina, o DMT etc.[1]

Não é a droga, é claro, que produz a experiência transcendente. Ela apenas age como uma chave química: abre a mente e libera o sistema nervoso de seus padrões e estruturas comuns. A natureza da experiência depende quase inteiramente de *set* (mentalidade) e *setting* (ambiente). *Set* relaciona-se à preparação do indivíduo, incluindo a estrutura da sua personalidade e seu humor naquele momento. *Setting* pertence ao campo físico (o tempo, a atmosfera do quarto); social (sentimentos que as pessoas presentes têm umas pelas outras); e cultural (visões predominantes sobre o que é real). Justamente por isso, manuais e guias são necessários. Seu objetivo é permitir que uma pessoa entenda as novas realidades da consciência expandida. Eles são como mapas rodoviários de novos territórios interiores que a ciência moderna tornou acessíveis.

Diferentes exploradores delineiam mapas diferentes. Outros manuais devem ser escritos com base em diferentes modelos — científico, estético, terapêutico. O modelo tibetano, no qual este manual se baseia, é feito para ensinar o indivíduo a direcionar e controlar sua consciência, permitindo, assim, que ele alcance um nível de compreensão que se pode chamar de libertação, ilumi-

---

[1] Essa é a afirmação de um ideal, não da realidade, em 1964. As drogas psicodélicas são classificadas nos Estados Unidos como drogas "experimentais". Isso significa que não estão disponíveis a todos sob prescrição médica, mas apenas para os "pesquisadores qualificados". A Food and Drug Administration (FDA) definiu, como "pesquisadores qualificados", os médicos que trabalham em hospitais psiquiátricos, cuja pesquisa é patrocinada por agênciais estaduais ou federais.

nação ou iluminação espiritual. Se este manual for lido diversas vezes antes de uma sessão, e se uma pessoa de confiança estiver presente para refrescar a memória do viajante ao longo da experiência, a consciência será libertada dos jogos que incluem a "personalidade" e das alucinações positivas-negativas que muitas vezes acompanham os estados de consciência expandida. O *Livro tibetano dos mortos* foi batizado de *Bardo Thödol* no idioma original, que significa "Libertação pela escuta no plano pós-morte". O livro salienta repetidas vezes que a consciência precisa somente ouvir e lembrar os ensinamentos, para ser então libertada.

O *Livro tibetano dos mortos* é aparentemente uma obra que descreve as experiências que se espera ter no momento da morte, durante uma fase intermediária que dura 49 dias (sete vezes sete) e ao longo do renascimento em outra estrutura corpórea. Isso, no entanto, é apenas a estrutura exotérica que os budistas tibetanos utilizaram para encobrir seus ensinamentos místicos. A linguagem e o simbolismo dos rituais de morte do Bonismo, a tradicional religião tibetana pré-budista, foram habilmente combinados com as concepções budistas. O significado esotérico, tal como interpretado neste manual, é a descrição não da morte e do renascimento do corpo, mas da morte e do renascimento do ego. Lama Govinda indica isso claramente em sua introdução quando diz: "É um livro tanto para os vivos quanto para aqueles que estão morrendo." O significado esotérico do livro encontra-se muitas vezes oculto sob muitas camadas de simbolismo. Ele não foi concebido como uma leitura acessível. Foi pensado para ser compreendido apenas por alguém iniciado pessoalmente por um guru, nas doutrinas místicas budistas e na experiência pré-*mortem*-morte-renascimento.

Durante séculos, essas doutrinas foram mantidas como um segredo muito bem guardado, pelo medo de que sua aplicação ingênua ou descuidada causasse algum malefício. Ao traduzirmos um texto tão esotérico, portanto, passamos por duas etapas: a primeira foi verter o texto original para o inglês; a segunda foi oferecer uma interpretação prática dele. Ao publicarmos esta interpretação prática para uso em sessões de drogas psicodélicas, estamos, de certa forma, rompendo com a tradição do sigilo e, assim, contradizendo os ensinamentos dos lama-gurus.

No entanto, justificamos essa escolha pelo fato de que este manual não será entendido por alguém que não tenha passado por uma experiência de consciência expandida. Além disso, há indícios de que os próprios lamas, após sua recente diáspora, gostariam de disponibilizar seus ensinamentos para um público mais amplo.

Seguindo, portanto, o modelo tibetano, distinguimos três fases da experiência psicodélica. O primeiro período (*Chikhai Bardo*) é o da transcendência completa, para além das palavras, do espaço-tempo e do próprio eu. Não há visões, pensamentos nem percepção de si mesmo; há apenas uma consciência pura e um desprendimento extático em relação a todos os envolvimentos (inclusive biológicos) em jogos.[2] O segundo extenso período envolve o eu, ou a realidade externa do jogo (*Chönyid Bardo*), em clareza ou na forma de alucinações (aparições cármicas). O período final (*Sidpa Bardo*) implica o retorno à realidade rotineira do jogo e do eu.

---

[2] "Jogos" são sequências comportamentais definidas por papéis, regras, rituais, objetivos, estratégias, valores, linguagem, locais característicos de espaço-tempo e padrões característicos de movimento. Qualquer comportamento que não inclua essas nove características é um não jogo: isso inclui reflexos fisiológicos, jogo espontâneo e consciência transcendente.

Para a maioria das pessoas, o segundo estágio (estético ou alucinatório) é o mais longo. Para os iniciados, o primeiro estágio de iluminação dura mais tempo. Para aqueles que estão despreparados ou são jogadores pesados, para os que se apegam ansiosamente ao seu ego ou que tomam a droga em um ambiente sem suporte, a luta para voltar à realidade começa cedo, e geralmente dura até o final da sessão.

Palavras assim são estáticas, em contraste com a experiência psicodélica, que é fluida e permanece em constante mudança. Normalmente, a consciência do indivíduo entra e sai desses três níveis em rápidas oscilações. Um dos objetivos deste manual é permitir que o sujeito recupere a transcendência do Primeiro Bardo e evite as armadilhas prolongadas em padrões alucinatórios ou em jogos dominados pelo ego.

As relações básicas de confiança e crenças. Esteja pronto para aceitar a possibilidade de haver uma gama ilimitada de percepções para as quais não existem palavras agora; essa consciência pode se expandir para além do alcance do seu ego, do seu eu, da sua identidade familiar e para além de tudo que você aprendeu; para além das noções de espaço e tempo e das diferenças que usualmente separam as pessoas uma das outras e do mundo ao seu redor.

Lembre-se de que, ao longo da história da humanidade, milhões de pessoas fizeram esta viagem. Alguns (os quais chamamos de místicos, santos ou budas) fizeram sua experiência durar e transmitiram-na aos seus semelhantes. Você também precisa lembrar que a experiência é segura (na pior das hipóteses, você sairá dela a mesma pessoa que entrou), e que todos os perigos imaginados são produtos desnecessários da sua mente. Quer você experimente o céu ou o inferno, lembre-se: é a sua mente quem os cria. Evite agarrar um e escapar do outro. Evite impor o jogo do ego à experiência.

Tente manter a fé e a confiança no potencial do seu cérebro e em um processo de vida que já ocorre há um bilhão de anos. Com o ego deixado para trás, o cérebro não vai errar.

Tente manter a memória de um amigo de confiança ou de uma pessoa respeitada cujo nome possa servir de guia e proteção.

Confie na sua divindade, confie em seu cérebro, confie em seus companheiros.

Quando tiver dúvidas, desligue a mente, relaxe, flutue correnteza abaixo.

Após a leitura deste livro, a pessoa preparada deve ser capaz de, no início da experiência, mover-se diretamente para um estado de revelação profunda e êxtase de não jogo. Mas, se você não estiver preparado, e se houver ao seu redor a distração do jogo, você acabará caindo. Caso isso aconteça, as instruções da Parte IV devem ajudá-lo a reconquistar e manter a libertação (página 147).

> Nesse contexto, "libertação" não necessariamente implica (sobretudo no caso de uma pessoa comum) a Libertação do Nirvana, mas sobretudo a libertação do "fluxo de vida" em relação ao ego, de maneira que isso proporcione a maior consciência possível, e um consequente renascimento feliz. Todavia, para a pessoa altamente eficiente e com muita experiência, o [mesmo] processo esotérico de

> Transferência[3] pode ser empregado, de acordo com os lama-gurus, de modo a evitar alguma quebra de ritmo do fluxo de consciência, e isso a partir do momento da perda do ego até o do renascimento consciente (oito horas depois). A julgar pela tradução feita por Lama Kazi Dawa-Samdup, de um velho manuscrito tibetano que contém as instruções práticas para os estados de perda do ego, somente as pessoas treinadas em concentração mental, ou com mentes unidirecionadas, têm a habilidade de manter um êxtase de não jogo durante a experiência inteira; elas são capazes de controlar todas as funções mentais e de bloquear as distrações do mundo exterior. (Evans-Wentz, p. 86, nota 2)

Este manual é dividido em quatro partes. A primeira delas é introdutória. A segunda é uma descrição passo a passo da experiência psicodélica, baseada diretamente no *Livro tibetano dos mortos*. A terceira parte contém sugestões práticas sobre como se preparar para uma sessão psicodélica e como conduzi-la. A quarta parte contém trechos instrutivos adaptados do *Bardo Thödol*, que podem ser lidos durante a sessão para facilitar o movimento da consciência.

No restante desta seção introdutória, apresentamos três comentários sobre o *Livro tibetano dos mortos*, publicados com a edição de Evans-Wentz. Esses comentários

---

[3] Os leitores interessados em uma discussão mais detalhada acerca do processo de "Transferência" devem consultar *Tibetan Yoga and Secret Doctrines* [*Yoga tibetana e doutrinas secretas*], editado por W. Y. Evans-Wentz e publicado pela Oxford University Press em 1958.

são a própria introdução escrita por Evans-Wentz, o notável tradutor e editor de quatro tratados sobre o misticismo tibetano; o comentário de Carl Jung, o psicanalista suíço; e as palavras de Lama Govinda, iniciado de uma das principais ordens budistas do Tibete.

Homenagem a W. Y. Evans-Wentz

> O dr. Evans-Wentz, que literalmente sentou aos pés de um lama tibetano por anos a fim de adquirir sua sabedoria... não apenas demonstra um interesse profundo por tais doutrinas esotéricas tão características do conhecimento oriental, mas também possui a rara habilidade de tornar esse conhecimento mais ou menos compreensível para um leigo.[4]

W. Y. Evans-Wentz é um grande estudioso que dedicou a vida ao papel de ponte e atravessador entre o Tibete e o Ocidente, como uma molécula de RNA ativando o segundo com a mensagem codificada do primeiro. Nenhum tributo maior poderia ser prestado ao trabalho desse libertador acadêmico do que basear nosso manual psicodélico em suas ideias e transcrever a seguir seus comentários sobre "a mensagem deste livro".

> A mensagem é que a Arte de Morrer é tão importante quanto a Arte de Viver (ou de Nascer), da qual é o complemento e a soma; que o futuro do ser depende, talvez em sua totalidade, de uma morte inteiramente controlada, como a segunda parte desse volume — que trata da Arte de Reencarnar — enfatiza.
>
> A Arte de Morrer — conforme indicado pelo rito de morte associado à iniciação nos

[4] Citado de uma resenha em Anthropology, na parte final da edição da Oxford University Press do *Livro tibetano dos mortos*.

> Mistérios da Antiguidade, e referido por Apuleio, o filósofo platônico, ele próprio um iniciado, e por muitos outros ilustres iniciados, como sugere o *Livro egípcio dos mortos* — parece ter sido muito mais conhecido pelos povos antigos dos países mediterrâneos do que é agora por seus descendentes que habitam a Europa e as Américas.
>
> Para aqueles que passaram pela experiência secreta da pré-morte, a morte certa é a iniciação, conferindo, assim como o ritual da iniciação da morte, o poder de controlar conscientemente o processo da morte e da regeneração. (Evans-Wentz, pp. XIII-XIV)

O acadêmico de Oxford, assim como seu grande predecessor do século 11 — Marpa ("O Tradutor") —, que verteu os textos budistas indianos para o tibetano, salvando-os da extinção, enxergou a vital importância dessas doutrinas e as tornou acessíveis a muitas pessoas. O "segredo" não está mais escondido: "a arte de morrer é tão importante quanto a arte de viver."

Homenagem a Carl G. Jung

A psicologia é a tentativa sistemática de descrever e explicar o comportamento do ser humano, tanto o consciente quanto o inconsciente. O campo de estudo é vasto, abrangendo a infinita variedade das atividades e experiências humanas; também é longo, remontando à história do indivíduo e de seus ancestrais, às vicissitudes e triunfos evolutivos que determinaram o status atual da espécie. Além disso, a parte mais complicada de tudo, é que o campo da psicologia é complexo, sempre lidando com processos que estão em constante mudança.

Não é de se admirar que, diante de tal complexidade, os psicólogos fujam para a especialização e para a estreiteza do pensamento paroquial.

A psicologia baseia-se nos dados disponíveis e na capacidade e disposição dos psicólogos em utilizá-los. O behaviorismo e o experimentalismo da psicologia ocidental do século 20 são estreitos e quase triviais. A consciência é eliminada do campo de investigação. A aplicação social e o significado social são, em grande parte, negligenciados. Um curioso ritualismo é aplicado por um corpo eclesiástico que cresce rapidamente em número e em poder.

A psicologia oriental, por outro lado, oferece uma longa história de observação detalhada e sistematização do alcance da consciência humana, além de uma vasta literatura sobre métodos práticos de controle e mudança da consciência. Os intelectuais ocidentais tendem a repudiar a psicologia oriental. As teorias da consciência são vistas como algo derivado do ocultismo e do misticismo. Os métodos de investigação da mudança da consciência, como a meditação, a yoga, o retiro monástico e a privação sensorial, são compreendidos como estranhos à investigação científica.

E o mais condenável, aos olhos do estudioso europeu, é o suposto desrespeito das psicologias orientais pelos aspectos práticos, comportamentais e sociais da vida. Tal crítica escancara os conceitos limitados e a incapacidade de lidar com dados históricos em um nível significativo. As psicologias orientais sempre encontraram aplicações práticas na gestão do Estado e na gestão da vida diária e familiar. Uma riqueza de livros e manuais foi produzida: o *Livro do Tao*, os *Analectos de Confúcio*, o *Bagavadeguitá*, o *I Ching*, o *Livro tibetano dos mortos*, apenas para mencionar os mais conhecidos.

A psicologia oriental pode ser julgada pelo uso das evidências disponíveis. Os estudiosos e observadores da China, do Tibete e da Índia foram tão longe quanto seus dados permitiram. Eles não contavam com as descobertas da ciência moderna, de modo que suas metáforas parecem vagas e poéticas. Mas isso não diminui seu valor. Na verdade, as teorias filosóficas do Oriente, originadas há quatro mil anos, adaptam-se prontamente às mais recentes descobertas da física nuclear, da bioquímica, da genética e da astronomia.

Uma incumbência de qualquer psicólogo nos dias atuais — do Ocidente ou do Oriente — é construir um quadro de referências grande o bastante para incorporar as descobertas recentes das ciências da energia a um retrato atualizado do homem.

Avaliados pelo critério da utilização de fatos disponíveis, os grandes psicólogos do século 20 são William

James e Carl Jung.[5] Esses dois homens evitaram os caminhos estreitos do behaviorismo e do experimentalismo. Ambos lutaram para manter a experiência e a consciência como áreas de pesquisa científica. Ambos se mantiveram abertos ao avanço da teoria científica e se recusaram a descartar o conhecimento oriental.

Jung usou a fonte de dados mais rica: a interior. Ele reconheceu o poderoso sentido da mensagem do Oriente; e respondeu ao grande borrão de tinta de Rorschach, o *Tao Te Ching*. Ele escreveu prefácios brilhantes e perspicazes para o *I Ching*, para *O segredo da flor de ouro*, e lutou com o significado do *Livro tibetano dos mortos*. "Por anos, desde que foi publicado pela primeira vez, o *Bardo Thödol* foi minha companhia constante, e devo a ele não apenas muitas ideias e descobertas estimulantes, mas também muitas percepções fundamentais... Sua filosofia contém a quintessência da crítica psicológica budista; e, como tal, pode-se realmente dizer que é de uma superioridade sem igual."

> O Bardo Thödol está no mais alto grau psicológico em sua visão; mas, em nosso caso, a filosofia e a teologia ainda se encontram na Idade Média, em um estado pré-psicológico no qual apenas as afirmações são ouvidas, explicadas, defendidas, criticadas e contestadas, enquanto a autoridade que as produz foi, por decisão geral, deixada de fora da discussão.

---

[5] Para comparar adequadamente Jung e Freud, temos que olhar para o que foi apropriado por cada um dentro do que havia de disponível. Para Freud, trata-se de Darwin, a termodinâmica clássica, o Velho Testamento, a história cultural renascentista e, mais importante, a atmosfera superaquecida da família judaica. O escopo mais amplo de referências que Jung utiliza garante que suas teorias encontrem uma simpatia maior pelos avanços recentes das ciências da energia e das ciências da evolução.

> Declarações metafísicas, por outro lado, são *demonstrações da psiquê* e, portanto, psicológicas. Para o pensamento ocidental, que compensa sua conhecida sensação de ressentimento com um respeito servil pelas explicações "racionais", essa verdade óbvia parece óbvia demais, ou então é vista como uma negação inadmissível da "verdade" metafísica. Sempre que o ocidental ouve a palavra psicológico, ele parece ouvir "*apenas* psicológico".

Jung baseia-se nas concepções orientais de consciência para ampliar o conceito de "projeção":

> Não apenas as divindades "pacíficas", mas também as "coléricas" são concebidas como projeções *sangsãric* da *psiquê* humana, uma ideia que parece óbvia demais para o europeu iluminista, porque o lembra de suas próprias simplificações banais. Mas, embora o europeu possa facilmente descartar essas divindades como projeções, ele seria totalmente incapaz de postulá-las, ao mesmo tempo, como reais. O *Bardo Thödol* pode fazer isso porque, em algumas de suas premissas metafísicas mais essenciais, ele está em vantagem tanto sobre o europeu iluminado quanto sobre o não iluminado. A implícita e sempre presente suposição do *Bardo Thödol* é o caráter antinominal de todas as afirmações metafísicas, assim como a ideia da diferença qualitativa dos vários níveis de consciência e das realidades metafísicas por eles condicionadas. O pano de fundo deste li-

> vro peculiar não é o mesquinho europeu "isso ou aquilo", mas um magnificamente afirmativo "ambos e também". Essa afirmação pode parecer questionável para o filósofo ocidental, uma vez que o Ocidente adora a clareza e a falta de ambiguidade; consequentemente, um filósofo se apega à posição "Deus é", enquanto outro se apega com igual fervor à negação "Deus não é".

Jung vê claramente o poder e a amplitude do modelo tibetano, mas, em algumas ocasiões, falha em compreender seu significado e aplicação. Jung também era limitado (como todos nós) pelos modelos sociais de sua tribo. Ele era um psicanalista, o fundador de uma escola. A psicoterapia e o diagnóstico psiquiátrico eram as duas aplicações que lhe ocorriam com mais naturalidade.

Jung não compreende o conceito central do livro tibetano. Este não é (como Lama Govinda nos lembra) um livro dos mortos. É um livro dos que estão morrendo; o que significa que é um livro dos vivos; é um livro da vida e de como viver. O conceito de morte física real foi uma fachada exotérica adotada para se adequar aos preconceitos da tradição bonista no Tibete. Longe de ser um guia para embalsamadores, o manual é um relato detalhado sobre como perder o ego; como escapar da personalidade e encontrar novos reinos de consciência; como evitar os processos limitadores e involuntários do ego; e como fazer com que a experiência de expansão da consciência perdure na vida diária subsequente.

Jung tem dificuldade com essa questão; chega perto, mas nunca a resolve. Ele não tinha algo em sua estrutura conceitual que desse um sentido prático à experiência da perda do ego.

> O *Livro tibetano dos mortos*, ou *Bardo Thödol*, é um livro de instruções para os mortos e moribundos. Assim como *O livro egípcio dos mortos*, ele pretende ser um guia para o homem morto durante o período de sua existência no Bardo.

Nessa citação, Jung aceita o exotérico, mas perde o esotérico. Em um trecho posterior, ele parece chegar mais perto:

> As instruções dadas no *Bardo Thödol* servem para relembrar ao morto as experiências de sua iniciação e os ensinamentos de seu guru, pois a instrução é, no fundo, nada menos do que uma iniciação do morto na vida do Bardo, assim como a iniciação dos vivos era uma preparação para o Além. Esse era o caso, pelo menos, de todos os cultos de mistérios nas civilizações antigas, da época dos mistérios egípcios e eleusinos. Na iniciação dos vivos, no entanto, esse "Além" não é um mundo para além da morte, mas uma reversão das intenções e perspectivas da mente, um "Além" psicológico ou, em termos cristãos, uma "redenção" do pecado e dos obstáculos do mundo. A redenção é uma ruptura (para evitar eco) e uma libertação de uma condição anterior de escuridão e inconsciência, e leva a um estado de iluminação e libertação, rumo à vitória e a transcendência sobre tudo o que é "dado".
>
> Até agora, o *Bardo Thödol* é, como também o dr. Evans-Wentz acreditava, um processo de iniciação cujo propósito é devolver à alma a divindade que ela perdeu no nascimento.

Ainda em outra passagem, Jung continua tentando, mas erra de novo:

> Assim como o uso psicológico que fazemos dele (o *Livro tibetano*) é apenas uma intenção secundária, embora possivelmente sancionada pelo costume lamaísta. O verdadeiro propósito deste livro singular é a tentativa, que deve parecer muito estranha para o europeu educado do século 20, de iluminar os mortos em sua jornada pelas regiões do Bardo. A Igreja Católica é o único lugar no mundo do homem branco onde qualquer preparação é feita pelas almas dos que partiram.

No resumo dos comentários de Lama Govinda a seguir, veremos que o comentarista tibetano, livre dos conceitos europeus de Jung, vai diretamente ao significado esotérico e prático do livro tibetano.

Em sua autobiografia (escrita em 1960), Jung se compromete totalmente com a visão interior e com a sabedoria e a realidade superior das percepções internas. Em 1938 (quando seu comentário tibetano foi escrito), ele já seguia nessa direção, mas com o cuidado e as reservas ambivalentes do psiquiatra *cum* místico.

> O morto deve desesperadamente resistir aos ditames da razão, como a entendemos, e renunciar à supremacia do ego, considerado pela razão algo sacrossanto. O que isso significa na prática é a capitulação completa aos poderes objetivos da *psiquê*, com tudo o que isso significa; uma espécie de morte simbóli-

ca, correspondente ao Julgamento dos Mortos no *Sidpa Bardo*. Isso significa o fim de toda a conduta consciente, racional e moralmente responsável da vida, e uma rendição voluntária ao que o *Bardo Thödol* chama de "ilusão cármica". A ilusão cármica nasce da crença em um mundo visionário de natureza extremamente irracional, que concorda com nossos julgamentos racionais e não deriva dele, mas é o produto exclusivo da imaginação desinibida. É puro sonho ou "fantasia", e qualquer pessoa bem-intencionada vai imediatamente nos alertar sobre isso; nem mesmo é possível ver, à primeira vista, identificar a diferença entre fantasias desse tipo e a fantasmagoria de um lunático. Em muitos casos, apenas um leve *abaissement du niveau mental* é necessário para libertar esse mundo de ilusão. O terror e a escuridão desse momento têm seu equivalente nas experiências descritas nas seções iniciais do *Sidpa Bardo*. Mas o conteúdo desse Bardo também revela os arquétipos, as imagens cármicas que aparecem, primeiro, em sua forma aterrorizante. O estado de *Chönyid* equivale a uma psicose induzida deliberadamente...

A transição, então, do estado de *Sidpa* para o estado de *Chönyid* é uma reversão perigosa dos objetivos e intenções da mente consciente. Trata-se de um sacrifício da estabilidade do ego e uma entrega à incerteza extrema do que deve parecer uma revolta caótica de formas fantasmagóricas. Quando

Freud cunhou a frase a respeito de o ego ser a "sede real da ansiedade", ele estava dando voz a uma intuição muito verdadeira e profunda. O medo do autossacrifício está à espreita nas profundezas de todo ego, e esse medo é com frequência apenas a demanda precariamente controlada das forças inconscientes para explodir com força total. Ninguém que luta por individualidade (individuação) é poupado dessa passagem perigosa, pois aquilo que é temido também pertence à totalidade do eu; o sub-humano, ou supra-humano mundo dos "dominantes" psíquicos dos quais o ego originalmente se emancipou com enorme esforço, mas apenas de forma parcial, em prol de uma liberdade mais ou menos ilusória. A libertação é, sem dúvida, um empreendimento heroico e necessário, mas ela não representa algo definitivo: é apenas a criação de um *sujeito* que, para encontrar sua realização, ainda precisa ser confrontado por um *objeto*. À primeira vista, isso parecerá ser o mundo, que se enche de projeções com justamente esse propósito. Aqui, procuramos e encontramos nossas dificuldades. Aqui, procuramos e encontramos nosso inimigo. Aqui, procuramos e encontramos o que nos é caro e precioso; e é reconfortante saber que todo o mal e o bem se encontram ali, no objeto visível, onde podem ser conquistados, punidos, destruídos ou desfrutados. Mas a própria natureza não permite que esse estado paradisíaco de inocência permaneça para sempre. Existem, e sempre exis-

> tiram, aqueles que não conseguem deixar de ver que o mundo e suas experiências estão na natureza de um símbolo, e que ele realmente reflete algo que está oculto no próprio sujeito, na sua própria realidade transubjetiva. É a partir dessa profunda intuição, de acordo com a doutrina lamaísta, que o estado de *Chönyid* obtém seu verdadeiro significado, razão pela qual o *Bardo Chönyid* é intitulado "O Bardo da experimentação da realidade".
>
> A realidade experimentada no estado *Chönyid* é, como ensina a última seção do Bardo correspondente, a realidade do pensamento. As "formas-pensamento" aparecem como realidade. Fantasias assumem uma forma real. E assim começa o sonho terrível evocado pelo carma e executado pelos "dominantes" inconscientes.

Jung não ficaria surpreso com o antagonismo profissional e institucional aos psicodélicos. Ele encerra seu comentário tibetano com um comentário político mordaz:

> O *Bardo Thödol* começou como um livro "fechado", e assim permaneceu, independentemente dos comentários que foram escritos sobre ele. Isso porque se trata de um livro que só se abrirá para a compreensão espiritual, sendo essa uma capacidade com a qual nenhum homem nasce, mas que só pode ser adquirida por meio de treinamento especial e experiência especial. É bom que, para todos os efeitos, esses livros "inúteis" existam. Eles

se destinam àquelas "pessoas estranhas" que não dão mais muita importância aos usos, objetivos e sentidos da "civilização" atual.

Oferecer "treinamento especial" para a "experiência especial" fornecida pelos psicodélicos é o propósito desta versão do *Livro tibetano dos mortos*.

Homenagem a Lama Anagarika Govinda

Na seção anterior, argumentou-se que a filosofia e a psicologia orientais — poética, indeterminista, experiencial, voltada para dentro, aberta, vagamente evolucionária — adaptam-se melhor às descobertas da ciência moderna do que a lógica externalizante, silogística, exata e experimental da psicologia do ocidente. Essa última imita os rituais irrelevantes das ciências da energia, mas ignora as evidências da física e da genética, assim como seus significados e implicações.

Até Carl Jung, o mais perspicaz dos psicólogos ocidentais, não foi capaz de entender a filosofia básica do *Bardo Thödol.*

No oposto disso, estão os comentários do Lama Anagarika Govinda sobre o manual tibetano.

À primeira vista, suas palavras iniciais fariam um psicólogo judeu-cristão bufar de impaciência. Porém, um olhar mais atento revela que suas palavras são a afirmação poética da questão genética descrita pelos bioquímicos e pesquisadores do DNA.

> É possível argumentar que quem ainda não morreu não pode falar sobre a morte com autoridade; e, uma vez que, aparentemente, ninguém retornou depois de morrer, como alguém pode saber o que é a morte e o que acontece depois dela?
>
> O tibetano responderá: "Não há uma única pessoa, na verdade, nem *um* ser vivo, que *não* tenha retornado da morte." De fato, todos

> nós morremos muitas mortes antes de virmos para a presente encarnação. E o que chamamos de nascimento é apenas o lado inverso da morte, como uma das faces de uma moeda, ou como uma porta que chamamos de "entrada" quando a vemos de fora e de "saída" quando a vemos de dentro.

O Lama começa então a fazer um segundo comentário poético sobre o potencial do sistema nervoso e a complexidade do computador cortical humano.

> É muito mais espantoso que nem todos se lembrem de sua morte anterior; devido à falta dessa lembrança, a maioria das pessoas não acredita que essa morte tenha ocorrido. No entanto, da mesma forma, elas não se lembram do seu nascimento recente, mas nem por isso duvidam de que nasceram. Elas esquecem que a memória ativa é apenas uma parte pequena de nossa consciência normal, e que nossa memória subconsciente registra e preserva todas as impressões e experiências passadas, das quais nossa mente desperta não consegue recordar.

O Lama então passa a interpretar diretamente o significado esotérico do *Bardo Thödol* — aquele conceito central que Jung e a maioria dos orientalistas europeus não conseguiram captar.

> Por essa razão, o *Bardo Thödol* — o livro tibetano que permite ao indivíduo libertar-se do estado intermediário entre a vida e o renasci-

> mento, chamado de morte pelos homens de estado — foi escrito em uma linguagem simbólica. É um livro lacrado com os sete lacres do silêncio, não porque o conhecimento que carrega deva ser mantido fora do alcance do não iniciado, mas porque esse conhecimento seria mal compreendido e, portanto, tenderia a enganar e prejudicar aqueles que não estão aptos a recebê-lo. Mas é chegado o momento de rompermos os lacres do silêncio. A humanidade chegou a um ponto onde precisa decidir se está satisfeita em ser subjugada pelo mundo material, ou se luta após a conquista do mundo espiritual, subjugando seus desejos egoístas e transcendendo as limitações autoimpostas.

Em seguida, o Lama descreve os efeitos das técnicas de expansão da consciência. Nesse caso, ele está falando sobre o método que conhece — o Iogue —, mas suas palavras são igualmente aplicáveis à experiência psicodélica.

> Através da concentração e de outras práticas iogues, algumas pessoas são capazes de trazer o subconsciente para o reino da consciência seletiva e, dessa forma, fazerem uso do tesouro irrestrito da memória subconsciente, onde não apenas os registros de nossas vidas passadas são armazenados, mas os registros do passado de toda a nossa raça, o passado da humanidade, das formas de vida pré-humanas, senão da própria consciência que torna a vida possível neste universo.

> Se, por algum truque da natureza, as portas da subconsciência de um indivíduo se abrissem de repente, a mente sem preparo seria esmagada e esfacelada. Portanto, os portões do subconsciente são guardados por todos os iniciados, escondidos atrás de um véu de mistérios e símbolos.

Em um trecho posterior de seu prefácio, o Lama apresenta uma elaboração mais detalhada do significado subjacente do *Thödol*.

> Se o *Bardo Thödol* fosse visto como algo meramente baseado no folclore, ou como uma especulação religiosa sobre a morte e um hipotético estado pós-morte, ele seria interessante apenas para antropólogos e estudiosos da religião. Mas o *Bardo Thödol* é muito mais do que isso. Ele é uma chave para os cantos mais íntimos da mente humana, e um guia para os iniciados, assim como para aqueles que buscam o caminho espiritual da libertação.
>
> Embora o *Bardo Thödol*, hoje, seja amplamente utilizado no Tibete como um breviário, e lido e recitado na ocasião de uma morte — razão pela qual ele tem sido chamado de "*Livro tibetano dos mortos*" —, não podemos esquecer que ele foi originalmente concebido como um guia não apenas destinado aos mortos e moribundos, como também aos vivos. E aqui se encontra a justificativa para ter tornado *Livro tibetano dos mortos* acessível a um público mais amplo.

Apesar dos costumes e crenças populares que, sob a influência das antigas tradições de origem pré-budista, cresceram ao redor das revelações profundas do *Bardo Thödol*, ele tem valor apenas para aqueles que praticam e realizam seus ensinamentos ao longo de suas vidas.

Há duas coisas que causaram mal-entendidos. Uma delas é que os ensinamentos parecem ser endereçados aos mortos e aos moribundos; a outra é que o título contém a expressão "Libertação através da escuta" (*Thos-grol*, em tibetano). Em consequência disso, surgiu uma crença de que bastava ler ou recitar o *Bardo Thödol* na presença de uma pessoa que estava morrendo, ou mesmo de uma pessoa que havia morrido recentemente, para que sua libertação fosse alcançada.

Esses equívocos só podem ter surgido entre aqueles que não sabem que passar pela experiência da morte antes de se poder renascer espiritualmente é uma das práticas mais antigas e universais entre iniciados. Simbolicamente, uma pessoa deve morrer para o seu passado, e para seu velho ego, antes de poder ocupar seu lugar na nova vida espiritual na qual foi iniciado.

A pessoa morta ou moribunda é abordada no *Bardo Thödol* sobretudo por três razões: (1) o praticante sério desses ensinamentos deve considerar cada momento de sua vida como se fosse o último; (2) quando um seguidor desses ensinamentos está realmente à

> beira da morte, ele deve ser lembrado das experiências no momento da iniciação, ou das palavras (ou *mantra*) do guru, em especial se a mente do moribundo estiver pouco alerta durante seus momentos críticos; e (3) aquele que ainda estiver encarnado deve cercar o morto, ou a pessoa que está morrendo, de pensamentos amorosos e prestativos durante os primeiros estágios do novo estado de existência pós-morte, e isso sem permitir que ligações emocionais interfiram ou gerem um estado de depressão mental mórbida. Portanto, uma das funções do *Bardo Thödol* parece ser menos ajudar os mortos e mais ajudar os deixados para trás a adotarem uma atitude correta diante do morto e da ideia da morte. O morto, de acordo com a crença budista, não se desviará de seu próprio caminho cármico...
>
> Isso prova que a questão aqui é a própria vida, não meramente uma missa para os mortos, ao que o *Bardo Thödol* foi reduzido posteriormente...
>
> Sob o disfarce de ciência da morte, o *Bardo Thödol* revela o segredo da vida; e nisso reside seu valor espiritual e seu apelo universal.

Aqui está, portanto, a chave de um mistério que foi transmitido por mais de 2.500 anos — a experiência de expansão da consciência —, a morte pré-*mortem* e o ritual de renascimento. Os sábios védicos sabiam o segredo; os iniciados eleusinos sabiam; os tântricos sabiam. Em toda sua escrita esotérica, eles sussurram a mensagem: é possível ir para além da consciência do ego, sintonizar processos neurológicos que piscam à velocidade da luz, e sensibilizar-se a respeito do enorme tesouro do conhecimento racial antigo que está soldado no núcleo de cada célula de seu corpo.

Os químicos psicodélicos modernos oferecem uma chave para esse reino esquecido da percepção. Mas apenas este manual, sem a percepção psicodélica, é somente um exercício acadêmico da área da Tibetologia. Da mesma forma, a chave química tem pouco valor sem a orientação e os ensinamentos.

Os ocidentais não aceitam a existência de processos conscientes para os quais eles não possuem um termo operacional. A atitude predominante é: se você não pode rotulá-lo, e se ele está para além das noções de espaço-tempo e de personalidade, então não está aberto a investigação. Por isso, a experiência de perda do ego é muitas vezes confundida com a esquizofrenia. Por isso, atualmente vemos muito psiquiatras declarando em tom solene que as chaves psicodélicas são perigosas e produzem psicoses.

Os novos produtos químicos visionários e a experiência pré-*mortem*-morte-renascimento podem ser, mais uma vez, empurrados para as sombras da história. Olhando em retrospecto, lembramos que, nos últimos três mil anos, todos os administradores do Oriente Médio e da Europa (com exceção da Grécia e da Pérsia em certos períodos) apressaram-se a aprovar leis contra qualquer processo transcendental emergente, assim como contra sessões pré-*mortem*-morte-renascimento, seus adeptos, e contra qualquer outro novo método de expansão da consciência.

O momento atual da história humana (como aponta Lama Govinda) é crítico. Agora, pela primeira vez, temos os meios para fornecer a iluminação a qualquer indivíduo preparado. (Lembremos que a iluminação sempre vem na forma de um novo processo de energia, um evento físico e neurológico). Por essa razão, preparamos esta versão psicodélica do *Livro tibetano dos mortos*. O segredo é revelado, mais uma vez, em um novo dialeto, e nós nos sentamos no fundo, em silêncio, para observar se o homem está pronto para seguir em frente e usar as novas ferramentas oferecidas pela ciência moderna.

LSD
24

II. O LIVRO TIBETANO DOS MORTOS

Primeiro Bardo:

O período da perda do ego ou o êxtase do não jogo

(*Chikhai Bardo*)

PARTE I: A Clara-Luz Primária vista no momento da perda do ego

Todos os indivíduos que receberem os ensinamentos práticos deste manual ficarão, se o texto for lembrado, frente a frente com o brilho do êxtase e ganharão instantaneamente a iluminação, sem que travem lutas alucinatórias e sem que sintam mais sofrimento no longo caminho da evolução regular, que atravessa os diversos mundos da existência do jogo.

Essa doutrina é a base de todo o modelo tibetano. A fé é o primeiro passo no "Caminho Secreto". Depois, vem a iluminação e, com ela, a certeza; e, quando a meta é atingida, chegamos à emancipação. Para que isso funcione, é preciso, da parte do participante, uma preparação muito incomum na expansão da consciência, assim como bastante calma e compaixão no jogo (bom carma). Se o participante puder ser levado a perceber e a compreender a ideia da mente vazia tão logo o guia a revelar — isto é, se tiver o poder de morrer conscientemente —, e, no momento supremo de abandono do ego, puder reconhecer o êxtase que o atingirá, e se unir a ele como um só, todos os laços dos jogos da ilusão serão quebrados imediatamente; o sonhador será despertado para a realidade junto com a poderosa conquista do reconhecimento.

É melhor que o guru (professor espiritual), de quem o participante recebeu instruções, esteja presente. Se o guru não puder estar presente, que esteja outra pessoa experiente; se essa última também estiver indisponível, então uma pessoa da confiança do participante deve estar disposta a ler o manual sem impor nenhum de seus próprios jogos. Desse modo, o participante será lembrado do que ouviu anteriormente sobre a experiência, reconhecerá de imediato a Luz fundamental e, sem dúvida, obterá a libertação.

Libertação significa que o sistema nervoso estará desprovido de atividade mental-conceitual.[6] A mente

---

[6] A compreensão do Vazio, do Incriado, do Não Nascido, do Não Feito, do Não Formado implica um estado de Buda, a Iluminação Perfeita; o estado da mente divina do Buda. É importante lembrar que essa antiga doutrina não entra em conflito com a física moderna. Em 1950, o físico teórico e cosmólogo George Gamow apresentou um ponto de vista muito próximo da experiência fenomenológica descrita pelos lamas tibetanos.

> Se imaginarmos a História correndo para trás, chegaremos inevitavelmente à época da "grande compressão", com todas as galáxias, estrelas, átomos e núcleos atômicos espremidos, por assim dizer, em uma única polpa. Durante esse estado inicial da evolução, a matéria possivelmente foi dissociada em seus componentes elementares... Chamamos essa mistura primordial de ylem.

De acordo com esse físico de primeira linha, nesse ponto inicial da evolução do ciclo em que nos encontramos, existia apenas o Incriado, o Não Nascido, o Não Formado. E isso, de acordo com os astrofísicos, é a maneira através da qual tudo irá acabar; a unidade silenciosa do Não Formado. Os budistas tibetanos sugerem que uma mente organizada pode experimentar o que a astrofísica confirma. O Buda *Vairochana*, o Buda *Dhyani* do Centro. O Buda que manifesta os fenômenos, o caminho mais alto para a iluminação. Como fonte de toda vida orgânica, nele todas as coisas visíveis e invisíveis têm sua consumação e absorção. Ele está em seu estado condicionado, isto é, quando limitada a palavras e jogos do ego, está continuamente em processo de formação de pensamentos. O sistema nervoso em estado de quiescência, alerta, desperto, mas não ativo, é comparável ao que os budistas chamam de estado mais elevado de *dhyana* (meditação profunda), quando ainda está unido a um corpo humano. O reconhecimento consciente da Clara-Luz induz a uma condição extática da consciência, chamada de iluminação pelos santos e místicos do Ocidente.

O primeiro sinal é o vislumbre da "Clara-Luz da Realidade", "a mente infalível do estado místico puro". Trata-se da percepção das transformações de energia sem imposição das categorias mentais.

A duração desse estado varia de indivíduo para indivíduo. Depende da experiência, segurança, confiança, preparação e ambiente. Naqueles que minimamente experimentaram o estado tranquilo da consciência quando fora do jogo, e naqueles que têm jogos felizes, esse estado pode durar de trinta minutos a muitas horas.

Nele, a compreensão do que os místicos chamam de "Verdade Suprema" é possível desde que a pessoa tenha se preparado o suficiente. Do contrário, ela não poderá se beneficiar agora, e terá que vagar em condições cada vez mais baixas de alucinações, conforme determinado pelos seus jogos anteriores, até que volte à realidade rotineira.

---

associado com o Reino Central dos Densamente-Organizados, isto é, a semente onde todas as forças universais encontram-se densamente organizadas. Essa convergência notável da astrofísica moderna com o antigo lamaísmo não exige uma explicação complicada. A consciência cosmológica — e a consciência sobre todos os outros processos naturais — está em nosso córtex. Você pode confirmar a existência desse conhecimento místico pré-conceitual por meio de observações e medições empíricas, mas tudo já está lá, dentro do seu crânio. Seus neurônios "sabem" porque estão conectados diretamente ao processo, são parte dele.

É importante ressaltar que o processo de expansão da consciência é o contrário do processo de nascimento — se entendemos o nascimento como o início da vida no jogo, e a experiência de perda do ego como um fim temporário dessa vida. Mas, em ambos, ocorre a passagem de um estado de consciência a outro. E, assim como uma criança precisa acordar e aprender, com a sua experiência, sobre a natureza desse mundo, da mesma forma, uma pessoa, no momento de expansão da consciência, deve acordar em um novo mundo brilhante e se familiarizar com as suas condições peculiares.

Naqueles que são muito dependentes dos jogos do ego, e que temem abdicar do controle, o estado iluminado durará apenas o tempo de um estalar de dedos. Em outros, a duração será a mesma que levamos para fazer uma refeição.

Se, nesse ponto, o sujeito estiver preparado para diagnosticar os sintomas de perda do ego, ele não precisará de ajuda externa. A pessoa que está prestes a desistir de seu ego deve não apenas estar preparada para diagnosticar os sintomas à medida que eles aparecem, mas também deve ser capaz de reconhecer a Clara-Luz sem que outra pessoa precise apontá-la. Caso a pessoa falhe em reconhecer e em aceitar o início da perda do ego, é possível que ela se queixe de sintomas corporais estranhos. Isso mostra que ela não atingiu um estado de libertação. Então, o guia ou amigo deve explicar que tais sintomas são indícios do começo da perda do ego.

Aqui está uma lista de sensações físicas comumente relatadas:

1. Pressão corporal, que os tibetanos chamam de terra-afundando-na-água;

2. Sensação de frio úmido, seguida por um calor febril, que os tibetanos chamam de água-afundando-no-fogo;
3. Corpo se desintegrando ou explodindo em átomos, chamado de fogo-afundando-no-ar;
4. Pressão na cabeça e nos ouvidos que os americanos chamam de foguete-lançado-no-espaço;
5. Formigamento nas extremidades;
6. Sensação do corpo derretendo ou escorrendo como se fosse cera;
7. Náusea;
8. Tremores ou arrepios, começando na região pélvica e espalhando-se pelo tronco.

Essas reações físicas devem ser reconhecidas como sinais que anunciam a transcendência. Evite tratá-las como sintomas de doenças; aceite-as, desfrute-as, funda--se a elas.

Náuseas leves ocorrem frequentemente na ingestão de sementes de glória-da-manhã ou peiote, raramente com mescalina e com pouca frequência com LSD ou psilocibina. Se o sujeito receber mensagens estomacais, elas devem ser saudadas como um sinal de que a consciência está se movendo pelo corpo. Os sintomas são mentais; a mente controla a sensação. O sujeito deve fundir-se à sensação, experienciá-la em sua totalidade, desfrutá-la e, tendo desfrutado, deixar a consciência fluir para a próxima fase. Normalmente, é mais natural deixar a consciência permanecer no corpo — a atenção do sujeito pode sair do estômago e se concentrar na respiração e nos batimentos cardíacos. Se isso não o libertar da náusea, o guia deve mover a consciência para eventos externos: uma música, uma caminhada no jardim etc.

O aparecimento de sintomas físicos de perda do ego,

uma vez reconhecidos e compreendidos, devem resultar na conquista pacífica da iluminação. Caso a aceitação do êxtase não ocorra (ou quando o período de silêncio tranquilo parecer estar terminando), o trecho pertinente das instruções (página 154) pode ser lido ao pé do ouvido em um tom de voz baixo. Muitas vezes, é útil repetir essas instruções claramente, fazendo com que elas fiquem gravadas na pessoa e que assim impeçam a mente de divagar. Outra forma de orientar a experiência com pouca intervenção é previamente gravar as instruções com a própria voz do sujeito e reproduzir a gravação no momento apropriado. A leitura vai fazer com que a mente do viajante se lembre da preparação prévia; permitirá que a consciência nua seja reconhecida como a "Clara-Luz do Início"; fará o sujeito estar ciente de sua unidade com esse estado perfeito de iluminação e, dessa maneira, ela lhe ajudará a mantê-lo.

Se, durante a perda do ego, o viajante estiver familiarizado com esse estado, devido a sua preparação ou a uma experiência prévia, a Roda do Renascimento (isto é, o jogar de todos os jogos) será interrompida, e a liberação, alcançada instantaneamente. Mas tal eficiência espiritual é tão rara que a condição mental usual da pessoa é incapaz de realizar a façanha suprema de se manter neste estado onde brilha a Clara-Luz; e segue-se a partir disso uma descida progressiva aos estados cada vez mais baixos da existência do Bardo até o renascimento. Para ilustrar essa condição, os lamas usam a comparação a uma agulha equilibrada e enrolada em uma linha. Enquanto a agulha mantiver seu equilíbrio, ela continuará na linha. Entretanto, eventualmente, a lei da gravitação (a atração do ego ou dos estímulos externos) acaba por afetá-la, e ela cai. Da mesma forma, no reino da Clara-Luz, a mente de uma pessoa no estado transcendente do ego desfruta momentaneamente de uma condição de equilíbrio perfeito e de uma sensação de unidade. Não acostumada a tal estado, que é um estado extático do não ego, a consciência de um ser humano comum não tem o poder de funcionar nele. As propensões cármicas (isto é, o jogo) obscurecem o princípio da consciência, com pensamentos de personalidade, de ser individualizado e de dualismo. Assim, ao perder o equilíbrio, a consciência se afasta da Clara-Luz. São os processos de pensamento que impedem a percepção do *Nirvana* (que é o "apagar da chama" do desejo egoísta do jogo); e assim a Roda da Vida continua a girar.

Certas passagens apropriadas das instruções (página 147), ou todas elas, podem ser lidas pelo viajante enquanto ele espera a droga fazer efeito, e também quando os primeiros sintomas da perda do ego aparecerem. Quando o viajante estiver claramente em um êxtase profundo de transcendência do ego, o guia sábio permanecerá em silêncio.

PARTE II:
A Clara-Luz Secundária vista imediatamente após a perda do ego

A seção anterior descreveu como a Clara-Luz pode ser reconhecida e a liberação pode ser mantida. Mas, se ficar visível que a Clara-Luz Primária não foi reconhecida, então certamente podemos presumir que está surgindo a chamada fase da Clara-Luz Secundária. A primeira faísca de experiência geralmente produz um estado de êxtase de enorme intensidade. É possível sentir que cada célula do corpo está envolvida na criatividade orgástica.

Talvez seja útil descrever mais detalhadamente alguns dos fenômenos que, com frequência, acompanham o momento de perda do ego. Um deles pode ser chamado de "fluxo de energia em ondas". O indivíduo percebe que faz parte de um campo carregado de energia e está cercado por ele, que parece quase elétrico. Para ser capaz de manter o estado de perda do ego pelo maior tempo possível, a pessoa preparada deve relaxar e permitir que as forças fluam através dela. Há dois perigos a serem evitados: a tentativa de controlar esse fluxo de energia e a tentativa de racionalizá-lo. Qualquer uma dessas reações indica que há atividade no ego, e a transcendência do Primeiro Bardo é perdida.

O segundo fenômeno pode ser chamado de "fluxo biológico da vida". Nele, a pessoa toma ciência de seus processos fisiológicos e bioquímicos, da atividade pulsante rítmica que ocorre dentro do seu corpo. Com frequência, esse fenômeno pode ser sentido como motores ou geradores potentes que pulsam e irradiam energia de forma contínua. Um fluxo infinito de formas celulares e cores flui rapidamente. Processos biológicos internos também podem ser ouvidos acompanhados de batidas, estalos e barulho de vento. Novamente, o indivíduo deve resistir à tentação de rotular ou controlar esses processos. Nesse momento, você está sintonizado em áreas do sistema nervoso que são inacessíveis à percepção rotineira. Você não pode arrastar seu ego para os processos moleculares da vida, pois esses processos são um bilhão de anos mais antigos do que a mente conceitual que foi aprendida.

Outra fase típica do Primeiro Bardo, e muito gratificante, envolve o movimento da energia extática pela espinha dorsal. A base da coluna parece estar derretendo ou pegando fogo. Se a pessoa for capaz de se manter concentrada e tranquila, ela sentirá a energia fluindo de baixo para cima. Os adeptos do tantra devotam décadas de meditação concentrada cuja finalidade é a liberação dessas energias extáticas, chamadas por eles de *Kundalini*, o Poder da Serpente. O indivíduo permite que as energias viajem para cima, através de vários centros ganglionares (*chacras*), e cheguem até o cérebro, onde são sentidas como uma queimação no topo do crânio. Para quem é preparado, essas sensações não são desagradáveis, mas, ao contrário, vêm acompanhadas dos mais intensos sentimentos de alegria e iluminação. Sujeitos mal preparados, no entanto, podem interpretar a experiência em termos patológicos e, portanto, tentar controlá-la, o que geralmente leva a resultados desagradáveis.[7]

---

[7] O professor R. C. Zaehner, de quem, como pesquisador do Oriente e "especialista" em misticismo, era esperado mais, publicou um relato sobre como essa valiosa experiência pode ser perdida e distorcida em queixas hipocondríacas por pessoas pouco educadas.

> ...Tive uma sensação curiosa no corpo que me lembrou o que o Sr. Custance descreve como um "formigamento na base da espinha", que, segundo ele, costuma preceder um surto de mania. Foi mais ou menos assim. Na Longa Caminhada, essa sensação

Se o sujeito falhar em reconhecer o fluxo intenso dos fenômenos do Primeiro Bardo, a liberação do ego será perdida. A pessoa então percebe que está voltando às suas atividades mentais. Nesse ponto, ela deve tentar relembrar as instruções, ou ser lembrado delas por outra pessoa, e um segundo contato com esses processos pode ser feito.

O segundo estágio é menos intenso. Uma bola quicando atinge sua maior altura no primeiro quique; o segundo é mais baixo, e cada quique seguinte é ainda mais baixo, até que a bola atinja um estado de repouso. A consciência durante o processo de perda do ego funciona da mesma forma. Seu primeiro limite espiritual, que acontece logo após o abandono do ego corporal, é o mais elevado; o seguinte é mais baixo. Então a força do *carma* (isto é, os jogos passados) assume o controle, e formas diferentes de realidade externa são sentidas. Por fim, com a força do *carma* esgotada, a consciência volta ao seu "normal". A rotina é mais uma vez retomada, e, assim, o renascimento ocorre.

O primeiro êxtase geralmente termina com um flashback momentâneo da condição do ego. Esse retorno pode ser feliz ou triste, amoroso ou desconfiado, temeroso ou corajoso, a depender da personalidade do indivíduo, da preparação e do *setting*.

Esse flashback do jogo do ego é acompanhado de uma preocupação com a identidade. "Quem sou eu agora? Estou morto ou não estou? O que está acontecendo?" Você não consegue determinar. Você vê seu entorno e seus companheiros como costumava vê-los. Há uma sensibilidade penetrante, mas você está em um outro nível. Seu domínio sobre o ego não é tão eficaz quanto antes.

---

ocorreu, mas com mais força. Parecia que algo quente estava subindo pelo meu corpo. Senti isso repetidas vezes até o clímax ser alcançado... Realmente não gostei disso. (R. C. Zaehner: Mysticism, Sacred and Profane. Oxford Univ. Press, 1957, p. 214)

As alucinações e visões cármicas ainda não começaram. As aparições assustadoras e as visões celestiais tampouco tiveram início. Esse é um período muito fértil e sensível, e o restante da experiência pode inclinar-se tanto para um lado quanto para outro, dependendo da preparação e do clima emocional.

Se você tem experiência em alteração de consciência, ou se é uma pessoa introvertida por natureza, lembre-se da situação e da programação. Fique calmo e deixe a experiência levá-lo para onde quiser. Você provavelmente irá experimentar de novo o êxtase da iluminação; ou então mergulhará em descobertas de ordem estética, filosófica ou interpessoal. Não se agarre a elas; deixe a corrente o carregar.

O indivíduo com experiência não depende tanto do *setting*. Ele pode desligar a pressão externa e voltar à iluminação. Uma pessoa extrovertida, no entanto, dependente de jogos sociais e situações externas, pode se tornar agradavelmente distraída (por cores, sons, pessoas). Se você perceber a distração extrovertida e desejar manter um estado de êxtase de não jogo, lembre-se das seguintes instruções: não se distraia; tente se concentrar em uma personalidade contemplativa ideal, tal como Buda, Cristo, Sócrates, Ramakrishna, Einstein, Herman Hesse ou Lao Zi: siga seu exemplo como se ele fosse um ser com um corpo físico esperando por você. Junte-se a ele.

Se isso não funcionar, não se preocupe e não pense nisso. Talvez você não tenha um ideal místico ou transcendental. Isso significa que seus limites conceituais estão dentro dos jogos externos. Agora que você conhece a experiência mística, poderá se preparar para ela da próxima vez. Você perdeu o fluxo de conteúdo livre, e então deve estar pronto para entrar em um emocionante conflito com a realidade externa. No Segundo Bardo, você pode atingir e experimentar profundamente as revelações do jogo.

Nós antecipamos aqui as reações do místico introvertido por natureza, do indivíduo experiente e do extrovertido. Olharemos agora para o noviço que demonstra confusão nesse estágio inicial da sequência. O melhor procedimento a se adotar é fazer um gesto tranquilizador e mais nada. Ele terá lido esse manual e terá algumas indicações. Deixe-o em paz, e ele provavelmente mergulhará em seu pânico e o dominará. Se ele demonstrar que deseja orientação, repita as instruções. Diga a ele o que está acontecendo. Lembre-o da fase do processo em que ele se encontra. Diga-o para abandonar calmamente sua luta de ego e voltar a ter contato com a Clara-Luz.

Preparação e orientação dessa natureza vão permitir que muitos alcancem o estado iluminado, inclusive aqueles que não conseguiriam reconhecê-lo.

Nesse ponto, é necessário dizer algumas palavras de advertência benigna. Ler este manual é extremamente útil, mas nenhuma palavra pode comunicar a experiência. Você ficará surpreso, aturdido e encantado. Uma pessoa pode ter ouvido uma descrição detalhada sobre a arte de nadar, e mesmo assim nunca ter tido a chance de praticá-la. De repente, ao mergulhar na água, ela se descobre incapaz de nadar. O mesmo acontece com aqueles que tentaram aprender a teoria de como vivenciar a perda do ego, sem, no entanto, jamais tê-la aplicado. Eles não conseguem manter uma continuidade ininterrupta da consciência; ficam confusos com a mudança de condição; falham em manter o êxtase místico; e deixam de aproveitar a oportunidade, a menos que sejam apoiados e dirigidos por um guia. Devido ao carma ruim (jogos pesados de ego), mesmo com todos os esforços que um guia pode fazer, eles normalmente não conseguem reconhecer o estado de libertação. Mas isso não é motivo para se preocupar. Na pior das hipóteses, eles simplesmente voltarão para a margem. Ninguém nunca se afogou, e muitos dos que fizeram a viagem estão ansiosos para tentar de novo.

Mesmo aqueles que se familiarizaram com os mapas de navegação, e que já tiveram iluminação, podem acabar em ambientes nos quais um comportamento de jogo pesado, por parte de outros, força-os a ter contato com a realidade externa. Se isso acontecer, lembre-se das instruções. A pessoa que domina esse princípio pode bloquear o que vem de fora. Aquele que dominou o controle da consciência torna-se independente do ambiente.

É claro que há aqueles que, embora anteriormente bem-sucedidos, podem ter carregado jogos do ego para a sessão. Eles podem querer proporcionar a alguém um tipo específico de experiência. Podem estar promovendo algum objetivo pessoal. Podem estar nutrindo sentimentos negativos ou competitivos em relação a outro participante da sessão. É possível que isso leve rapidamente a distorções cármicas e alucinações de jogo. Se isso acontecer, lembre-se das instruções. Lembre-se da unidade de todos os seres. Um para mim é vergonha e fama. Um para mim é perda ou ganho. Deixe a programação do seu ego e flutue de volta para a felicidade radiante da integração.

O melhor que pode acontecer é você alcançar a Clara-Luz imediatamente e mantê-la. Se não conseguir, por ter tropeçado nas preocupações da realidade, ao relembrar essas instruções você será capaz de recuperar o que os tibetanos chamam de Clara-Luz Secundária.

Nesse nível secundário, ocorre um diálogo interessante entre a transcendência pura e a consciência de que essa visão extasiada está acontecendo *com o sujeito*. O primeiro esplendor desconhece o "eu", desconhece conceitos. A experiência secundária envolve certo estado de lucidez conceitual. O eu conhecedor paira nesse terreno transcendente do qual costuma ser excluído. Se as instruções forem lembradas, a realidade externa não se intrometerá. Mas o piscar contínuo entre a unidade pura desprovida de ego e o "eu" lúcido do não jogo produz um êxtase intelectual e uma compreensão que desafiam qualquer descrição. Leituras filosóficas feitas anteriormente assumirão de repente um significado vivo.

Assim, nessa fase secundária do Primeiro Bardo, é possível alcançar tanto a experiência mística do não eu quanto a do eu.

Depois de experimentar esses dois estados, você pode querer buscar intelectualmente essa distinção. Aqui, nos confrontamos com um dos debates mais antigos da filosofia oriental. É melhor ser parte do açúcar ou provar o açúcar? As controvérsias teológicas com seus dualismos não fazem parte da experiência. Graças ao misticismo experimental possibilitado por drogas que expandem a consciência, você pode ter tido a sorte de experimentar o piscar constante entre esses dois estados. Você pode ter a sorte de *saber* o que os monges acadêmicos só poderiam pensar.

Aqui termina o Primeiro Bardo, o período da perda do ego ou o êxtase do não jogo.

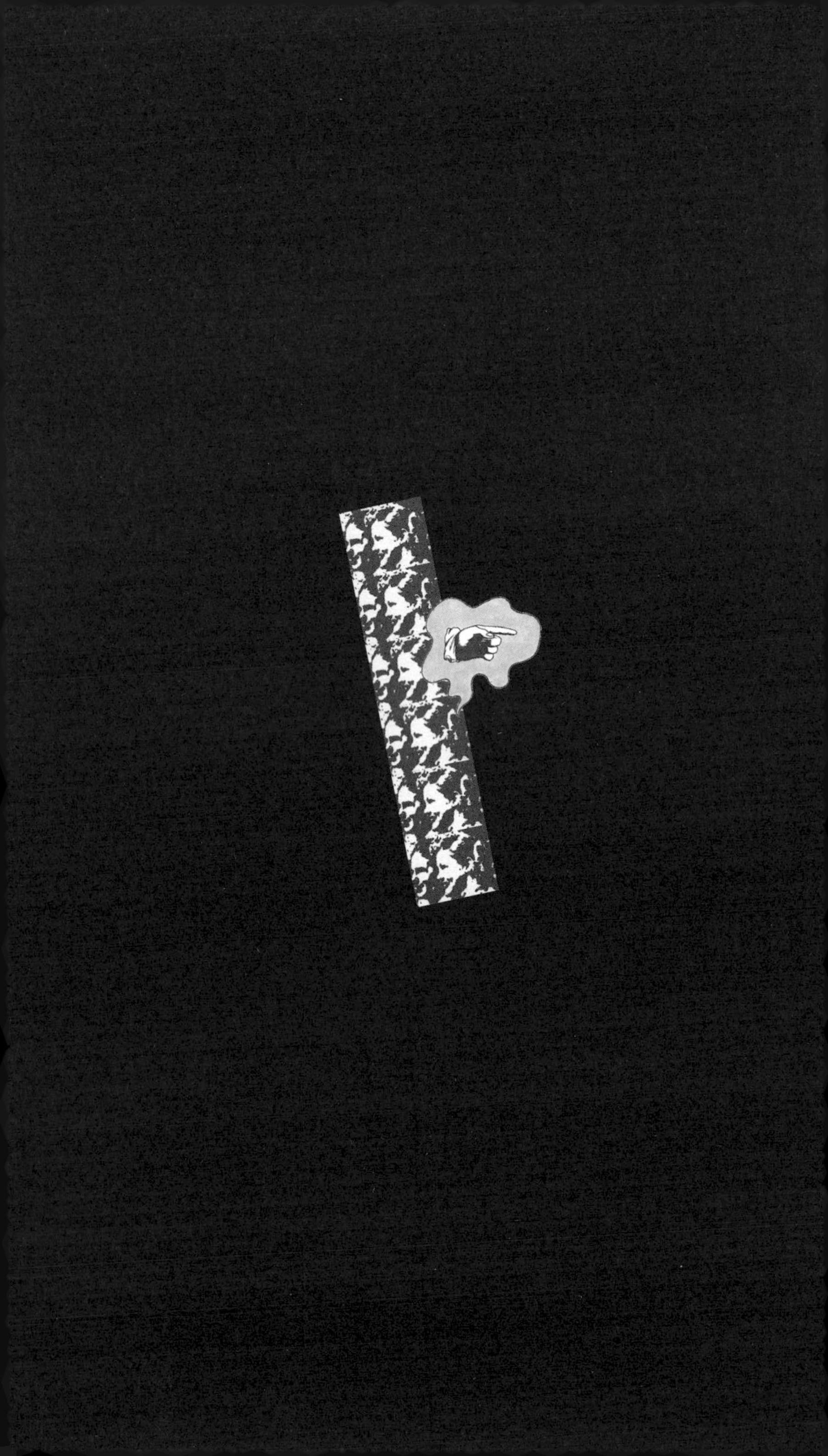

Segundo Bardo:
O período das alucinações

(*Chönyid Bardo*)

INTRODUÇÃO

No caso de a Clara-Luz Primária não ser reconhecida, a possibilidade de manter a Clara-Luz Secundária permanece. Se isso se perder, então vem o *Chönyid Bardo*, o estágio de ilusões cármicas, ou intensas misturas alucinatórias da realidade do jogo. É muito importante que as instruções sejam lembradas. Elas podem ter grande influência e efeito. Durante esse período, o fluxo da consciência, microscopicamente claro e intenso, é interrompido por tentativas fugazes de racionalizar e interpretar. Mas, acostumado a jogar, o ego não está funcionando de modo efetivo. Existem, portanto, possibilidades ilimitadas de novidades deliciosamente sensuais, intelectuais e emocionais, por um lado, caso o indivíduo flutue com a corrente; e temerosas emboscadas de confusão e terror, por outro lado, caso ele tente impor sua vontade sobre a experiência.

O objetivo desta parte do manual é preparar a pessoa para os momentos de escolha que surgirão nessa etapa. Sons estranhos, imagens bizarras e visões perturbadoras podem ocorrer. É possível que isso amedronte, assuste e aterrorize o indivíduo, caso ele não esteja preparado.

A pessoa experiente será capaz de manter o reconhecimento de que todas as percepções vêm de dentro, e conseguirá sentar-se com tranquilidade, controlando sua consciência expandida, como se ela fosse uma televisão multidimensional fantasmagórica munida das mais fortes e sensíveis alucinações: visuais, auditivas, olfativas, tácteis, físicas e corporais; e das reações mais incríveis, uma visão compassiva sobre o eu, sobre o mundo. O segredo é a *inação*: uma integração passiva com tudo o que acontece a sua volta. Se você tentar impor sua vontade, usar a mente, buscar explicações, ficará preso em redemoinhos alucinatórios.

O lema é: paz e aceitação. Tudo é um panorama em constante mudança. Você está temporariamente fora do mundo do jogo. Aproveite.

Os inexperientes e aqueles para os quais o controle do ego é importante podem achar essa passividade impossível. Se você não conseguir permanecer inativo, nem for capaz de subjugar sua vontade, então o contato físico com outra pessoa é uma atividade que pode com certeza reduzir o pânico e livrá-lo dos jogos alucinatórios da mente. Vá até o guia ou até outro participante e coloque sua cabeça em seu peito ou seu colo; coloque o rosto perto do rosto dele e se concentre no som e no movimento da respiração do outro. Respire profundamente, sinta o ar entrar e o suspiro de sua liberação. Essa é a forma mais antiga de comunicação viva; a irmandade da respiração. A mão do guia na sua testa pode aumentar sensação de relaxamento.

O contato com outros participantes pode ser mal interpretado e provocar alucinações sexuais. Por isso, esse contato, cujo objetivo é auxiliar o viajante, precisa ser explicitado em um acordo prévio. Viajantes despreparados podem acabar impondo medos ou fantasias sexuais no contato. Desligue-os; eles são produções cármicas ilusórias.

A aproximação física suave, gentil e solidária dos participantes é algo que acontece naturalmente na segunda fase. Não tente racionalizar esse contato. Os seres humanos e quase todas as criaturas terrestres têm, há centenas de milhares de anos, o costume de se amontoarem durante noites longas e confusas.

Inspire e expire com seus companheiros. Somos todos um! É isso que sua respiração está contando a você.

Descrição geral do Segundo Bardo

O problema subjacente do Segundo Bardo é que toda e qualquer forma — humana, divina, diabólica, heroica, má, animal, coisa —, evocada pelo cérebro ou lembrada pela vida passada, pode se apresentar à consciência: formas, figuras e sons giram sem parar.

A solução subjacente — repetidas muitas e muitas vezes — é reconhecer que seu cérebro é que produz as visões. Elas não existem. Nada existe, exceto quando a consciência lhe dá vida.

Você está a um passo de reconhecer a verdade: não há realidade por trás de nenhum dos fenômenos do estado de perda do ego. Guarde as ilusões armazenadas em sua mente como aprendizado da experiência do jogo (*Sangsaric*), ou como presente da natureza física orgânica e dos seus bilhões de anos de história. O reconhecimento dessa verdade causa a libertação.

Não há, é claro, nenhuma maneira de classificar as infinitas permutações e combinações dos elementos visionários. O córtex possui um arquivo com um bilhão de imagens da história do indivíduo, de sua raça e de todas as coisas vivas. Quaisquer dessas imagens, ao ritmo de cem milhões por segundo (de acordo com os neurofisiologistas), podem inundar a consciência. Balançar-se nesse mar, sinfônico e brilhante de imagens é o resíduo da mente conceitual. Na interminável turbulência aquática do Oceano Pacífico, balança uma pequena boca aberta que grita (entre borbulhos de água salina): "Ordem! Sistema! Explique tudo isso!"

Ninguém pode prever que visões terá, nem sua sequência. O que se pode fazer é pedir que os participantes fechem a boca, respirem pelo nariz e desliguem sua mente inquieta e racionalizante. Mas apenas uma pessoa com experiência e inclinação mística é capaz de fazer isso (e, portanto, permanecer em um estado de iluminação serena). Aquele que não estiver preparado ficará confuso ou, pior, em pânico; é a luta intelectual para controlar o oceano.

O *Chönyid Bardo* foi escrito para guiar o indivíduo e ajudá-lo a organizar suas visões em unidades explicáveis. Ele está dividido em duas seções: (1) Sete Divindades Pacíficas com suas armadilhas de ego simetricamente opostas; (2) Oito Divindades Coléricas, que podemos aceitar alegremente como produções visionárias, ou das quais talvez fujamos aterrorizados.

Cada uma das Sete Divindades Pacíficas (figuras bissexuais Pai-Mãe) está acompanhada por consortes, assistentes, divindades menores, santos, anjos, heróis. Cada uma das Sete Divindades Coléricas tem as mesmas companhias. Luzes ou objetos simbólicos, bonitos, horríveis, ameaçadores ou raivosos também podem ser visualizados.

Se lido no sentido literal, o *Livro tibetano dos mortos* faria você interpretar, no primeiro dia, pelo "Mestre de Todas as Formas Visíveis" (ou pelo seu oposto, o gosto pela estupidez); no segundo dia, pela "Impassível Divindade da Felicidade", seu consorte, assistentes e oposto etc. O manual não deve, é claro, ser usado de forma rígida, exotérica, mas interpretado em sua natureza esotérica e alegórica.

Lido dessa perspectiva, percebemos que os lamas listaram ou nomearam mil imagens que podem emergir à retina, esse mosaico em constante mudança (esse pântano formado por múltiplas camadas de cones e bastonetes, infiltrados, como um tapete persa ou um entalhe maia, por incontáveis capilares multicoloridos). Através da leitura preparatória do manual e da sua repetição durante a experiência, o novato é levado, pela sugestão, a reconhecer esse fantástico caleidoscópio da retina.

E, o mais importante, ele aprende que isso vem de dentro. Todas as divindades e demônios, todos os céus e infernos são internos.

O aprendiz com um interesse especial no budismo tibetano ou tântrico deve mergulhar no texto do *Chönyid Bardo*. Ele deve obter retratos coloridos dos catorze dramas do Bardo, e deve fazer com que o guia o conduza através da sequência prescrita durante a sessão de drogas. Isso o levará a uma série inesquecível de libertações, e fará com que o devoto emerja da experiência, segundo a tradição lamaísta, "reencarnado".

O objetivo deste manual é oferecer as linhas gerais do *Livro tibetano* e traduzi-lo para uma linguagem psicodélica. Por essa razão, não apresentaremos a sequência detalhada das alucinações lamaístas, mas listaremos algumas aparições comumente relatadas pelos ocidentais.

Seguindo o *Thödol* tibetano, classificamos as visões do Segundo Bardo em sete tipos:

1. A fonte ou visão do Criador;
2. O fluxo interno dos processos arquetípicos;
3. O fluxo de fogo da unidade interna;
4. A estrutura de vibração em ondas das formas externas;
5. As ondas vibratórias da unidade externa;
6. "O circo da retina";
7. "O teatro mágico".[8]

As visões 2 e 3 envolvem olhos fechados e nenhum contato com estímulos externos. Na Visão 2, as imagens internas são sobretudo conceituais. A experiência pode ir da revelação e das descobertas à confusão e ao caos, mas seu significado cognitivo e intelectual é o mais fundamental de tudo. Na Visão 3, as imagens internas são sobretudo

---

[8] O termo "circo da retina" é de Henri Michaux (*Miserable Miracle* [*Milagre miserável*]), e "teatro mágico" é de Hermann Hesse (*Steppenwolf* [*O lobo da estepe*]).

emocionais. A experiência pode ir do amor e da unidade extática ao medo, à desconfiança e ao isolamento.

As visões 4 e 5 envolvem olhos abertos e uma atenção extasiada aos estímulos externos, tais como sons, luzes, toque etc. Na Visão 4, as imagens externas são sobretudo conceituais e, na Visão 5, os fatores emocionais predominam.

A tabela de sete partes definida anteriormente tem alguma semelhança com o esquema *mandalic* das Divindades Pacíficas listadas para o Segundo Bardo no *Livro tibetano dos mortos.*

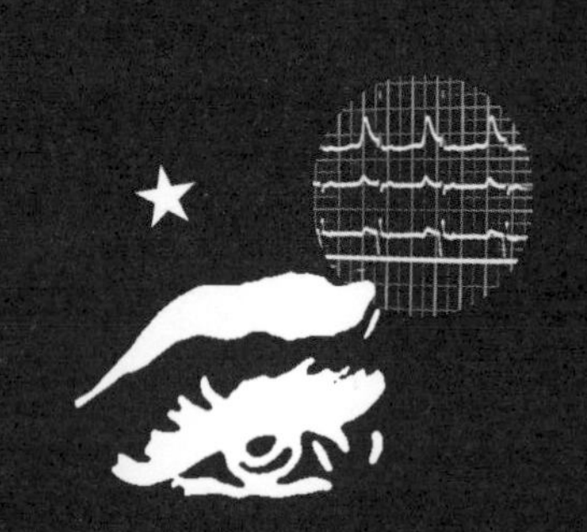

As visões pacíficas

Visão 1: A fonte[9]

(Olhos fechados, estímulos externos ignorados)

A Luz Branca, ou energia do Primeiro Bardo, pode ser interpretada como Deus, o Criador. O Espalhador da Semente. A Força que torna visíveis todas as formas. Semente de tudo o que existe. Poder Soberano. O Todo-Poderoso. O Sol Central. A Única Verdade. A Fonte de toda a Vida Orgânica. A Mãe Divina. O Princípio Criativo Feminino. Mãe do Espaço do Céu. Pai-Mãe Radiante. Revelações magníficas, tanto espirituais quanto filosóficas, podem ocorrer nesse ponto, marcando a união mais elevada da experiência com o intelecto. Mas, devido ao carma ruim (normalmente, pensamentos religiosos de natureza monoteísta ou punitiva), a luz gloriosa da semente da sabedoria pode resultar em espanto e terror. A pessoa terá vontade de fugir e desenvolverá uma predileção pela luz branca pálida que simboliza a estupidez.

As pessoas de origem judaico-cristã imaginam um enorme abismo entre o divino (que está "lá em cima") e o eu ("aqui embaixo"). As afirmações dos místicos cristãos sobre a união com o brilho divino sempre foram um problema para os teólogos comprometidos com a distinção cosmológica entre sujeito e objeto. A maioria dos ocidentais, portanto, acha difícil chegar à união com a fonte de luz.

---

[9] A primeira Divindade Pacífica listada pelo *Bardo Thödol* é o *Bhagavan Vairochana*, que ocupa o centro da mandala dos cinco Budas *Dhyani*. Seus atributos de fonte de poder foram transformados nos atributos do criador monoteísta das religiões ocidentais.

Caso o guia constate que o viajante está lutando com ideias ou pensamentos sobre a fonte de energia criativa, ele pode ler as instruções apropriadas (página 153).

Visão 2: O fluxo interno dos processos arquetípicos

(Olhos fechados, estímulos externos ignorados; aspectos intelectuais)

Se a luz indiferenciada do Primeiro Bardo ou da Fonte de Energia for perdida, ondas luminosas de formas diferenciadas podem inundar a consciência. A mente da pessoa começa a identificar essas figuras para, assim, rotulá-las e vivenciar revelações sobre o processo da vida.[10]

Especificamente, o sujeito é envolvido por um fluxo infinito de formas coloridas, formas microbiológicas, acrobacias celulares e turbilhões capilares. O córtex estará sintonizado em processos moleculares completamente novos e estranhos; como Cataratas do Niágara de desenhos abstratos; a corrente da vida fluindo, fluindo.

---

[10] Lama Govinda nos diz que *Amoghasiddhi* representa "...a atividade misteriosa das forças espirituais, que trabalham alheias aos sentidos, invisíveis e imperceptíveis, com o objetivo de guiar o indivíduo (ou, para ser mais exato, todos os seres vivos) pelo caminho da maturidade de conhecimento e da libertação. A luz amarela de um sol (interno) invisível aos olhos humanos... (em que o espaço insondável do universo parece se abrir) para o verde místico sereno de *Amoghasiddhi*... No plano elementar, esse poder que tudo permeia corresponde ao elemento ar — princípio de movimento e extensão, de vida e respiração (prana)." (Lama Govinda: *Fundamentos do misticismo tibetano*. Londres: E. P. Dutton & Co., Inc., 1959, p. 120).

O quinto dia do *Bardo Thödol* traz o conflito do falecido com o Buda *Bhagavan Amoghasiddhi*, o Conquistador Todo-Poderoso, vindo do verdejante reino do norte do Desempenho Bem-Sucedido das Melhores Ações, assistido por uma Mãe Divina e dois *bodisatvas*, que representam as funções mentais do "equilíbrio, imutabilidade e poder onipotente" e do "limpo de obscurecimentos".

Essas visões talvez possam ser descritas como puras sensações de processos celulares e subcelulares. É difícil dizer se elas envolvem a retina e/ou o córtex visual, ou se são flashes de uma sensação molecular direta em outras área do sistema nervoso central. Elas são subjetivamente descritas como visões internas.

Um outro tipo de imagens de processos internos envolve o som. Nesse caso, também não sabemos se essas sensações têm sua origem no sistema auditivo e/ou no córtex auditivo, ou se são flashes de sensações moleculares diretas em outras áreas. Eles são descritos subjetivamente como sons internos: estalidos, pancadas, choques, sussurros, zunidos, batidas, gemidos, assobios estridentes.[11] Esses barulhos, assim como as visões, são sensações diretas, sem a sobrecargas dos conceitos mentais. Unidades de energia brutas, moleculares e dançantes.

---

[11] O *Livro tibetano* inclui uma discussão brilhante sobre os ruídos dos processos internos. "...incontáveis (outros) tipos de instrumentos musicais, enchendo (com música) todos os sistemas-mundo e fazendo-os vibrar e tremer com sons tão poderosos que atordoam o cérebro..."

"Os lamas tibetanos, ao entoarem seus rituais, usam sete (ou oito) instrumentos: grandes tambores, címbalos (geralmente de latão), conchas, sinetas (como as usadas nas missas cristãs), pandeiros, pequenos clarinetes (que soam como as gaitas de fole das Terra Altas), grandes trompetes e trompetes feitos com ossos de coxas humanas. Embora os sons combinados desses instrumentos estejam longe de serem melodiosos, os lamas afirmam que eles produzem no devoto, fisicamente, uma atitude profunda de veneração e de fé, uma vez que são as contrapartes dos sons naturais que o próprio corpo escuta produzir quando os dedos são colocados nos ouvidos, para abafar os sons externos. Fechando os ouvidos assim, ouve-se um som de baque, como o de um grande tambor sendo batido: um som de batida, como de címbalos; um som de murmúrio, como do vento movendo-se pela floresta, ou como quando uma concha é soprada; um toque como o de sinos; um som de pancadas afiadas, como quando um pandeiro é usado; um som de gemido, como o de um clarinete; um som de gemido grave, como o que faz um grande trompete; e um som estridente, como o de uma trombeta de osso da coxa.

"Além de ser uma teoria interessante sobre a música sagrada tibetana, ela também dá a pista para a interpretação esotérica dos sons naturais e simbólicos da Verdade (referidos no segundo parágrafo a seguir, e em outros momentos do texto), que dizem ser ou proceder das faculdades intelectuais que habitam a mentalidade humana." — (Evans-Wentz, p. 128)

A mente entra e sai dessa corrente evolutiva, criando revelações cosmológicas. Dezenas de percepções míticas e darwinianas surgem na consciência. O indivíduo pode olhar para trás, ver o fluxo do tempo e perceber como a energia vital se manifesta continuamente em formas transitórias e mutáveis. Formas microscópicas se fundem com os mitos criativos primordiais. O espelho da consciência é colocado diante do fluxo da vida.

Uma vez que se deixe levar pela corrente, o sujeito será exposto a uma lição de um bilhão de anos em cosmologia. Mas a mente sempre pode ser arrastada. Pode haver uma tendência a impor uma ordem arbitrária e isolante no processo orgânico.

Às vezes, o viajante sente que precisa relatar suas visões. Ele converte o fluxo da vida em um teste cósmico do borrão de tinta, tentando rotular cada forma. "Agora estou vendo a cauda de um pavão. Agora cavaleiros muçulmanos usando armaduras coloridas. Ah, e agora uma cachoeira de joias. Agora, música chinesa. Agora, serpentes que parecem pedras preciosas etc." Verbalizações desse tipo enfraquecem a luz, interrompem o fluxo, e por isso não devem ser encorajadas.

Uma outra armadilha é tentar impor uma interpretação sexual. O fluxo dançante e lúdico da vida é, no sentido mais reverente, sexual. Formas que se fundem, giram juntas e se reproduzem. Eros em suas inúmeras manifestações. Os tibetanos referem-se às *bodisatvas* femininas Pushpema, a personificação das flores, e Lasema, "A Bela", retratada segurando um espelho em uma postura coquete. Mantenha a pura e espontânea consciência da Sabedoria Espelhada. Ria alegremente dos truques dos processos da vida, que sempre enfeitam as formas de maneiras sedutoras e atraentes para assim manter a dança em movimento. Se o viajante interpreta as visões de Eros a partir do seu modelo pessoal de jogos sexuais e tenta, então, pensar ou planejar — "o que devo fazer? Que papel devo desempenhar?" — é muito provável que ele escorregue para o Terceiro Bardo. Tramas sexuais dominam sua consciência, o fluxo vai diminuindo, o espelho mancha, e ele renasce de forma rude como um confuso ser pensante.

Outro impasse é a imposição dos jogos de sintomas físicos sobre o fluxo biológico. As novas sensações somáticas podem ser interpretadas como sintomas. Se é novo, deve ser ruim. Qualquer órgão do corpo pode ser selecionado como foco da "doença". As pessoas cuja principal expectativa é da ordem médica, ao tomarem uma substância psicodélica, são particularmente propensas a caírem nessa armadilha. Médicos são, de fato, extremamente propensos a isso, e podem imaginar doenças coloridas e ataques fatais.

No caso dos psicodélicos mais amplamente utilizados (LSD, psilocibina etc), pode-se dizer que seus efeitos corporais nunca são efeitos diretos da droga. A droga age apenas no cérebro e ativa padrões neurais *centrais*. Todos os sintomas físicos são criados pela mente. A doença do corpo é um sinal de que o ego está lutando para manter ou recuperar seu controle sobre um jorro de sentimentos e sobre a dissolução das fronteiras emocionais.

Se a pessoa se queixar de sintomas físicos como náusea ou dor, o guia deve ler para ela as orientações referentes aos sintomas físicos (página 154).

A contrapartida negativa e irada dessa visão ocorre quando, diante do poderoso fluxo de formas de vida, o viajante reaje com medo. Tal reação pode ser atribuída ao resultado acumulado do jogo (carma) dominado pela raiva ou pela estupidez. Um mundo infernal com ares de pesadelo pode se seguir. As formas visuais aparecem em um caos confuso repleto de objetos baratos, barulhentos, vulgares e inúteis. A pessoa pode se apavorar diante da perspectiva de ser engolida por eles. Os sons incríveis podem parecer ruídos medonhos, violentos, opressivos e dissonantes. A pessoa tentará escapar dessas percepções através de uma atividade externa inquieta (falar, caminhar etc.) ou de uma atividade conceitual, mental, analítica.

A experiência é a mesma, mas a interpretação intelectual é diferente. Em vez de revelação, há confusão; em vez de alegria, há medo. O guia, percebendo que o viajante se encontra em tal estado, pode ajudá-lo a se libertar com a leitura das orientações referentes à Visão 2 (página 154).

Visão 3: O fluxo de fogo da unidade interna

(Olhos fechados, estímulos externos ignorados; aspectos emocionais)

As instruções do Primeiro Bardo devem mantê-lo face a face com o vazio-êxtase. No entanto, há tipos de homens que, tendo levado conflitos cármicos de inibição de sentimentos à sessão, mostram-se incapazes de capturar a experiência pura para além dos sentimentos e acabam caindo em visões emocionalmente carregadas. A energia indiferenciada do Primeiro Bardo é tecida em jogos visionários na forma de sentimentos intensos. Sensações intensas e pulsantes de amor e unidade serão sentidas; a contrapartida negativa será o sentimento de apego, a ganância, o isolamento e as preocupações relativas ao corpo.

Acontece da seguinte forma: o fluxo puro de energia perde sua característica de vazio branco e começa a dar espaço a sentimentos intensos. O jogo emocional se impõe. Novas sensações físicas incríveis pulsam pelo corpo. O brilho da vida pode ser sentido inundando as veias. O indivíduo se funde a um oceano unitivo de eletricidade orgástica e fluida,[12] o fluxo interminável da vida compartilhada e do amor.

Visões relacionadas ao sistema circulatório são comuns. O sujeito desce através de sua própria rede arterial. O motor do coração reverbera em unidade com a pulsação da vida. O coração então se parte, e o fogo vermelho sangra para se fundir a todos os seres vivos. Todos os organismos vivos latejam juntos. O indivíduo está feliz e ciente da dança sexual elétrica de dois bilhões de anos; ele é finalmente despojado de suas roupas e membros de robô e, então, ondula na interminável cadeia das formas vivas.

O sentimento de amor intenso domina esse estado de êxtase. Você é uma parte alegre da totalidade da vida. A memória de delírios anteriores de individualização e diferenciação provocam risos exultantes.

Toda a angularidade dura, seca e quebradiça da vida no jogo se derrete. Você se afasta, macio, arredondado,

---

[12] A Divindade Pacífica do *Bardo Thödol* que personifica essa visão é o Buda *Amitaba*, representando a vida eterna com sua sabedoria discriminativa dos sentimentos e luz ilimitada. Lama Govinda escreve que "A luz vermelha profunda da visão interior discriminativa brilha a partir do coração dele... o fogo corresponde a ele, e assim, de acordo com o antigo simbolismo, o olho e o sentido da visão." (Govinda, op. cit., p. 120.) Com o *Bhagavan Amitabbha* vem o *bodisatva Chenrazee*, personificação da compaixão e do perdão, o mais misericordioso de todos, sempre à espreita para encontrar a aflição e socorrer os perturbados. Ele é acompanhando pelo *bodisatva* "O Glorioso de Voz Suave", e a figura feminina encarna "canção" e "luz".

úmido, quente. Fundido com toda a vida. Talvez você se sinta flutuando de um lado para o outro em um mar quente. Sua individualidade e autonomia de movimento vão desaparecendo na umidade. Seu controle foi rendido pelo organismo total. Passividade fortunada. Unidade extática, orgiástica e ondulante. Todos os problemas e preocupações são mandados embora. Tudo se ganha quando se renuncia a tudo. A revelação orgânica acontece. Todas as células de seu corpo cantam sua canção de liberdade; o universo biológico inteiro está em harmonia, libertado da censura, do controle e das ambições restritas que você impõe.

Mas espere! Você, VOCÊ, está desaparecendo na unidade. Você está sendo engolido pela ondulação do êxtase. O seu ego, aquela estreitíssima margem do eu, grita PARE! Você está aterrorizado com a atração da deslumbrante, transparente, radiante e gloriosa luz vermelha. Você arranca a si mesmo do fluxo da vida, arrastado por seu apego intenso pelos antigos desejos. À medida que suas raízes se libertam da matriz da vida, há um terrível rompimento — um rasgo de fibras e veias que se afastam do corpo maior ao qual você estava ligado. E, quando você se afasta do fluxo de fogo da vida, a vibração para, o êxtase cessa, seus membros endurecem em formas angulares, seu corpo de boneco de plástico recupera sua orientação. E, então, lá está você, sentado, isolado da corrente da vida, mestre impotente de seus apetites e desejos, infeliz.

Enquanto é carregado pelo fluxo do rio da evolução, você sente uma sensação de poder altruísta ilimitado. O prazer de fluir em um pertencimento cósmico. A descoberta aterradora de que a consciência pode sintonizar um número infinito de níveis orgânicos. Há bilhões de processos celulares em seu corpo, cada um com seu universo de experiência; uma gama sem fim de êxtases. Os prazeres simples, as dores e os fardos do seu ego representam um conjunto de experiências; um que é repetitivo e empoeirado. "Ao adentrar no fluxo inflamável das energias biológicas, as experiências se darão em rápida sequência." Você não está mais encapsulado na estrutura do ego e da tribo.

Mas, devido ao pânico e ao desejo de se agarrar ao que é familiar, você desliga o fluxo, abre os olhos; e a fluidez se perde. A possibilidade de passar de um nível de consciência a outro se foi. Seu medo e seu desejo de controle o levaram a aceitar um único lugar estático de consciência. Para usar uma metáfora oriental ou genética, você congelou a dança da energia e se comprometeu com uma encarnação, e fez isso porque sentiu medo.

Quando isso acontece, há vários passos que podem levá-lo de volta ao fluxo biológico (e de lá ao Primeiro Bardo). Primeiro, feche os olhos. Deite-se de barriga para cima e deixe seu corpo afundar no chão, fundir-se com o que há em volta. Sinta os limites duros e quadrados do seu corpo, e comece a se mover na corrente sanguínea. Deixe o ritmo da respiração tornar-se o fluxo da maré. O contato físico é provavelmente o método mais eficaz para amaciar superfícies endurecidas. Sem movimento. Sem jogos corporais. O contato físico próximo com outra pessoa invariavelmente leva à unidade do fluxo de fogo. Seu sangue começa a fluir para o corpo do outro. A respiração do outro alcança os seus pulmões. Vocês dois descem pelo rio capilar.

Outra forma das imagens de processos de vida é o fluxo de sensações auditivas. A série infinita de sons abstratos (descritos na visão anterior) reverbera pela consciência. A reação emocional a esses sons pode ser neutra ou envolver sentimentos intensos de unidade, incômodo ou medo.

A reação positiva ocorre quando o sujeito se funde com o fluxo sonoro. As batidas surdas do coração são sentidas como o hino basal da humanidade. O murmúrio veloz da respiração é como o rio de toda a vida correndo. Sentimentos avassaladores de amor, gratidão e harmonia unem-se no momento do som, em cada nota do concerto biológico.

Mas, como sempre, o viajante pode ver sua personalidade se intrometendo, com suas vontades e opiniões. Ele pode não "gostar" do barulho. Seu ego crítico pode ficar esteticamente ofendido com os sons da vida. As batidas do coração são, afinal, monótonas; a música natural do ouvido interno, com cliques, zumbidos e assobios, não oferece as simetrias românticas de Beethoven. A terrível separação do "eu" e do meu corpo ocorre. Horrorosa. Fora de controle. Desligue.

Normalmente, o guia treinado consegue perceber o momento em que o apego ao ego ameaça tirar a pessoa do fluxo unitário. Nesse momento, ele pode guiar o viajante com a leitura das instruções referentes à Visão 3 (página 156).

Visão 4: A estrutura de vibração em ondas das formas externas

(Olhos abertos ou envolvimento extasiado com estímulos externos; aspectos intelectuais)

A luz pura e sem conteúdo do Primeiro Bardo provavelmente envolve uma energia de onda elétrica básica. Isso não tem nome e é indescritível, uma vez que está muito além de qualquer conceito adquirido até agora.

Algum futuro físico atômico poderá, quem sabe, classificar essa energia. Talvez ela seja inefável para um sistema nervoso como o do *Homo sapiens*. É possível que um sistema orgânico "compreenda" o muito mais vasto e eficiente sistema inorgânico? De qualquer forma, a maioria das pessoas, até as mais iluminadas, acham impossível manter um contato experiencial com essa luz-vazia, de modo que retornam às estruturas mentais imponentes, alucinatórias e reveladoras que se sobrepõem ao fluxo.

Assim, somos levados a outra visão frequente, que envolve uma consciência intensa, extasiada e unitária em relação aos estímulos externos. Caso os olhos estejam abertos, esse efeito de super-realidade pode ser visual. O impacto penetrante de outros estímulos também pode desencadear imagens reveladoras.

Acontece da seguinte forma: a consciência do sujeito é subitamente invadida por um estímulo externo, sua atenção é capturada, mas sua velha mente conceitual não funciona. Porém, outras sensibilidades estão envolvidas. Ele experimenta uma sensação direta. A crua "existencialidade". Ele vê padrões de ondas luminosas, não objetos. Ele não ouve "música" nem som "significativo", mas ondas acústicas. Fica fascinado com a súbita revelação: todas as sensações e percepções são baseadas em vibrações de ondas. O mundo ao seu redor, que até então tinha uma solidez ilusória, não é nada além de um jogo de ondas físicas. Ele está envolvido em um tipo cósmico de programa de TV, com não mais substância do que as imagens de seu aparelho de televisão.[13]

---

[13] A Divindade Pacífica do *Thödol* que personifica essa visão é *Akshobhya*. De acordo com Lama Govinda: "À luz da sabedoria espelhada... as coisas são libertadas de sua "materialidade de coisa", de seu isolamento, sem que sejam privadas de sua forma; elas são despo-

A estrutura atômica da matéria, é claro, é conhecida no nível intelectual, mas nunca experimentada pela pessoa adulta, exceto em estados intensos de consciência alterada. Aprender com um livro de física sobre a estrutura de onda da matéria é uma coisa. Experimentar isso — ser parte disso — sem que o velho conforto familiar, bruto e alucinatório das coisas "sólidas" esteja disponível, é algo completamente diferente.

Caso essas visões super-reais envolvam fenômenos de ondas, então o mundo externo assume um brilho e uma revelação surpreendentemente claros. A percepção de que o mundo dos fenômenos existe na forma de ondas e imagens eletrônicas pode produzir uma sensação de poder iluminado. Tudo é sentido de forma consciente.

Essas radiações exultantes devem ser reconhecidas como produções do próprio processo interno que ocorre em sua mente. Você não precisa tentar controlá-las ou conceituá-las. Isso pode ser feito mais tarde. Há o perigo do congelamento alucinatório. O sujeito corre de volta (às vezes literalmente) à realidade tridimensional, convencido da sólida "verdade" de uma experiência reveladora. Muitos místicos equivocados e muitas pessoas chamadas de loucas caíram nessa emboscada. É como tirar uma fotografia de uma imagem da televisão e sair gritando que a verdade foi finalmente apreendida. Tudo é um êxtase elétrico *Maya*, a dança das ondas de dois bilhões de anos. E nenhuma parte é mais real do que outra. Tudo, em todo os instantes, está brilhando com todo o significado.

---

jadas de sua concretude, sem serem dissolvidas, pois o princípio criativo da mente, que está no fundo de toda forma e materialidade, é reconhecido como o lado ativo do Repositório da Consciência universal (*alaya-vijnana*), em cuja superfície surgem e desaparecem uma série de formas, como as ondas na superfície do oceano..." (Govinda, op. cit., p. 119)

Até agora, falamos sobre o brilho positivo da clareza; mas há aspectos negativos assustadores na quarta visão. Quando o sujeito percebe que seu "mundo" está se fragmentando na forma de ondas, ele pode ficar aterrorizado. O "ele" e o "eu" estão se dissolvendo! O mundo à minha volta deveria se sentar, estático e morto, esperando pacientemente pela minha manipulação. Mas essas coisas passivas se transformaram em uma dança cintilante de energia viva! A natureza *Maya* dos fenômenos gera pânico. Onde está a base sólida? Cada coisa, cada conceito, cada forma que nos tranquiliza colapsa em vibrações elétricas sem solidez.

O rosto do seu guia ou de algum amigo querido torna-se um mosaico dançante de impulsos nascidos no seu córtex. "Minha consciência" criou tudo aquilo de que estou consciente. Eu fiz uma filmagem de meu mundo, das pessoas que amo, de mim mesmo. Tudo e todos são padrões cintilantes de energia. No lugar da clareza e do poder triunfante, há confusão. O sujeito cambaleia pelo ambiente, agarrando-se a padrões de elétrons, esforçando-se para congelá-los novamente em suas formas robóticas familiares.

Toda a solidez desapareceu. Todos os fenômenos são imagens de papel coladas na tela de vidro da consciência. Para os não preparados, ou para a pessoa cujo resíduo cármico enfatiza o controle, a descoberta da natureza de onda de todas as estruturas, a revelação *Maya*, é uma teia desastrosa de incertezas.

Mas discutimos apenas os aspectos visuais da quarta visão até agora. Os fenômenos auditivos têm igual importância. Aqui, o padrão sólido e rotulado dos padrões auditivos é perdido, e o impacto mecânico do som batendo no tímpano é registrado. Em alguns casos, o som se converte em pura sensação, e então ocorre a sinestesia (a mistura de diferentes sentidos). Os sons são percebidos como cores. As sensações externas que atingem o córtex são registradas como eventos moleculares, inefáveis.

As visões auditivas mais dramáticas ocorrem a partir da música. Da mesma forma como qualquer objeto irradia um padrão de elétrons e pode se tornar a essência de toda a energia, qualquer nota musical pode ser sentida como uma energia nua vibrando no espaço, atemporal. O movimento das notas como o vaivém de linhas oscilográficas, cada uma capturando toda a energia, o núcleo elétrico do universo. Nada mais existe, exceto a clara ressonância do tímpano. Revelações inesquecíveis sobre a natureza da realidade ocorrem nesses momentos.

Mas a interpretação diabólica também é possível. À medida que a estrutura conhecida do som colapsa, o impacto direto das ondas pode ser percebido como barulho. Para quem se sente compelido a instituir a ordem — a sua ordem — no mundo ao redor, é no mínimo irritante e muitas vezes perturbador ouvir o tamborilado cru do som ressoando na consciência.

Barulho! Que conceito desrespeitoso. Não é tudo barulho? Qualquer sensação, o padrão divino da energia de ondas, sem sentido apenas para aqueles que insistem em impor seu próprio significado?

A chave para uma passagem serena por esse território visionário é a preparação. Ao se deparar com o fenômeno, o sujeito que estudou este manual saberá reconhecê-lo e fluir com ele.

O guia perspicaz estará pronto para captar qualquer pista de que o sujeito está vagando na quarta visão. Se os olhos do viajante estiverem abertos (o que indica reações visuais), ele pode ler as instruções da Visão 4 (página 157).

Se o guia achar que o viajante está experimentando a fragmentação do som externo em vibrações de onda, ele pode adaptar as orientações apropriadamente (alterando as referências visuais por referências auditivas).

Visão 5: As ondas vibratórias da unidade externa

(Olhos abertos, ou envolvimento extasiado com os estímulos externos; aspectos emocionais)

À medida que as percepções aprendidas desaparecem, e a estrutura do mundo exterior se desintegra em fenômenos de ondas diretas, o objetivo é manter a consciência pura e livre de conteúdo (Primeiro Bardo). Mesmo com os preparativos, é provável que a pessoa seja levada novamente para trás, devido a suas próprias inclinações mentais, a duas interpretações alucinatórias ou reveladoras da realidade. Uma reação leva à clareza intelectual ou à confusão assustadora da quarta visão (que acabamos de descrever). Outra interpretação é a reação emocional causada pela fragmentação das formas diferenciadas. É possível que a pessoa seja engolida pela unidade do êxtase, ou que caia em um egoísmo isolado. O *Bardol Thödol* chama o primeiro de "Sabedoria da Igualdade" e o último de "pântano da existência mundana, fruto do egoísmo violento".[14] No estado de unidade radiante, a pessoa

[14] A Divindade Pacífica da quinta visão surge na forma do *Bhagavan Ratnasamb-hava*, nascido de uma joia. Ele é abraçado pela Mãe Divina. Ela dos olhos de Buda, e acompanhada pelos *bodisatvas*, ventre do céu. O bem por inteiro, e aqueles que carregam incenso e rosário. "No plano elementar, *Ratnasambhava* corresponde à Terra, que carrega e alimenta todos os seres com a equanimidade e a paciência de uma mãe, para cujos olhos todos os seres, mantidos por ela, são iguais." (Govinda, op. cit., p. 119.)

sente que existe apenas uma rede de energia em todo o universo, e que todas as coisas e todos os seres sensíveis são manifestações momentâneas de um único padrão. Quando manifestações egoístas se impõem durante a quinta visão, os fenômenos da "boneca de plástico" são vivenciados. Formas diferenciadas são vistas como inorgânicas, maçantes, produzidas em larga escala, gastas, plásticas, e todas as pessoas (incluindo o próprio viajante) parecem manequins sem vida, apartados da dança vibrante de energia que se perdeu.

Os dados experienciais dessa visão são semelhantes aos da quarta visão. Todas as estruturas-artefato aprendidas anteriormente voltam a se transformar em vibrações de energia. A consciência é dominada não pela clareza reveladora, mas pela unidade cintilante. O sujeito é arrebatado pelo jogo silencioso e rodopiante das forças. Formas fascinantes dançam ao seu redor, e todos os objetos irradiam energia em emanações brilhantes. Seu próprio corpo é visto como um jogo de forças. Caso ele se olhe no espelho, verá um mosaico brilhante de partículas. A percepção de sua própria estrutura de ondas torna-se mais forte. Uma sensação de estar flutuando, derretendo. O corpo não é mais uma unidade à parte, mas um aglomerado de vibrações que envia e recebe energia — uma fase da dança de energia que vem acontecendo há milênios.

Um sentimento de unidade profunda, um sentimento de união de toda a energia. As diferenças superficiais de papel, molde, status, sexo, espécie, forma, poder, tamanho, beleza, e até as distinções entre energia inorgânica e viva, desaparecem diante da união extática de todos em um só. Todos os gestos, palavras, atos e eventos são equivalentes em valor — todos são manifestações da consciência do sujeito, que tudo permeia. "Você", "eu" e "ele" desaparecem, "meus" pensamentos são "nossos", "seus" sentimentos são "meus". A comunicação torna-se desnecessária, uma vez que a completa comunhão é alcançada. Uma pessoa pode sentir diretamente os sentimentos e o humor de outra como se eles fossem dela mesma. Por um olhar, transmitem-se palavras e vidas inteiras. Se tudo estiver tranquilo, as vibrações estarão "em fase". Se houver discórdia, as vibrações se estabelecerão como "fora de fase" e serão sentidas como se fossem uma música dissonante. Os corpos derretidos em ondas. Os objetos do ambiente — luzes, árvores, plantas, flores — parecem se abrir para recebê-lo: eles são parte de você. Vocês dois são simplesmente pulsos diferentes da mesma vibração. Um sentimento puro de harmonia extática com todos os seres é a tônica desta visão.

Mas, como antes, sensações de pavor podem ocorrer. A unidade precisa do autossacrifício extático. A perda do ego assusta aqueles que não estão preparados. A fragmentação da forma em ondas pode trazer o mais terrível medo conhecido pelo homem: a revelação epistemológica final.

A verdade é que todas as formas aparentes da matéria e do corpo são aglomerados momentâneos de energia. Não somos muito mais do que cintilações em uma tela de televisão multidimensional. Essa conclusão diretamente experienciada pode ser maravilhosa. Você acorda de repente da ilusão da separação das formas e se conecta à dança cósmica. A consciência desliza silenciosamente através das matrizes das ondas, na velocidade da luz.

O terror vem com a descoberta da transitoriedade. Nada é constante, nenhuma forma é sólida. Tudo que você pode experimentar é "nada além" de ondas elétricas. Você se sente terrivelmente enganado. Uma vítima do grande produtor de TV. Desconfiança. As pessoas ao seu redor são robôs de televisão sem vida. O mundo ao seu redor é uma fachada, um cenário. Você é uma marionete indefesa, um boneco de plástico em um mundo de plástico.

Se outros tentarem ajudar, eles serão vistos como monstros sem sentimentos da ficção espacial, feitos de madeira, cera, frios, grotescos, maníacos. Você é incapaz de sentir. "Eu estou morto. Não voltarei nunca a viver ou a sentir." Em um pânico descontrolado, você pode tentar trazer os sentimentos de volta à força, pela ação, pelo grito. Então você ingressará na fase do Terceiro Bardo e renascerá de um jeito desagradável.

O melhor método para escapar dos terrores da quinta visão é lembrar deste manual, relaxar e balançar com a dança das ondas. Ou então dizer ao guia que você está na fase do boneco de plástico, para que ele o guie de volta.

Outra solução é passar para o fluxo biológico interno. Siga as orientações dadas na terceira visão: feche os olhos, deite-se de bruços, procure o contato físico, deslize em seu fluxo corporal. Ao fazer isso, você estará recapitulando a sequência evolutiva. Por bilhões de anos, a energia inorgânica dançou sua rodada cósmica antes do ritmo biológico começar. Não tenha pressa.

Se o guia perceber que a pessoa está tendo visões de boneco de plástico ou está com medo da falta de controle sobre seus próprios sentimentos, ele deve ler ao viajante as orientações da Visão 5 (página 158).

Visão 6: "O circo da retina"

Cada uma das visões do Segundo Bardo descritas até aqui era um aspecto da "experiência da realidade", o fogo interno ou as ondas externas, apreendidas intelectualmente ou emocionalmente; cada visão com suas armadilhas correspondentes. Cada uma das "Divindades Pacíficas" aparece com seu auxiliar "Divindades Coléricas". Manter qualquer dessas visões por algum período de tempo requer um certo grau de concentração ou "unidirecionamento" da mente, assim como a habilidade de reconhecer as visões e de não as temer. De modo que, para a maioria das pessoas, a experiência pode passar por uma dessas fases ou mais sem que o viajante seja capaz de segurá-las e mantê-las. Ele pode abrir e fechar os olhos, sendo alternadamente absorvido por sensações internas e externas. A experiência pode ser caótica, linda, emocionante, incompreensível, mágica, em constante mudança.[15]

Ele viajará livremente por diversos mundos de experiência; do contato direto com formas e imagens do processo de vida, ele poderá passar para as visões das formas de jogos humanos. Poderá ver e entender, com uma clareza inimaginável, os diversos jogos individuais e sociais que ele e os outros jogam. Suas próprias lutas na existência cármica (jogo) parecerão vergonhosas e risíveis.

---

[15] No *Bardo Thödol*, aparecem no sexto dia as luzes radiantes unidas das Cinco Sabedorias dos Budas *Dhyani*, as divindades protetoras (guardiões da mandala) e os Budas dos Seis Reinos da existência do jogo. De acordo com Lama Govinda: "O Caminho Interior do *Vajrasattva* consiste na combinação dos raios das Sabedorias dos quatro Budas *Dhyani* e de sua absorção pelo coração do indivíduo; em outras palavras, o reconhecimento de que todas essas luzes são emanações da mente do indivíduo em um estado de perfeita tranquilidade e serenidade, no qual a mente revela sua verdadeira natureza universal." (Govinda, op. cit., p. 262.)

A liberdade extática da consciência é a tônica desta visão. A exploração de reinos inimagináveis. As aventuras teatrais. Jogos dentro de jogos dentro de jogos. Os símbolos se transformam nas coisas simbolizadas e vice-versa. As palavras se tornam coisas, os pensamentos são música, a música pode ser cheirada e os sons, tocados. Há um intercâmbio total entre os sentidos.

Todas as coisas são possíveis. Todos os sentimentos são possíveis. Uma pessoa pode "vestir" vários humores como se veste peças de roupa. Sujeitos e objetos giram, se transformam, um se torna o outro, e então se juntam, se fundem e se dispersam novamente. Objetos externos dançam e cantam. A mente os toca como se fossem instrumentos musicais. Eles assumem sob comando qualquer forma, significado ou característica. São admirados, adorados, analisados, examinados, alterados, transformados em bonitos ou feios, grandes ou pequenos, importantes ou triviais, úteis, perigosos, mágicos ou incompreensíveis. Eles podem causar uma reação de admiração, espanto, graça, veneração, amor, nojo, fascinação, horror, prazer, medo, êxtase.

Como um computador com acesso ilimitado a qualquer programa, a mente vaga livremente. Memórias individuais e de raça sobem à superfície da consciência como bolhas e interagem com fantasias, desenhos, sonhos e objetos externos. Um evento presente torna-se carregado de um profundo significado emocional, e um evento cósmico pode ser visto como idêntico a alguma peculiaridade individual. Problemas metafísicos são jogados para cima como bolas de malabarismo, e quicam por todos os lados. Derramamentos espontâneos de associações, "processos primários" puros, fusões de opostos, imagens tornando-se uma só, condensando, mudando, colapsando, expandindo e se conectando.

A visão caleidoscópica da realidade do jogo pode ser assustadora e confusa para um sujeito mal preparado. No lugar da extraordinária clareza da percepção em múltiplos níveis, ele vai passar pela experiência de caos das formas incontroláveis e sem sentido. No lugar do prazer gerado pelas acrobacias brincalhonas do intelecto livre, haverá tentativas ansiosas de se agarrar a uma ordem esquiva. Alucinações mórbidas e escatológicas podem ocorrer, evocando vergonha e repugnância.

Como já foi dito, essas visões negativas ocorrem somente no caso de a pessoa tentar controlar ou racionalizar o panorama mágico. Relaxe e aceite o que vier. Lembre-se de que todas as visões são criadas pela sua mente, as felizes e as infelizes, as bonitas e as feias, as agradáveis e as pavorosas. Sua consciência é o criador, o ator e o espectador do "circo da retina".

Caso o guia perceba que o viajante está, ou parece estar, na visão do "circo da retina", pode ler para ele as instruções apropriadas (página 160).

Visão 7: "O teatro mágico"

Se o viajante não for capaz de manter a serenidade passiva necessária para a contemplação das visões anteriores (as Divindades Pacíficas), ele passará então para uma fase mais ativa e mais dramática. O jogo de formas e de coisas se torna o jogo das figuras heroicas, dos espíritos sobre-humanos e dos semideuses.[16] Você poderá ver

[16] No manual tibetano, isso é descrito como a visão das cinco "Divindades Detentoras do Conhecimento", dispostas na forma de uma mandala, cada uma abraçada por *Dakinis*.

figuras de luz em formas humanas. O "Senhor Lótus da Dança": a imagem suprema de um semideus que percebe o efeito de todas as ações. O príncipe do movimento, dançando em uma união extática com sua contraparte feminina. Heróis, heroínas, guerreiros celestiais, semideuses masculinos e femininos, anjos, fadas — a forma exata dessas figuras dependerá da formação e da tradição do indivíduo. Figuras arquetípicas na forma de personagens das mitologias grega, egípcia, nórdica, celta, asteca, persa, indiana e chinesa. As formas diferem, a fonte é a mesma: trata-se das personificações concretas dos aspectos da própria *psiquê* da pessoa. São forças arquetípicas sob a consciência verbal, expressáveis apenas de forma simbólica. Em geral, essas figuras são extremamente coloridas e acompanhadas por uma variedade de sons inspiradores. Se o viajante estiver preparado, em um estado de espírito calmo e desapegado, ele será exposto a uma fascinante e brilhante exibição de criatividade dramática. O Teatro Cósmico. A Divina Comédia. Se seus olhos estiverem abertos, ele poderá enxergar os outros viajantes como representantes dessas figuras. O rosto de um amigo poderá se transformar no de um menino, um bebê, um deus-criança; uma estátua heroica, um velho sábio; uma mulher, animal, deusa, mãe-mar, menina, ninfa,

---

em uma dança extática. As Divindades Detentoras do Conhecimento simbolizam "o mais alto nível concebível de conhecimento individual ou humano, alcançado pela consciência dos grandes iogues, pensadores inspirados ou semelhantes heróis do espírito. Eles representam o último passo antes do 'rompimento' rumo à consciência universal, ou o primeiro passo do retorno de lá até o plano do conhecimento humano." (Govinda, op. cit., p. 202.) As *Dakinıs* são personificações femininas do conhecimento, que representam os impulsos da consciência, os quais levam ao rompimento. Os outros quatro Detentores do Conhecimento, além do central Senhor da Dança, são: o Detentor do Conhecimento que permanece na terra, o Detentor do Conhecimento que tem poder sobre a duração da vida, o Detentor do Conhecimento do Grande Símbolo e o Detentor de Conhecimento portador da Realização Espontânea.

elfa, goblin, leprechaun. As imagens feitas pelos grandes pintores surgem como as representações familiares desses espíritos. Elas são múltiplas e inesgotáveis. Uma viagem iluminadora às áreas onde a consciência pessoal se funde à supraindividual.

O perigo é que o viajante se assuste ou se sinta indevidamente atraído por essas figuras poderosas. As forças representadas por elas podem ser mais intensas do que ele esperava. A incapacidade ou a relutância em aceitá-las como produtos de sua própria mente fazem com que ele fuja em buscas animalistas. A pessoa pode acabar envolvida na busca pelo poder, pela luxúria, pela riqueza, e descer até as lutas de renascimento do Terceiro Bardo.

Se o guia achar que o viajante está preso nessa armadilha, as instruções apropriadas podem ser utilizadas (página 161).

As visões coléricas

(Pesadelos do Segundo Bardo)

Sete visões do Segundo Bardo foram descritas. Em cada uma delas, o viajante pôde reconhecer o que viu e ser libertado. Multidões serão libertadas através desse reconhecimento; e, ainda que as multidões obtenham a libertação dessa maneira — o número de seres sencientes tão alto, o carma maligno tão poderoso, os obscurecimentos tão densos, propensões demasiadamente longas, a Roda da Ignorância e da Ilusão não se esgota nem se acelera. Apesar desses conflitos, a imensa maioria vaga sem ter atingido a libertação.

Assim, no *Thödol* tibetano, depois das sete Divindades Pacíficas, surgem as sete visões das Divindades Coléricas, 58 delas, masculinas e femininas, "coléricas, bebedoras de sangue e com halos de chamas." Essas *Herukas*, como são chamadas, não serão descritas em detalhes, especialmente porque os ocidentais tendem a experienciar as divindades coléricas de diferentes formas. No lugar de demônios mitológicos ferozes com múltiplas cabeças, eles são mais propensos a serem engolidos e esmagados por máquinas impessoais, manipuladas por dispositivos científicos torturantes e outros horrores da ficção espacial.[17]

---

[17] Algumas observações gerais sobre a interpretação tibetana dessas visões. As Divindades Coléricas são vistas como "simplesmente as Divindades Pacíficas anteriores em aspecto alterado." Lama Govinda escreve: "As formas pacíficas dos Budas *Dhyani* representam o ideal supremo do estado de Buda em sua forma final e estática de realização e perfeição, vista retrospectivamente, por assim dizer, como um estado de completo repouso e harmonia. Os *Herukas*, por outro lado, descritos como 'bebedores de sangue' e divindades furiosas ou 'aterrorizantes', são apenas o aspecto dinâmico da iluminação, o processo de se tornar um Buda, de se atingir a iluminação, simbolizado pela luta do Buda com os Anfitriões de *Mara*... As figuras extáticas, heroicas e aterrorizantes sim-

Os tibetanos consideram as visões de pesadelo como produtos sobretudo intelectuais. Eles os atribuem ao chacra do cérebro, enquanto as Divindades Pacíficas são atribuídas ao chacra do coração, e as Divindades Detentoras do Conhecimento, ao chacra intermediário da garganta. Eles são as reações da mente ao processo de expansão da consciência. Representam a tentativa do intelecto de manter seus limites, ameaçados. Eles simbolizam a luta para atingir a consciência e o entendimento sobre a perda do ego.

Em razão do terror e do espanto que produzem, o processo de reconhecimento é difícil. No entanto, de certa forma, o reconhecimento pode ser mais fácil, pois essas alucinações negativas exigem toda a atenção, a mente está alerta e, portanto, ao tentarem escapar do medo e do sofrimento, as pessoas se envolvem em estados psicóticos e sofrem com isso. Porém, com a ajuda deste manual e com a presença de guia, o viajante reconhecerá essas visões infernais assim que as enxergar, e as receberá como velhas amigas.

Mais uma vez, quando psicólogos, filósofos e psiquiatras, que desconhecem esses ensinamentos, passam pela perda do ego — ainda que tenham se dedicado com vigor aos estudos acadêmicos e que sejam muito habilidosos ao exporem suas teorias intelectuais —, nenhum dos fenômenos mais elevados ocorrerá. Isso porque eles são incapazes de *reconhecer* as visões que acontecem nessas experiências psicodélicas. Vendo de repente algo que nunca viram antes e, desprovidos de conceitos inte-

---

bolizam o ato de se tomar o caminho do impensável, do intelectualmente 'inatingível'. Elas representam o salto sobre o abismo, que boceja entre uma consciência de superfície intelectual e a consciência intuitiva suprapessoal mais profunda." (Govinda, op. cit., pp. 198, 202.)

lectuais, eles interpretam esses fenômenos como algo hostil; com o surgimento de sentimentos antagônicos, acabam migrando para estados infelizes. Assim, se o indivíduo não possuir experiência prática com esses ensinamentos, ele não verá os brilhos e as luzes.

Os que acreditam nessas doutrinas — embora possam parecer não refinados, erráticos no desempenho de seus deveres, deselegantes em seus hábitos e talvez até incapazes de praticar a doutrina corretamente — não despertam dúvidas nem desrespeito, mas reverenciam sua fé mística. Apenas isso permite o alcance da libertação. A precisão e a eficiência da prática devocional não são necessárias; apenas o entendimento e a confiança nesses ensinamentos.

As pessoas bem-preparadas não precisam experimentar alguma visão infernal no Segundo Bardo. Desde o início, elas podem passar por estados paradisíacos conduzidos por heróis, heroínas, anjos e superespíritos. "Eles se fundirão em um brilho arco-íris; haverá sol misturado com chuva, o cheiro doce do incenso no ar, música no céu, raios de luz."

Este manual é indispensável para aqueles estudantes que não estão preparados. Aqueles com experiência em meditação vão reconhecer a Clara-Luz como o momento da perda do ego, e assim entrarão no Vazio Bem-Aventurado (*Dharma-Kaya*). Eles também reconhecerão as visões positivas e negativas do Segundo Bardo e obterão iluminação (*Sambhogha-Kaya*); renascendo em um nível superior, se tornarão santos ou professores inspirados (*Nirmına-Kaya*). *O estudo e a busca pela iluminação sempre podem ser retomados no ponto em que foram interrompidos durante a última perda do ego, garantindo assim a continuidade do carma.*

A partir do uso deste manual, pode-se obter a iluminação sem necessidade de meditação, mas através apenas da audição. Isso poderá libertar até aqueles que praticam muito os jogos do ego. A distinção entre os que sabem e os que não sabem se torna muito clara. Então a iluminação ocorre instantaneamente. Aqueles que ela toca não podem ter experiências negativas prolongadas.

Os ensinamentos sobre as visões infernais são os mesmos de antes; reconheça suas próprias formas de pensamento, relaxe e flutue pela corrente. Caso seja necessário, as instruções da página 162 podem ser lidas. Se, depois disso, o reconhecimento ainda não for possível e a libertação não ocorrer, então o viajante descerá ao Terceiro Bardo, o período da reentrada.

Conclusão do Segundo Bardo

Por mais experiência que se tenha, há sempre a possibilidade de ocorrerem delírios durante esses estados psicodélicos. Aqueles com prática em meditação reconhecerão a verdade assim que a experiência começar. Ler este manual de antemão é importante. No momento da morte do ego, também é útil que o viajante possua algum grau de autoconhecimento.

Nas fases do Segundo Bardo, a meditação sobre as formas arquetípicas positivas e negativas é muito importante. Portanto, leia este manual, guarde-o, lembre-se dele, tenha-o em mente, leia-o com frequência; deixe que as palavras e significados se tornem muito claros; eles não devem ser esquecidos, mesmo sob extrema coerção. Ele é chamado de "A grande libertação pela Audição", porque mesmo aqueles com atos egoístas em sua consciência podem ser libertados, caso ouçam as palavras deste manual. Ainda que por uma única vez, essa escuta pode ser eficaz mesmo que não leve à compreensão, pois será lembrada no decorrer do estado psicodélico, condição na qual a mente se torna mais lúcida. Ele deve ser proclamado para todas as pessoas vivas; deve ser lido perto do travesseiro das pessoas doentes; deve ser lido a pessoas que estão morrendo; deve ser transmitido.

Aqueles que abraçam esta doutrina são afortunados. Não é um encontro fácil. Mesmo quando lido, é difícil de compreendê-la. *A libertação será conquistada simplesmente por não ser desacreditada quando ouvi-la.*

Aqui termina o Segundo Bardo, o período das alucinações.

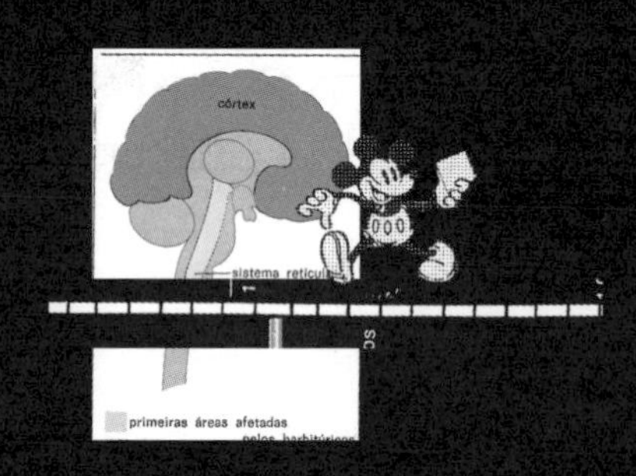
córtex
sistema
primeiras áreas afetadas

Terceiro Bardo:
O período da reentrada
(*Sidpa Bardo*)

INTRODUÇÃO

Se, durante o segundo Bardo, o viajante for incapaz de se agarrar ao fato de que as visões pacíficas e as coléricas são projeções de sua própria mente, mas se sentir atraído ou assustado por uma delas, ou por mais de uma, ele entrará no Terceiro Bardo. Nesse período, ele lutará para reconquistar o seu ego e a realidade do dia a dia; os tibetanos chamam esse Bardo de "busca pelo renascimento". É o período no qual a consciência opera a transição da realidade transcendente à realidade da vida desperta ordinária. Para evitar uma reentrada violenta e desagradável, e para almejar uma reentrada pacífica e iluminada, os ensinamentos deste manual são de extrema importância.

No *Bardo Thödol* original, o objetivo dos ensinamentos é a libertação, isto é, a ideia de se desprender do ciclo de nascimento e morte. Esotericamente interpretado, significa que o objetivo é permanecer no estágio de iluminação perfeita, e não retornar à realidade do jogo social.

Apenas as pessoas com desenvolvimento espiritual extremamente avançado são capazes de alcançar esse estágio, e o fazem exercitando o Princípio da Transferência no momento da morte do ego. No caso das pessoas comuns que empreendem uma viagem psicodélica, o retorno à realidade do jogo é inevitável. Tais pessoas podem, e devem, usar esta parte do manual com os seguintes fins:

1. Para se libertar das armadilhas do Terceiro Bardo;
2. Para prolongar a sessão, garantindo assim um grau máximo de iluminação;
3. Para selecionar uma reentrada favorável, isto é, retornar a uma personalidade mais sábia e mais pacífica após a sessão.

Ainda que não possamos definir uma estimativa exata de tempo, os tibetanos acreditam que, para as pessoas normais, cerca de 50% de toda a experiência psicodélica é passada no Terceiro Bardo. Às vezes, como mencionado na introdução, uma pessoa pode passar direto ao período de reentrada, caso não esteja preparada ou caso sinta medo diante da experiência de perda do ego dos dois primeiros Bardos.

Os tipos de reentrada realizados podem influenciar as atitudes subsequentes e os sentimentos da pessoa sobre si e sobre o mundo. Essa influência chega a durar semanas, ou mesmo anos. Uma sessão que foi predominantemente negativa e assustadora pode acabar sendo benéfica, e é possível que se aprenda muito com ela, desde que a reentrada seja positiva e altamente consciente. Por outro lado, uma experiência reveladora e feliz pode se tornar algo sem valor, se a reentrada for negativa ou assustadora.

As principais instruções do Terceiro Bardo são: (1) *não faça nada* e, não importe o que aconteça, fique calmo, passivo e relaxado; e (2) *reconheça* onde você está. Se você não reconhecer, será impelido, pelo medo, a fazer uma reentrada prematura e desfavorável. Somente o reconhecimento permitirá que se mantenha em um estado de calma, de concentração passiva necessária para uma reentrada favorável. Por isso, tantos pontos de reconhecimento são oferecidos. Se você falhar em um, sempre é possível, até o final, ter sucesso em outro. Portanto, esses ensinamentos devem ser lidos com atenção e muito bem lembrados.

Nas seções a seguir, algumas das experiências características do Terceiro Bardo serão descritas. Na Parte IV, haverá instruções apropriadas para cada seção. Neste estágio de uma sessão psicodélica, o viajante costuma ser capaz de comunicar verbalmente o que experiencia ao guia. Assim, as seções apropriadas podem ser lidas. Muitas vezes, um guia sábio pode perceber, sem palavras, a natureza exata da luta do ego. O viajante normalmente não irá passar por todos esses estados, mas somente por um ou por alguns deles; às vezes, o retorno à realidade pode se dar por caminhos novos e incomuns. Nesse caso, as instruções gerais para o Terceiro Bardo devem ser enfatizadas (página 163).

I. Descrição geral do Terceiro Bardo

Em geral, a pessoa desce, um passo de cada vez, a estados de consciência cada vez mais baixos (e mais comprimidos). Cada passo pode ser precedido por um torpor que leva à inconsciência. Ocasionalmente, a descida pode ser repentina, e a pessoa abruptamente voltará a uma visão de realidade que, em contraste com as fases anteriores, parecerá sem graça, estática, dura, angular, feia e repleta de marionetes. Tais mudanças podem levar ao medo e ao horror, e o indivíduo talvez lute com desespero para recuperar a realidade que lhe é familiar. Talvez fique preso nas perspectivas irracionais, ou até mesmo bestiais, que dominam toda a sua consciência naquele momento. Esses elementos primitivos limitados provêm de aspectos da sua história pessoal que estão usualmente reprimidos. A consciência mais iluminada dos dois primeiros Bardos e os elementos civilizados da vida desperta comum são deixados de lado e substituídos por impulsos primitivos poderosos e obsessivos, que se tratam, na verdade, de partes instintivas apenas — desbotadas e incoerentes — da personalidade completa do viajante. A natureza sugestionável da consciência do Bardo faz tais impulsos parecerem extremamente poderosos e avassaladores.

Por outro lado, o viajante também poderá ter a sensação de que possui poderes sobre-humanos de percepção e movimento, e que ele é capaz de operar milagres, proezas extraordinárias relacionadas ao controle corporal etc. O livro tibetano, sem dúvida, atribui habilidades paranormais à consciência do viajante do Bardo, as quais explica pelo fato de a consciência do Bardo abarcar elementos do futuro bem como do passado. Por isso, são consideradas possíveis a clarividência, a telepatia, a percepção extrassensorial etc.. Evidências objetivas não indicam se essa sensação de aumento da percepção é real ou ilusória. Deixamos, portanto, essa questão em aberto, a ser resolvida por evidências empíricas.

Este, então, é o *primeiro* ponto de reconhecimento do Terceiro Bardo: o sentimento de percepção e desempenho sobre-humanos. Considerando que seja verdadeiro, o manual adverte que o viajante não se fascine pelos seus superpoderes, e que não os tente exercitar. Na prática da Yoga, os mais experientes entre os lamas ensinam o discípulo a não se esforçar demais após os poderes psíquicos dessa natureza; isso porque, até que o discípulo esteja moralmente apto a usá-los com sabedoria, eles podem se tornar um grande impedimento para seu desenvolvimento espiritual. É seguro usá-los somente após dominar por completo a natureza egoísta do homem, envolvida com o jogo.

Um *segundo* sinal da existência do Terceiro Bardo são as experiências de pânico, tortura e perseguição. Elas são diferentes das visões coléricas do Segundo Bardo, pois parecem envolver definitivamente o próprio "ego encapsulado pela pele" do indivíduo. Figuras manipuladoras que controlam a mente e demônios de aspectos hediondos podem ser vistos nas alucinações. A forma assumida por esses demônios torturantes dependerá do contexto cultural em que a pessoa foi criada.

Enquanto os tibetanos viam demônios e animais predadores, os ocidentais podem ver máquinas moedoras impessoais, ou equipamentos futuristas de controle e despersonalização de diferentes tipos. Visões da destruição do planeta, morte em versões de ficção espacial e alucinações que envolvem ser engolido por poderes destruidores também podem ocorrer; assim como sons de aparelhos controladores de mente, "o maquinário de neblina da junção", das engrenagens que movem o cenário de um teatro de fantoches, de mares agitados transbordando, do ruído do fogo e dos ventos ferozes surgindo, de risadas de deboche.

Quando essas visões e sons aparecem, o primeiro impulso é fugir, em pânico e completamente aterrorizado, sem se importar com o destino, desde que seja para longe daquilo. Em experiências com drogas psicodélicas, a pessoa pode, nesse momento, implorar ou exigir retornar "para fora" através de antídotos ou tranquilizantes. Ela pode ver a si própria como alguém prestes a cair em precipícios profundos e aterrorizantes. Isso simboliza as chamadas paixões malignas, que, como as drogas narcóticas, escravizam e amarram a existência da humanidade em redes de jogos (*sangsara*): raiva, luxúria, estupidez, orgulho ou egoísmo, ciúme e poder controlador. Tais experiências, assim como a anterior, de poderes amplificados, devem ser vistas como características de reconhecimento do Terceiro Bardo. Não se deve fugir da dor, nem buscar o prazer. *Apenas o reconhecimento é necessário* — e reconhecimento depende de preparação.

Um *terceiro* sinal é uma espécie de vagar inquieto e infeliz, que pode ser puramente mental ou envolver movimentos físicos reais. A pessoa sente como se estivesse sendo impulsionada pelo vento (os ventos do carma) ou arrastada mecanicamente. Podem acontecer breves momentos de trégua em certos lugares ou cenas do mundo humano "comum". Como alguém à noite viajando sozinho por uma estrada, tendo sua atenção capturada por monumentos proeminentes, grandes árvores isoladas, casas, pontes, templos, barraquinhas de cachorro-quente etc., a pessoa que se encontra no período de reentrada tem experiências semelhantes. Talvez ela peça para voltar às assombrações familiares do mundo humano. Mas esses apaziguamentos externos são temporários, e logo ela recomeçará a vagar inquieta. Poderá surgir um desejo desesperado de telefonar ou contatar sua família, seu médico, seus amigos, e implorar para que eles lhe tirem daquele estado. É preciso resistir a esse desejo. O guia e seus companheiros de viagem são as pessoas mais aptas a ajudá-lo. Não é recomendado que um viajante envolva terceiros em seu próprio mundo alucinatório. A tentativa, de qualquer modo, está fadada ao fracasso, uma vez que pessoas de fora são incapazes de entender o que está acontecendo. Novamente, apenas reconhecer esses desejos como manifestações do Terceiro Bardo já é o primeiro passo para a libertação.

Uma *quarta* experiência bastante comum é a seguinte: a pessoa pode se sentir estúpida e repleta de pensamentos incoerentes, enquanto todos os outros parecem perfeitamente conscientes e cheios de sabedoria. Isso leva a sentimentos de culpa e inadequação. Em sua forma extrema, leva à visão do julgamento, que será descrita mais a frente. Esse sentimento de estupidez é o mero resultado natural da perspectiva limitada sob a qual, nesse Bardo, a consciência opera. Nesse estágio, calma, aceitação relaxada e confiança farão o viajante atingir a libertação.

Outra experiência, o *quinto* modo de reconhecimento, especialmente impressionante quando acontece de repente, é a sensação de se estar morto, isolado da vida ao redor e tomado pela angústia. A pessoa pode subitamente acordar de uma espécie de transe entorpecido, e então ver a si mesma e os outros como robôs sem vida a executarem gestos desajeitados e sem sentido. Ela pode ter a sensação de que nunca mais voltará, e lamentará esse estado infeliz.

Novamente, tais fantasias devem ser reconhecidas como tentativas do ego de retomar o controle. No verdadeiro estado de morte do ego, como ocorre no Primeiro e no Segundo Bardo, essas queixas nunca são proferidas.

No *sexto*, o indivíduo pode ter a sensação de estar sendo oprimido, esmagado ou espremido entre as rachaduras e as fendas de uma rocha. Ou ele pode sentir que está preso em uma jaula ou envolto em uma espécie de rede metálica. Isso simboliza a tentativa prematura de se entrar em um ego-robô sem capacidade nem condições de lidar com a consciência expandida. Portanto, é aconselhável que se abandone esse desejo desesperado de recuperar o ego.

Um sétimo aspecto é uma espécie de luz crepuscular que se espalha sobre todas as coisas, em nítido contraste com as luzes e cores brilhantes dos estágios iniciais da viagem. Os objetos, em vez de brilharem, reluzirem e vibrarem, agora parecem apagados, gastos e angulosos.

As passagens das páginas 163-173 contêm instruções gerais relativas ao estado de Terceiro Bardo e suas características reconhecíveis. Qualquer dessas passagens, ou todas elas, devem ser lidas quando o guia perceber que o viajante está começando seu retorno ao ego.

II. Visões da reentrada

Descrevemos, na seção anterior, os *sintomas* da reentrada, os sinais de que o viajante está tentando recuperar seu ego. Nesta seção, descreveremos as visões dos tipos de reentrada que podem ser feitas pelo indivíduo.

O manual tibetano vê o viajante eventualmente retornando a um dos seis mundos de existência de jogo (*sangsara*). Ou seja, a reentrada no ego pode ocorrer em um dos seis níveis, ou como um dos seis tipos de personalidade. Dois deles são superiores ao ser humano normal, três deles são inferiores. O mais alto e mais iluminado nível é o do *devas*, que os ocidentais chamam de santos, sábios ou professores divinos. Eles são as pessoas mais iluminadas que caminham pela Terra. Sidarta Gautama, Lao Tsé, Cristo. O segundo nível é o nível dos *asuras*, que podem ser chamados de titãs ou heróis, pessoas que possuem um grau de poder e de visão para além do humano. O terceiro nível é aquele que inclui os seres humanos mais comuns, que lutam nas redes do jogo e ocasionalmente se libertam. O quarto nível é o das encarnações primitivas e animalescas. Nessa categoria, temos o cachorro e o galo, símbolos da hipersexualidade concomitante ao ciúme; o porco, que simboliza a luxúria estúpida e impureza; a aplicada e acumuladora formiga; o inseto ou verme, que remetem a uma disposição rastejante e vulgar; a cobra, cintilando raiva; o macaco, repleto de poder primitivo violento; o rosnador "lobo das estepes"; o pássaro, voando livremente. Muitos outros poderiam ser enumerados. Em todas as culturas do mundo, as pessoas adotaram identidades à imagem dos animais. Na infância e no mundo dos sonhos, esse é um processo familiar a todos. O quinto nível é o dos neuróticos, os espíritos frustrados e sem vida que constantemente perseguem desejos insatisfeitos; o sexto e o mais baixo dos níveis é o do inferno ou da psicose. Menos de um 1% das experiências de transcendência do ego terminam na santidade ou na psicose. A maioria das pessoas retorna ao nível humano normal.

De acordo com o *Livro tibetano dos mortos*, cada um dos seis mundos do jogo, ou níveis de existência, está associado a um tipo característico de servidão, da qual as experiências de não jogo oferecem uma liberdade temporária: (1) a existência como um *deva*, ou santo, embora mais desejável do que as outras, é concomitante a um sempre recorrente período de prazer, um êxtase do jogo livre; (2) a existência como um *asura*, ou titã, é concomitante a uma contínua luta heroica; (3) o desamparo e a escravidão são característicos da existência animal; (4) tormentas de desejos e necessidades não alcançados são característicos da existência do *pretas*, ou espíritos infelizes; (5) calor extremo e frio extremo, prazer e dor, existem no inferno; (6) os empecilhos característicos da existência humana são a inércia, a ignorância presunçosa e as deficiências físicas e psicológicas de diversos tipos.

De acordo com o *Bardo Thödol*, o nível ao qual alguém está destinado depende de seu próprio carma. Durante o período do Terceiro Bardo, surgem sinais e visões premonitórias dos diferentes níveis. O estágio mais claramente percebido é aquele para o qual a pessoa está indo. Por exemplo, o viajante pode estar se sentindo repleto de poder divino (*asuras*), ou pode se sentir agitado por impulsos primitivos ou bestiais, ou pode experimentar a frustração generalizada dos neuróticos infelizes, ou ainda estremecer diante das torturas do inferno criado por ele mesmo.

As chances de uma entrada favorável aumentam se o processo puder seguir seu curso natural, sem luta ou esforço. Deve-se evitar perseguir ou escapar de qualquer uma das visões, e então meditar calmamente sobre o fato de que todos os níveis estão presentes até mesmo no estado de Buda.

A pessoa pode reconhecer e examinar os sinais à medida que eles aparecem e, em pouco tempo, aprender muito sobre si mesma. Embora não seja prudente lutar contra ou fugir das visões que surgem nesse período, as instruções fornecidas (página 167) têm como finalidade ajudar o viajante a recuperar a transcendência do Primeiro Bardo. Dessa forma, caso o indivíduo esteja prestes a retornar a uma personalidade ou ego que ele considere inadequado à luz de seu novo conhecimento sobre si, ele pode, seguindo as instruções, evitar que isso aconteça e fazer uma nova reentrada.

III. A influência determinante do pensamento

A libertação pode ser alcançada por intermédio desse confronto, ainda que não tenha sido atingida anteriormente. Se, no entanto, a libertação não for alcançada mesmo após esses confrontos, uma dedicação contínua e mais séria é essencial.

Caso você se sinta apegado a bens materiais, a velhos jogos e atividades, ou caso sinta raiva porque outras pessoas ainda estão envolvidas em buscas as quais você já renunciou, isso afetará seu equilíbrio psicológico de tal maneira que, mesmo que esteja destinado a voltar em um nível superior, você, na verdade, fará sua reentrada em um nível inferior, no mundo dos espíritos insatisfeitos (neurose). Por outro lado, mesmo que se sinta apegado aos jogos mundanos aos quais renunciou, você não será capaz de jogá-los, e eles não terão utilidade para você. Portanto, abandone a fraqueza e seu apego a eles; jogue-os fora completamente; renuncie a eles de coração. Não importa quem possa estar desfrutando de seus bens, ou assumindo o seu papel, passe longe dos sentimentos de avareza e ciúme, mas esteja preparado para renunciá-los com boa vontade. Pense que você os oferece a sua liberdade e a sua consciência expandida. Mantenha o sentimento de desapego, desprovido de fraqueza e desejo.

Novamente, quando as atividades dos outros membros da sessão estão equivocadas, descuidadas, desatentas ou provocam distração, quando o acordo ou contrato é quebrado, e quando a pureza das intenções é perdida por algum participante, e a frivolidade e a negligência assumem o controle (tudo isso pode ser visto pelo viajante no Bardo), você talvez sinta sua fé se esvaindo e comece a duvidar de suas crenças. Você será capaz de perceber qualquer medo ou ansiedade, qualquer ato egoísta, conduta egocêntrica e comportamento manipulador. Talvez você pense: "Ah, não! Eles estão me enganando, eles roubaram e me trapacearam." Se você pensar assim, vai ficar extremamente deprimido e, com grande ressentimento, chegará na descrença e na perda de fé, no lugar do afeto e da confiança humilde. Uma vez que isso traz consequências ao seu equilíbrio psicológico, a reentrada certamente será feita em um nível desagradável.

Pensamentos assim não serão apenas inúteis, mas farão um grande mal. Por mais impróprio que seja o comportamento dos outros, pense assim: "O quê? Como as palavras de um Buda podem ser inapropriadas? É como ver o reflexo das imperfeições de meu próprio rosto no espelho; meus pensamentos devem ser impuros. Quanto aos outros, eles são nobres no corpo, sagrados na fala, e o Buda está dentro deles: suas ações são lições para mim."

Se pensar assim, confie em seus companheiros e exercite seu amor sincero por eles. Dessa maneira, o que quer que eles façam será benéfico para você. O exercício desse amor é muito importante; não se esqueça disso!

Novamente, mesmo se você estiver destinado a voltar a um nível inferior, e já se encontrar a caminho dessa existência, ainda assim, através das boas ações de amigos, parentes, participantes, professores que devotaram suas vidas à performance correta dos rituais beneficentes, o prazer de vê-los afetará seu equilíbrio psicológico, por sua própria virtude, de maneira que, mesmo que você esteja descendo, ainda será capaz de subir a um nível mais alto e mais feliz. Portanto, você não deve criar pensamentos egoístas, mas exercer o afeto puro e a fé humilde para com todos, de maneira imparcial. Isso é muito importante. Por isso, tenha muito cuidado.

As instruções relativas à influência do pensamento (página 169) são importantes em qualquer fase do Terceiro Bardo, mas especialmente no caso de o viajante reagir com suspeita ou ressentimento direcionados a outros membros do grupo, ou a seus próprios amigos e familiares.

IV. A visão do julgamento

A visão do julgamento pode aparecer: o Terceiro Bardo culpa o jogo. "Seu gênio do bem contará suas boas ações com seixos brancos, o gênio do mal contará as más ações com seixos pretos." A cena de um julgamento é uma parte central de muitos sistemas religiosos, e a visão pode assumir diversas formas. Os ocidentais tendem a vê-la em sua conhecida versão cristã. Os tibetanos conferem uma interpretação psicológica a ela, como fazem com todas as visões. O Juiz, ou Senhor da Morte, simboliza a própria consciência em seu aspecto severo de imparcialidade e de amor pela justiça. O "Espelho do Carma" (o Livro do Julgamento Cristão), consultado pelo Juiz, é a memória. Diferentes partes do ego surgirão, algumas oferecendo desculpas esfarrapadas para enfrentar as acusações, outras atribuindo motivos mais vis para uma série de atos, considerando atos neutros como obscuros, aparentemente; outras partes do ego oferecerão justificativas ou pedidos de perdão. O espelho da memória reflete com perfeição; mentir ou apelar para subterfúgios não servirá de nada. Não tenha medo, não conte mentiras, encare a verdade com bravura.

Agora você pode se imaginar cercado de figuras que querem atormentá-lo, torturá-lo ou ridicularizá-lo (as "Fúrias Executivas do Robô Senhor da Morte"). Essas figuras implacáveis podem ser internas, ou então envolver as pessoas que estão ao seu redor, vistas, nesse caso, como cruéis, debochadas, superiores. Lembre-se de que o medo e a culpa, assim como as figuras que debocham de você e o perseguem, são suas próprias alucinações. Sua própria máquina de culpa. Sua personalidade é uma coleção de padrões de pensamento e vazio. Ela não pode ser prejudicada ou ferida. "As espadas não são capazes de perfurá-la, o fogo não é capaz de queimá-la". Liberte-se de suas próprias alucinações. Na realidade, não existem coisas como o Senhor da Morte, ou um deus que pratica a justiça, ou um demônio, ou um espírito. Aja de modo a perceber isso.

Perceba que você está no Terceiro Bardo. Medite sobre seu símbolo ideal. Se você não souber meditar, então, com muito cuidado, apenas analise a natureza real daquilo que lhe parece assustador: a "realidade" não é nada além de um vazio (*Dharma-Kaya*). Esse vazio não é o vazio do nada, mas um vácuo cuja natureza lhe deixa perplexo, e diante do qual sua consciência brilha com mais clareza e lucidez.[18]

---

[18] Esse é o estado de espírito conhecido como "*Sambhoga-Kaya*". Nesse estado, você experimenta, com uma intensidade insuportável, o Vazio e o Brilho inseparáveis; o Vazio brilhante por natureza e o Brilho inseparável do Vazio; um estado da consciência primordial ou não modificada, o *Adi-Kaya*. E o poder disso tudo, brilhando sem obstruções, irradiará por toda parte; é o *Nirmana-Kaya*.

Eles se referem aos Ensinamentos de Sabedoria fundamentais do *Bardo Thödol*. Em todos os sistemas tibetanos da yoga, a compreensão do Vazio é o único grande objetivo. Compreendê-lo significa atingir o não condicionado *Dharma-Kıya*, ou "Corpo Divino da Verdade", o estado primordial de não criação e da Consciência Total supramundana. O *Dharma-Kaya* é, entre os três corpos do Buda, o superior, assim como entre todos os Budas e seres que chegaram à iluminação perfeita. Os outros dois corpos são o *Sambogha-Kaya*, ou "Corpo Divino da Qualidade Perfeita" e o *Nirmana-Kaya* ou "Corpo Divino da Encarnação". *Adi-Kaya* é sinônimo de *Dharma-Kaya*. O *Dharma-Kaya* é primordial, a Sabedoria Essencial sem forma; é a verdadeira experiência livre de todo erro e de todo obscurecimento inerente ou acidental. Inclui tanto o *Nirvana* quanto o *Sangsara*, que são estados opostos da consciência, mas idênticos no reino da consciência pura. O *Sambhoga-Kaya* incorpora, assim como nos cinco budas *Dhyanı*, a Sabedoria Refletida ou Modificada; e o *Nirmana-Kaya* incorpora, assim como nos Budas Humanos, a Sabedoria Prática ou Encarnada. Todos os seres iluminados que renascem com plena consciência neste ou em qualquer outro mundo, como pessoas que trabalham para o aprimoramento de seus semelhantes, são considerados *Nirmana-Kaya* encarnados. Lama Kazi Dawa-Samdupm, o tradutor do *Bardo Thödol*, sustentou que o *Adi-Buddha* e todas as divindades associadas ao *Dharma Kaya* não devem ser vistas como divindades pessoais, mas como personificações de forças primordiais e universais, de leis e de influências espirituais. "No panorama ilimitado do universo existente e visível, qualquer forma que surja, qualquer som que vibre, qualquer luz que se ilumine, ou qualquer consciência percebida, tudo isso são jogos ou manifestações no *Tri-Kaya*, o Princípio Triplo da Causa de Todas as Causas, a Trindade Primordial. Penetrando em tudo, está a Essência do Espírito que tudo permeia, que é a Mente. "Ela é impessoal, não criada, autoexistente, imaterial e indestrutível." A *Tri-Kaya* é a trindade esotérica, e corresponde à trindade exotérica do Buda, das Escrituras e do Sacerdócio (ou sua própria divindade, este manual e seus companheiros).

Se o viajante estiver lutando com alucinações que envolvem culpa ou penitência, as instruções da página 170 podem ser lidas.

V. Visões sexuais

As visões sexuais são extremamente frequentes durante o Terceiro Bardo. Você poderá ver ou imaginar homens e mulheres copulando.[19] A visão pode tanto ser interna quanto envolver as pessoas que estão ao seu redor. É possível que você tenha alucinações com orgias, e sinta, ao mesmo tempo, desejo e vergonha, atração e repulsa. Você poderá se perguntar que desempenho sexual é esperado de você, e ter dúvidas sobre sua capacidade de agir neste momento.

Quando essas visões ocorrerem, lembre-se de evitar qualquer ação ou sentimento de apego. Tenha fé e flutue de forma suave com a corrente. Confie na unidade da vida e em seus companheiros.

Se você tentar voltar ao seu velho ego, porque está sentindo atração ou repulsa, se tentar participar ou escapar da orgia de sua alucinação, você fará sua reentrada em um nível animal ou neurótico. Caso você se torne consciente da "masculinidade", sentirá ódio do pai e ciúme e atração pela mãe; caso você se torne consciente da "feminilidade", sentirá ódio pela mãe e atração e afeição pelo pai.

---

[19] De acordo com Jung ("Comentário psicológico", sobre o *Livro tibetano dos mortos*, edição de Evans-Wentz, p. xiii), "A teoria de Freud é a primeira tentativa feita no Ocidente para investigar, como se de baixo, a partir da esfera animal do instinto, o território psíquico que corresponde, no lamaísmo tântrico, ao *Sidpa Bardo*." A visão descrita aqui, na qual a pessoa vê o pai e a mãe em um ato sexual, corresponde à "cena primária" da psicanálise. Nesse nível, então, começamos a ver uma notável convergência da psicologia oriental e ocidental. Perceba também a correspondência exata com a teoria psicanalítica do Complexo de Édipo.

Talvez não seja necessário dizer que esse tipo de sexualidade egocêntrica tem pouco em comum com a sexualidade das experiências transpessoais. A união física pode ser uma expressão ou manifestação da união cósmica.

Visões de união sexual, às vezes, podem vir seguidas por visões de concepção — é possível que você visualize realmente o esperma unindo-se ao óvulo —, de vida intrauterina e do nascimento pelo ventre. Algumas pessoas afirmam ter revivido seu próprio nascimento físico em sessões psicodélicas, e certas evidências que confirmam tais afirmações têm sido ocasionalmente apresentadas. Se isso é verdade ou não, deixaremos que a questão seja decidida pelas evidências empíricas. Às vezes, as visões que envolvem o nascimento serão claramente simbólicas — por exemplo, o aparecimento em um casulo, a quebra de uma concha etc.

Quer a visão do nascimento seja construída pela memória ou pela fantasia, o viajante psicodélico deve tentar reconhecer os sinais que indicam o tipo de personalidade que está renascendo.

As instruções apropriadas (página 172) podem ser lidas ao viajante que estiver lutando com alucinações sexuais.

VI. Métodos para evitar a reentrada

Ainda que muitos confrontos e pontos de reconhecimento tenham sido oferecidos neste manual, a pessoa pode não estar preparada e ainda encontrar-se vagando na direção da realidade do jogo. É recomendável que se adie o retorno tanto quanto for possível, maximizando assim o grau de iluminação na personalidade subsequente. Por essa razão, vamos apresentar quatro métodos de meditação que prolongam o estado da perda do ego. São eles: (1) meditação sobre o Buda ou guia (página 174); (2) meditação sobre jogos bons (página 174); (3) meditação sobre a ilusão (página 176); e (4) meditação sobre o vazio (página 177). Cada uma delas tenta conduzir o viajante de volta à corrente central de energia do Primeiro Bardo, da qual ele foi separado em razão de seu envolvimento em jogos. Alguém poderia perguntar como tais métodos, que parecem difíceis para a pessoa comum, podem ser eficazes. A resposta oferecida pelo *Bardo Thödol* tibetano é que, graças ao aumento da sugestionabilidade e da abertura da mente induzidos pelo estado psicodélico, esses métodos podem ser utilizados por qualquer pessoa, independentemente da sua capacidade intelectual ou proficiência em meditação.

VII. Método para escolha da personalidade pós-sessão

Escolher o ego pós-sessão é uma arte extremamente profunda. Essa escolha não deve ser feita de maneira descuidada ou precipitada. Não se deve retornar por se estar fugindo de alucinações que envolvam algozes. Reentradas assim tendem a levar a pessoa a um dos três níveis inferiores. Em primeiro lugar, o indivíduo deve banir o medo, visualizando uma de suas figuras protetoras, ou o Buda; depois, deve escolher com calma e imparcialidade.

O limitado conhecimento prévio disponível ao viajante deve ser utilizado para que ele faça uma escolha sábia. Na tradição tibetana, cada um dos níveis da existência no jogo está associado a uma cor específica e a certos símbolos geográficos. Isso pode se dar de outra maneira no caso de ocidentais do século 20. Cada pessoa precisa aprender a decodificar seu próprio mapa interno. Os indicadores tibetanos podem ser usados como ponto de partida. O propósito é claro: deve-se seguir os sinais dos três tipos superiores e deve-se evitar os sinais relativos aos três tipos inferiores. É preciso seguir as visões leves e agradáveis e evitar as escuras e sombrias.

Diz-se que o mundo dos santos (*devas*) é iluminado por uma luz branca e precedido por visões de templos encantadores e mansões cobertas de joias. O mundo dos heróis (*asuras*) tem uma luz verde e é marcado por florestas mágicas e imagens de fogo. O mundo humano comum é banhado por luz amarela. A existência animal é anunciada por uma luz azul e imagens de cavernas e buracos profundos na terra. O mundo dos neuróticos e dos espíritos insatisfeitos possui uma luz vermelha e visões de planícies desoladas e florestas destruídas. O mundo do inferno emite uma luz cor de fumaça e é precedido por sons de lamentos, visões de terras sombrias, casas pretas e brancas e estradas pretas ao longo das quais você precisa viajar.

Use sua capacidade de previsão na escolha de um bom robô pós-sessão. Não se sinta atraído pelo seu velho ego. Caso você decida buscar o poder, ou o status, ou a sabedoria, ou o aprendizado, ou a servidão, ou o que quer que seja, escolha de forma imparcial, sem que seja atraído ou repelido. Entre na existência do jogo com uma postura correta, de maneira voluntária e livre. Visualize-a como se fosse uma mansão celestial, ou seja, como uma oportunidade para exercitar o êxtase do jogo. Tenha fé na proteção das divindades e faça sua escolha. A atmosfera de imparcialidade total é importante, pois você pode estar errado. Um jogo que parece bom pode se revelar ruim mais tarde. Ser completamente imparcial e desprendido de desejos e de medo garante que seja feita a escolha mais sábia possível.

Ao retornar, você vê o mundo espalhado diante de você, sua vida pregressa, um planeta cheio de objetos e acontecimentos fascinantes. Cada aspecto da viagem de volta pode ser uma descoberta deliciosa. Logo você estará descendo e ocupando seu lugar nos acontecimentos mundanos. O segredo para essa viagem de retorno é simplesmente este: relaxe e vá com calma, naturalmente. Aproveite cada segundo. Não tenha pressa. Não se apegue aos seus jogos antigos. Reconheça que você está no período de reentrada. Não volte com alguma pressão emocional. Tudo que você ver e tocar pode estar irradiando luz. Cada momento pode ser uma alegre descoberta.

Aqui termina o Terceiro Bardo, o período da reentrada.

Conclusão geral

Estudantes bem preparados, que possuem uma avançada compreensão espiritual, podem usar o princípio de "Transferência" no momento da morte do ego, e não precisam atravessar os estados subsequentes do Bardo. Eles alcançarão um estado de iluminação e permanecerão nele durante todo o período. Outros, com um pouco menos de experiência em disciplina espiritual, reconhecerão a Clara-Luz no segundo estágio do Primeiro Bardo, e então atingirão a libertação.

Outros, em um nível ainda menos avançado, poderão ser libertados enquanto experienciam uma das visões positivas ou negativas do Segundo Bardo. Uma vez que existem diversos pontos de virada, a libertação pode ser obtida em um ou outro ponto, por meio do reconhecimento nos momentos de confronto. Aqueles que possuem uma conexão cármica muito fraca, isto é, que estiveram envolvidos em pesados jogos dominados pelo ego, terão que descer até o Terceiro Bardo. Novamente, muitos pontos de libertação foram mapeados. As pessoas mais fracas se sentirão sob influência da culpa e do terror. Há vários ensinamentos graduais que evitam que as pessoas mais fracas retornem à realidade rotineira, ou que servem ao menos para que façam escolhas mais sábias. Através da aplicação dos métodos de visualização descritos, elas devem se tornar capazes de sentirem os benefícios da sessão. Mesmo as pessoas cujas rotinas familiares são primitivas e egocêntricas podem evitar entrar em um estado de angústia. Uma vez que elas experimentem, mesmo por um breve período, a grande beleza e o poder de uma consciência livre, podem encontrar, no próximo período, um guia ou amigo que as ajude a irem mais longe no caminho.

Esse ensinamento é eficaz, mesmo para um viajante que já se encontra no *Sidpa Bardo*, pelo seguinte motivo: cada indivíduo carrega consigo resíduos de jogo (carma), que tanto podem ser negativos quanto positivos. A continuidade da consciência foi quebrada por uma morte de ego para a qual o indivíduo não estava preparado. Os ensinamentos são como o cano de uma boca-de-lobo entupida, restaurando temporariamente a continuidade com carma positivo. Como dito anteriormente, o aspecto sugestionável e desapegado da consciência nesse estado garante a eficácia da escuta da doutrina. O ensinamento que este manual contém pode ser comparado a uma catapulta — que pode arremessar a pessoa na direção da libertação. Ou pode ser comparado ao ato de se mover uma imensa viga de madeira, tão pesada que nem cem homens podem carregá-la, mas facilmente movida se estiver flutuando na água. Ou, então, como controlar o curso de um cavalo através de um bridão.

Portanto, esses ensinamentos devem ser vividamente impressos na memória do viajante seguidas vezes. Este manual também pode ser usado de forma mais geral. Deve ser recitado com a maior frequência possível e transferido para a memória tanto quanto possível. Quando a morte do ego ou a morte final chegar, reconheça os sintomas, recite o manual para si, e reflita sobre seu significado. Se não conseguir fazer isso sozinho, peça que um amigo o leia para você. Não há dúvida sobre seu poder libertador.

Sendo visto ou ouvido, ele liberta. Sem a necessidade de um ritual nem de uma meditação complexa. Esse Ensinamento Profundo liberta, através do Caminho Secreto, aqueles que possuem um grande carma do mal. Não se deve esquecer seu significado e suas palavras, mesmo que se esteja sendo perseguido por sete cães Mastins. Através deste Ensinamento Seleto, o indivíduo alcança o estado de Buda no momento da perda do ego. Se os Budas do passado, presente e futuro a procurassem, não seriam capazes de encontrar alguma doutrina que transcendesse a esta.

Aqui termina o *Bardo Thödol*, conhecido como *Livro tibetano dos mortos*.

III. ALGUNS COMENTÁRIOS TÉCNICOS SOBRE SESSÕES PSICODÉLICAS

USO DESTE MANUAL

O uso mais importante deste manual é o de uma leitura preparatória. Depois de ler o manual tibetano, o indivíduo pode reconhecer de imediato os sintomas e experiências que, de outra forma, poderiam ser assustadoras, justamente porque ele não entenderia o que estava acontecendo.

Reconhecimento é a palavra-chave. Além disso, este guia pode ser usado para que sejam evitadas as armadilhas paranoicas ou para que se recupere a transcendência do Primeiro Bardo, caso ela tenha sido perdida. Se a experiência começar com luz, paz, unidade mística, compreensão, e se continuar por esse caminho, então não há necessidade de lembrar deste manual nem de fazer com que ele seja lido para você. Como um mapa rodoviário, devemos consultá-lo apenas quando estivermos perdidos, ou quando nossa vontade for mudar de caminho. Normalmente, no entanto, o ego se apega aos seus velhos jogos. Desconfortos temporários ou confusão podem ocorrer. Caso isso aconteça, as outras pessoas presentes não devem demonstrar simpatia ou ficar alarmadas. Elas devem estar preparadas para manter a calma e conter seus "jogos de ajuda". O papel de "médico" deve ser especialmente evitado.

Se, a qualquer momento, estiver lutando para voltar à realidade rotineira, você pode (através de um arranjo prévio) ter partes deste manual lidas por uma pessoa com experiência, um companheiro de viagem ou um observador de confiança.

Trechos adequados a uma leitura durante a sessão são apresentados a seguir, na Parte IV. Cada seção descritiva importante do *Livro tibetano* tem instruções que dizem respeito a ela. Alguns podem querer pré-gravar trechos selecionados e simplesmente apertar o play quando desejarem. O objetivo desses textos de instrução é sempre levar o viajante de volta à transcendência original do Primeiro Bardo e ajudá-lo a mantê-la pelo maior tempo possível.

Um terceiro uso seria montar um "programa" para uma sessão usando passagens do texto. O objetivo seria guiar o viajante deliberadamente a uma visão específica, ou a uma sequência de visões. O guia ou amigo pode ler as passagens relevantes, mostrar imagens de processos ou figuras simbólicas, tocar músicas cuidadosamente selecionadas etc. Alguns podem imaginar uma arte elevada a programação de sessões psicodélicas, nas quais manipulações simbólicas e apresentações levariam o viajante através de extáticos e visionários jogos de peças coloridas.

Planejando uma sessão

Ao se planejar uma sessão, a primeira questão a ser respondida é: "Qual é o objetivo?". O hinduísmo clássico sugere quatro possibilidades:

1. Para aumentar o poder pessoal e a compreensão intelectual, aguçar a visão sobre si e sobre a cultura, melhorar a situação de vida, acelerar o aprendizado, crescer profissionalmente.
2. Pelo dever, para ajudar os outros, prestar cuidado, para a reabilitação e o renascimento dos companheiros.
3. Pela diversão, prazer sensual e estético, proximidade interpessoal, experiência pura.
4. Pela transcendência, para libertar-se do ego e dos limites do espaço-tempo; pela conquista da união mística.

Este manual visa principalmente o último objetivo — o da libertação-iluminação. Tal ênfase não impede a realização de outros objetivos — na verdade, ela garante a realização dos outros, uma vez que a iluminação exige que a pessoa seja capaz de colocar-se para além dos problemas de jogo, de personalidade, papel e status profissional. O iniciado pode decidir antecipadamente dedicar a experiência psicodélica a qualquer um dos quatro objetivos. Em todos os casos, o manual será de grande ajuda.

Caso várias pessoas se reúnam em uma mesma sessão, elas devem concordar todas colaborativamente a respeito de um objetivo, ou ao menos estar cientes dos objetivos uma da outra. Se a sessão for "programada", então os participantes devem concordar a respeito de um programa construído de forma colaborativa, ou concordarem que um membro do grupo elabore a programação. Manipulações inesperadas ou indesejadas por um dos participantes podem facilmente "prender" os outros viajantes em delírios paranoicos do Terceiro Bardo.

O viajante, especialmente em uma sessão individual, pode desejar ter uma experiência extrovertida ou uma experiência introvertida. Na experiência transcendente *extrovertida*, o eu é extaticamente fundido a objetos externos (como flores ou outras pessoas). No estado *introvertido*, o eu é extaticamente fundido aos processos internos da vida (luzes, ondas de energia, eventos corporais, formas biológicas etc.). Tanto os estados extrovertidos quanto os introvertidos, é claro, podem ser negativos ao invés de positivos, dependendo da atitude do viajante. Além disso, a sessão pode ser principalmente conceitual ou principalmente emocional. Os oito tipos de experiência daí derivadas (quatro positivas e quatro negativas) foram descritas com mais detalhes nas visões 2 e 5 do Segundo Bardo.

Para a experiência mística extrovertida, o indivíduo levaria à sessão objetos ou símbolos que guiassem a consciência na direção desejada. Velas, fotos, livros, incenso, música ou trechos gravados. Uma experiência mística introvertida requer a eliminação de qualquer estímulo: sem luz, sem som, sem cheiro, sem movimento.

O *modo de comunicação* com os outros participantes também deve ser combinado previamente. Certos sinais que silenciosamente indiquem companheirismo podem ser acordados. Você pode combinar algum tipo de contato físico — apertos de mão, abraços. Essas formas de comunicação devem ser arranjadas previamente. Assim, evita-se más interpretações do jogo, que podem se tornar maiores através da sensibilidade aumentada da transcendência do ego.

Fármacos e doses

Um grande número de componentes químicos e plantas tem efeitos ("manifestadores da mente") psicodélicos. As substâncias mais usadas estão listadas aqui, acompanhadas da dose adequada para um adulto normal de tamanho médio. A dose a ser tomada depende, é claro, do objetivo da sessão. Portanto, usaremos dois números. Os da primeira coluna indicam uma dose possivelmente suficiente para que uma pessoa sem experiência acesse os mundos transcendentais descritos neste manual. Os da segunda coluna indicam uma dose mais baixa, que pode ser usada por pessoas mais experientes ou pelos participantes de uma sessão de grupo.

	A	B
LSD-25 (dietilamida de ácido lisérgico)	200-500 μg	100-200 μg
Mescalina	600-800 mg	300-500 mg
Psilocibina	40-60 mg	20-30 mg

O início da viagem, quando as drogas são tomadas por via oral e de estômago vazio, ocorre em vinte ou trinta minutos no caso do LSD e da psilocibina, em uma ou duas horas no caso da mescalina. A sessões de LSD ou mescalina duram normalmente de oito a dez horas, enquanto as sessões de psilocibina têm uma duração média de cinco a seis horas. O DMT (dimetiltriptamina), se injetado por via intramuscular em doses de 50-60 mg, proporciona uma experiência bastante equivalente a 500 μg de LSD, mas com duração de apenas trinta minutos.

Algumas pessoas acharam proveitoso tomar outros fármacos antes da sessão. Uma pessoa muito ansiosa, por exemplo, pode tomar de 30 a 40 mg de clorodiazepóxido uma hora antes para, assim, ficar calmo e conseguir relaxar. A metedrina também já foi usada para induzir, antes da sessão, um humor agradável e eufórico. Às vezes, no caso de pessoas excessivamente nervosas, é recomendado escalonar a administração: por exemplo, ela pode tomar inicialmente 200 μg, e depois um "reforço" de mais 200 μg, após se sentir familiarizada com alguns efeitos do estado psicodélico.

Náuseas podem ocorrer. Normalmente, ela é um sintoma mental que indica medo. Portanto, deve ser considerada como tal. Às vezes, no entanto, especialmente na ingestão de sementes de glória-da-manhã e peiote, a náusea pode ter uma causa fisiológica. Fármacos como ciclizina, meclizina, dimenidrinato e trimetobenzamida podem ser tomados antes da sessão para prevenir náuseas.

Se uma pessoa ficar presa em uma rotina de jogo repetitiva, às vezes é possível "quebrar o jogo" com 50 mg de DMT, ou mesmo 25 mg de dexedrina ou metedrina. Essas doses adicionais, é claro, só devem ser administradas com o conhecimento e o consentimento do indivíduo em questão.

Se emergências externas exigirem a interrupção dos efeitos de uma droga psicodélica, pode-se tomar clorpromazina (100—200 mg, i.m.) ou outro tranquilizante com fenotiazina. Antídotos não devem ser usados simplesmente porque o viajante ou o guia estão assustados. No lugar disso, as seções apropriadas do Terceiro Bardo devem ser lidas.[20]

Preparação

Químicos psicodélicos não são drogas no sentido usual da palavra. Não há nenhuma reação específica e nenhuma sequência esperada de eventos, somáticos ou psicológicos.

A reação específica tem pouco a ver com o químico em si, e é principalmente uma questão de *set* e *setting*; preparação e ambiente. Quanto melhor for a preparação, mais extasiante e reveladora será a sessão. Em sessões iniciais, e nas que envolvem pessoas não preparadas, o *setting* — especialmente as ações dos outros — é de extrema importância. Para pessoas que se prepararam com cuidado, o *setting* não é tão importante.

Há dois tipos de *set*: de longo alcance e imediato.

O *set de longo alcance* se refere à história pessoal, à personalidade duradoura. O tipo de pessoa que você é — seus medos, desejos, conflitos, culpas, paixões secretas — determina o modo como você interpreta e lida com as situações pelas quais você passa, incluindo uma sessão psicodélica. Talvez mais importantes sejam os mecanis-

---

[20] Sugestões mais detalhadas a respeito de doses podem ser encontradas em um artigo de Gary M. Fisher: "Some Comments Concerning Dosage Levels of Psychedelic Compounds for Psychotherapeutic Experiences." [Alguns comentários sobre níveis de dosagem de compostos psicodélicos para experiências psicoterapêuticas]. *Psychedelic Review*, I, no. 2, pp. 208-218, 1963.

mos reflexos usados para lidar com a ansiedade — as defesas, as manobras de proteção normalmente empregadas. Flexibilidade, confiança básica, fé religiosa, abertura humana, coragem, calor interpessoal e criatividade são características que levam a um aprendizado fácil e divertido. Rigidez, desejo de controle, desconfiança, cinismo, estreiteza, covardia e frieza são características que farão qualquer nova situação parecer ameaçadora. O mais importante é a percepção. Não importa quanto um disco esteja arranhado, a pessoa que tem algum conhecimento de seu funcionamento, que consegue perceber que ele não está tocando como ela gostaria, acaba se adaptando muito melhor a qualquer desafio, até mesmo ao colapso repentino do ego.

Uma preparação muito cuidadosa incluiria uma discussão sobre características de personalidade e certo planejamento sobre como lidar com reações emocionais esperadas, feito com o guia.

O *set imediato* se refere às expectativas sobre a sessão em si. A preparação da sessão é de extrema importância e determinará como a experiência vai se desenrolar. As pessoas tendem naturalmente a impor, em qualquer nova situação, as suas perspectivas pessoais e sociais de jogo. Para evitar que um *set* estreito seja imposto, é recomendável que se faça uma reflexão cuidadosa antes da sessão.

Expectativas médicas. Algumas pessoas não preparadas impõem, de forma inconsciente, um modelo médico na experiência. Eles procuram sintomas, interpretam cada situação à luz da doença ou da saúde, colocam o guia no papel de médico e, caso a ansiedade apareça, exigem um renascimento químico — ou seja, tranquilizantes. Ocasionalmente, ouve-se falar de alguma sessão mal planejada e não guiada, que termina com o indivíduo pedindo que o levem para o hospital etc. É ainda mais problemático se o guia estiver empregando um modelo médico, atento a sintomas e pensando na hospitalização como uma espécie de proteção para si mesmo.

Rebelar-se contra as convenções pode ser o motivo de algumas pessoas usarem a droga. A ideia de fazer algo "não convencional" ou vagamente impróprio é um *set* ingênuo que pode colorir a experiência.

Expectativas intelectuais são apropriadas quando os indivíduos já passaram por muitas experiências psicodélicas. Na verdade, o LSD oferece vastas possibilidades de aprendizado acelerado e pesquisa científica. Mas, nas sessões iniciais, reações intelectuais podem se tornar armadilhas. O *Livro tibetano* não cansa de fazer advertências sobre os perigos da racionalização. "Desligue sua mente" é o melhor conselho para novatos. O controle da sua consciência é como uma instrução de voo. Depois de aprender como movimentar sua consciência — na direção da perda do ego e de volta, à vontade —, os exercícios intelectuais poderão ser incorporados à experiência psicodélica. O último estágio da sessão é o mais adequado para se examinar conceitos. O objetivo deste manual é libertar você de sua mente verbal pelo maior tempo possível.

Expectativas religiosas exigem os mesmos cuidados que o *set* intelectual. Nesse caso, também é aconselhável que o indivíduo em sessões iniciais flutue com a corrente, fique "acordado" o máximo possível e deixe as interpretações teológicas para o final da sessão, ou para sessões posteriores.

Expectativas recreativas e estéticas são naturais. A experiência psicodélica, sem dúvida, oferece momentos de êxtase que diminuem qualquer jogo pessoal ou cultural.

Sensações puras podem capturar a consciência. A intimidade interpessoal atinge as altitudes do Himalaia. Prazeres estéticos — musical, artístico, botânico, natural — são elevados à milionésima potência. Mas todas essas reações podem ser, na verdade, jogos de ego no Bardo: "*Eu* estou sentindo esse prazer. Que sorte *eu* tenho!" Reações desse tipo podem se tornar armadilhas sedutoras que impedem o indivíduo de atingir a perda do ego pura (Primeiro Bardo) ou as glórias da criatividade do Segundo Bardo.

Expectativas planejadas. Este manual prepara o indivíduo para uma experiência mística de acordo com o modelo tibetano. Os Sábios das Montanhas Nevadas desenvolveram a compreensão mais sofisticada e precisa da psicologia humana, e o estudante que se debruçar sobre estas palavras receberá as orientações para uma viagem que é muito mais rica, em alcance e significado, do que qualquer teoria psicológica do Ocidente. No entanto, sabemos que, por maior que seja seu alcance, o modelo de consciência do *Bardo Thödol* é um artefato humano, uma alucinação do Segundo Bardo.

Algumas recomendações práticas. O sujeito deve reservar pelo menos três dias para sua experiência; a véspera da sessão, o dia da sessão e o dia seguinte. Isso garante uma redução da pressão externa e um compromisso mais sóbrio com a viagem.

Conversar com outras pessoas que fizeram a viagem é uma preparação excelente, ainda que a natureza alucinatória de todas as descrições do Segundo Bardo precise ser levada em consideração. Observar uma sessão também é uma preliminar valiosa. A oportunidade de ver outras pessoas durante e após uma sessão molda as expectativas.

Ler livros que tratem de experiências místicas é uma orientação padrão. Outra possibilidade é ler os relatos das experiências dos outros (Aldous Huxley, Alan Watts e Gordon Wasson escreveram textos poderosos).

Provavelmente, a melhor preparação para uma sessão psicodélica é a meditação. Aqueles que passaram algum tempo na tentativa solitária de controlar a mente, de eliminar os pensamentos e de atingir altos graus de concentração são os melhores candidatos para uma sessão psicodélica. Quando o estado de perda do ego ocorre, eles estão prontos. Eles reconhecem o processo não como um estranho evento mal compreendido, mas como um fim ansiosamente aguardado.

Setting

Durante a preparação para uma sessão psicodélica, o primeiro e mais importante aspecto a se lembrar é a necessidade de se oferecer um *setting* afastado dos jogos sociais e interpessoais cotidianos do indivíduo, o mais livre possível de distrações e intrusões imprevistas. O viajante deve se certificar de não ser incomodado por visitas nem telefonemas, uma vez que isso poderá levá-lo a atividades alucinatórias. Ter privacidade e confiar no ambiente são coisas necessárias.

Um período (ao menos três dias geralmente) deve ser reservado, e assim a experiência seguirá seu curso natural e haverá tempo suficiente para reflexão e meditação. É importante não marcar compromissos por três dias e fazer tais arranjos com antecedência. Um retorno muito apressado aos meandros do jogo vai embaçar a clareza da visão e reduzir o potencial de aprendizagem. Caso a experiência tenha acontecido em grupo, é aconselhável que todos permaneçam juntos depois da sessão, para assim compartilharem e trocarem suas experiências.

Há diferenças entre sessões noturnas e sessões diurnas. Muitas pessoas dizem que se sentem mais confortáveis à noite e que, consequentemente, suas experiências são mais ricas e profundas. A princípio, a pessoa deve escolher a hora do dia que lhe parece melhor de acordo com seu próprio temperamento. Posteriormente, é possível que ela queira experimentar a diferença entre sessões noturnas e diurnas.

Da mesma forma, sessões em ambientes abertos são diferentes das que se passam em ambientes fechados. Lugares naturais, como jardins, praias, florestas e campos, causam influências específicas, e nós podemos ou não querer ficar sujeitos a elas. O essencial é que a pessoa se sinta a mais confortável possível no ambiente, esteja ela em uma sala de estar ou sob um céu estrelado. Um ambiente familiar pode fazer com que o indivíduo se sinta mais seguro durante os períodos alucinatórios. Se a sessão for realizada em um ambiente fechado, é preciso levar em consideração a organização do lugar e os objetos específicos que se deseja ver e ouvir durante a experiência.

Música, iluminação e disponibilidade de comida e bebida são coisas que devem ser consideradas de antemão. A maioria das pessoas relata não ter sentido vontade de comer durante o auge da experiência e, então, mais tarde, prefere comer alimentos simples e antigos, como pão, queijo, vinho e frutas frescas. A fome não costuma ser um problema. Os sentidos estão aguçados, e o sabor e o cheiro de uma laranja fresca são inesquecíveis.

Em sessões de grupo, a disposição do ambiente é de extrema importância. Em geral, as pessoas não terão muita vontade de caminhar ou de se movimentar durante muito tempo, de modo que camas ou colchões devem ser previstos. A disposição das camas ou dos colchões pode variar. Nossa sugestão é que as cabeceiras sejam alinhadas para formarem o desenho de uma estrela. Talvez alguns queiram juntar algumas camas e manter uma ou duas um pouco afastadas para aqueles que desejarem ficar sozinhos por algum tempo. É interessante ter um quarto extra disponível para alguém que prefira ficar isolado por um período.

Caso os participantes desejem ouvir música ou refletir a respeito de pinturas ou objetos religiosos, alguém pode se ocupar disso, de forma que todos se sintam confortáveis com o que estão vendo ou escutando. Em uma sessão de grupo, todas as decisões sobre objetivos, *setting* etc., devem ser feitas com abertura e colaboração.

ON/OFF

O guia psicodélico

Nas sessões iniciais, a atitude e o comportamento do guia são fatores muito importantes. Ele tem nas mãos o enorme poder de moldar a experiência. Com a mente cognitiva suspensa, o sujeito está em um elevado estado de sugestionabilidade. Com o menor gesto ou reação, o guia é capaz de movimentar a consciência.

Nesse sentido, a questão primordial é que o guia tenha a habilidade de desligar seu ego e seus jogos sociais; e é especialmente importante que ele abafe suas próprias necessidades de poder e seus medos. Ficar relaxado, sólido, receptivo, seguro. A sabedoria do Tao da quietude criativa. Sentir tudo e não fazer nada, exceto permitir que o sujeito perceba sua presença sábia.

Uma sessão psicodélica dura até doze horas e produz momentos de intensa, *intensa*, INTENSA reatividade. O guia nunca pode ficar entediado, falante, analítico. Ele deve manter-se calmo durante longos períodos de turbulência da mente vazia.

Ele é um controlador de tráfego aéreo na torre do aeroporto. Sempre pronto para receber mensagens e perguntas das aeronaves voando em altas altitudes. Sempre pronto para ajudá-los na navegação, para ajudá-los a chegar ao destino. Nunca se ouviu falar de controladores de voo que impõem sua própria personalidade e seus próprios jogos sobre os pilotos. Os pilotos têm seu plano de voo, e a torre de controle está sempre ali, disponível para ser chamada.

O piloto sente-se tranquilo sabendo que um especialista que já orientou milhares de voos está lá embaixo, pronto para ajudá-lo. Mas suponha que o piloto tenha alguma razão para suspeitar que o controlador de tráfego aéreo esteja alimentando seus próprios interesses, e que possa estar manipulando o avião de acordo com seus objetivos egoístas. O laço de confiança e segurança se romperia.

É evidente, portanto, que o guia precisa ter tido uma considerável experiência em sessões psicodélicas, tanto como viajante quanto como guia de outros. Administrar psicodélicos sem possuir experiência pessoal prévia é antiético e perigoso.

O maior problema enfrentado pelos seres humanos em geral, e pelo guia psicodélico em particular, é o *medo*. O medo do desconhecido. O medo de perder o controle. O medo de confiar no processo genético e nos seus companheiros. A partir de nossos próprios estudos e de investigações em sessões coordenadas por outras pessoas — profissionais sérios ou boêmios aventureiros —, concluímos que quase todas as reações negativas ao LSD foram causadas pelo medo por parte do guia, que então potencializou o medo transitório do viajante. Quando o guia age de maneira a proteger a si próprio, ele acaba transmitindo sua preocupação ao sujeito.

O guia deve permanecer passivamente sensível e intuitivamente relaxado durante muitas horas. É uma tarefa difícil para a maioria dos ocidentais. Por isso, buscamos maneiras de ajudar o guia a manter um estado de flexibilidade e quietude alerta. A melhor maneira de o guia chegar nesse estado é tomando uma dose baixa do psicodélico com o sujeito. A configuração habitual é ter uma pessoa treinada participando da experiência e outro membro da equipe presente no controle de tráfego sem a ajuda de psicodélicos.

O fato de haver um guia experiente "acordado" fazendo companhia ao viajante tem um valor inestimável; intimidade e comunicação; companheirismo cósmico; a segurança de ter um piloto treinado voando na ponta da sua asa; a segurança de mergulhar na presença de um camarada especialista em mergulhos profundos.

Não é recomendável que os guias tomem doses altas durante as sessões com novos viajantes. Quanto menos experientes eles forem, maior a probabilidade de o viajante impor alucinações do Segundo e do Terceiro Bardo. Esses jogos intensos afetam o guia experiente, que provavelmente estará em um estado de vazio mental. Nesse sentido, o guia poderia então ser puxado para a alucinação do indivíduo, o que o levaria a certa desorientação. Durante o Primeiro Bardo, não há pontos familiares, nenhum lugar onde se colocar os pés, nenhum conceito sólido sobre o qual basear o pensamento. Tudo é fluxo. Ações decisivas do Segundo Bardo, da parte do sujeito, podem acabar determinando o fluxo do guia, caso ele tenha tomado uma dose alta.

Talvez o papel do guia psicodélico seja o mais empolgante e mais inspirador na sociedade. Ele é, literalmente, um libertador, aquele que oferece iluminação, aquele que liberta o homem de sua constante escravidão interna. Estar presente no momento do despertar, compartilhar a revelação extática de quando o viajante descobre as maravilhas e os temores do processo de vida divino é, para muitos, o papel mais gratificante a ser desempenhado no drama da evolução.

O papel do guia psicodélico tem uma proteção contra o profissionalismo e a superioridade didática. A libertação psicodélica é tão poderosa que supera com folga as ambições terrenas do jogo. Admiração e gratidão — em vez de orgulho — são as recompensas desta nova profissão.

Composição do grupo

O uso mais eficaz deste manual é em uma sessão individual com um guia. Ele, no entanto, também pode ser utilizado em sessões em grupo. Quando usadas em grupo, as sugestões a seguir serão muito úteis na fase do planejamento.

Ao organizar uma sessão em grupo, o importante a se ter em mente é o conhecimento e a confiança nos companheiros de viagem. A confiança em si e nos companheiros é essencial. Se você está se preparando para uma experiência com desconhecidos, é muito importante compartilhar o máximo de tempo e espaço possível com eles antes da sessão. Os participantes devem determinar objetivos em comum e explorar mutuamente suas expectativas, seus sentimentos e suas experiências prévias.

O tamanho do grupo depende, de certa forma, de quanta experiência os participantes tiveram previamente. De início, grupos pequenos são mais recomendados do que grupos grandes. Em qualquer caso, experiências em grupos de mais de seis ou sete pessoas são comprovadamente menos profundas e geram mais alucinações paranoicas. Se você estiver planejando uma sessão com um grupo de cinco ou seis pessoas, é recomendada a presença de pelo menos dois guias. Um deles tomará a substância psicodélica e o outro, que não a tomará, servirá como um guia prático ocupado de tarefas como trocar a música, oferecer comida etc., e, se necessário ou desejado, ler partes específicas deste manual. Se for possível, um desses guia deve ser uma mulher experiente que possa oferecer uma atmosfera de acolhimento e conforto espiritual.

Em muitos casos, é aconselhável que a primeira sessão de um casal aconteça em separado, para a exploração de seu jogo matrimonial não acabe dominando a sessão. Com alguma experiência em expansão de consciência, o jogo do casamento, como outros, pode ser explorado para qualquer propósito — aumento da intimidade, melhora na comunicação, exploração das fundações do relacionamento sexual etc.

Após a sessão

Como se deve reservar um dia para a preparação, também se deve reservar um dia após a sessão (ou, preferencialmente, mais de um). Os compromissos de jogos devem ser mínimos, e nenhum encontro ou atividade de rotina deve ser marcados. Uma experiência transcendente pode causar um tremor na alma, e muitas vezes é doloroso voltar de repente à realidade do jogo. Em primeiro lugar, a pessoa deve evitar pensar demais a respeito da sessão. Sua mente é como um computador que recebeu uma enorme quantidade de novas informações a serem assimiladas. Tentativas de racionalizar, explicar e entender racionalmente costumem ser feitas de forma prematura, às vezes até mesmo durante a sessão. Isso deve ser evitado. Se o cérebro-computador tiver tempo o suficiente, sem pressão, para integrar e lidar com a enorme quantidade de novas impressões, os benefícios serão maiores. Assim, a primeira regra para o período após a sessão é: evite pensar demais ou falar demais. Descanse, relaxe, evite os jogos.

Em algum momento do final do dia da sessão, o viajante deve encontrar o guia ou seus companheiros de viagem para compartilhar verbalmente a sua experiência. Algumas das ideias mais reveladoras surgem dessas comparações. Cada pessoa gravou seu próprio filme, e as discrepâncias e similaridades entre as diferentes versões dos mesmos eventos comportamentais ou externos podem levar a conclusões surpreendentes.

IV. INSTRUÇÕES PARA USO DURANTE UMA SESSÃO PSICODÉLICA

Instruções do Primeiro Bardo

Ó (*nome do viajante*)
Chegou o momento de você buscar novos níveis de realidade.
Seu ego e o jogo do (*nome*) estão prestes a terminar.
Você está prestes a ser colocado frente a frente com a Clara-Luz.
Você vai experimentar isso em sua realidade.
No estado livre do ego, onde todas as coisas são como um céu vazio e sem nuvens,
E a mente nua e impecável é uma espécie de vácuo transparente;
Neste momento, conheça a si mesmo e permaneça nesse estado.

Ó (*nome do viajante*),
Aquilo que é chamado de morte do ego está chegando.
Lembre-se:

Agora é a hora da morte e do renascimento;
Aproveite essa morte temporária para atingir o estado perfeito —
A iluminação.
Concentre-se na unidade de todos os seres vivos.
Mantenha-se na Clara-Luz.
Use-a para alcançar a compreensão e o amor.
Se você não conseguir manter a alegria da iluminação e se cair de volta para o contato com o mundo externo,
Lembre-se:
As alucinações que você pode ter,
As ideias e visões
Vão ensiná-lo muito sobre si mesmo e sobre o mundo.
O véu da percepção rotineira será arrancado de seus olhos.
Lembre-se da unidade de todas as coisas vivas.
Lembre-se da alegria da Clara-Luz.
Permita que isso o guie pelas visões desta experiência.
Permita que isso o guie por uma nova vida.
Se você se sentir confuso, invoque a memória dos seus amigos e a força da pessoa que você mais admira.

Ó (nome),
Tente alcançar e manter a experiência da Clara-Luz.
Lembre-se:
A luz é a energia da vida.
A chama infinita da vida.
Uma confusão de cores em constante mudança pode engolir sua visão.

Essa é a transformação incessante
da energia.
O processo da vida.
Não tenha medo.
Entregue-se.
Junte-se a ele.
Ele é parte de você.
Você é parte dele.
Lembre-se também:
Para além da agitada corrente elétrica da vida,
está a realidade derradeira —
O Vazio.
Sua própria consciência, que não foi feita
a partir de nada que tivesse forma ou cor,
é naturalmente vazia.
A Realidade Final.
A Pura Bondade.
A Pura Paz.
A Luz.
O Esplendor.
O movimento é o fogo da vida de onde todos
nós viemos.
Junte-se a ele.
Ele é parte de você.
Para além da luz da vida, está o silêncio calmo
do vazio.
A alegria quieta para além de todas as
transformações.
O sorriso do Buda.
O Vazio não é o nada.
O Vazio é o começo e o fim.
Desobstruído; brilhando, empolgante, feliz.
Consciência de diamantes.

O Buda de pura bondade.
Sua própria consciência, que não nasceu
de nenhum pensamento, nenhuma visão,
nenhuma cor, está vazia.
A mente brilhante e feliz e silenciosa —
Esse é o estado de iluminação perfeita.
A sua consciência, brilhante, vazia e
inseparável do grande corpo de luz, não
tem nascimento ou morte.
Ela é a luz imutável que os tibetanos chamam
de Buda Amitaba,
A consciência do início sem forma.
Saber isso é o suficiente.
Reconhecer o vazio de sua própria consciência
para atingir
O estado de Buda.
Agarre-se a este conhecimento e você
conseguirá manter o estado da divina mente
do Buda.

Instruções preliminares do Segundo Bardo

Lembre-se:
Nessa sessão, você experimenta três Bardos,
Três estados de perda do ego.
Primeiro, há a Clara-Luz da Realidade.
Em seguida, há alucinações de jogo
incrivelmente diversas.
Mais tarde, você chegará ao estado da
Reentrada
Da recuperação do ego.

Ó amigo,
Você talvez passe pela transcendência do ego,
Talvez afaste-se de seu antigo eu.
Mas você não é o único.
Isso acontecerá com todos em algum momento.
Você tem a sorte de ter essa experiência gratuita de renascimento.
Não se apegue, não fraqueje diante do seu antigo eu.
Mesmo que você se apegue a sua mente, você perdeu o poder de mantê-la.
Você não ganhará nada lutando nesse mundo alucinatório.
Não se afeiçoe.
Não seja fraco.
Qualquer que seja o medo ou terror que o acometa
Não se esqueça dessas palavras.
Leve o sentido delas para o seu coração.
Siga em frente.
Nisso está o segredo vital do reconhecimento.

Ó amigo, lembre-se:
Quando a mente e o corpo se separam, você entrevê a pura verdade —
Sutil, brilhante, reluzente,
Deslumbrante, gloriosa, radiante, incrível,
Com a aparência de uma miragem que se move em uma paisagem de primavera.
Um fluxo contínuo de vibrações.
Não se assuste com isso,
Não se sinta apavorado ou admirado.
Esse é o brilho da sua própria natureza.
Reconheça-o.

Do centro desse brilho
Vem o som natural da realidade,
Reverberando como mil trovões que soam
ao mesmo tempo.
Esse é o som natural do seu próprio processo
de vida.
Não se assuste com isso,
Não se sinta apavorado nem admirado.
Basta você saber que essas aparições são suas
próprias formas de pensamento.
Se você não reconhecer suas próprias formas
de pensamento,
Se você esquecer sua preparação,
As luzes vão intimidá-lo,
Os sons vão assombrá-lo,
Os raios vão aterrorizá-lo,
As pessoas ao seu redor vão deixá-lo confuso.
Lembre-se da chave dos ensinamentos.

Ó amigo,
Esses reinos não vêm de algum lugar
de fora de você,
Eles vêm de dentro e brilham sobre você.
As revelações também não vêm de outro lugar;
Elas existem desde a eternidade dentro das
capacidades do seu próprio intelecto.
Saiba que eles têm essa natureza.
O segredo da iluminação e da serenidade
durante o período das dez mil visões é
simplesmente este: relaxe.
Funda-se com elas.
Aceite alegremente as maravilhas de sua
própria criatividade.

Não se sinta apegado nem temeroso,
Não se sinta atraído nem repelido.
Acima de tudo, *não faça nada* em relação às visões.
Elas só existem dentro de você.

Instruções para a Visão 1: A fonte

(Olhos fechados, estímulos externos ignorados)

Ó nobremente nascido, escute com atenção:
A Energia Radiante da Semente
De onde vem todas as formas vivas,
Atira e ataca você
Com uma luz tão brilhante que você
dificilmente será capaz de olhar para ela.
Não tenha medo.
Essa é a Fonte de Energia que irradia há bilhões de anos,
Sempre se manifestando de diferentes formas.
Aceite-a.
Não tente racionalizá-la.
Não jogue com ela.
Funda-se a ela.
Deixe que ela flua através de você.
Perca-se nela.
Misture-se no Halo da Luz Arco-Íris
No núcleo da dança da energia.
Alcance o estado de Buda no Reino Central
dos Densamente-Organizados.

Instruções para sintomas físicos

Ó amigo, escute com atenção.
Os sintomas corporais que você está sentindo
não são efeitos de drogas.
Eles indicam que você está lutando porque
tomou consciência de sentimentos que
ultrapassam sua experiência normal.
Você não é capaz de controlar essas ondas
universais de energia.
Deixe que os sentimentos se derretam sobre
você.
Torne-se parte deles.
Afunde-se neles e através deles.
Permita-se pulsar com as vibrações ao seu
redor.
Relaxe.
Não lute contra isso.
Seus sintomas desaparecerão assim que todos
os traços de esforços egocêntricos
desaparecerem.
Aceite-os como uma mensagem do corpo.
Dê boas-vindas a eles. Aproveite.

Instruções para a Visão 2: O fluxo interno dos processos arquetípicos

(Olhos fechados, estímulos externos ignorados; aspectos intelectuais)

Ó nobremente nascido, escute com atenção:
O fluxo da vida está rodopiando em você.

Um desfile interminável de formas puras e de sons,
Deslumbrantes e luminosos,
Em constante mudança.
Não tente controlar isso.
Siga o fluxo.
Experimente os antigos mitos cósmicos da
criação e das aparições.
Não tente entender;
Você terá bastante tempo para isso mais tarde.
Funda-se a ela.
Deixe que ela flua através de você.
Não é preciso agir ou pensar.
Você está aprendendo as grandes lições da
evolução, criação, reprodução.
Se tentar impedir isso, pode cair em mundos
infernais e sofrer desgraças insuportáveis
geradas pela sua própria mente.
Evite as interpretações de jogos.
Evitar pensar, falar ou fazer.
Mantenha a fé no fluxo da vida.
Confie em seus companheiros nessa jornada líquida.
Funda-se à Luz Arco-Íris,
No Coração do Rio das Formas Criadas.
Atinja o estado de Buda no Reino chamado
Eminentemente Feliz.

Instruções para a Visão 3: O fluxo de fogo da unidade interna
(Olhos fechados, estímulos externos ignorados; aspectos emocionais)

Ó nobremente nascido, escute com atenção:
Você está seguindo na direção da fluida unidade da vida.
O êxtase do fogo orgânico brilha em cada célula.
A casca dura, seca e quebradiça do seu ego está sendo levada embora,
Levada embora pelo mar infinito da criação.
Siga o fluxo.
Sinta o coração do sol pulsando.
Deixe que o Buda vermelho *Amitaba* varra-o.
Não tenha medo do êxtase.
Não resista ao fluxo.
Lembre-se que todo o poder exultante vem de dentro.
Liberte-se de suas amarras.
Reconheça a sabedoria de seu próprio sangue.
Confie na força da maré que o puxa na direção da unidade com todas as formas vivas.
Deixe seu coração explodir de amor por toda a vida.
Deixe seu sangue quente jorrar para o oceano de toda a vida.
Não se apegue ao poder do êxtase;
Ele vem de você.
Deixe-o fluir.
Não tente se agarrar aos seus antigos medos físicos.
Deixe seu corpo se unir ao fluxo quente.

Deixe suas raízes penetrarem no corpo quente
da vida.
Una-se ao Coração-Brilhante do Buda *Amitaba*.
Flutue no Mar Arco-Íris.
Alcance o estado de Buda no Reino chamado
Amor Exultante.

Instruções para a Visão 4: A estrutura de vibração em ondas das formas externas
(Olhos abertos, envolvimento extasiado com estímulos visuais externos; aspectos intelectuais)

Ó nobremente nascido, escute com atenção:
Nesse momento, você pode perceber a estrutura
de ondas do mundo à sua volta.
Tudo que você vê dissolve-se em vibrações de
energia.
Olhe com atenção e você entrará em sintonia
com a dança elétrica da energia.
Não há mais coisas ou pessoas, mas apenas
o fluxo direto de partículas.
A consciência agora deixará seu corpo e fluirá
no ritmo das ondas.
Não é preciso falar ou agir.
Deixe que seu cérebro se torne um receptor
de luz.
Todas as interpretações são produtos de sua
própria mente.
Mande-as para longe. Não tenha medo.
Exulte com o poder natural do seu cérebro,

A sabedoria de sua própria eletricidade.
Permaneça em um estado de quietude.
À medida que o mundo tridimensional se fragmentar, você pode entrar em pânico;
Você poderá desenvolver um carinho pelo monótono e pesado mundo dos objetos que você está abandonando.
Nesse momento, não tenha medo da transparente, radiante e estupenda energia de ondas.
Deixe sua racionalidade descansar.
Não tenha medo dos raios-ganchos da luz da vida,
A estrutura básica da matéria,
A forma básica da comunicação de ondas.
Observe em silêncio e receba a mensagem.
Você agora experimentará a revelação das formas primitivas diretamente.

Instruções para a Visão 5: As ondas vibratórias da unidade externa
(Olhos abertos, envolvimento extasiado com estímulos visuais externos, como luzes ou movimentos; aspectos emocionais)

Ó nobremente nascido, escute com atenção:
Você está experienciando a unidade de todas as formas vivas.
Se as pessoas lhe parecerem sem vida, feitas de borracha, como fantoches de plástico,
Não tenha medo.

Isso é apenas o ego tentando manter sua
identidade separada.
Permita-se sentir a unidade de todas as coisas.
Una-se ao mundo à sua volta.
Não tenha medo.
Divirta-se com a dança dos fantoches.
Eles foram criados pela sua própria mente.
Permita-se relaxar e sentir as extáticas
vibrações de energia pulsando através de você.
Desfrute da sensação de completa comunhão
com toda a vida e com toda a matéria.
O brilho pulsante é um reflexo de sua própria
consciência.
É um aspecto da sua natureza divina.
Não se apegue ao seu velho eu humano.
Não se assuste com os sentimentos novos e
estranhos que estão em você.
Se você agora se sentir atraído pelo seu velho eu,
Você renascerá em pouco tempo para outra
rodada de existência no jogo.
Exercite a confiança humilde e mantenha
sua coragem.
Você vai se fundir ao coração do Abençoado
Ratnasambhava,
Em um Halo de Luz Arco-Íris,
E alcançará a libertação no Reino Dotado de Glória.

Instruções para a Visão 6: "O circo da retina"

Ó nobremente nascido, ouça bem:
Você agora está testemunhando a dança mágica das formas.
Padrões caleidoscópicos de êxtase explodem ao seu redor.
Todas as formas possíveis ganham vida diante dos seus olhos.
O circo da retina.
O jogo incessante dos elementos —
Terra, água, ar, fogo,
Em formas e manifestações mudando constantemente,
Eles ofuscam você em sua variedade e complexidade.
Relaxe e aproveite o fluxo veloz.
Não se apegue a nenhuma visão ou revelação.
Deixe tudo fluir através de você.
Se alguma experiência desagradável o acometer,
Deixe-a passar voando com todo o resto.
Não lute contra elas.
Tudo vem de dentro de você.
Essa é a grande lição de criatividade e poder do cérebro, quando está livre das estruturas aprendidas.
Deixe que a cascata de imagens e associações o leve para onde quiser.
Medite calmamente sobre o fato de que todas as visões são emanações da sua própria consciência.
Dessa forma, você alcançará o autoconhecimento e será libertado.

Instruções para a Visão 7: “O teatro mágico”

Ó nobremente nascido, ouça bem:
Você está agora no teatro mágico dos heróis e dos demônios.
Das figuras sobre-humanas míticas.
Demônios, deusas, guerreiros celestiais, gigantes,
Anjos *bodisatvas*, anões, cruzados,
Elfos, diabos, santos e feiticeiros,
Espíritos do inferno, goblins, cavaleiros e imperadores.
O Senhor Lótus da Dança.
O Velho Sábio. A Criança Divina.
O Embusteiro, o Metamorfo.
O domador de monstros.
A mãe dos deuses, a bruxa.
O rei da lua. O andarilho.
Todo o teatro divino de figuras que representam os mais altos degraus do conhecimento humano.
Não tenha medo delas.
Elas estão dentro de você.
A sua mente criativa é o grande mágico por trás delas.
Reconheça as figuras como partes de si mesmo.
Toda a fantástica comédia se passa dentro de você.
Não se apegue às figuras.
Lembre-se dos ensinamentos.
Você ainda pode alcançar a libertação.

Instruções para as visões coléricas

Ó nobremente nascido, escute com atenção:
Você não conseguiu manter a Clara-Luz do
Primeiro Bardo.
Ou as visões pacíficas e serenas do Segundo.
Você agora está entrando nos pesadelos do
Segundo Bardo.
Reconheça-os.
Eles são suas próprias formas de pensamento
que se tornaram visíveis e audíveis.
São produtos da sua própria mente de costas
para a parede.
Eles indicam que você está perto da libertação.
Não tenha medo deles.
Essas alucinações não podem lhe causar mal algum.
Elas são seus próprios pensamentos em uma
forma assustadora.
São velhos amigos.
Dê boas-vindas a eles. Una-se a eles. Junte-se a
eles.
Perca-se neles.
Eles são seus.
Independentemente do que você veja, por mais
estranho e aterrorizante que pareça,
Lembre-se acima de tudo de que isso está vindo
de dentro de você.
Agarre-se a essa compreensão.
Assim que reconhecer isso, você chegará à
libertação.
Se você não o reconhecer,
A próxima etapa será a tortura e a punição.

Mas isso também não é nada além de
emanações da sua própria mente.
São imateriais.
O vazio não pode ferir o vazio.
Nenhuma das visões pacíficas ou coléricas,
Demônios bebedores de sangue, máquinas,
monstros ou diabos
Existem na realidade,
Apenas dentro do seu crânio.
Isso dissipará seu medo. Lembre-se bem.

Instruções preliminares do Terceiro Bardo

Ó (*nome*), ouça bem:
Você está entrando agora no Terceiro Bardo.
Antes, quando experimentou as visões pacíficas
e coléricas do Segundo Bardo,
Você não pôde reconhecê-las.
Em razão do medo, você ficou inconsciente.
Agora, à medida que você se recupera,
Sua consciência se eleva,
Como uma truta que salta para fora da água,
Lutando por sua forma original.
Seu antigo ego começou a funcionar novamente.
Não se esforce para entender as coisas.
Se, por fraqueza, você se sentir atraído pela
ação e pelo pensamento,
Você terá que vagar pelo mundo da existência
do jogo,
E sentirá dor.
Relaxe sua mente inquieta.

Ó (*nome*), você não pôde reconhecer as formas arquetípicas do Segundo Bardo.
Dessa maneira, você chegou até aqui.
Agora, se você deseja enxergar a verdade,
Sua mente precisa descansar sem distrações.
Não há nada a ser feito,
Nada a pensar.
Flutue de volta para o estado límpido, primordial, brilhante e vazio do seu intelecto.
Dessa maneira, você chegará à libertação.
Se você é incapaz de relaxar sua mente,
Medite sobre (*nome da figura protetora*)
Medite sobre seus amigos (*nome*)
Pense neles com profundo amor e confiança,
Obscurecendo a coroa da sua cabeça.
Isso é de extrema importância.
Não se distraia.

Ó (*nome*),
Agora você pode sentir que tem o poder de realizar façanhas milagrosas,
De perceber e de se comunicar através de poderes extrassensoriais,
De mudar a forma, o tamanho, o número,
De atravessar o espaço e o tempo instantaneamente.
Essas sensações o acometem de forma natural,
Não por qualquer mérito de sua parte.
Não as deseje.
Não tente exercitá-las.
Reconheça-as como sinais do Terceiro Bardo, período de reentrada no mundo normal.

Ó (*nome*),
Se você não entendeu o que foi dito até aqui,
Nesse momento,
Em razão de sua própria estrutura mental,
Você pode ter visões assustadoras.
Rajadas de vento e tempestades de gelo,
Batidas e cliques da máquina controladora,
Risadas debochadas.
Você pode imaginar o terror fazendo
comentários:
"Culpado", "estúpido", "inadequado",
"desagradável".
Essas provocações imaginadas e pesadelos
paranoicos
São resíduos de jogos egoístas dominados pelo ego.
Não tenha medo.
Eles são produtos de sua própria mente.
Lembre-se: você está no Terceiro Bardo.
Você está lutando para voltar à atmosfera mais
densa da existência rotineira do jogo.
Permita que essa reentrada seja suave e lenta.
Não tente usar a força ou a força de vontade.

Ó (*nome*),
À medida que você é levado de um lado para o
outro pelos ventos inconstantes do carma,
Sua mente, sem um lugar de descanso ou foco,
É como uma pena levada pelo vento,
Ou como um homem em um cavalo ou como a
respiração,
Você vai vagar involuntariamente e
incessantemente,
Chamando desesperado pelo seu velho ego.

Sua mente vai correr até que você se sinta
exausto e infeliz.
Não se agarre a pensamentos.
Deixe a mente descansar em seu estado inalterado.
Medite sobre a comunhão de toda a energia.
Assim você estará livre da tristeza, do terror e
da confusão.

Ó (*nome*),
Talvez você se sinta aturdido e confuso.
Você pode estar se perguntando sobre sua
sanidade.
Talvez olhe para seus amigos e companheiros
de viagem,
E sinta que eles não podem entendê-lo.
Você pode pensar: "Estou morto! O que eu vou
fazer?",
E sentir uma enorme tristeza,
Assim como um peixe lançado para fora da
água sobre brasas quentes.
Você pode se perguntar se retornará um dia.
Lugares familiares, pessoas da sua família e co-
nhecidos aparecem agora como em um sonho,
Ou através de um vidro opaco.
Se você está tendo experiências assim,
Pensar não servirá de nada.
Não se esforce para chegar a uma explicação.
Tudo isso é um resultado natural do seu próprio
programa mental.
Sentimentos assim indicam que você está no
Terceiro Bardo.
Confie em seu guia,
Confie em seus companheiros,

Confie no Buda Compassivo,
Medite calmamente e sem distrações.

Ó (*nome*),
Você talvez sinta que está sendo oprimido ou espremido,
Como entre rochedos,
Ou dentro de uma jaula ou prisão.
Lembre-se:
Esses são sinais de que você está tentando forçar uma volta ao ego.
Você pode ver uma luz opaca, cinzenta
Espalhando um brilho turvo sobre todos os objetos.
São sinais do Terceiro Bardo.
Não lute para voltar.
A reentrada vai acontecer sozinha.
Reconheça onde você está.
O reconhecimento levará à libertação.

Instruções para as visões de reentrada

Ó (*nome*),
Você ainda não entendeu o que está acontecendo.
Até agora, você ficou procurando por sua antiga personalidade.
Não tendo a encontrado, você talvez comece a pensar que nunca mais será o mesmo,
Que voltará sendo uma outra pessoa.
Triste por isso, você sentirá pena de si mesmo,
Tentará encontrar o seu ego, recuperar o controle.

Assim pensando, vagará por todos os lados,
Distraído e sem parar.
Você verá diferentes imagens do seu futuro;
Aquela na direção da qual está indo será vista mais claramente.
Nesse momento, a arte especial desses ensinamentos é particularmente importante.
Qualquer imagem que você veja,
Medite sobre ela como se estivesse vindo do Buda —
Esse nível de existência também existe no Buda.
Essa é uma arte extremamente profunda.
Vai libertá-lo da sua confusão atual.
Medite sobre (*nome do ideal protetor*) pelo maior tempo possível.
Visualize-o como uma forma mágica,
E então deixe essa imagem derreter,
Começando pelas extremidades,
Até que nada permaneça visível.
Coloque-se em um estado de Clareza e Vazio;
Permaneça nesse estado por algum tempo.
Então medite novamente sobre seu protetor ideal.
E de novo sobre a Clara-Luz.
Faça isso alternadamente.
Depois, permita que sua própria mente derreta de forma gradual.
Onde quer que o ar penetre, a consciência penetra.
Onde quer que a consciência penetre, o êxtase penetra.
Permaneça tranquilo no estado não criado de serenidade.
Nesse estado, o renascimento paranoico será evitado.
A iluminação perfeita será conquistada.

Instruções para a influência determinante do pensamento

Ó (*nome*), você pode agora estar sentindo uma
alegria momentânea, seguida por uma tristeza
momentânea,
De grande intensidade,
Como o alongar e o relaxar de uma catapulta.
Você vai passar por grandes mudanças de humor,
Todas determinadas pelo carma.
Não fique de jeito nenhum apegado às alegrias
nem descontente com as tristezas.
As ações de seus companheiros ou amigos
podem evocar raiva ou vergonha em você.
Se você ficar bravo ou deprimido,
Vai imediatamente ter uma experiência
infernal.
O que quer que as pessoas estejam fazendo,
Certifique-se de que nenhum pensamento
raivoso pode emergir.
Medite sobre o amor que você sente por eles.
Mesmo nessa fase final da sessão
Você está a apenas um segundo de uma
exultante descoberta capaz de mudar
sua vida.
Lembre-se que cada um de seus companheiros
é um Buda interior.
Uma vez que sua mente em seu estado atual
não possui foco ou força de integração,
Sendo luz e continuamente se movendo,
Qualquer pensamento que lhe ocorra,
Positivo ou negativo,
Trará um grande poder.

Você está em um estado *extremamente* sugestionável.
Portanto, não pense em coisas egoístas.
Lembre-se da sua preparação para a sessão.
Demonstre afeto puro e fé humilde.
Ao ouvir essas palavras,
As lembranças virão.
As lembranças serão seguidas por reconhecimento e libertação.

Instruções para a visão do julgamento

Ó (nome), se você está experimentando uma visão do julgamento ou culpa,
Escute com temor:
Você está sofrendo assim
Por resultado de sua própria mente.
Seu *carma*.
Ninguém está fazendo nada com você.
Não há nada a ser feito.
Sua mente está criando o problema.
Assim, flutue para a meditação.
Lembre-se de suas crenças anteriores.
Lembre-se dos ensinamentos deste manual.
Lembre-se da presença amigável dos seus companheiros.
Se você não souber como meditar
Concentre-se em qualquer objeto ou sensação.
Segure isso (*alcance um objeto ao viajante*),
Concentre-se na realidade disso,
Reconheça a natureza ilusória da existência e

dos fenômenos. Esse momento é de extrema importância.
Se você se distrair agora, vai levar muito tempo para deixar o pântano da infelicidade.
Até agora, as experiências do Bardo chegaram até você, e você não as reconheceu.
Você ficou distraído.
Por conta disso, sentiu medo e terror.
Mesmo que não tenha tido sucesso até aqui,
Você pode reconhecer e chegar à libertação agora.
Sua sessão ainda pode ser extática e reveladora.
Se você não sabe meditar, lembre-se de (*o ideal da pessoa*). Lembre-se de seus companheiros
Lembre-se deste manual.
Pense em todos esses medos e aparições assustadoras como sendo o seu ideal,
Ou como o ser compassivo.
Eles são testes divinos.
Lembre-se do seu guia.
Repita os nomes indefinidamente.
Mesmo que você caia,
Você não vai se machucar.

Instruções para visões sexuais

Ó (*nome*),
Nesse momento, você pode ter visões de casais
em atos sexuais.
Você tem certeza de que uma orgia está prestes
a acontecer.
O desejo e a expectativa capturam você,
Você se pergunta que performance sexual se
espera de você.
Quando essas visões ocorrerem,
Lembre-se de evitar qualquer ação ou apego.
Exercite humildemente sua fé.
Flutue com a correnteza.
Confie com grande ardor no processo.
As chaves são a meditação e a confiança na
unidade da vida.
Se você tentar entrar em sua velha
personalidade porque sente atração ou repulsa,
Se você tentar participar da orgia da sua
alucinação,
Você renascerá em um nível animal.
Você sentirá ciúme e desejo possessivo,
Irá sofrer miseravelmente e estupidamente.
Se deseja evitar essas desgraças
Ouça e reconheça.
Rejeite os sentimentos de atração ou repulsa.
Lembre-se que a força que se opõe à iluminação
é forte em você.
Medite sobre a unidade com seus
companheiros de viagem.
Abandone o ciúme,
Não se sinta atraído nem repelido pelas

alucinações sexuais.
Se isso acontecer, você vagará longamente na miséria.
Repita essas palavras para você mesmo.
E medite sobre elas.

Quatro métodos para evitar a reentrada

Primeiro método: Meditação sobre o Buda

Ó (nome), medite com tranquilidade sobre sua figura protetora (*nome*).
Ele é como o reflexo da lua na água.
Ele está aparente, ainda que não exista.
Como uma ilusão produzida por mágica.
Se você não tem uma figura protetora especial,
Medite sobre o Buda ou sobre mim.
Tendo isso em mente, medite com tranquilidade.
Então, fazendo com que a forma visualizada de seu ideal protetor Derreta a partir das extremidades,
Medite, sem qualquer formação de pensamento, sobre a Clara-Luz do Vazio.
Essa é uma arte das mais profundas.
Em virtude disso, o renascimento é adiado.
Um futuro mais iluminado está garantido.

Segundo método: Meditação sobre jogos bons

(*Nome*), você está vagando pelo Terceiro Bardo.
Como prova disso, olhe para um espelho e você não verá seu eu habitual (mostre um espelho ao viajante).

Nesse momento, você precisa formar uma única
e firme resolução em sua mente.
Isso é muito importante.
É como determinar o curso de um cavalo com o
uso das rédeas.
Tudo o que você deseja acontecerá.
Não pense em ações malévolas que podem
alterar o curso da sua mente.
Lembre-se de seu relacionamento espiritual
comigo,
Ou com qualquer pessoa de quem você recebeu
ensinamentos.
Persevere com jogos bons.
Isso é essencial.
Não se distraia.
Aqui está a fronteira entre a subida e a descida.
Se você ceder à indecisão, mesmo por um
segundo,
Você terá que sofrer por muito, muito tempo,
Preso em seus velhos jogos e hábitos.
É chegado o momento.
Agarre-se a um único propósito.
Lembre-se dos jogos bons.
Aja de acordo com a sua visão mais elevada.
Este é um momento em que a seriedade e o
amor puro são necessários.
Abandone o ciúme.
Medite sobre a confiança e o riso.
Tenha isso no seu coração.

Terceiro método: Meditação sobre a ilusão

(Se você ainda estiver caindo e longe da libertação, medite da seguinte maneira:)

As atividades sexuais, o maquinário da
manipulação, os risos debochados, os sons
impetuosos e as aparições aterrorizantes,
De fato, todos os fenômenos
São, em sua natureza, ilusões.
Independentemente da forma como apareçam,
eles são, na verdade, falsos e irreais.
São como sonhos e aparições,
Impermanentes, móveis.
Qual a vantagem de se apegar a eles,
Ou de ter medo deles?
Todos eles são alucinações da mente.
A própria mente não existe,
Portanto, por que eles deveriam existir?
Apenas se você tomar essas ilusões como coisas
reais, vagará por aí nessa existência confusa.
Tudo isso são como sonhos,
Como ecos,
Como cidades de nuvens,
Como miragens,
Como formas espelhadas,
Como fantasmagoria,
A lua vista na água.
Não é real nem por um momento.
Focando nessa linha de pensamento,
A crença de que são reais se dissipa,
E a libertação é alcançada.

Quarto método: Meditação sobre o vazio

"Todas as substâncias fazem parte da minha própria consciência. A consciência está vazia, contínua, não nascida."
Meditando assim,
Deixe que a mente descanse em seu estado de não criação.
Como água despejada sobre água,
É preciso deixar que a mente tenha sua própria e simples postura mental
Em seu estado natural e inalterado, claro e vibrante.
Se esse estado mental relaxado e não criado for mantido
O renascimento na realidade rotineira do jogo será com certeza evitado.
Medite sobre isso até que você fique livre de fato.

Instruções para escolha da personalidade pós-sessão

(Nome), ouça:
Já está quase na hora de voltar.
Selecione sua futura personalidade de acordo com os melhores ensinamentos.
Ouça bem:
Os sinais e características do nível de existência por vir
Vão aparecer para você em visões premonitórias.

Reconheça-os.
Quando você achar que precisa voltar à realidade,
Tente seguir as visões agradáveis e aprazíveis.
Evite as sombrias e perturbadoras.
Se você voltar em pânico, será tomado por uma sensação de medo,
Se você tentar escapar de cenas pesadas e sombrias, será tomado por uma sensação de infelicidade,
Se você retornar radiante, será tomado por uma sensação de alegria.
Seu estado mental atual afetará seu próximo nível de ser.
Seja o que for que você escolher,
Escolha de forma imparcial,
Sem atração ou repulsa.
Entre na existência do jogo com boa vontade.
Voluntária e livremente.
Permaneça calmo.
Lembre-se dos ensinamentos.

Dados Internacionais de Catalogação na Publicação (CIP)

L438e

Leary, Timothy
A experiência psicodélica: um manual para expandir a consciência / Timothy Leary, Ralph Metzner, Richard Alpert ; tradução de Carol Bensimon.

São Paulo : Seiva, 2025. 184 p. ; 13,5 x 21 cm

Título original: *The Psychedelic Experience: A Manual Based on the Tibetan Book of the Dead*

ISBN: 978-65-83239-07-5

1. Substâncias psicodélicas. 2. Contracultura.
I. Metzner, Ralph. II. Alpert, Richard.
III. Bensimon, Carol. IV. Título.

CDD: 615.78
CDU: 615.78

André Felipe de Moraes Queiroz
Bibliotecário – CRB-4/2242

Coragem para criar

seiva.com.br
ola@seiva.com.br

Assine nossa newsletter diária sobre
o mundo criativo em seiva.com.br/aurora

Para mais inspirações e referências,
siga @ssseiva no Instagram

Rua Bento Freitas, 306, sala 72
República, São Paulo – SP
CEP 01220-000

Esta edição foi composta em

Roslindale
Neue Haas Grotesk

e impressa em Ivory Slim 65g/m²

RETTEC MAIO 2025